ANOTHER

綾辻行人

婁美蓮—譯

獻給親愛的 R. M.

CONTENTS

～第二部～

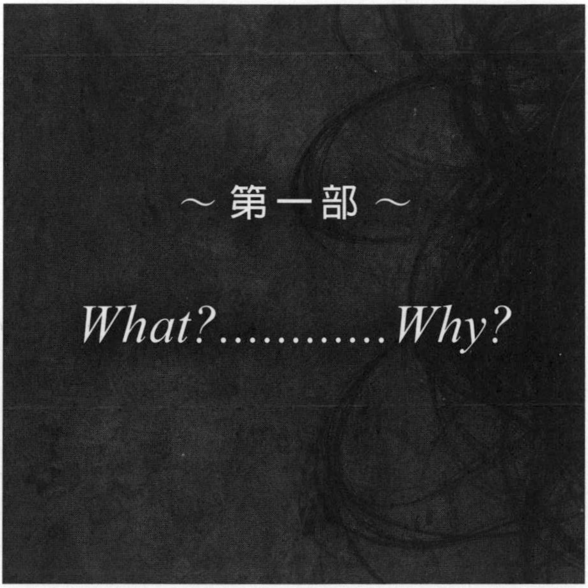
～第一部～
What?............Why?

Introduction

……Misaki，你知道這個人嗎？三年三班的 Misaki，關於他的傳說。

Misaki，是人的名字吧？

嗯。漢字的寫法不是很清楚。也有可能是姓，所以未必是女的。反正曾經有一個叫做某某 Misaki 或 Misaki 某某的學生在我們學校，距今二十六年前。

二十六年前……感覺好遙遠喔。是昭和時代吧？

一九七二年。昭和的話就是四十七年，應該正好是沖繩回歸之年吧。

他是從沖繩回來的喔？他是哪裡人？

你白癡喔。二次大戰後那裡不是一直被美軍佔領嗎？

啊！所以到現在都還有基地在那邊。

順便告訴你，札幌冬季奧運也是在那一年舉辦的。我記得淺間山莊事件也……

淺間山莊？

那是……唉，算了。總之，**二十六年前，本校三年三班有一個叫做 Misaki 的學生就對了**。話說回來了……你真的不知道這個故事？

呃……等一下。該不會他不叫 Misaki 而是叫 Masaki 吧？如果是 Masaki 的話，我就知道一點。

Masaki？哦，也有這樣的說法啊？你聽誰說的？

社團的學長。

他怎麼說？

我不確定是不是二十六年前，反正很久以前有一個叫 Masaki 的三年級生……啊！聽學長的語氣，我很肯定他是個男的。話說，**當年那個人的班上發生了很離奇的事**。但是呢，那件事是一個秘密，不可以輕易對別人提起，所以學長只講到這裡就不講了。

就這樣？

嗯。學長說，如果亂講的話會發生不好的事……我想肯定是那個「校園七大不可思議」之一。

你也那樣想？

什麼四下無人的音樂教室半夜會傳出琴聲啦，或是中庭的蓮花池裡不時會伸出血淋淋的怪手之類的……對了，七件是哪七件啊？

生物實驗室的人體模型裡放著如假包換的心臟？

對、對。

說到我們學校的「七大不可思議」沒有人比我更瞭。不過呢，Misaki 還是 Masaki 的故事應該不歸在那裡面……基本上，這個故事的性質跟一般的「七大不可思議」不太一樣。

哦？你很清楚嘛。

還好啦。

告訴我。

會發生不好的事也沒有關係嗎？

那是迷信吧？

呃，應該是吧。

告訴人家嘛。

可是，還是不要吧……

拜託啦，這是我唯一的心願。

你唯一的心願未免也太多了吧？

嘿嘿。

真是的，你要保證聽了以後不會到處亂講喔。

絕對不會，我發誓。

嗯，那好吧……話說那個叫 Misaki 或 Masaki 的……這裡我們還是叫他 Misaki 吧？打從一年級開始，就是班上最受歡迎的同學。功課好，體育佳，繪畫、音樂什麼的都難不倒他。再加上他長得美麗脫俗，如果是男生的話就叫做眉清目秀，哎呀，反正在他身上找不到半項缺點就對了……

那他應該有點臭屁吧？

不，Misaki 連個性都好得出奇。待人處事一點架子也沒有，不卑不亢，對誰都很好，所以同學、老師，大家才會那麼喜歡他……總之，他就是個萬人迷啦。

哦，真的有這種人啊？

然而，**升上三年級後，被編入三班的 Misaki 突然死掉了**。

啊？

事情發生在第一學期，就在 Misaki 迎接十五歲生日的前夕。

為什麼……是出車禍嗎？還是生病？

我聽到的是飛機失事。他們全家去北海道，回程途中飛機摔了。不過好像還有其他種的說法。

突然傳來這樣的噩耗，全班同學都受到很大的打擊。

想也知道嘛。

我不相信！大家異口同聲地說。全是騙人的！甚至有人這樣叫嚷。全班哭成一團，連老師也不知該說什麼才好，教室的氣氛變得很僵……此時，突然有人喊：**Misaki 才沒死呢，你們看，他不是就在那嗎？**

那個人指著 Misaki 的位子說：**你們看，Misaki 在那裡，他好端端地活著呢！**結果，其他同學竟也跟著附和道：**真的耶，Misaki 沒有死，他還活著，就坐在那裡……**

……然後呢？

沒有人願意相信班上最受歡迎的人突然死掉，沒有人願意承認，這是可以理解的。不過，事情並沒有就此結束。**全班同學在那之後依舊繼續演下去。**

什麼意思？

全班同學在那之後一樣**裝作「Misaki」還活著的樣子**。聽說就連老師都全力配合著演。**沒錯，正如各位所說的，Misaki 沒有死。至少，在這個教室裡，他還是班上的一份子，他還好好地活著。今後他也會跟大家一起努力，一起熬到畢業**……嗯，大概就是這麼回事。

這故事聽起來挺淒美的，嗯，但還是有點恐怖。

三年三班的同學就這樣度過剩下的國中歲月。Misaki 的課桌椅就像從前一樣擺著，偶爾還會跟他講話、一起玩、一起放學，當然這全是裝的。畢業典禮時，在校長的安排下，還留位置給 Misaki……

哦，還真是感人啊。

嗯。基本上，如果只有這樣的話是可以傳為美談的，壞就壞在最後結束得太恐怖了。

咦？怎麼說？

畢業典禮結束後，他們回到教室拍紀念照。幾天後，照片洗出來了，大家一看都嚇傻了。**在合照一角，出現實際上已經不在的 Misaki。**他抬起毫無血色的蒼白臉孔，和大家一樣，對著鏡頭笑……

第一章　四月

1

春天來了，我剛滿十五歲，左肺破了個洞。

事情發生在我離開東京來到夜見山市，開始寄宿在外婆家的第三天。明天我就要進入當地的國中就讀，當一個晚到的轉學生，可偏偏就在這樣的夜晚出了事。

一九九八年的四月二十號。

這個星期一本該是我重新振作、到新學校報到的日子，卻成了我人生第二次的住院日。第一次住院是在半年前。原因跟這次一樣，同樣是左肺破了個洞。

「醫生說至少得住院一個禮拜到十天呀。」

當一大早趕來醫院的民江外婆這樣告訴我時，我剛被推進醫院的病房，一個人躺在床上，忍受著好像永遠都不會平息的胸痛和呼吸困難。

「應該還不用開刀啦，醫生是這麼說的。反正下午先做引流什麼的。」

「喔……那個去年也做過。」

「既然如此，你應該已經習慣了——哪裡不舒服嗎？恒一，你還好吧？」

數小時前被救護車送來時，我的胸更痛、呼吸更困難。經過靜養後現在已經沒那麼痛了，不過說老實話還是很難受。腦海裡不禁浮現起單邊肺葉塌陷的X光照片。

「沒想到你才來幾天就發生這種事……真讓人心疼。」

「嗯。那個……對不起，外婆。」

「哎呀，跟我客氣什麼，生病也不是你願意的。」

外婆看著我的臉，慈祥地笑了，感覺她眼角的皺紋突然多了一倍。今年已經六十三歲的她身體十分硬朗，對我這個外孫也很好。至今為止，我們好像還沒有這麼近距離交談過。

「對了……怜子阿姨呢？她上班沒遲到吧？」

「沒問題的，那孩子動作很快。回家一趟再出來都還來得及。」

「幫我跟怜子阿姨說一聲不好意思，給她添麻煩了……」

昨晚夜深的時候，身體還有印象的某個徵狀突然來報到了。胸腔內側傳來卡卡的觸感和特殊的劇痛，然後是呼吸困難。又是那個嗎？我馬上就想到了。恐慌中，我求助的對象是人正在客廳的怜子阿姨。

怜子阿姨是小我母親十一歲的妹妹，算是我的親阿姨。聽我說完後她馬上叫來救護車，一路護送我到醫院。

謝謝妳，怜子阿姨。

太麻煩妳了，真的。

我很想大聲地這麼告訴她，卻痛到說不出話。再加上我原本就不太敢直接面對她……不知為什麼，我就是會覺得緊張。

「我幫你帶了換洗衣物。還有需要什麼？別客氣，儘管講。」外婆把手提袋放在床旁邊。

「……謝謝。」

我用沙啞的聲音向外婆道謝。因為稍微動一下就會痛到受不了，所以我只能頭靠在枕頭上，抬一抬下巴示意。

「外婆，有通知……我爸了嗎？」

「還沒。陽介他現在人不是在印度或是哪裡嗎？我也不知道要怎麼聯絡他。今晚請怜子試試看好了。」

「不，那個，我自己聯絡。我的手機放在房間，如果妳可以幫我帶過來的話……」

「哦，這樣啊。」

父親名叫榊原陽介，在東京某知名大學從事文化人類學或社會生態學的研究，四十初頭就當上了教授，做為一個研究者算是很優秀的人才。不過呢，做為一個父親優不優秀，就要打一個大大的問號了。總之，他不是居家型的男人就對了。撇下唯一的兒子，跑去做什麼田野調查，三天兩頭不在家，往國內、國外跑。多虧有這樣的老爸，我從小學開始就養成了奇怪的自信，認為自己做家事絕對不會輸給同學。正如外婆所說，父親從上禮拜開始就因為工作去了印度。今年春假突然有人邀請他過去，時間長達一年，要在那裡從事各項調查和研究。於是我臨時被送往母親在夜見山的娘家，請外婆代為照顧。

「恒一，你跟你爸還處得來吧？」

外婆問，我答說「還好」。雖然心裡覺得他不是個負責任的父親，但我並不討厭他。

「說到你爸，還真是有情有義哪。」外婆以半自言自語的口吻說道。

「理津子都已經去世這麼久了，他卻從來沒有再婚的打算。對我們家也一直很照顧……」

理津子是我母親的名字。十五年前（也就是生下我的那一年）就離開了人世，當時才二十六歲。她跟父親相差了整整十歲，兩人是師生戀。

聽人家說，當時父親還只是大學的講師，第一次見到母親就展開了熱烈的追求。「他這叫速戰速決。」有一次父親的朋友來家裡玩，趁著酒意狠狠把他奚落了一頓。很難想像母親死後到現在，父親一直過著完全沒有女人的生活。不是我這做兒子的自誇，他除了是個優秀的學者外，外表看起來也比實際的年齡——五十一歲年輕。人長得帥，個性又好，社會地位、經濟能力都有了，卻還是孤家寡人一個？這當然不是因為他沒有女人緣。

是想要為亡妻守節嗎？還是怕我被後母虐待？反正都已經無所謂了，只要他認真找個女主人，別再把家事推給兒子就行了——這有一半是我的真心話。

2

「肺穿孔」，就是俗稱的「氣胸」，更精準的講法是「自發性氣胸」。據說好發在體型瘦高的年輕男性身上，發病的原因到現在還不是很清楚，可能跟先天的體質有關，再加上疲勞、壓力等誘因造成的。

「穿孔」顧名思義就是肺的某部分破掉了，空氣漏入胸腔中，壓力失去了平衡，肺就像破了洞的氣球消下去，期間伴隨胸痛和呼吸困難等症狀。光是想像就很恐怖的病，但我半年前——也就是去年十月曾有親身體驗。

剛開始胸口會痛，不停咳嗽，感覺好像動作大一點就會喘不過氣來。本想說忍耐一下它自己會好，可幾天過去後非但沒好，還越來越嚴重。我把情況告訴了父親，請他帶我去醫院。照了X光片，很快就發現是左胸氣胸在作怪，當時的我已經半虛脫了。於是，立刻辦理了住院手續。

主治醫生幫我做了「胸管引流」治療。先進行局部麻醉，然後在胸部開個洞，從那裡把名為引流管的細管子插入胸腔。細管子的一端接著抽取器。藉由這樣的方式，把積存在肺和胸膜間的空氣排出去。

這樣的治療持續了一個禮拜，塌陷的肺終於膨脹回原來的樣子，漏氣的地方也完全閉合了，我平安無事地出了院。當主治醫生說出「痊癒」兩個字的時候，也告訴我說「復發的機率是百分之五十」。

百分之五十的風險有多大？當時的我並沒有很深刻的體會。感覺上就是有一天同樣的事會再發生而已。萬萬沒想到它會來得這麼快，還在這個時候再一次痛擊我。

說老實話，我非常憂鬱。

外婆回去之後，中午一過，我就被叫去了內科的治療室，開始做和半年前一樣的胸管引流。幸好負責的醫生技術還不賴，這次管子插進去的時候不像半年前痛到快死人了。和上次一樣，只要把空氣抽光，讓肺完全膨脹、洞口閉合，我就能出院了。只是，一旦復發過一次，下次復發的機率將會更高。而如果一而再、再而三地復發的話，就必須考慮動手術了——聽到這裡，我又更憂鬱了。

傍晚回到醫院的外婆替我帶來了手機。不過呢，我決定等明天再把這樣的情況告訴父親。就算第一時間通知他也無法改變什麼。更何況我又不是命在旦夕，沒必要讓他聽我有氣無力的聲音，害他瞎操心。

擺在床邊、裝了水的吸取器發出咕嘟咕嘟的聲音。那是從胸腔吸出來的空氣，排入水裡的聲音。

「為了避免對醫療儀器造成干擾……」想到醫院肯定會有的警告標語，我連忙把手機的電源關掉，一邊忍受持續的疼痛和呼吸困難，一邊看向病房的窗外。

市立醫院的老舊五層樓建築，我人在四樓的病房。暮靄低垂的天空下出現點點白光，是街燈。山谷間的小城夜見山，母親理津子出生長大的地方。

話說回來了，這是我第幾次造訪這座小城呢？

這樣的想法突然掠過我的心頭，印象中只有寥寥幾次。幼兒時期的事我已經不太記得了，讀小學的時候記得來過三、四次，升上國中後這還是第一次……不，還是說……

還是說？就在這時，思緒突然斷了。吱吱吱的重低音從四面八方、鋪天蓋地而來，感覺我整個人就要被它壓扁了……

想不起來——我輕輕嘆了口氣。

大概是因為麻藥已經退了吧？管子插進去的地方——腋下的傷口開始隱隱作痛，混合著原有的胸痛。

3

外婆從隔天開始每天都來醫院看我。

「雖說從家裡過來有一段距離，不過，我自己開車，所以也就沒那麼累。」她輕鬆地笑著說道。唔，還是外婆靠得住。不過，也因為這樣，家裡的事難免無法兼顧，何況最近開始退化的外公亮平也需要她照顧……想想還真是對不起她。謝謝妳，外婆——我在心裡忍不住雙手合十地向她拜謝。

胸管引流的效果越來越好，大概從入院的第三天起疼痛已經減輕了大半。這個時候「無聊」變成了比較難解決的問題，因為我還不能到處亂跑。

透過引流管，我的身體和機器連在一起。除此之外，一天還要吊兩次點滴。光是上廁所就很不方便了，當然有好一陣子都不能洗澡。

我住的是單人套房，設有投幣式的小電視，可惜白天沒什麼好看的節目，只能無奈地看一看，或是拜託外婆帶書來給我，或是用ＭＤ聽音樂什麼的……藉此打發絕對稱不上愜意的時間。

住院第六天——四月二十五日，星期六的下午，怜子阿姨出現在病房裡。

「對不起喔，恒一，一直找不到時間來看你。」

我平常下班回到家都很晚了——她一臉歉意地說道。這種事我當然曉得，如果敢抱怨的話是會遭天譴的。於是我強打起精神，跟她報告病況和恢復的情形。順利的話，下個禮拜的上半週就能出院了，慢的話這個月的月底一定沒問題——我把早上主治醫生講的話複述了一遍。

「也就是說，你要等到黃金週❶過後才能去學校了。」怜子阿姨如此說道，視線飄向了窗外。在床上坐起的我很自然地追隨著她的目光。

「這家醫院就蓋在夕見丘山邊的高地上，位在城市的東邊……因此對面看到的全是西邊的山。那邊甚至還有一個叫做朝見台的地方呢。」

「妳是說夕見和朝見嗎？」

「可以看到美麗夕陽的叫夕見，可以看到美麗朝陽的叫朝見。夕見丘和朝見台的名稱好像是這麼來的。」

「不過，這個城市是叫夜見山沒錯吧？」

「北邊確實有一座叫夜見山的山。雖說城市本身是盆地，但由南到北卻是緩升的斜坡。」

怜子阿姨知道這點基礎地理是不可能滿足我，於是開始做起簡單的城市導覽，又或許是因為看到了窗外的風景，想說這正好是個機會吧？

「……那邊，看到了嗎？」

❶日本的四月二十九日到五月五日的連續假期稱為黃金週（Golden Week）。

怜子阿姨伸出右手說道。

「從南到北一整條綠色的，是流貫整個城市的夜見山川。就在河的盡頭，你看，是不是有個體育場？你知道那是哪裡嗎？」

「啊，我看看……」我從床上探出半邊身子，朝怜子阿姨手指的方向看去。

「呃，是那個吧？白色的很大一塊？」

「沒錯。」怜子阿姨回頭看我，淺淺地笑了。

「那是夜見山北中學，你即將要去讀的學校。」

「哦，是嗎？」

「恒一在東京讀的是私校吧？國中直升高中的明星學校？」

「嗯，也還好啦。」

「公立和私立的很不一樣喔……你適應得來嗎？」

「應該吧，我想。」

「你突然住院，四月的功課不就趕不上了嗎？」

「呃，我想那個應該不成問題。之前的學校已經把國三一半的進度都上完了。」

「哦，這麼厲害？看來，讀書對你而言是小事一樁囉。」

「我也不知道是不是小事一樁。」

「好像該對你說『還是不能大意』才對喔。」

「怜子阿姨以前也是讀那所國中的嗎？」

「是啊。認真算起來，我已經是十四年前的畢業生了。啊，不小心把年齡說出來了。」

「那個，我媽也是嗎？」

「沒錯，理津子姊姊也是北中畢業的。這裡還有一所叫夜見山南中學的國中，簡稱南中。至於北中有時也叫『夜見北』。」

「夜見北啊……原來如此。」

穿著黑色西裝褲配米白色罩衫的怜子阿姨身材十分纖細，臉也是瘦瘦白白的，直髮垂落到胸前。包含髮型在內，她連五官都和照片中我所認識的母親十分相似。每次只要一想到這點，我的胸口就會微微發燙地揪痛起來。我跟她說話會緊張、不知所措，有一部分是因為這點吧？

「看來功課對你來講不是問題，只是私立和公立的環境不一樣。一開始可能會有點適應不良，不過，一定很快就能習慣的……」

為了讓你出院後能馬上融入夜見北的生活，我會幫你先作好「心理建設」。怜子阿姨說完，視線突然落到擺放在床頭櫃上的文庫本上。

「哦，恒一，你喜歡看這類型的小說啊。」

「啊，也……還好啦。」

床頭櫃上的書共有四本：史蒂芬・金的《撒冷鎮（Salem's Lot）》和《寵物墳場》。兩者都是分成上下兩冊的長篇巨作，怜子阿姨來之前，我正好看完《寵物墳場》的上冊。

「也罷，我順便把『夜見北的七大不可思議』告訴你好了。」

「妳說『七大不可思議』？」

「雖然說每個學校都有，但是夜見北的不太一樣，我唸書的那個時候，就已經增加到八個以上了——有興趣聽嗎？」

說老實話，我對現實生活的校園怪談不是很有興趣，不過——

「有、有，請務必說給我聽。」我如此回答道，諂媚地擠出笑臉。

4

隔天二十六號，星期天的上午。外婆和平常一樣提了大包小包過來，說完「那我明天再來看你」這句收尾台詞後就離開了。外婆前腳剛走，意外的訪客後腳就到了，彷彿是刻意錯開的。

病房外有人敲門，接著門就被打開了，我一看是負責照顧我的小護士水野小姐。「請進。」在她的敦促下，踏進病房的是素昧平生的一男一女。當然，一開始我受到不小的驚嚇，不過我馬上就猜出他們是什麼來歷。這兩人的年紀跟我差不多，而且都穿著學校的制服。

「你好，請問是榊原恒一同學嗎？」右邊的男同學代表率先發言。他身材中等，身穿黑色立領學生服，黝黑發亮的光滑臉蛋戴著看來有點嚴肅的銀框眼鏡。

「我們是夜見山北中學三年三班的學生。」

「啊……你好。」

「我叫風見，風見智彥。這位是櫻木同學。」

「櫻木由佳里。很高興認識你。」

女生那位穿著深藍色的西裝外套，兩者皆是很普通的中學制服。相形之下，我在東京讀的那所私校的制服就花俏多了。

「那個，我和櫻木同學是三年三班的幹部，今天是代表大家來看你的。」

「咦？」坐在床上偏著頭的我提出很白癡的問題，「你們為什麼要來看我？」

「你不是轉學到我們班上了嗎？」櫻木由佳里說道。她也戴著和風見一樣的銀框眼鏡，體型微胖，半長的直髮垂在肩上。

「我聽說本來你上個禮拜一就要來上學的，卻臨時生了病，所以我們代表全班來探望你。啊，這是大家的心意。」

她遞出手上的花，是顏色繽紛的鬱金香。鬱金香的花語是「同情」或「博愛」……這是我事後查出來的。

「我們跟醫生問了你的病況。」風見智彥接著說道。

「聽說是一種叫做氣胸的肺部疾病，已經好多了吧？」

「嗯，好多了。謝謝。」

我一邊回答，一邊忍住想大笑的衝動。雖然他們的到訪讓我嚇了一跳，不過說老實話，還滿令人開心的。而且啊，他們兩人就活像是插圖裡的，或是當今動畫裡會出現的「班長」和「副班長」角色，實在有夠妙。

「託你們的福……在這種場合要這樣說沒錯吧？我恢復得還不錯，相信很快就可以把這根管子拔掉了。」

「啊，那真是太好了。」

「一定很辛苦吧？」

異口同聲地說完後，三年三班的男女班長互相對望了一眼。

「聽說你是從東京轉來的，榊原同學？」

櫻木一邊把鬱金香放到窗台，一邊問道。感覺她的語氣有點像在試探，想問又不太敢問。

「嗯，是啊。」我點了點頭。

「是K中學吧？好厲害喔，那可是很有名的私校。為什麼你要轉學啊？」

「因為家庭的因素，碰巧有一點事情。」

「你是第一次住在夜見山嗎？」

「嗯。應該是吧？……為什麼妳這樣問？」

「我是在想，說不定你以前曾住過這裡。」

「我是來玩過，住倒是沒有。」

「那長期度假呢？」換風見接著往下問。

這是哪門子問題？——我雖然覺得不太對勁，卻也只能以一句「這個嘛」蒙混過去。

「我媽的娘家在這邊。雖然我不太記得了，但很小的時候可能住過也說不一定……」

兩人的質問攻勢總算打住了，這時風見說了句「這個給你」，走到我的床邊。他從書包裡拿出一個大信封袋交給了我。

「這是什麼？」

「開學到現在的上課筆記。我幫你影印了一份，希望能派上用場。」

「呃。真是太麻煩你了……謝謝。」

我接過信封，看了看裡面的資料，果然都是以前的學校已經上過的內容。不過他們有這番心意，我還是很高興，趕緊又說了聲「謝謝」。這樣下去，去年以來的不如意說不定很快就可以煙消雲散了。

「我想黃金週過後，我就可以去上學了……請多多指教。」

「彼此、彼此。」

接著，風見朝櫻木使了個眼色——如果我沒看錯的話。

「咳咳，那個，榊原同學……」

他一副小心翼翼、做錯事的模樣，向我伸出了右手。

「我可以跟你握個手嗎？」

老實說，我有點被嚇到了。

握手？在這種地方第一次見面，擔任班長的男生竟然說要跟我握手？這到底是……公立的學生都這麼古怪嗎？還是這裡的風土民情跟東京的不一樣，是我少見多怪？雖然我心中這麼想，但總不好把他的手甩開說「我不要」吧？只好若無其事地也伸出右手。

是風見自己提出要握手的，卻握得不怎麼有誠意。是我多心嗎？總覺得他好像在冒冷汗，整隻手又濕又滑的。

5

住院第八天的星期一，是小小解放的日子。

經過確認，肺部已經不再有空氣漏出，引流的管子可以拔掉了。這代表我終於可以擺脫跟身體相連的機器。早上做完例行的治療，送來探病的外婆出去的時候，我順便到戶外呼吸了久違的新鮮空氣。

根據醫生的說法，只要再觀察個兩天，沒問題的話就可以出院了。不過呢，這陣子還是要多靜養、多休息。半年前我就有經驗了，所以這種事不用他交代我也清楚。看來學校真要五月六號連假放完後才能去了。

目送外婆駕著黑色、笨重的 CEDRIC❷離開後，我來到病棟的前院，找了張椅子坐下。

❷日產一九六〇—二〇〇四年出產的大型房車，台灣俗稱「公爵」。

今天是適合重拾自由的好天氣。

和煦的春陽，涼爽的微風。是因為山就在眼前的關係吧？野鳥的叫聲從四面八方傳來，偶爾還穿插著在東京從沒聽過的黃鶯巧囀。我閉上眼睛，慢慢做著深呼吸。雖然管子拔掉的地方還有點兒疼，但胸痛和呼吸困難已經完全消失了。啊，這就對了。擁有健康的身體是多麼美好的一件事啊。

一般年輕人大概很少會有這種感慨吧？我卻沉浸在這樣的情緒裡，過了許久才拿出從病房帶出來的行動電話。我打算趁這個時候聯絡父親，在外面打應該不會對「儀器造成干擾」吧？

日本和印度的時差，我記得是三小時或四小時。這裡現在是上午的十一點過後，那邊應該是早上的七、八點吧？猶豫了半天，最後我還是把已經打開的行動電話關了機。老爸早上都會賴床，這點我很清楚。再加上他在異國的調查工作肯定很辛苦，沒必要為了這點小事把他吵起來。

決定不打電話後，我繼續坐在椅子上發呆，直到午餐時間到來才依依不捨地離開。說老實話，醫院的食物並不好吃，但對一個大病初癒的十五歲少年來說，餓肚子可是很現實的問題。

回醫院大樓，我穿過大廳往電梯方向走去。看到某部電梯的門正要關上，連忙閃了進去。

電梯裡已經有一名乘客。

「呀，對不起。」我對自己的失禮感到抱歉，就在這個時候，我看到對方的樣子，忍不住「咦」了一聲。

那是一名穿著制服的少女。深藍色的西裝外套，跟昨天來探望我的櫻木由佳里一樣。換句話說，她也是夜見山北中學的學生？這個時候怎麼會在這裡，沒去學校……

她長得嬌小纖細，五官十分秀氣而中性，一頭鮑伯式短髮烏黑、濃密。相對地，她的皮膚卻非常的白，該怎麼形容呢？如果用老套一點的形容，應該可說是冰肌吧？還有……最引人注意的是遮住她左眼的白色眼罩。是罹患眼疾嗎？也有可能是受了傷，所以才要戴眼罩吧？

我一個勁兒地胡思亂想，竟沒注意到自己乘坐的電梯是往下的，不是往上。電梯開始朝地下的樓層移動了。我看向控制板上的燈號，發現〔B2〕那顆是亮的。反正已經來不及了，待會兒再按自己要去的樓層吧？

「請問，妳是夜見北的學生嗎？」我鼓起勇氣向戴眼罩的少女搭訕。

少女根本沒什麼反應，只是輕輕點了個頭。

「妳要去地下二樓？是有什麼事嗎？」

「嗯。」

「可是，我記得……」

「我要送東西過去。」她講話的語氣十分冷淡，好像封殺了所有的感情一般。

「它在那裡等我，我可憐的半身。」

聽到這番謎樣的發言我還一頭霧水的時候，電梯就停了，門開啟。戴眼罩的少女沉默地從我身旁穿過，一點腳步聲都沒有地走出電梯。這時我才看到她緊壓在自己胸前的那雙手裡面，有東西露了出來。雪白的，宛如人偶的手的東西。

「喂，妳——」我抵住電梯的門，探出上半身向她喊道，「叫什麼名字？怎麼稱呼？」

獨自走在陰暗走廊上的少女對我的聲音起了反應，暫時停下腳步。不過，她並沒有回頭。

「Mei。」她冷冷地答道。

「Misaki……Mei。」

接著，少女就好像在亞麻油地板上滑行似的飄然而去。我屏住呼吸，目送著她的背影，感到一股莫名的惆悵，還有無法言喻的悸動。

醫院的地下二樓。

那個樓層別說病房了，連檢查室、醫療室都沒有，這是我在住院期間自然得知的常識。有的只有倉庫、機房……還有太平間吧？

管他的。

這是我跟神秘少女——Mei的第一次近距離接觸。至於「Misaki」寫成「見崎」，「Mei」寫成「鳴」這點，則要等到四月結束、五月過了幾天之後我才會曉得。

第二章　五月之一

1

「小玲。早安。」這聲音可愛歸可愛，聽久了還是覺得厭煩。不知道牠在想什麼，一大早就聒噪個沒完，真傷腦筋。

「小玲。早安，小玲。」

小玲，那是你的名字吧？哪有人一直跟自己打招呼的？——算了，再怎麼抱怨也沒用。因為牠不是人，是一隻鳥。

牠是外公、外婆養的九官鳥。因為體型嬌小，應該是母的吧？外婆說。名字是「小玲」，至於年齡嘛，「應該」是兩歲左右。聽說是前年秋天，在寵物店看到衝動買下的。

面對庭院的簷廊旁邊擺著她住的四方形籠子。那是用粗竹籤編的、被稱為「九官籠」的九官鳥專用鳥籠。

「早安，小玲。早安……」

五月六日，星期三的早晨。

五點剛過——我怎麼會在這個早到不行的時間醒來呢？

雖說長達十天的住院生活讓我被迫養成了早睡早起的習慣，五點起床也還是太早了吧。昨晚我上床的時候應該已經過了半夜十二點，對一個渴望健康的十五歲少年來說，睡眠不足也是很嚴重的事。我心想：再睡一個小時吧。閉上了眼睛，卻怎樣都睡不著了。五分鐘後，我放棄掙扎，離開被窩，穿著睡衣直接往浴室走去。

「哎呀，恒一，這麼早？」

正當我洗完臉、刷完牙之際，外婆從臥房裡走了出來。發現是我，她偏著頭，有點擔心地問道：

「是不是哪裡又不舒服了？」

「沒有。我只是睡不著而已。」

「沒事就好。別太勉強自己了。」

「放心，我好得很。」我輕笑道，還故意敲了敲自己的胸口給她看。

對了，離早餐還有一段時間，該做什麼好呢？我一邊想，一邊回到二樓分配給我的書房兼寢室，就在這個時候，書桌上插在充電器裡的手機突然響了。

誰啊？這麼早……

不用想也知道，會在這種時間打這支手機給我的只有一個人。

「啊，早安。還好嗎？」我拿起手機接聽，不出所料，是父親陽介的聲音。

「我這邊是半夜兩點，印度熱死了。」

「有什麼事嗎？」

「什麼事都沒有……你今天不是要上學嗎？我特地打來鼓勵你。感動吧？」

「喔。」

「身體怎麼樣？出院後有沒有好好靜養？我是說……」

突然出現的沙沙聲打斷了父親的問話。我查看了一下手機的液晶螢幕，發現顯示收訊強弱的符號只剩一格，而且好像隨時都會斷訊的樣子。

「……喂喂，聽得清楚嗎？恒一？」

「等一下。我這邊好像收訊不良。」我一邊回答一邊走出房間，四處兜轉，想找一個收訊比較好的位置……最後找到的地方是擺放九官鳥籠的一樓簷廊。

「我很好，你不用擔心。」

我一邊打開簷廊的玻璃門，一邊回答父親的問題。這次發病和治療的經過，我已經在出院那天電話跟他報告過了。

「話說回來了，你怎麼這麼早打來？我們這邊才五點半耶。」

「你要去新學校報到，肯定會緊張吧？更何況你病剛好，想躺也躺不住。所以我猜你今天一定很早起床。」

唉，真是的，都被他看透了。

「哎呀，這就是你的個性啊。看似堅強，其實是敏感脆弱，這肯定是像我這個爸爸。」

「你確定不是像媽嗎？」

「隨便啦，這不重要——」

略微改變語氣後，父親接著說道：

「氣胸的事不用太放在心上，我年輕的時候也曾經歷過。」

「咦，真的嗎？我還是第一次聽你提起。」

「半年前我本來想告訴你的，怕你以為是家族遺傳什麼的。」

「你是說家族遺傳嗎？」

「一年後，我又得到了一次，不過，在那之後就再也沒復發了。如果真是家族遺傳的話，你應該這次以後就妥當了。」

「最好是這樣。」

「因為是肺的疾病，所以菸少抽一點。」

「我又不抽。」

「總而言之，你要想，它不會再有第三次，好好加油。啊，我的意思是說，凡事差不多就好了，不要太鑽牛角尖。」

「知道了啦。我會放輕鬆的。」

「嗯。幫我跟岳父、岳母問好。印度熱死了。」

就這樣，電話掛斷了。我「吁」地長嘆了口氣，坐到門已經打開的簷廊上。

「早安，小玲。早安……」迫不及待的九官鳥小玲立刻發出了奇聲。

我假裝沒聽到，呆呆地望著外面。

薄霧籠罩下，籬笆上盛開的杜鵑顯得特別的美。庭院裡有個小小的池塘，外公曾在裡面養鯉魚，如今已不見魚的蹤影。想必很久沒清理了，池塘裡的水都淤積成暗綠色的了。

「小玲。早安，小玲。」

拚命想找人講話的九官鳥，實在很難置之不理——

「好啦。早安，小玲。」終於，我答腔了。「為什麼妳一大早精神就這麼好？」

「精神好、精神好。」

沒想到她（應該是吧？）竟開始表演起拿手絕活。

「精神……打起、精神來。」

當然，這絕對稱不上是人和鳥的對話，不過至少讓我的心情愉快了不少。

「嗯，謝謝。」我敷衍地應道。

2

昨天吃完晚飯後，我和怜子阿姨聊了一下子。

主屋後面有一間小廂房，是她的在家工作室兼寢室，下班回來後她大部分時間都待在那裡面，當然偶爾也會有例外。像我氣胸復發的那個晚上，她就在客廳裡看電視……不過呢，吃完飯後全家聚在一起的團圓畫面，在這個家是不可能看到的。

「『夜見北的七大不可思議』，你想聽嗎？」

連假結束後的隔天，是我振作精神、第一天上學的日子，這點怜子阿姨當然知道，所以她才會想說要履行在病房裡對我的承諾吧？

「我說過，夜見北的跟別人的不太一樣。」

「是，妳說過。」

收拾完晚餐的餐盤後，外婆替我們泡了咖啡。怜子阿姨直接喝了口黑咖啡後說道：「怎樣，想聽嗎？」

她隔著桌子凝視我，臉上掛著淺淺的笑。一如往常，我內心感到無比緊張。

「呃……好。可是，一下子全知道了，以後就沒有期待了。」嘴上卻附和著她。

就算不太一樣，頂多也是換湯不換藥吧？所謂的校園怪談，不外是學校哪邊的樓梯多了一階、少了一階，或是美術教室的石膏像眼裡流出鮮血什麼的。

「總之，先講個一、兩個……」

先知道的話，以後跟新同學也有話題可聊，我是這麼想的。

「那好，我就從最早聽到的那個開始說起。」

於是，怜子阿姨告訴我發生在體育館後面飼育小屋裡的「怪事」。

某天早上，小屋裡飼養的兔子、土撥鼠全都不見了。小屋的門被破壞了，裡面留下大量的血跡。雖然也報了警，引來很大的騷動，但消失的動物竟然一隻都找不到，也查不出是誰下的毒手。不久後飼育小屋被剷平了，不過在那之後經常有人在小屋舊址看到渾身是血的兔子或土撥鼠（的幽靈？）出沒。

「這故事還有一個更驚悚的爆點，」怜子阿姨一臉認真地往下說，「警方調查發現，小屋內殘留的血跡並不是兔子或土撥鼠的，而是人類的。而且還是罕見的AB型Rh陰性……」

聽到這裡，我忍不住「咦」了一聲。

「那附近可有人受傷，或是行蹤不明的嗎？」

「聽說完全沒有。」

「哦？」

「如何，很奇怪吧？」

「嗯。不過，這個爆點與其說是怪談，還比較像是懸案。我想一定有個合理的解釋吧。」

「或許吧。」

之後，怜子阿姨遵守在病房的承諾，告訴我許多進入夜見北之前要作好的「心理建設」。

其一，如果到頂樓聽到烏鴉的叫聲，回教室的時候一定要先跨出左腳。

其二，升上三年級之後，千萬別在學校後門外的坡道上跌倒。

這兩項想必是自古流傳下來的禁忌吧？違反「一」，先跨出右腳的話，一個月內會受傷；違反「二」，在那條坡道上跌倒的話，高中會落榜——所以一定要小心。怜子阿姨諄諄告誡我。至於接下來的「第三項」很不一樣，確實是如假包換的「心理建設」。

「班上決定的事絕對要遵守。」怜子阿姨一本正經地說道，「恒一你在東京讀的Ｋ中學，雖是私立的明星學校，但校風應該很自由吧？至少每個學生的意志都會受到尊重。這方面，可能跟夜見北這樣的地方公立學校完全相反。比起個人，我們更注重的是團體，所以……」

講白了，就是看到什麼不順眼的事也要睜一隻眼、閉一隻眼，好好地跟大家配合是吧？這對我來說一點都不困難，我在以前的學校也是這樣混過來的。我垂眼拿起咖啡杯送到嘴邊。怜子阿姨認真地往下說：第四點，必須作好的心理建設是……

「恒一！」

遠方傳來外婆活力十足的呼喚，打斷了我的回想。那時我沒換掉睡衣就坐在簷廊上，雙手抱著膝蓋。早晨寧靜的空氣還有和煦的太陽實在是太舒服了，讓人想要定住不動。

「恒一，吃飯了喲。」外婆似乎是站在樓梯口往二樓的方向喊。

吃飯了……是嗎？我心裡嘀咕著，往牆上的時鐘一看，已經快七點了──不會吧？我竟然在這裡發呆了將近一個小時！有沒有問題啊我？

「吃飯了，恒一。」這次叫我的人不是外婆，而是外公，而且那沙啞的聲音就在附近。

我嚇得往背後看，聲音是從和室拉門後面的八疊大房間傳過來的，外公是什麼時候在那裡的？我竟然完全沒有發現。我輕輕推開拉門，看到睡衣外面披著咖啡色薄毛線外套的他，正跪坐在佛壇前。

「啊，早安，外公。」

「好、好，早安。」外公有點遲緩地應道。

「恒一今天也要去醫院嗎？」

「醫院已經不用去了，今天要去上學、上學。」

「噢，上學啊。這樣呀。」

外公的個頭很小，當他弓著背、跪坐在榻榻米上時，就像是滿臉皺紋的猴子雕像。記得他已經七十幾歲了，這兩、三年退化得特別厲害，一些小地方開始出現老人癡呆的徵兆。

「恒一已經讀國中了吧？」

「國三了，明年就高中了。」

「噢。陽介還好嗎？身體還健康吧？」

「他現在人在印度，剛剛才跟我通過電話。他很好。」

「身體健康最重要，理津子要是沒發生那種事的話……」

怎麼好端端地突然提起母親呢？我還在納悶，外公就已經用手指抹起眼淚來了。可能是十五年前失去女兒的痛苦回憶突然閃過了眼前；也許年紀大的人都有這種傾向，但對我來說實在是很困擾，因為我根本不知該作何反應，畢竟我所認識的母親只是照片上的母親。

「啊，原來你在這裡呀。」隨後出現的外婆即時拯救了我。

「吃飯了，恒一。該換衣服，準備去上學了。」

「呃，好——怜子阿姨呢？」

「剛才已經出門了。」

「是喔。這麼早？」

「你怜子阿姨可是很拚的。」

我站起身來，把簷廊的玻璃門關上。這時外婆說：「恒一，今天我開車送你去上學。」

「咦？不用了，那太……」

前往學校的路線我已經預習過了。全程用走的大概得花上一個小時，中途坐公車的話則可節省二至三十分鐘。

「今天是第一天，再加上你病才剛好——對吧？外公。」

「啊？對、對，就是說啊。」

「可是……」

「別跟我客氣了。去，趕快去準備。早餐要吃飽一點喔。」

「知道了。」

離開前，我沒有忘記把手機拿回來。就在我去拿手機的時候，好不容易安分下來的九官鳥又扯開喉嚨叫道：「為、什麼？小玲，為、什麼？」

3

三年三班的導師名叫久保寺，是名中年男子。性情溫和歸溫和，看起來好像不太可靠的樣子，負責教授的科目是國文。我進教室之前，先去教職員辦公室跟他報到。久保寺老師一邊看著手邊的資料，一邊說道：「你在以前的學校非常優秀啊，榊原同學。在K中學能有這樣的成績，真是不簡單！」

跟學生講話，犯不著這麼客氣吧？即使我們是初次見面也一樣啊。而且從剛才到現在，他都不敢直視我的眼睛。雖然感覺不是很好，但我還是以不亞於他的謙恭姿態回應道：「謝謝您的稱讚，不敢當。」

「身體已經康復得差不多了吧？」

「是，託您的福。」

「我想兩邊的環境可能不太一樣，但無論如何，希望你能跟大家好好相處。雖說我們是公立學校，但學生的常規一向很好，社會所詬病的校園暴力或師生衝突我們都沒有，這方面你不用擔心。如果適應上有任何問題的話，歡迎你隨時來找我商量。或是找擔任副導的——」久保寺老師把視線轉向在一旁觀看我們對談的年輕女老師，「三神老師也可以。我們都很樂意幫助你。」

「是。」我用力點了個頭，顯得非常緊張。為了這次轉學，父親臨時幫我找來一套制服，預計就穿個一年。大概是還沒穿習慣吧，總覺得渾身不自在。

「請多指教。」我勉強擠出乾澀的聲音，向擔任副導的三神老師（也教美術）行了個禮。

三神老師露出溫柔的微笑，「彼此彼此，多多指教。」

「呃、好。」

談話中斷，微妙的沉默蔓延開來。

兩位老師互相對望了一眼，在我看來好像正要開口說些什麼，此時上課的預備鈴聲響起，他們見機會已失，才閉上了嘴巴。

「那好，我們走吧？」久保寺老師說，拿起點名簿，站起身來。

「八點半開始是早自修。先介紹你給大家認識吧！」

4

兩名老師一路領著我，來到三年三班的教室門口，這時他們彼此使了個眼色，看起來好像又想說些什麼的樣子，不過，這次換上課的正式鈴聲響起了。故意先咳嗽一聲後，久保寺先生打開教室的門。

依稀可聽到學生的談話聲、收音機雜訊的沙沙聲。然後是混亂的腳步聲、拉開椅子就坐的聲音，打開書包、闔上書包的聲音……在先進去的久保寺老師的眼神催促下，我的腳踏入了教室。三神老師緊隨在後，就站在我的旁邊。

「各位同學，早安。」

久保寺老師在講桌上打開點名簿，慢慢環顧教室一周，確認出缺席的狀況。

「看來赤澤和高林今天請假哪。」

上課一開始的「起立」、「敬禮」、「坐下」在這裡好像也不用做的樣子，這又是私立和公立的不同？還是城鄉的差距？

「黃金週結束了，大家是否已經收心了呢？今天，我們先來認識轉學生。」

漸漸地，鬧烘烘的聲音不見了，教室變得鴉雀無聲。久保寺老師站在講台上向我招手。「快，趕快上去。」三神老師小聲地命令我。

我清楚感覺到全班的視線集中在我身上。我匆匆瞄一下，學生的人數大概是三十左右……除此之外，我已無暇觀察其他，只顧著往講台上走。啊！真是有夠緊張的，都快呼吸不過來了。雖說早有心理準備，但這對上個禮拜肺才剛好的少年的纖細神經來說還是太不健康了。

「那個……大家好。」

我面對身穿黑色立領制服或藍色西裝外套的新同學們，報上自己的姓名，久保寺老師把它寫在黑板上給大家看。

榊原恒一。

我努力叫自己鎮定，怯生生、近乎卑微地探測教室的氣氛。還好，並沒有感到任何異狀。

「上個月，我從東京搬來了夜見山。因為家父工作的關係，暫時會跟在這裡的外公、外婆住在一起……」

心裡的石頭逐漸放了下來，我繼續做著自我介紹。

「本來，上個月的二十號我就要來報到的，可因為身體出現了一點狀況，臨時住了院……呃，今天總算是順利來上學了。那個，請大家多多指教。」

這種時候，是不是該講一下自己的興趣、專長或喜歡的藝人什麼的？不，也許該趁此機會感謝大家住院期間送花來看我？正當我還在猶豫之際——

「就是這樣，各位。」久保寺老師幫我把話接了過去。

「從今天開始，榊原同學就是三年三班的一份子了，希望大家要好好跟他相處。我想他肯定會有很多不適應的地方，請大家一起幫助他。就讓我們互相扶持，完美地度過剩下一年的國中歲月吧。加油，我們一起加油。然後，明年的三月，全班都可以順利地畢業……」

瞧久保寺老師說成這樣，我幾乎要懷疑他最後會不會加上「阿門」兩個字了。我越聽越覺得背脊發麻，可班上的同學卻都仔細聆聽著。就在這個時候，我在最前面的位子發現了熟識的面孔。是曾來醫院探望我的班級幹部之一，風見智彥。

風見的視線一跟我對上，立刻露出僵硬的笑容。我突然想起在病房握手時那濕濕黏黏的觸感，忍不住把右手伸進了長褲的口袋裡。那時候來的還有櫻木由佳里，她坐在哪裡？正當我這麼想的時候——

「那好，榊原同學你坐那個位子。」久保寺先生說，指向某個位子。

講台的左手邊——靠走廊第一排，從後面數來第三個位子是空的。

「是。」我應聲，行了個禮，走向指定的座位，把書包掛在桌子的旁邊，在椅子上坐下，從那個角度重新把教室環顧了一遍。直到這個時候，我才發現坐在講台右手邊、面對操場靠窗列最後面的那名學生。

從教室前方看過去時，窗戶射進來的陽光正好在那附近形成了逆光……可能是因為這個原因我才沒發現到吧。雖說逆光的情形並沒有因為我的移動而產生多大的變化，但至少我已經能看到那裡有位子、誰坐在那裡了。

這時的「燦爛陽光」不知是怎麼回事，竟給人不懷好意的感覺，跟字面的意義正好相反。就拿坐在那裡、半身承受著它的學生來說好了，他們都被照到只剩下一個模糊的「影子」。隱藏在光明之中的黑暗……我突然想到這樣的句子。坐在那裡的人肯定不怎麼舒服，為了看清楚他的表情，我不停地眨著眼睛。每當我眨一次眼，他的輪廓就變得更清楚，並逐漸放大……幸好此時陽光也開始減弱，讓我終於看清楚他的樣貌。

坐在那裡的人是她。

在醫院的電梯裡遇到的戴眼罩的少女。一點腳步聲都沒有地走向地下二樓的昏暗走廊……

「……Mei。」我以不讓任何人聽到的音量自語道。

「Misaki Mei。」

5

早修結束後的十分鐘，班導久保寺老師依舊待在講台上，只有副導三神老師離開了教室。久保寺老師會留下來是因為第一節就是他的國文課。

久保寺老師的國文課，果然不出所料，平淡無奇。他講話的語氣依舊很客氣，遣詞用句也盡量淺白，但就是少了點魅力，沒什麼火花……總之，就是很平淡啦。當然，這種時候絕對不能老實表現出很無聊的樣子，因為會招來人家的反感。不但老師會不高興，恐怕連同學也會。

我瞪著全新的教科書，努力跟糾纏不休的睡魔對抗。

那是硬從明治時期文豪寫的短篇小說中節錄出來的一段文章。我讀著上面的句子，一半的心思卻在想讀到一半的大部頭史蒂芬・金。啊，被瘋狂的頭號書迷囚禁起來的暢銷作家保羅（Paul Sheldon）的命運會如何？該不會有什麼驚人的發展吧……

雖然久保寺老師上課這麼無趣，教室裡卻是出奇地安靜，跟我心裡想像的「公立國中」一點都不一樣。也許這是我個人的偏見，但一開始我以為應該會更吵一點才對。不過呢，這並不表示每個人都很認真地在聽講。雖然不至於私底下交談之類的，但仔細一看，有人正在發呆，也有人正在猛點頭。甚至有人偷偷地在看雜誌，或是在課本上亂塗鴉。他們會這樣可能也是因為久保寺老師不會一一糾正學生吧？

怎麼回事？

這個班的氣氛未免太安靜了吧？……不，與其說是安靜，應該說是沉悶才對——沉悶，而且拘束……嗯，就是這種感覺。

這是為何呢？我心想，該不會是因為……

今天開始有一個陌生人進了這個班級？換句話說，是我這東京來的轉學生造成的？所以全班才會有點緊張……不，不，這麼想的話，好像又太抬舉自己了？

……是因為她嗎？Misaki Mei？

我突然想知道她在幹嘛，偷偷往她的座位瞄。此時，她正用手撐著臉頰，呆呆望著窗外。我真的只瞄一眼，所以看到的就只有這樣。逆光之中，她的形體大致上就是個模糊的「影子」。

6

第二節以後的其他課，我還是有同樣的感覺。當然情況會因為科目或授課老師而有些微的不同，不過，該怎麼說呢？總覺得表面下有暗潮洶湧著。

不可思議的安靜、拘束，還有緊張感……沒錯，就是這些。

雖然我還說不出是誰？為什麼？不過，我確實感覺到了。那就好像某人（也許是大家？）正提防著什麼……搞不好還是在無意識的情況之下。連他們自己都不曉得自己在提防……不，說不定這些都只是我自己多心，無中生有？——也不無可能。唉，算了，也許久了就習慣了。

下課休息時間有幾個同學來找我講話，大夥兒聊了幾句。每次一有人喊「榊原」、「榊原同學」，我心裡都會一驚，繃起神經。不過，基本上我表現得頗為沉穩，應付得也還算得體——我覺得啦。

「害你住院的那個病已經好了嗎？」

——嗯，已經沒事了。

「東京跟這裡，哪邊比較好？」

——差不多。沒什麼特別的不同。

「不過呢，還是東京比較好。不像夜見山這種地方城市，只會越來越沒落而已。」

——那邊也有讓人很受不了的地方。到處都是人，街上鬧烘烘的，難得有平靜的時候……

「住在都市肯定是這樣的。」

——相較之下，這裡安靜多了。又可以親近大自然。

夜見山比東京好，這有一半是真心話，有一半是說給我自己聽的。

「聽說你父親是大學教授，因為研究現在人在國外是嗎？」

——咦，這種事你怎麼會知道？

「是久保寺老師說的，所以大家都知道。」

——是嗎？所以，我之前上哪一所國中，大家也都知道囉？

「都知道啊。不過，送花去醫院探望你這件事，是三神老師提議的。」

——喔，原來如此。

「依我說，這個班級的導師乾脆就讓三神老師做好了。她不但人長得美，辦事又靈光，才不像……喂，你不這麼認為嗎？」

——唔，或許吧。

「對了，榊原同學……」

——我爸他從今年春天開始，一整年都會待在印度。

「印度？那不是比日本還熱嗎？」

——嗯，好像真的滿熱的。

我一邊應付一堆有的沒有的問題，一邊搜尋著 Misaki Mei 的身影。不過，她一下課馬上就離開了座位，人也不在教室裡面。難道她休息時都一定會跑出去嗎？

「你東張西望的，是不是哪裡讓你覺得不安？」

——不……沒什麼。

「送去醫院給你的筆記影本有用嗎？」

——啊，嗯。非常有用。

「午休的時候，我帶你全校逛一圈怎麼樣？有很多地方要先去認識一下。」

如此提議的是一名叫做勅使河原的男同學。這裡規定在學期間每個學生都要在制服上別上名牌，所以不用他自我介紹，我只需要看一眼就知道他叫什麼名字。他跟風見智彥的感情似乎很好，因為他們是兩人一起來找我講話的。

「謝謝。那就麻煩你了。」我回答道，不動聲色地看向 Misaki Mei 的位子，眼看著下一節課就要開始了，她還沒有出現。

就在這個時候，我發現到一件很奇怪的事。

面對操場靠窗的最後一個座位是她的位子。只有那位子的書桌跟教室其他的不一樣，怎麼看都像是年久失修、早該汰換的骨董。

7

我以速戰速決的方式，很快地解決了午餐。

雖然也有不少同學把桌子併在一起吃飯，不過呢，我並不是很想打入他們的圈圈，所以只好用比賽誰吃得快的速度，三兩下地把外婆準備的便當嗑完。仔細想想，這還是我第一次在學校吃著家人親手做的便當。以前那所國中有營養午餐，碰到學校舉辦遠足或運動會的時候，我就會去便利商店張羅自己的午餐。從小學開始，一直都是這樣。為了沒媽媽的兒子，偶爾親自下廚之類的……我老爸壓根就沒想過。

因此能吃到外婆親手做的便當，實在令人感動揪心。謝謝妳，外婆，我吃飽了。我再次懷著無比感恩的心情，偷偷在心裡雙手合十。

話說回來——我將教室內環顧了一遍。Misaki Mei 人呢？

午休時間，她都在哪裡？做些什麼？

「榊原。」突然有人從背後叫住了我。

同一時間，我的肩膀還被拍了一下，讓我全身的神經更加繃緊了。我心想「終於來了嗎？」心驚膽戰地把頭轉了過去——

叫住我的人是敕使河原，風見也在旁邊。從他們兩人的臉上感覺不出半點惡意……真是的，我快被自己的神經過敏煩死了。

「我們剛才說好的。」敕使河原說。

「要帶你去校園逛逛。」

「啊……對喔。」

其實不用特地帶我去逛的，這是我有點孤僻的真心話。學校哪裡有什麼，到時再問人就知道了。不過，唉，難得新同學這麼熱情，我怎麼可以辜負人家的好意？說什麼都要配合一下……

於是，我們三人一起走出了三年三班的教室。

8

風見和敕使河原這組合，乍看之下還真的很不搭軋。

相較於一本正經、很有班長派頭的風見，敕使河原卻很輕浮，枉費有一個這麼威風的姓，他不但染髮，學生制服的釦子還兩、三顆不扣。不過，這只是他的外表，骨子裡他可是好學生，一點也沒學壞。一問之下才知道，這兩人從小學三年級就一直同班到現在，連家都住得很近。

「他小時候明明皮得要死，長大後竟然成了什麼狗屁優等生，真是想不到啊想不到……」勅使河原嘻皮笑臉地用酸溜溜的語氣說道，風見則由著他說，沒多大反應。後來勅使河原連「孽緣」這種話都講出來了，但風見也只是回了一句「喂，你搞錯對象了吧？」聽他們打打鬧鬧的，我的心情也跟著愉快了起來。

我本來就不擅長和勅使河原這種「口無遮攔」的傢伙打交道。不過呢，像風見這種「品學兼優的好學生」，我也不想跟他太親近。算了，還是隨和一點，不要把對人的偏好表現出來吧。我心裡暗自決定，反正明年春天老爸回國後，我也會立刻返回東京，在那之前我要跟這所學校的大家保持良好關係——這是我在夜見山的這段日子，首先要做到的功課。

「對了，榊原你相信靈魂或是鬼神作祟嗎？」

「啊？」突然被這麼一問，我根本反應不過來。

「我是說，你是無神論者嗎？」

「靈魂？鬼神作祟？」

「所謂的超自然現象，你相信嗎？」風見從旁插嘴。

「不只是靈異現象，飛碟、超能力，或是諾斯特拉姆斯的預言都算。當今科學無法解釋的怪現象是否真的存在於這個世界上？」

「呃，一時之間我很難回答。」我望向風見，發現他的表情十分認真。

「不過，基本上，那方面的事我很少當真。」

「一向嗎？完全？」

「嗯，應該是吧。至少像『校園七大不可思議』之類的，我就從來不信。」雖然我不懂為什麼話題會突然轉變，不過我想接下來他們肯定會聊那個，乾脆先下手為強。

「兔子和土撥鼠一夕之間全消失的事，我已經聽說了。」
「那『蓮花池的手掌』呢？」這是敕使河原問的。
「哦？還有這種事？」
「那個池就在那邊。」敕使河原伸手指向前方，不遠處有個用水泥砌成的方形小池塘。
我們離開教室所在的三層樓鋼筋建築，現在正走在中庭的步道上。中庭的另一邊有一棟差不多規模的校舍，稱為「Ｂ號館」。我們走出來的那棟叫「Ｃ號館」。跟各樓以走廊相連的是「Ａ號館」，是教職員辦公室和校長室所在的行政大樓。Ａ號館後面緊鄰著「特別教室大樓」。這棟簡稱為「Ｔ棟」的大樓，誠如其名，裡面主要是理科教室、音樂教室等特別教室❸。
敕使河原所指的那個池子，位在中庭的外側。我們先走到Ａ號館的入口處，再從步道繞了過去。
「聽說那個池子裡不時會有沾滿血的手掌從荷花葉中伸出來。」敕使河原繪聲繪影地說，但我只覺得「蠢透了」。何況，他所說的荷花其實根本是「睡蓮」好不好，湊近一看就知道了。
「好了好了，別管什麼『七大不可思議』了。」風見說。
「怎麼樣？榊原同學。說到超自然現象，可是各式各樣都有，難道你一個都不相信嗎？」
「嗯，這個嘛……」斜望著鋪滿睡蓮葉子的池塘水面，我低聲地說：「既然ＵＦＯ的語意是『不明飛行物體』，那就代表它是『存在的』。至於它是外星人的鐵餅還是什麼，就是另外的問題了。而超能力呢，電視或雜誌上介紹的那些百分之百都是騙人的。那種東西要叫觀眾或是讀者相信恐怕很困難吧？」
風見和敕使河原面面相覷，兩人臉上都出現很複雜的表情。
「話說諾斯特拉姆斯的『恐怖大王』預言明年就可以驗證了，只要再等上一年幾個月就可以知道它到底是不是真的……怎樣？你們覺得它有可能實現嗎？」面對我的質問，風見不置可否地偏了偏頭。勅使河原卻——

「我百分之百相信。」他答道，還故意噘起一邊的嘴角。

「所以呢，反正一九九九年的夏天世界就要滅亡了，我們根本不用煩惱考試什麼的。應該趁現在及時行樂才對！」

不知道他是認真還是開玩笑的，但我也在某個地方看過消息指出：奧姆真理教引起那樣的騷動後，和我同世代的年輕人裡還是有很多「信眾」。大概是為了要利用世界末日的預言來逃避個人面臨的問題，所以才不願意去追究它的真假吧——這是父親當下對這件事所做的註解，我也大致贊同。

「言歸正傳。」

經過睡蓮池再繞到B號館的後方時，勅使河原邊走邊說道。

「靈魂啦、鬼啦這種東西，你是不相信的囉？」

「嗯，應該是吧。」

「不管發生什麼事，你都不相信嗎？」

「也不是啦，如果眼前真的出現類似的東西，並有證據證明它確實就是幽靈的話，或許我就會相信。」

「哦，證據啊。」

❸日文的特別教室讀音TOKUBETSUKYOSHITSU，第一個音是T。

「證據，是嗎？」風見說。一臉嚴肅的他，戳了戳銀框眼鏡的鼻梁架。

真是的，什麼跟什麼啊？

這兩人到底想說什麼啊？——我終於再也受不了了，不自覺地加快了腳步。

「——那是？」我指著隱身在B號館後面的建築，轉身向兩人問道。

「原來還有其他的校舍啊。」

「那是『〇號館』，大家都這麼叫它。」風見回答。

「〇號？」

「因為是舊校舍。一直到十年前吧？三年級的教室都還在那邊。許多原因……造成了學生人數減少，班級也縮編了，所以那邊就廢棄不用了。A號館或B號館的名稱，都是後來才流行那麼叫的，所以那棟舊校舍就叫做〇號了……」

確實，那棟「舊校舍」比我今天在校內看到的任何一棟校舍都還要古老。厚重的兩層樓磚造建築，牆壁的紅磚褪色得非常嚴重，仔細一看到處都是裂縫。二樓舊教室的一整排窗戶全是關著的，其中幾扇大概是玻璃破了吧？還用木板釘死了。這種地方不正是製造靈魂、鬼怪，穿鑿附會剛才講的「七大不可思議」的最佳場所嗎？

「所以，它現在都沒在使用了嗎？」我慢慢地走了過去。

「它現在是普通教室。」風見與我並肩而走。

「二樓已形同廢墟，禁止進入。一樓是第二圖書室、美術教室以及文藝社團的辦公室。」

「第二圖書室？竟然還有這種地方。」

「使用的人少得可憐，因為平常大家都會去A號館的第一圖書室。連我也只去過一次。」

「裡面放的都是什麼樣的書啊？」

「跟鄉土史有關的文獻啦、校友捐贈的珍本啦，好像數量還挺多的，所以感覺比較像是藏書庫而不是圖書館。」

「這樣啊。」真想去看看，我的興趣被挑起來了。

「美術社，這所學校應該有美術社吧？」我突然想到就順口問了。

風見慢條斯理地答說：「嗯，現在有。」

「現在……怎麼說？」

「去年為止都還沒有活動，是從今年四月開始才又復活的。」這次換敕使河原說話。

「順便告訴你，顧問還是可愛的三神老師呢，我要是有那方面才能肯定會第一個去報名。——榊原，你要參加嗎？」

我停下腳步，轉身面對一頭金髮的傻小子，有點誇張地聳了聳肩。敕使河原看了也沒收斂一點，依舊嘻皮笑臉的。「喂，榊原。」彷彿要阻止我再度邁開腳步似的，敕使河原說：「其實，我有件事要告……」

就在這時候他的話被打斷了，因為我突然「啊」了一聲。真的是脫口而出，不是故意的。在〇號館和前方B號館中間的庭園裡，有著美輪美奐的花圃，其中有幾處正盛開著黃色的薔薇。當我望向和煦春風中搖曳的花朵時，赫然發現她——Misaki Mei 的身影。

我什麼都沒想，憑直覺朝她走去。

「喂、喂，榊原。」

「你是怎麼了？榊原。」

耳邊傳來敕使河原和風見驚慌失措的聲音，但我裝作沒聽到，加速前進，幾乎是小跑步。

她——Misaki Mei 正獨自坐在花圃那邊樹蔭下的長椅上，附近半個人都沒有。忽然一陣強風吹來，花草樹木被吹得沙沙作響。薔薇的甜香搔得人鼻腔癢癢的。

「嗨。」我向她打招呼。

那望著天空、不知在冥想還是在發呆的眼睛（左邊那隻用白色眼罩遮了起來）對聲音起了反應，先是轉向我，然後定住不動。

「嗨！」我故作瀟灑地輕輕舉起了手。

「妳是 Misaki 同學，對吧？」我邊說邊走到她坐著的長椅旁邊。此時的我比今早在教室裡向大家自我介紹時還要緊張，甚至有一種喘不過氣來的感覺。

「我們好像在同一班。三年三班。我是，呃，今天剛轉來的……」

「……為什麼？」她的嘴唇輕輕動了一下，跟在醫院電梯裡聽到的聲音一模一樣，語氣同樣是冷冰冰的。

「為什麼？」她又重複了一次。

「沒關係嗎？你這樣……」

「咦？」我不懂她這樣問是什麼意思。「為什麼？」也好，「沒關係嗎？」也罷……完全不明白她是在指什麼，只能傻愣愣地站著。

「那個，我是說……」我焦急地想找個話題。

她將視線從我的身上移開，無聲地從長椅上站起來。就在這個時候，我清楚地看到別在她胸前的名牌。為了製造區隔，三年級的名牌是淡紫色的。難道是我多心嗎？總覺得她的名牌看起來特別髒、特別縐，不過，上面確實繡有「見崎」兩字。所以「Misaki」的寫法是「見崎」……見崎・Mei。

我的嘴張開了又閉上。本想說「上次在醫院我們見過」，卻沒辦法順利發出聲音來。這時她說了一句：「你最好小心一點。」靜靜轉過身去。

「等、等一下……」我情急地想要叫住她，她卻還是背對著我。

「小心一點比較好，說不定已經開始了呢。」

然後，見崎・Mei留下還愣在原地的我，逕自離去。

我用目光追隨著她的背影，她往〇號館的入口走去，消失在那棟古老的建築物裡，悄悄沒入無邊的陰影中。

宣告午休結束的鐘聲朗朗響起，凍結的時間因此解凍了。我猛然回過神來，看了看四周。

「喂！你在幹嘛？榊原。」敕使河原的大嗓門殺到了。

「下一節是體育課，更衣室就在體育館的旁邊。不趕快會來不及喔。」

回頭一看，敕使河原的嘴嘛得都像是祭典中戴的火男面具了。而在他旁邊的風見則是一臉蒼白地低著頭，不知在喃喃自語著什麼。

9

體育採男女分開上課的方式。

我穿著制服坐在操場北側有樹蔭遮蔽的長椅上。根據醫師的指示，我不能從事劇烈運動，所以根本就不會碰上敕使河原說的「來不及」的狀況。

男生在旁邊看的只有我一個。

大家全穿著白色的體育服，輪流練跑四百公尺。跟午後耀眼的陽光相反，空曠操場上只有十幾條人影在活動的光景，不知怎地，竟給人一種冷颼颼的感覺。跑步的話，長跑、短跑我都喜歡。

利用到器材的體操和游泳我也都愛。我不喜歡的有足球、籃球……總之，團隊競賽不是我的強項。好想跑喔。現在就算多做幾次深呼吸，胸口也完全不會痛了，所以乾脆我也下去。

想跑又不敢跑，我內心猶豫著。如果在這裡亂跑、亂跳的話，搞不好肺的哪邊又會破一個洞。雖然老爸說「不會再復發」，但他講的話一點說服力都沒有。我可不想隨隨便便勉強身體，然後再受一次罪。現在還是安分一點比較好吧。

操場的西邊有個沙坑，班上的女生正在練跳遠。

她——見崎．Mei 應該也在裡面吧？我心想，一邊瞇起眼睛想要看個清楚，可惜距離太遠了。對了，她左眼戴著眼罩，所以說不定她也沒下去、在旁邊看？換句話說，她可能坐在那附近的長椅上……

有了，有一個類似那樣的人影。

離沙坑有點距離的樹蔭下，有一個穿制服的人孤零零地站著——是她嗎？

距離終究還是太遠了，看不清楚那個人是不是 Mei。

話說回來，我也不好東張西望地猛往女生那邊瞧吧？「啊——」我打了個哈欠，雙手交疊枕在頭的後面，試著閉目養神。不知怎麼地，耳畔突然響起九官鳥小玲那怪腔怪調的叫聲：「怎、麼了？」

然後，大概過了五、六分鐘之後吧？

「那個，榊原同學。」有人出聲叫我。

我嚇了一大跳，奮力把眼皮撐開。定睛一看，就在前方一公尺處，有一個穿著藍色西裝外套的女生。然而她並不是見崎．Mei。

臉上戴著的不是白色眼罩，而是銀框眼鏡。髮型也不是短鮑伯頭，而是及肩的中長髮。——

是班長櫻木由佳里。

「你有一陣子不能上體育課了，是嗎？」櫻木由佳里問。

我藏起內心的小小失望，若無其事地答道：「嗯，因為我出院才剛滿一個禮拜，醫生交代說不可以從事劇烈運動——櫻木同學也不下去嗎？是哪裡不舒服？」

「昨天跌了一跤，腳扭傷了。」櫻木由佳里說，視線落在自己的腳上。

這時我才發現她的腳從右邊膝蓋到小腿肚都纏著繃帶，好像很痛的樣子。

「那個……妳說跌了一跤，該不會是在學校後門的坡道上跌的吧？」我半開玩笑地問道。

櫻木聽罷，莞爾一笑，好像不那麼緊張了。

「幸好是在其他地方跌倒的。那個禁忌你已經知道了？」

「是啊。」

「那你——」瞧她一副很想聊的樣子，我趕緊乘機打斷她，「上次謝謝妳。特地跑來醫院看我。」

「啊……哪裡。不客氣。」

「妳要坐嗎？」我站起來，把座位讓給受傷的人，然後試著改變話題。

「對了，體育課為什麼不讓兩班合在一起上呢？」從剛才我就對此事感到不解。

「像這種男女分開上的體育課，一般都會跟隔壁班的合上不是嗎？公立學校尤其愛這麼安排。因為男女分開的話，不但要配兩個老師，學生的人數又會減半……」人數這麼少的話，連要比賽足球都不夠。我是無所謂啦，反正我又不愛足球。

「其他班就不一樣。」櫻木答說。

「一班跟二班，四班跟五班，他們都是兩班合在一起上。只有三班單獨上。」

「只有三班？」如果班級數是奇數的話，會有一個班剩下來是可以理解的，不過，為什麼「單獨」剩下來的會是三班呢？照理說，應該是五班才對。

「午休，你跟風見還有勅使河原同學在一起吧？」這次換她轉移了話題。

「啊，是。沒錯。」

她繼續坐在長椅上，偏頭仰望著我。

「那個……他們告訴你了嗎？」

「你說他們？」

「是的。」

「他們帶我校園逛了一圈，說『那是A號館，再過去是特別教室T棟』，大概是這樣，然後就只有再講到中庭蓮花池裡的怪手什麼的。」

「就這樣？」

「最後我們有去到〇號館那邊，聊了一下那棟舊校舍的情況。」

「就這樣？」

「嗯，應該是吧。」

「喔。」櫻木由佳里一邊沉吟一邊點頭後，以更低沉的聲音說道：「……不好好做的話，會被赤澤同學罵的……」

這段喃喃自語我聽得不是很清楚。赤澤同學？——如果我沒記錯，今天請假的學生裡有一個就叫做「赤澤」。櫻木露出一副若有所思的樣子，緩緩地從長椅上站起。看得出來，她很保護受傷的右腳。

「對了，櫻木同學。」終於，我鼓起勇氣問了。

「那，見崎同學呢？」

「——咦？」她說，頭偏向一邊。

「有一個叫見崎．Mei的女生，是我們班的吧？喏，就左眼戴眼罩的那位。體育課她也只是在旁邊看嗎？」

櫻木輕聲地「咦？」「咦？」個不停，始終偏著頭，表情十分困惑——怎麼回事？為什麼她會有那麼奇怪的反應。

「午休快結束時，我在〇號館前遇見了她。」

就在這個時候，頭頂上方傳來一陣悶響，轟隆隆……是飛機在天上飛嗎？不，不是那種聲音。該不會是——雷吧？

我抬頭仰望天空。

視野有一部分被樹蔭遮住了，記得到剛剛為止都還是晴朗的五月天的，但我東看西看後，竟發現北邊有若干雲層正在變化。方才的聲響就是從那邊傳過來的雷鳴吧？

轟隆隆……遠處再度響起同樣的聲音。

啊，果然。這就是所謂的春雷吧？傍晚可能會下陣雨喔。我一邊這樣揣測著，一邊放眼往北邊的天空望去。

「咦？」我在意想不到的地方發現了她，驚呼出聲。

「竟然有人……在那種地方。」

蓋在操場北側的三層樓校舍，C號館。就在它的頂樓——

有人正在那邊。

有人正獨自站在圍起來的鐵欄杆前——那是？

是她，是見崎・Mei。

直覺是這麼告訴我的。雖然我連她的服裝都看不清楚，更別提五官了。

於是，下一秒鐘，我就丟下一臉困惑的櫻木由佳里，拔腿往C號館跑去。

10

就在我爬樓梯的時候，忍不住又喘了起來。肺破了個洞的透視影像不時閃過我的腦海，不過我現在更在乎的是從操場看到的人影。

通往頂樓的出入口很容易就找到了。漆成米白色的不鏽鋼門，紅色麥克筆寫的「禁止隨意進入」的厚紙板則用膠帶貼在門板上。

我遲疑了一秒，決定忽略這不太斬釘截鐵的禁止標語。門並沒有上鎖。我推開門，登上頂樓。

我的直覺是正確的，那道人影果然是見崎・Mei。

鋼筋校舍的屋頂，已經斑駁的水泥頗殺風景。而她卻在這裡，獨自一人——

她就站在面向操場的鐵欄杆前，只要一轉身就能看見我。可她卻什麼都沒說的，繼續背對著我。我一邊調整紊亂的呼吸，一邊慢慢走到她的旁邊。

「喂，妳——見崎同學。」我試圖引起她的注意。

「那個……妳，體育課也不用上嗎？」沒反應。

我又往前走了一、兩步，「沒關係嗎？我是說妳現在人在這裡。」

「還好吧……」始終背對著我的她，終於有了回應。

「反正在旁邊看也沒多大的意義。」

「老師不會生氣嗎？」

「不會。」她細聲回答，轉身面對我。這時我才看到她胸前抱著一本八開大的素描簿。

「那你自己呢？」她反問。「沒關係嗎？跑來這種地方。」

「還好吧……」我學她剛才的反應，「體育課在旁邊看真的很沒意思……妳在畫畫嗎？」

她沒有回答，卻把素描簿藏到了背後。

「午休碰到時我也說了，呃，我是今天剛轉到三年三班的……」

「榊原同學，對吧？」

「嗯，而妳是見崎……見崎 • Mei 同學，是吧？」我往她別在西裝外套上的名牌偷瞄一眼，「請問 Mei，漢字要怎麼寫啊？」

「鳴叫的鳴。」

「鳴？」

「共鳴的鳴，哀鳴的鳴。」

「鳴」是嗎？——見崎 • 鳴。

「那個，我們之前在市立醫院見過，妳記得嗎？」終於把要講的話講出來了。話說剛才開始，我的心臟就不受控制，撲通、撲通地狂跳個不停，那脈動的感覺都清晰地傳到耳朵來了。

「就在上個禮拜的禮拜一。我們碰巧搭乘同一部電梯，妳要去地下二樓……那個時候我有問妳的名字，所以妳告訴了我。妳還記得嗎？」

「上個禮拜的禮拜一……」見崎鳴一邊沉吟，一邊閉上沒有被眼罩遮住的右眼。

「……或許有吧。」

「果然，我一直在想……那天的事。所以今天在教室看到妳的時候，我真的嚇了一跳。」

「喔。」

她的反應很冷漠，不過那小而薄的嘴唇隱約含著一抹淺笑。

「那時妳去地下二樓是有什麼事嗎？」我追問下去，「記得妳說要送東西過去，是要送給誰呀？妳手上拿著的好像是白色的人偶，那就是妳要送的東西嗎？」

「我討厭人家問個不停。」鳴冷冰冰地說完後，別開了視線。

「啊，抱歉。」我趕緊道歉。

「我不是一定要問出一個答案，只是有點好奇……」

「那天，發生了一件悲傷的事。」

——它在那裡等我。我可憐的半身。

沒錯，記得當時在電梯裡面她確實是這麼說的。

——我可憐的半身指的是……

雖然我很想知道答案，卻不好再問下去。她自己也沒多透露什麼。遠方雷聲再度響起。吹過頂樓的風好像比剛才還要冷，是錯覺嗎？

「你——」見崎鳴主動開口。

「你叫做榊原・恒一（Sakaki-bara・Kou-iti），對吧？」

「嗯，沒錯。」

「你很在意吧？那個。」

「嗯……咦？」等一下。難道她要在這裡聊那個？

「什、什麼意思？」鳴用平靜的眼神凝望著故作鎮定的我。

「就在去年的這個時候，同樣的姓在日本引起了很大的騷動。如今還不滿一年呢！」

「……」

「榊原……，幸好你的名字不是『聖斗』（Seito）。」說罷，她的嘴角又泛起一抹淺笑。

真是敗給她了。那個話題已經很久沒有人提起了，今天在學校也還沒有人提到。偏偏現在，從見崎鳴的口中講了出來。

「怎麼了？」鳴疑惑地偏著頭。

「難道你不希望別人提起？」

我很想不在乎地回答「沒有」，但卻說不出口，這下該怎麼辦呢？我還沒開始想應對之策，就決定還是坦白算了。

「因為它會喚起我不好的回憶，」我表情嚴肅地說道，「去年，在之前的學校。神戶發生了那起事件，使得『酒鬼．薔薇．聖斗』（Sakaki-bara．Seito）變成大家討論的話題，再加上被逮捕的嫌犯又跟我一樣是十四歲的國中生……」

「所以，你被霸凌了嗎？」

「沒有到霸凌那麼嚴重。只是……」是啦，真的沒有那麼嚴重，並沒有人惡整我，只是大家會半開玩笑地——

把我的姓寫成「酒鬼薔薇」，或是叫我「聖斗同學」之類的，說無聊還真的挺無聊的，充其量不過是孩子氣的惡作劇。當然，我都只是一笑置之，沒有多加理會，但久了畢竟是一種困擾。換句話說，它成了壓力的來源。每天我都抱著這樣的壓力過日子，直到去年秋天，第一次氣胸發作。究其原因，說不定就是「酒鬼薔薇」所造成的，這種推斷也不無可能。

老爸離開日本的這一年會把我送來夜見山讓外公外婆照顧，也是因為他知道箇中的隱情，難得展現出為人父母體貼的一面。他大概是覺得與其讓我在學校人際關係越來越差，還不如換個環境重新開始會比較好吧？

我把事情的原委說了一遍，但見崎鳴聽了並沒有表現出特別同情或是不好意思的樣子。

「這裡，都沒有人提過？」她問。

「妳是第一個。」我露出苦笑。不可思議的是，心情變得比較輕鬆了。只因為這樣的經歷，從早上開始只要一有人叫我的名字，我就會全身緊繃。我甚至覺得像這樣介紹自己、跟人家講話，根本是愚蠢透頂。

「大家可能有所顧忌吧？」鳴說。

「是嗎？」

「不過呢，這個顧忌未必是考慮到你的心情。」

「怎麼說？」

「聽到榊原這個名字很自然地會聯想到『死』，而且還不是單純的死，是以學校為舞台的悽慘之死。」

「聯想到『死』……」

「沒錯。」鳴靜靜點頭，按住被風吹亂的頭髮。

「大家想到就很害怕。所以……會下意識地不去提它，就像保護傷口一樣。」

「——所以呢？」

她是什麼意思？

「死」是個不吉利的字眼，任誰都會覺得討厭，這是可以理解的。只是……

「在這裡，」鳴的語氣依舊是那麼的冰冷、平淡，「在這所學校裡面，三年三班是最接近『死亡』的班級。一直以來，比起任何學校的任何班級都要接近死亡。」

「接近『死亡』……」好難懂啊！我用手抵著額頭。

鳴凝視著我的右眼逐漸瞇成了一條線。

「你什麼都不知道嗎？榊原同學。」接著，她慢慢地轉身面向操場那邊，倚著咖啡色的鐵欄杆，抬頭看向斜上方。我站在她的背後，也學她仰望天空。跟剛剛比起來，雲好像又變厚了。遠方再度傳來雷聲。飽受驚嚇的烏鴉聒噪著，有幾隻鼓動黑色的翅膀從樹林裡飛了出去。

「——你什麼都不知道呀，榊原同學。」見崎鳴保持仰望天空的姿勢，重複了同樣的話。

「還沒有人告訴你嗎？」

「告訴我什麼？」

「你以後就會知道了。」

「……」

「還有啊，你最好不要跟我太接近。」

她越說我越糊塗了。

「最好也不要像這樣跟我講話。」

「為什麼……總有個理由吧？」

「以後你就會知道了。」

「什麼嘛……」一點誠意都沒有，說了等於沒說。

我還考慮要怎麼回話時，見崎鳴已默默轉身，把素描簿揣在胸前，從我身旁經過，朝入口處走去。

「再見，榊—原—同學。」

像被施了咒語似的，我的整個身體瞬間僵住了，但我還是不管三七二十一地追了上去。這時，校園那邊又傳來烏鴉的叫聲。

我突然想到昨天晚上怜子阿姨告訴我的「心理建設」之一。

上到頂樓如果聽到烏鴉的叫聲，回教室的時候一定要先跨出……

……右腳？還是左腳？到底是哪一腳？記得好像是左腳，我還在回想，鳴就俐落地打開了門，消失在門的後方。

她先跨出去的那隻腳是……右腳。

11

就在第六節課上完的時候，雨終於下了下來，那是季節錯亂似的驟雨。

我一邊收拾書包，一邊想：沒帶傘該怎麼辦呢？就在這時，書包裡轉到靜音模式的手機突然開始震動，是外婆打來的。

「我馬上過去接你。你在學校正門口等我。」

這通電話來得正是時候，但我卻還是逞強地說「沒關係」。

「沒關係啦，外婆。等一下雨就變小了。」

「你這孩子病才剛好說什麼傻話？要是淋雨感冒了，那可嚴重了。」

「可是……」

「聽話，恒一。一定要等我過去接你喲。」

電話掛斷了，我抬起頭看了看四周，「吁」地嘆了口氣。

「喂，原來你也有手機啊，榊原。」

這時跟我講話的人是敕使河原。他往學生制服的口袋裡亂掏了一陣，拉出一只掛滿吊飾的白色機子。

「好兄弟，電話號碼說來聽聽吧。」

自己有手機的國中三年級生還算少數。即使在東京的學校，連ＰＨＳ算在內，頂多也就是每三人有一人持有手機吧？

我一邊與他互換電話，一邊看向靠窗的那邊。最後面見崎鳴的座位上，已不見她的身影。

敕使河原把手機放回口袋後，我說：

「喂，可以問你一個問題嗎？」

「嗯？」

「坐在那邊叫見崎的那個女生。」

「嗯？」

「她怪怪的。到底……」

「你還好吧？榊原。」敕使河原一臉嚴肅地偏著頭，突然冒出一句：「振作一點。」用力拍了一下我的背後，隨即閃得不見人影。

我離開教室，前往正門穿堂的Ａ號館，途中在走廊上遇到了副導三神老師。

「今天過得如何？榊原同學。對新學校有何感想？」

三神老師露出和藹可親的笑容。被她這麼一問我有點慌亂，卻還是淡然地回說：「還好吧，好像還應付得來。」

三神老師用力點了個頭，「正在下雨耶，你有帶傘嗎？」

「呃，阿嬤——不，我外婆會開車來載我。剛剛，她有打手機給我。」

「那我就放心了，要小心喔。」

在稍微減緩的雨勢中，外婆駕駛的黑色公爵（Cedric）抵達了穿堂旁的停車場，那是與三神老師對話完十五分鐘後的事了。

穿堂附近有幾個被突如其來的陣雨害得無法返家的學生。我不想被他們撞見，所以趕緊鑽進副駕駛座裡。

「辛苦你了，恒一。」一邊轉動方向盤，外婆一邊說道。

「身體沒有不舒服吧？」

「嗯，身體很好。」

「跟班上的同學，相處得還愉快吧？」

「還算……愉快。」

車子駛離校園，開在濕淋淋的柏油路上，朝正門緩緩前進。就在半路上——

靠著車窗向外望的我，突然看到了她。在已然減緩但還稱不上毛毛雨的細雨當中，她獨自一個人，傘也沒撐地走著。——是見崎鳴。

「怎麼了嗎？」

在車子要出校門前，外婆問道。大概是我的神情有異吧，明明既沒出聲也沒搖下車窗啊。

「——沒什麼。沒事。」我答道，扭動上半身，試圖看向後面。然而，鳴的身影已經不見了，簡直就像溶在雨中，消失了一般。當時我心中是這麼想的。

第三章　五月之二

1

「這是什麼？」三神老師問道。

她問的是坐在我左邊的男生，名叫望月。望月優矢。

個子嬌小、皮膚白皙，五官雖不突出，但頗為清秀……說真的，他要是穿著女裝走在澀谷街頭，肯定會有人以為他是美少女，主動前來搭訕。話說回來，我到現在都還沒有跟他講到過話。就算我有意示好，他也是馬上就把眼睛轉開了。到底只是因為他害羞呢？還是個性陰沉，不喜歡與人為伍？目前還看不出來。

被三神老師一問，望月的臉微微地紅了，

「呃，那個……」他答得吞吞吐吐。

「那個……就是檸檬啊。」

「檸檬？這是檸檬？」

偷偷看向一臉狐疑的老師，望月小聲地回說：「嗯，是的。」

「這是檸檬的吶喊。」

這是上學第二天的星期四，第五節美術課發生的事。

在舊校舍——〇號館一樓的美術教室裡，全班分成六組，各自圍著一張大桌子畫畫。每張桌子的中間都擺著洋蔥、檸檬或馬克杯之類的東西，換句話說，這天美術課的作業是要我們以它們為主題練習靜物素描。

我選了洋蔥旁邊的馬克杯做為素描的對象，用2B鉛筆在分配到的圖畫紙畫著。而望月選的應該是檸檬吧？

我伸長脖子，試圖偷看他畫的樣子。結果——

喔，原來如此。怪不得三神老師會那麼問了。

望月的圖畫紙上，有一顆奇怪的檸檬，長得跟桌上的實物很不一樣。硬要說它是檸檬的話其實也說得過去，只是這顆檸檬又細又長，足足比眼前的檸檬高了兩倍，而且它的輪廓還是用不規則的曲線畫成的。檸檬周圍的空白也同樣用波浪般的曲線來打底……

什麼啊？這是？

乍見之下，我也會有此一問，不過，想到望月說它是「檸檬的吶喊」，我突然明白了。說到「吶喊」，那可是連小學生都知道的一幅名畫，是挪威畫家愛德華・孟克的超級代表作。那幅畫的構圖和色彩都很奇異，畫的是在棧橋上摀著自己耳朵的男子。它跟這幅扭曲的檸檬，有異曲同工之妙……

「你覺得這樣畫沒問題嗎？望月同學。」

抬眼偷瞄了一下雙手抱胸的三神老師，「嗯……因為，此刻在我的眼中，這顆檸檬就是長這個樣子。」望月戰戰兢兢地答道。

「因為，那個……」

「是嗎？」老師的嘴抿成了一條線，露出「無奈」的苦笑，

「這跟我們這堂課的主題不合喔……哎，算了。」

「如果可以的話，這種練習還是留到美術社的活動上再做會比較好。」

「啊，是——對不起。」

「不需要道歉。你就這樣把畫完成吧。」瀟灑地丟下這句話後，三神老師終於走開了。

「你喜歡孟克喔？」我仔細看了看望月的畫，偷偷問他。

「啊……嗯。也還好啦。」望月頭也不抬地回答道，重新抓起鉛筆。不過，感覺他並沒有拒人於千里之外的意思，所以我也就接著問：

「但是，檸檬為什麼會變成那個樣子？」

聽我這麼一問，他把嘴抿成了一直線，就像剛才面對三神老師那樣。

「我只是把我看到的畫出來而已。」

「你是說你看到檸檬在『吶喊』？」

「才不是。孟克的畫經常被誤解，其實那幅畫裡吶喊的不是那個男人，而是他周遭的世界。他就是因為受不了那吶喊才摀住耳朵的。」

「那麼，你的畫裡吶喊的也不是檸檬囉？」

「沒錯。」

「所以檸檬沒有吶喊，而是摀住了耳朵？」

「也不是這樣說啦……」

「唉，不管了。聽說你是美術社的？」

「嗯，我是升上三年級後才又入社的。」

話說回來，昨天敕使河原好像說過美術社到去年為止都是停止活動的狀態，從今年四月開始才在「可愛的三神老師」的帶領下重新……

「榊原同學你呢？」這時候，望月第一次正眼瞧我。他像可愛的小狗略偏著頭，「有興趣參加嗎？美術社。」

「你是說我嗎？」

「對啊，因為……」

「也不是說完全沒興趣啦……不過呢，對畫畫我不是那麼擅長。」

「功力好不好是次要的。」望月一本正經地說道。

「畫畫呢，要用心去畫。這正是它有趣的地方。」

「用心去畫？」

「沒錯。」

「就像這個？」我指了指他畫的「檸檬的吶喊」，沒想到望月竟老實不客氣地點了點頭，應了聲「對啊」，用手搓了搓鼻子的下方。

也許他很怕生，不喜歡跟陌生人接近，但跟他談話之後會發現他個性還滿有趣的。我心裡這麼想，同時覺得自己的心情輕鬆了許多。

說到美術社，腦海裡有某個念頭閃過……昨天體育課，在C號館的頂樓跟見崎鳴聊天的時候，她就帶著一本素描簿。難不成她也是美術社的？

這間〇號館的美術教室比普通教室要大上一倍。雖然陳設和備品都很老舊，燈光也有些昏暗，但因為天花板挑高的關係，不怎麼有壓迫感，反而給人很寬敞的感覺。

我試圖重新掃視了一遍整間教室。果然，還是看不到見崎鳴的身影。

上午的課都還有看到她啊，我不禁疑惑了起來。雖然沒時間好好交談，但有一次我趁課間空檔成功堵到了她，跟她聊了幾句。昨天妳一個人淋雨回家喔？說的無非就是這種無聊的話。

「因為我不討厭雨。」那時她說。

「我最喜歡的就是寒冬冰冷的雨。快要變成雪之前的雨。」

我原想午休時再去堵她，跟她多聊幾句的，但跟昨天一樣，我注意到的時候她已從教室消失了蹤影。然後，直到第五節的這堂課開始了，她都沒有出現……

「對了，榊原同學。」望月出聲叫我，打斷了我對鳴的揣想。

「幹嘛？」

「你覺得……三神老師怎樣？」

「你問錯人了，這問題我無法回答。」

「喔，是嗎？……唔，也對。」望月不住地點頭，臉又微微地紅了。

什麼嘛，這傢伙——咦？我不禁心頭一驚。

他該不會暗戀美術老師吧？這樣好嗎？兩人相差了十幾歲耶。

2

「話說孟克的『吶喊』，總共有四個版本。」

「啊，這我聽說過。」

「我最喜歡的是收藏在奧斯陸國立美術館的那幅。紅色的天空顯得無比驚悚，好像隨時都會滴下血來。」

「哦？——不過呢，那幅畫與其說是驚悚，倒不如說是讓人感到不安吧？如果仔細看的話。這樣你還會喜歡嗎？」

說好懂那幅畫還真的挺好懂的，只因視覺印象太過強烈，大家反而把它的主旨拋在一旁，更畫了許多諧擬惡搞作。就這點來說，它算是頗受歡迎的作品。當然，望月所謂的「喜歡」絕不只是那種程度的喜歡。

「不安……是啊。那幅畫把不安到無以復加的情緒全部宣洩了出來，所以我很喜歡。」

「你說你喜歡它的令人不安？」

「不安這種事，不是假裝它不存在它就不存在的——榊原同學你也會不安吧？班上的同學肯定也會。」

「檸檬跟洋蔥也會？」我半開玩笑地說，結果望月有點難為情地笑了，

「因為畫是心象的投影嘛。」

「嗯。可是……」

美術課結束後，我跟望月優矢很自然地結伴離開了教室，跟他一邊聊天，一邊走在〇號館幽暗的走廊上。

「嗨，榊。」

有人從背後拍了我一下，不用回頭我也知道是勅使河原，好像從今天開始，他決定簡稱我為「榊」了。

「你們兩個在偷偷討論三神老師喔？既然這樣，我也要加入。」

「很遺憾，沒你想的那麼美。」我答道。

「什麼嘛。你們在講什麼？」

「我們在講籠罩全世界的『不安』。」

「什麼？」

「勅使河原，你會不安嗎？」

我心裡想說這小子應該不會有那樣的情感吧？卻還是問了。很自然地，我也省了敬稱，直接

叫他「敕使河原」。沒想到染髮的傻小子竟大點其頭，回答說：「不安，當然會！」

也不知道他說真的還是假的。「畢竟升上了三年級，而且還被分到『被詛咒的三班』。」

「咦？」我忍不住咦了一聲，同時窺探了一下望月的反應，他低頭默默盯著自己的腳，顯得悶悶不樂，好像在抗拒著什麼。一瞬間，空氣似乎凍結了，至少我是這麼覺得的。

「那個，榊。」敕使河原說，「我從昨天就一直想告訴你……」

「等一下，敕使河原同學。」望月說話了。

「你還嫌不夠糟嗎？」糟？哪裡糟？怎麼個糟法？

「是『夠』亂了啦，可是……」敕使河原話說到一半，我都被搞糊塗了，雖想開口問「到底是怎麼一回事」，臨時又打消了念頭。

因為此刻我們正沿著〇號館的走廊，來到所謂第二圖書室的門口。平常鮮少有人使用的老舊圖書室，入口的拉門微微敞開著。而且，透過那縫隙可以看見室內的樣子。

有人在裡面。她……見崎鳴在裡面。

「怎麼了？」敕使河原詫異地問道。

「啊，失陪一下。」丟下曖昧的回答，我打開圖書室的門。人在裡面的鳴轉過頭來看我。鳴獨自一人坐在盤據房間的大桌子前面。「嗨！」我朝她舉起了手，然而她並沒有反應，隨即把視線移回了桌面。

「喂、喂，榊，你這是……」

「榊、榊原同學。你怎麼……」不管敕使河原和望月的阻攔，我一腳踏進了第二圖書室。

3

塞滿書、頂到天花板的書櫃佔據了整個牆面。不只是這樣，房間有一半以上的空間還林立著高聳的書架。這裡的空間應該跟美術教室一樣大吧？卻完全沒有寬敞的感覺。層層疊疊的藏書給人很大的壓迫感。燈光比美術教室的還昏暗，仔細一看，還有幾管日光燈是不亮的。

閱讀用的大桌子，只有鳴正坐著的那張，桌子周邊擺了十張不到的椅子。左後方的角落，在書架形成的山谷中有一張小邊桌，現在沒坐人，不過平常應該是管書的老師會坐在那邊吧？

在這充滿舊書獨特的氣味，時間彷彿靜止的空間裡面……只有見崎鳴一個人。即使我接近了，她也是看都不看我一眼。桌上擺的並不是書，而是一本攤開了的八開素描簿。她蹺掉了美術課，獨自躲在這裡畫畫嗎？

「這樣好嗎？你跑進來。」鳴說，依舊不看我。

「怎麼不好？」我反問。

「那兩人沒有阻止你嗎？」

「好像有吧。」

班上的同學只要一提起她態度就很奇怪，這點連我都感覺到了。

「這幅畫是？」我的視線落在素描簿上，問道。

那是用鉛筆畫的美少女。並不是漫畫或動畫風，而是類似寫實畫的實物素描。

瘦弱、勉強看得出性別的體型，細細的手和腳。雖然五官，眼睛、鼻子、嘴巴都還沒畫上去，但還是可以看得出那是個「美少女」。

「這是……」

我這麼問是有原因的。因為肩膀、手肘、手腕、髖骨、膝蓋、腳踝……這些關節部位的描寫，顯現出某種人偶特有的「形狀」。所謂的「球體關節人偶」，正是以球體關節為構造特徵。

鳴沒有回答我的問題，握在手中的鉛筆隨意地在畫紙上移動。

「妳是以什麼為原型？還是，全憑自己的想像？」

記得她說過不喜歡人家問個不停，我還是抱著被討厭的覺悟繼續問道。結果鳴終於轉過頭來看我了。

「這很難說。可能兩者都有。」

「兩者？」

「我打算最後幫她加上一對大翅膀。」

「翅膀……所以，她是天使囉？」

「這個嘛……你說呢？」

難不成是惡魔嗎？——竟然差點講出這種話來，連我自己都嚇了一跳。不過鳴並沒有說什麼，嘴角始終含著似有若無的淺笑。

「妳的左眼是怎麼回事？」我終於鼓起勇氣問起掛念已久的問題。

「自從在醫院見到妳，妳就一直戴著眼罩——是受傷嗎？」

「你想知道？」鳴略偏著頭，瞇起右邊的眼睛。

我心跳加速，「啊。如果妳不想說的話，就別勉強……」

「那我就不說了。」

就在這個時候，房間的某處傳來了帶著破音的鐘聲。受損的老舊喇叭似乎一直沒有送修，繼續用下去。

是第六節課開始的正式鐘聲，然而鳴並沒有從椅子上站起的意思。也許她又想蹺課了。要放著不管呢？還是硬拖她去上課？正當我還在猶豫不決之際，頭上突然傳來了一個聲音，

「你還不去上課嗎？」

初次聽到的男性聲音。有一點兒沙啞、低沉，還滿好聽的。

我嚇了一跳，環顧室內，發現了他的存在。就在房間角落那張邊桌的前面，有一個穿得一身黑的男子站在那邊。剛才明明都沒有人的。

「我沒看過你。」男子說。他戴著土裡土氣的黑框眼鏡，蓬鬆的亂髮裡夾雜了許多銀絲。

「呃，我是三年三班的榊原。昨天剛轉學過來，請問你是……」

「我是管書的千曳。」男子直直地盯著我看，說道。

「這裡喜歡的話隨時都可以來。行了，趕緊去上課吧。」

4

第六節是一個禮拜一次的ＬＨＲ（long home-room），相當於小學的班會時間，不過在級任老師的監督之下很難暢所欲言、自由發揮。這點應該公立、私立都一樣吧？

反正也沒有什麼非討論不可的問題……所以形式化地開一開後，班會提早結束了。結果，見崎鳴一整個班會都沒有出現。話說回來，久保寺老師和三神老師好像都沒有注意到這件事的樣子。這天一樣由外婆開車接送我上下學。不管我跟她說了幾次「不用了」，她就是很堅持，說什麼「只有這個禮拜」。既然她都這麼說了，我也不好一直拒絕。說老實話，如果可以的話我很想留晚一點，尋找見崎鳴的下落。就連敕使河原他們邀我一同回家，我也只能拒絕，乖乖坐進來接

送的車子裡面。

那天吃完晚飯後，在怜子阿姨躲進工作室兼寢室之前，好不容易有個機會可以和她好好聊聊。我心裡積了很多話想問怜子阿姨，可是真要問的時候卻又緊張了起來。於是，我先扯了一堆不著邊際的話，就在我們聊了一陣子後……我終於鼓起勇氣，提到有關○號館第二圖書室的事。

「那間圖書室，從以前就在那邊了嗎？」

「嗯，是啊。我國中的時候就有了，理津子姊姊念國中的時候，應該也有。」

「那個時候就叫『第二』了嗎？」

「當然不是。『第二』這個名字，是蓋了新校舍、有了新圖書館後才加上去的。」

「我想也是。」怜子阿姨坐在桌子前，用手撐著臉頰，一會兒換右手一會兒換左手，還不時拿起裝了啤酒的玻璃杯喝上一口。每當她喝完一口，就會發出「啊」的輕嘆聲。雖然外表上看不出來，不過，她的社會新鮮人生活想必也好不到哪裡去。

「負責管理第二圖書室的老師，妳認識嗎？我今天進去了一下，剛好碰到他，感覺他好像是那個房間的『主人』……所以，他應該從以前就在那邊了。」

「你是說千曳老師？」

「嗯，沒錯。就是他。」

「就像恒一你說的，他確實給人那樣的感覺。圖書室的『主人』。從我們那個時候他就在了。對人愛理不睬的，總是穿著黑衣服，感覺非常神秘，女生看到都會嚇一跳。」

「就是說啊。」

「你今天看到他，他有說什麼奇怪的話嗎？」

「不，並沒有。」我一邊緩緩搖頭，一邊回想起當時的情景。聽從他的命令離開圖書室的只有我一人。在那之後，不知嗚怎麼樣了？

「對了，恒一。」一手拿著啤酒杯，怜子阿姨說道。

「你有打算參加社團嗎？」

「嗯，我也正在傷腦筋呢。」

「你在以前學校都參加什麼社團？」

既然被問了，只好老實回答，「烹飪研究社。」我是為了表達對老爸的抗議才入社，誰叫他把家事全推給唯一的兒子？不過，我的廚藝還真的因此精進了不少，雖然老爸一點都沒察覺。

「夜見北可沒有這樣的社團。」怜子阿姨俏皮地瞇起眼睛對我說。

「反正只有一年，不參加社團也無所謂——對了，今天有人問我要不要參加美術社。」

「哦，是嗎？」

「不過，我想還是算了……」

「那就要看你自己了。」怜子阿姨一口氣把啤酒喝光，兩手撐著臉頰，手肘靠在桌上。她直視著我的眼睛問：

「你喜歡美術嗎？」

「不是喜歡，應該說是有興趣吧。」我感覺怜子阿姨的視線就像兩道灼熱的光，讓人不自覺地低下頭來，但我還是把心中的想法老實地說了出來。

「可是，我不是很會畫畫。應該說是很不擅長。」

「哦？」

「儘管如此，呃，這我從來沒對人提過，如果可以的話，我還是想讀藝術相關的科系。」

「咦，這樣啊？我還是第一次聽說。」

「雕刻啦、造型啦，我想學習跟那方面有關的事。」我的杯子裡裝的是外婆為我榨的特製蔬果汁，裡面摻了我最討厭的芹菜，但我還是強迫自己小口小口地喝。「妳覺得呢？我是不是太魯莽了？」我決心詢問怜子阿姨的意見。可怜子阿姨卻只是沉吟著，雙手抱胸。

「我的建議如下：第一，」終於她說話了，「就一般經驗來說，當子女表示想唸美大或藝大時，第一個跳出來反對的通常會是他的父母。」

「果然呢。」

「恒一你爸會如何反應呢？會拚命勸阻嗎？」

「大概會覺得很意外吧？」

「第二，」怜子阿姨繼續說道，「假設真的讓你如願進了美大或藝大，所學的知識要轉化成將來的職業能力會意外地困難喔。當然，這種事靠的是才華，但運氣也很重要。」

原來如此，是這麼回事啊。果然現實是殘酷的……

「第三——」

夠了——我心裡已經打退堂鼓了。然而，怜子阿姨最後的建議，加上她溫柔地瞇起來的眼睛，總算讓我沒那麼絕望。

「說是這麼說啦，但如果真有心要做的話就不要害怕，不管什麼事，在還沒做之前就放棄是最遜的。」

「妳是說遜嗎？」

「嗯。帥還是遜，對你來說很重要吧？」

「當然啦，一個人是帥還是遜，得由他自己決定。」

5

隔天，五月八號星期五，一早就不見見崎鳴的身影。是生病請假嗎？我心想，可昨天完全看不出她有不舒服的樣子啊。難道……這時我突然想起某件事。

星期三上體育課，我們在頂樓說完話後……

去到頂樓如果聽到烏鴉的叫聲，回教室的時候一定要先跨出左腳──這是怜子阿姨告訴我的，進入夜見北之前必須作好的「心理建設」之一。如果違反規定，沒有先跨出左腳的話，一個月之內可能會受傷。

那個時候，儘管烏鴉在耳畔一直叫，鳴還是先跨出了右腳。所以，她受傷了？受了很重的傷？──不會吧？

我還真的認真考慮起這樣的可能性，不過靜下心來一想，又會覺得操心過頭的自己真是有夠可笑。我心裡一直想：不會吧？不會吧？想了半天卻還是鼓不起勇氣去問別人她為什麼沒來。

6

說起我在私立K中學不曾經歷過的，就是公立學校的第二和第四個禮拜六不用上學。有些學校會利用這種時間舉辦「校外教學」之類的，但夜見北完全不會這樣綁住學生，多出來的假日要怎麼過，全由學生自己決定。因此，隔天九號的禮拜六是放假日，不用早起──應該是這樣的，只可惜這天我必須去夕見丘的市立醫院。為了追蹤復原的情形，醫生幫我掛了早上的號。

照理說，這次也將由外婆全程接送、作陪，卻臨時起了變化。外公亮平一早就發起了高燒，臥病在床。雖然情況不是很嚴重，但外公畢竟年紀大了，平常就需要人照顧，更何況是生病呢。總不好放他一個人在家吧？我知道外婆的為難，跟她說：「沒關係，我自己去。」

「是嗎？不好意思喔。」這種時候，連外婆也不好反駁我了。「那你自己要小心喔，萬一哪裡不舒服就坐計程車回來。」

「是、是，我知道。」

「千萬不可逞強喔。」

「是，我不會逞強的。」

「錢有帶夠嗎？」

「有，帶很多。」

我們說這些的時候正好在一樓簷廊的附近，一旁的小玲聽了又開始用那怪腔怪調對我發出一連串熱情的問候。

「怎麼了？……打起精神來，打起……」

7

中年的主治醫生將燈箱上的肺部X光片仔細審視過後，頻頻點頭表示「很好、很好」。

「這個片子很漂亮，很好，已經完全沒問題了。」他以輕鬆的語氣說出他的看法。「不過呢，還是要多靜養，不可勉強……這個嘛，再觀察一、兩個禮拜，如果沒有異狀的話連體育課都可以上了。」

「謝謝您。」我恭敬地行了個大禮，心裡卻忐忑不安了起來。去年秋天出院後，我也是隔一陣子就回去複診，記得當時醫生也是這麼跟我保證的……當然啦，現在就開始擔心對事情一點幫助都沒有。

「你應該這次以後就妥當了。」就姑且相信那個過來人的樂觀言論！嗯，就這麼辦。

市立醫院的門診大樓到處都是人，等我到櫃台結帳時，早就過了午飯的時間……此刻身體大致健康的十五歲少年開始感到飢腸轆轆。醫院餐廳的伙食我沒興趣，還是在回家的路上看看有沒有漢堡店或甜甜圈店吧？就這樣，我離開了醫院，朝公車站牌邁進，卻在半路上改變了主意。

隔了十天才又來到這家醫院，而且這次很幸運地（這樣講她可能會很生氣），外婆也沒有跟在旁邊。我應該多逗留一會兒，把平常沒辦法辦的事好好地辦一辦。比起肚子餓，那可要重要太多了。於是我折回了醫院。首先去的地方，是上個月下旬的主要活動場所——住院大樓。

「咦？有什麼事嗎？恐怖少年。」

我坐電梯來到四樓，想說先到護理站去看看，碰巧就在走廊上遇到了認識的護士。身材高瘦，水汪汪的眼睛大到令人覺得比例不太對勁又印象深刻的……水野小姐。聽說她去年才取得正式看護的資格，在這家醫院服務的年資尚淺，不過呢，住院這十多天來，全醫院跟我講最多話的就是她了。水野沙苗小姐。

「啊，妳好。」

說「踏破鐵鞋無覓處」太誇張了，但能夠在這種時候碰到她真是幸運。

「怎麼了？榊原——恒一同學。難不成你胸口又痛了？」

「沒有，不是那麼回事。」我慌張地猛搖頭，

「今天我是回來複診的。醫生說我好得很，啥事都沒有。」

「是嗎？那你為何會在這裡？」

「那是因為，我想見水野小姐。」我一邊想這好像不是我會說的話，一邊耍著嘴皮子，沒想到水野小姐馬上——

「啊，好開心喔。」配合我演了起來。

「我還想，你在新學校可能找不到志同道合的人，會覺得很寂寞呢……是這樣嗎？」

「那個……呃，其實，我是因為有事想要請教妳，所以……」說起來我會跟她這麼有話聊，都要感謝史蒂芬．金的文庫本。有一次我正好在讀它，被她看到了書名。

「你都讀這種書喔？」她向我問道。

「也不是『都』啦。」因為她一副看到怪物的樣子，所以我刻意表現得很鎮定。

「那，除了它以外，你還讀什麼書？」她繼續問道。

「呃……像狄恩．庫茲（Dean R. Koontz）啦。」我隨口答道。

結果，她竟學歐吉桑「哎唷」了一聲，雙手抱胸，還一副忍不住要笑出來的樣子。從那之後，她就給我取了個綽號，叫做「恐怖少年」。

「住院期間很少有人會讀那種東西呢。」

「很少嗎？」

「因為那些書不是太恐怖就是太痛苦，一般人都會想辦法避開吧？自己生病、受傷，已經夠害怕、夠痛苦了。」

「哦？不過，那只是書裡的故事，我並不覺得……」

「對，你說得沒錯。好樣的，恐怖少年。」

不久之後我發現，原來她自己也是「那類東西」的愛好者。不分古今中外，小說、電影她都看。不過，也因為在職場上找不到「同好」的關係，頗有落寞之感。說到這個，出院之前，她還推薦了我幾本不曾接觸過的作家的作品，像是約翰・索爾（John Saul）的啦，或是麥可・史雷德（Michael Slade）的等等。

閒話到此為止。

反正下次還有機會聊共同興趣，還是先辦正事要緊。下定決心之後，我向水野小姐問道：

「四月二十七號，上個禮拜一，那天有沒有女孩子在這家醫院過世？」

8

「四月二十七號？」水野小姐肯定覺得我的問題很奇怪，她眨著水汪汪的大眼睛，「上個禮拜一……嗎？那時你還在住院吧？」

「嗯。那天正好是我拔掉引流管的日子。」

「你怎麼會突然想知道？」

她會這樣問是理所當然的。不過我沒有自信可以把事情交代清楚，所以只能曖昧地回答：

「不……我只是好奇。」

那天，上個禮拜一的中午，我在這棟大樓的電梯裡巧遇了見崎鳴。她坐電梯到地下二樓。那個樓層既無病房也無檢查室，除了倉庫和機房外，就只有靈堂……

我一直很好奇，她到那特殊的場所去做些什麼，所以才想到要找水野小姐問個清楚。假設那時鳴的目的地真的是靈堂好了。就常理推斷，沒有人會去拜訪空蕩蕩的靈堂，肯定是醫院當天有誰死了，他的遺體被安置在那邊。

至於我為什麼會認為死掉的是「女孩子」呢？這也是很自然的聯想。只因那時鳴說了一句令人費解的話：我可憐的半身……

「看來你有事瞞著我喔。」水野小姐鼓起一邊的腮幫子，窺探我的表情。

「我是不會要求你說清楚、講明白啦……嗯，我想想。」

「怎樣，妳想到了嗎？」

「至少，我負責的患者沒有人在那天往生的。不過，整間醫院就難說了。」

「既然如此，當我沒問——」我換了問題，「那天妳有沒有在醫院看到穿制服的女孩？」

「什麼？又是女孩子？」

「國中制服，上衣是藍色的。短頭髮，左眼戴著眼罩。」

「眼罩？」水野小姐略偏著頭，「是眼科的患者嗎？——啊，等、等一下。」

「妳見過她嗎？」

「不是那個，是那天往生的人。」

「咦？」

「嗯，話說回來……」水野小姐一邊喃喃自語，一邊用右手的中指猛戳自己的太陽穴。

「……是有那麼回事。」

「真的嗎？」

「應該吧？我也是無意間聽到的……」

病患、病患家屬、醫生、護士在住院大樓的走廊上來來去去的，水野小姐移動腳步往人比較少的候診室走去，表示站在這裡繼續講下去可能不太好。

「我沒有把握，不過，上個禮拜一……好像就是那個時間。」水野小姐壓低聲音說道。

「有個女孩……應該吧？住院住得好好的，突然死掉了，聽說是這樣。」

「知道她的名字嗎？」我心跳加速，身體從內部無法克制地顫抖了起來，不知道為什麼。

「有沒有進一步的資料？姓名或是病情什麼的？」

水野小姐猶豫了一下才開口，還特地看了看四周。

「要我幫你打聽嗎？」她以更低的音量說道。

「可以嗎？」

「只要假裝成不經意提起的樣子，應該不礙事的。——你有手機吧？」

「嗯，我有。」

「電話給我。」迅速下達指令後，水野小姐從白色制服的口袋裡拿出自己的手機。

「我打聽到會馬上通知你。」

「真的？可以嗎？」

「誰叫我們是同好嘛。你都已經特地跑上來了，而且好像有什麼隱情的樣子。」嗜讀恐怖小說的菜鳥護士如此說道，大眼睛淘氣地微笑著。

「不過條件是，你早晚得告訴我理由。好嗎？恐怖少年。」

9

夜見的黃昏是空洞的藍色眼睛。

我是在夜見山的街頭正式邁入黃昏之前發現這塊招牌的，就在從夕見丘回家的路上。我在醫院和外婆家中間（根據腦海裡的地圖推算）的紅月町下了車，找了家速食店隨便填飽了肚子，然後就悠閒地在附近的小鬧區逛了起來。雖說是禮拜六的下午，街上卻很冷清，擦身而過的人當然全是不認識的，沒有人會叫住我，我也不會去叫住誰，就這樣一路走馬看花地晃了過去。離開鬧區，穿過連公車都不走的小巷子，進入豪宅林立的住宅區，又離開了住宅區……漫無目的地，隨興走著。

迷路就迷路吧，管他的！哼，這大概就是在東京活了十五個年頭的喪母少年的強韌吧！仔細想想，搬來夜見山的這三個禮拜，今天是頭一次能任意（在沒人監管的情況下）打發自己的時間。如果一直晃到傍晚才回去的話，外婆肯定會擔心，到時她應該會打手機給我吧？……

我完全沒有「終於獲得自由了！」的想法。其實只是想一個人走走，就像現在這樣。

下午三點剛過，世界看起來卻有一點褪色。雖然完全感覺不出要下雨的樣子，頭頂上卻密布著跟這個季節不搭軋的烏雲，我突然想到，也許它是我此刻心境的反映也不一定。剛剛在電線杆上看到「御先町」這個地名標示。雖然漢字不一樣，但也讀作「Misaki」——我一邊想，一邊在想像的地圖寫上這個名字。簡單來說，它就位在醫院、外婆家、學校形成的三角形的中間吧。

招牌就是在那之後看到的。有點陡的坡道上零星開了幾家小店，不過基本上還算是寧靜的住宅區，而就在這樣的風景裡面，突然間……

夜見的黃昏是空洞的藍色眼睛。

我的視線停留在黑色木板上用白漆寫成的這幾個字上頭，還真是奇怪的招牌。那是冷冰冰的三層樓水泥建築，風格跟附近的民房很不一樣，看來應該是住商混合大樓，但二、三樓卻好像也沒有店舖、辦公室進駐。

招牌就擺在一樓像是入口的門的旁邊，旁邊再過去就是可以通往其他樓層的公用樓梯。離入口不遠、依舊面向馬路那側的地方有一面封死的橢圓形大窗戶。是櫥窗嗎？可裡面一盞燈都沒有，與其說是乏味，感覺更接近封閉。

忍不住停下腳步的我再度往招牌看去，小聲地唸起上面的文字。

「夜見的黃昏，是空洞的藍色眼睛……」招牌的下面還掛著一塊像是門牌的破舊白木板，上面用毛筆字寫著：「歡迎入內參觀。——工房m」

這是一家怎樣的店啊？是骨董店嗎？還是……我突然感覺到好像有人在監視我，連忙左右張望了一下。然而，哪有什麼「人」啊，街上連個鬼影子都看不到。

天空很低，且越來越暗了。御先町之所以叫御先町，難不成是因為它比別人早一步進入黃昏嗎？我不禁產生這樣的錯覺。戰戰兢兢地，我朝橢圓形的窗戶跨出腳步。裡面暗暗的，看得不是很清楚。於是，我又往前跨了一步，將臉貼在玻璃上，想要看個仔細——

「哇！」我驚呼一聲，全身僵住。在那瞬間，我覺得脖子後面到肩膀、手臂都泛起了冰冷麻痺的感覺。

櫥窗裡面……有非常詭異、美麗的東西。

地上鋪著深紅色的布，上面擺著一張黑色圓桌。桌上放著一個頭罩黑色面紗、正作勢要掀起面紗的女人，只有上半身。光滑雪白的肌膚，完美無瑕的臉龐……是一名少女。漆黑的頭髮垂落胸前，瞳孔卻是墨綠色的。包覆住身體的紅色洋裝跟她的身體一樣，從肚臍以下就沒有了。

「……好驚人。」如此詭異卻又如此美麗……是做得跟真人一樣大的，只有上半身做出來，擺在這裡作裝飾。

怎麼回事啊這裡？這是怎麼回事……

感到無比好奇的我再度看向門口旁邊的招牌——

上衣口袋突然傳來令人掃興的震動。手機響了。外婆已經在擔心了嗎？

我以為一定是外婆打的，嘆了口氣，把手機拿了出來。液晶螢幕上顯示的是陌生的號碼。

「——喂？」電話一接通，對方馬上說：「啊，是榊原同學嗎？」

女人的聲音，而且還是認識的聲音——幾小時前才跟她本人講過話。是醫院的水野小姐。

「剛才那件事，我查到了。」

「咦？這麼快。」

「我正好碰到包打聽又愛聊八卦的前輩，抓住機會就問她了。那個前輩也是聽別人講的，所以不保證百分之百正確。不過，要調查資料之類的恐怕有困難。這樣可以嗎？」

「可以，」握著手機的手不自覺地出力，身體又輕輕顫抖了起來……「請說。」我如此回答道，視線卻無法從櫥窗裡面的人偶身上移開。

「上個禮拜一，確實有患者在我們醫院往生。」水野小姐說。

「聽說是個國中女生。」

「喔……」

「她在別家醫院動過大手術，後來才轉過來。明明手術很成功，復原得也很順利，卻臨時起了變化……連搶救的時間都沒有。聽說她是家裡的獨生女，父母根本無法接受這樣的噩耗。」

「名字呢？」幽暗中凝視著我的少女的雙眸，不就是「空洞的藍色眼睛」嗎？我一邊思索著這句話，一邊問道：「那個女生叫什麼名字？」

水野小姐的聲音因為電波的干擾變得有些破碎。「我也是聽前輩說的，連她都講得不清不楚……不過呢，據說那個往生的女生，不是叫 Misaki，就是叫 Masaki。」

第四章　五月之三

1

我再度站在「夜見的黃昏是空洞的藍色眼睛」的招牌前，是在隔週的禮拜五，如假包換的黃昏時分——

上個禮拜真的是個意外。

我漫無目的地在街上閒晃，碰巧發現了這裡。這次的情形不太一樣，不過也不代表我是一開始就打算要過來。我是為了其他目的展開行動，結果又來到了這裡。離太陽下山還有一段時間，周圍光影的樣態卻已是名副其實的「黃昏」。西斜火紅的太陽如此猛烈，這時就算有認識的人迎面走來，恐怕也認不出他是誰吧……

我把原先的目標跟丟了。正想放棄打道回府之際，一轉身竟發現，那塊「夜見的黃昏是……」的招牌就近在眼前。我不由自主地朝它走了過去。跟上個禮拜一樣，橢圓形的櫥窗後面，依舊擺著美麗、詭異、只有上半身的少女人偶，她正用那「空洞的藍色眼睛」望著我。

這裡到底是哪裡？裡面到底長什麼樣子？這也算是一直以來我很好奇的事之一。既然如此，就不做無謂的抵抗了。我把原先鎖定的目標丟在一邊，推開招牌旁那個入口的門。

噹啷，門鈴發出不怎麼清脆的聲音，我戰戰兢兢地走了進去。比起外頭的黃昏，裡面更像黃昏，光源全是昏暗的間接照明，倒是空間比想像中要來得大，感覺還滿深的。有色的投射燈描繪出無數個小光圈，就落在形形色色的人偶身上。除了有身高超過一公尺的大人偶外，尺寸小的更是不計其數。

「歡迎光臨。」招呼客人的聲音。

進去後手左邊——也就是櫥窗的正後方擺了張長長的桌子，桌子後面似乎有人。他穿著跟店內的昏暗幾乎要融為一體的深色衣服，從聲音聽起來應該是女性，而且還是個老太太。

「啊……妳、妳好。」

「哎呀。真難得，竟然有男孩子來。你要買東西嗎？還是……」

「那個，我正好經過，想說不知是怎樣的店。妳們這裡是……店吧？」

桌子的一頭，擺著老舊的收銀機。收銀機前立了塊小黑板，上面用黃色粉筆寫著「門票五百圓」。我掏了掏學生制服的口袋，拿出零錢包。

「國中生嗎？」老太太問。

我嚇得立正站好。「是，夜見北的。」

「那收你半票就好。」

「呃，好。」

她說門票兩百五十塊，我遞剛好的數目到桌前給她。伸出來接的手果然布滿皺紋，這時我終於看清楚隱藏在昏黃光線裡的那張臉。

白得很徹底的頭髮，還有可以跟女巫媲美的鷹鉤鼻。不過，因為她戴著的眼鏡嵌著墨綠色的鏡片，所以我看不見她的眼睛。

「請問，這裡，是賣人偶的嗎？」我鼓起勇氣問道。

「賣人偶的……」老太太略偏著頭，口齒不清地咕噥著。

「啊，應該說一半是店面，一半是展示館吧？」

「——喔。」

「雖然也有東西在賣，但國中生可買不起。不過呢，你儘管慢慢參觀，反正也沒有其他客人來……」說著說著，老太太兩手撐著桌子，慢慢探出身體，整張臉朝我湊近，好像不這樣她就看不清楚似的。

「需要的話，我們有茶水招待，」老太太說，感覺她的呼吸都快要吹到我臉上了，「裡面有沙發，看累了你也可以坐到那邊休息。」

「好。啊，不過茶水就不用了。」

「是嗎？那，請自便。」

2

店內（或者該說「館內」？）播放的音樂跟照明調性相同，是幽暗的弦樂音樂，主旋律似乎是由大提琴演奏的。印象中曾經在哪裡聽過，只可惜我這方面的素養嚴重不足。就算你跟我說那是大師的古典名曲，還是九〇年代才發表的暢銷新作，我也只能說「原來如此」而已。

我將礙事的書包放到後面的沙發，屏住呼吸，盡量不發出腳步聲地參觀起各處陳列的人偶。一開始我還會偷瞄長桌那邊的老太太，看她在做什麼，但到後來就完全不管她了。人偶佔去了我所有的注意力，光看它們都來不及了。

在幽暗的室內黃昏中，它們或站、或坐、或躺。有的一臉驚訝地瞪大眼睛，有的垂下眼瞼正在沉思，也有正在打盹的。人偶大部分做成了美麗的少女，不過也有些是少年或動物，甚至是半人半獸的怪物。除了人偶外，牆壁上還掛了畫，鮮豔的油彩描繪出如夢似幻的風景。跟櫥窗裡的人偶一樣，這些人偶有一半是所謂的「球體關節人偶」。手腕、手肘、肩膀、腳踝、膝蓋、大腿……各部位關節全製成了球體，可以自由轉動，擺出各種姿勢，使它散發出某種獨特的妖氣。

該怎麼形容才好呢？雖然它跟真人很像，甚至比真人還要美豔動人，卻不是真的。世上沒有人會長成這樣。看起來好像是活的，可實際上並沒有生命——彷彿是以這樣的形體勉強存在於現實與非現實之間。

……不知不覺中。

我不斷深呼吸，竟在不知不覺中產生必須替不會呼吸的他（她）們呼吸才行的詭異心理。

有關這種人偶的知識，我多少還知道一點。記得在老爸的書房發現德國人偶作家漢斯・貝爾默（Hans Bellmer）的作品攝影集，是在上國中前的最後一個春假。受到他的影響，日本也開始流行起這類人偶的創作，我還看過好幾本類似的攝影集呢！然而，這是我第一次離實物這麼近，而且還一次看到這麼多。我刻意大口大口地吸氣。因為我怕不這麼做，可能連我自己都要停止呼吸了。

大部分人偶都有附上標示創作者姓名的牌子，牆上的畫也是。乍看之下，全是沒聽過的名字，不過，裡面說不定也有很知名的作家，只是我不認識罷了。

「裡面也可以參觀。」

在最後面那堵牆上發現這樣的標語，是在我把展出的人偶全部看完，走回放書包的沙發的時候。文字下方的箭頭指著斜下方的方向。我心裡「咦？」了一聲，仔細地看了又看，好像那邊有階梯通往地下室的樣子。

我轉頭看向老太太，坐在陰暗角落的她頭低低的，一動也不動。是在打瞌睡嗎？還是正想著事情？不管了……既然明寫了「裡面也可以參觀」，我自己跑下去應該不會有問題吧？我繼續做著深呼吸，悄悄往那個樓梯走去。

3

地下室的空間比一樓整整小了一圈，比較像地窖。裡面的溫度似乎也很低，異常地寒冷。可能是因為除濕機一整天都開著的關係吧？我一邊做著理智的分析，一邊卻又疑神疑鬼地覺得（拜腳底竄上來的寒氣所賜）每下一個階梯，體內的能量好像就被吸走了一些。當我把樓梯走完時，已經頭暈眼花，肩膀僵硬到像是被看不見的重擔壓著了。

跟我所想的不謀而合，呈現在眼前的是極度超現實的景象。

同樣的昏暗，只是燈光比一樓稍微強了點、白了點——

骨董牌桌或扶手椅上，展示櫃或壁爐的檯面上，甚至是地板上……擺了一堆人偶。不，不能說「人偶」，應該說「人偶的各個部位」比較恰當。

跟櫥窗裡的少女一樣，只剩上半身擺在桌子上的，也有只有身體坐在椅子裡的，置物架上更擺了一排頭顱和手掌……大概是這樣的情形。這邊暖爐裡豎著幾根胳膊，那邊椅子或棚架下伸出幾條腿……

聽我這樣形容，你可能會以為這是鬼屋、惡作劇，不過，在我看來倒也沒那麼驚悚。包含這些擺設在內的空間配置，看似雜亂無章，卻隱藏某種統一的美感——唉，也可能是我想太多。

塗著白色灰泥的牆上除了有一座壁爐外，還挖了好幾個類似壁龕的洞。當然，那裡也成了擺放人偶的場所。有的洞裡佇立著五官跟櫥窗少女神似，只少了右手的人偶。在她隔壁的，則是歛起像蝙蝠一樣的薄翼，遮住下半邊臉的少年。還有一個洞裡放著身體連在一起的美麗雙胞胎。

我戰戰兢兢地往樓層中央前進，更加刻意地做著深呼吸。

每吸一口氣，冷空氣就滲入肺裡，擴展至全身。再這樣下去，會不會連我也變成人偶？我突然產生這樣的想法。跟一樓一樣，這裡流洩著幽咽的弦樂曲。我甚至覺得……這音樂要是停了，說不定我會聽見人偶們在冰冷的地底下竊竊私語的聲音。

……為什麼？為什麼我會在這種地方，被這些東西包圍住呢？

這當然不是需要一再自問的問題。

唉，事到如今，何必呢……

……我最初的目的，就是「跟蹤」。

第六節下課後，我跟家在同一個方向、喜歡孟克的望月優矢結伴離開了教室。半路上我們遇到了風見、敕使河原，還有叫前島的小個子娃娃臉男生（聽說人家可是劍道社的健將），於是大家就一起同行。就在這個時候，透過走廊的窗戶，我突然發現正穿過中庭的見崎鳴。像往常一樣，今天下午的課她都沒上，行蹤成謎。

「又來了！」

接下來我的舉動肯定讓同行的夥伴看傻了眼吧？

「先走了，拜。」說完這句話後，我拋下他們，當場追了上去。

這個禮拜的禮拜一、禮拜二，鳴都沒來上學。

我還擔心她是不是傷得很嚴重呢，沒想到禮拜三的早晨她若無其事地出現了。一如往常安靜地坐在靠窗最後面的位子上，完全看不出有受傷或生病的樣子。

下午的體育課，我本想像上禮拜一樣，在頂樓跟她聊聊，卻撲了空，因為她根本沒上頂樓來。那天就這樣結束了，接下來的星期四和星期五，也就是昨天和今天，有好幾次我都有機會跟她攀談。不過說老實話，我希望能和她找一個時間，兩人好好地談談，但就是開不了這樣的口。

就在我還在顧忌東顧忌西的時候，突然在放學途中看到了她。我可說是憑著一股衝動，採取了行動。我飛奔出校園，想要繞到前面堵她，卻看到她獨自從後門離開的背影。其實我可以大喊叫住她的，但我並沒有這樣做，只是默默地跟在她後面。

總而言之，我就是這樣展開了最初的目的——「跟蹤」。

走在還不太熟悉的校外馬路上，我追趕著鳴的背影，有好幾次都快要把人跟丟了。我心想只要來到可以出聲喊她的距離，我就會叫住她，然而也不知道為什麼，我們之間的距離始終無法縮短，就這樣，到後來變成我好像一開始就打算跟蹤她似的。

就在剛剛，黃昏悄然降臨，我終於遍尋不著鳴的身影了。我完全不知道自己是怎麼走過來的，等我發現時人已經站在這裡了——御先町「夜見的黃昏是空洞的藍色眼睛」的招牌旁邊。

見崎鳴。

她全身散發的古怪（也可以說是「謎」吧？），從上學第一天到現在，已經過了一個禮拜，逐漸在我心中發酵、膨脹，如今已然成「形」。

然而，我始終掌握不住它。不明白的事或無法判斷的事有一大堆……不，不明白的事肯定要多更多。就連水野小姐告訴我的那件事也是。到底該如何解讀呢？不管我怎麼想就是想不明白……說老實話，我還真是束手無策了。

問當事人最快。這我當然知道，只是……

「……啊！」我忍不住驚呼出聲。因為我突然在這建於地底的詭異空間的最裡面，發現了一直沒有注意到的東西。

那是直立的、比小孩身材還要高一點的六角形黑色長箱子——棺材？沒錯，是棺材。一口西洋大棺材被擺放在那裡，而且裡面……

我用力搖搖昏沉沉的腦袋，用兩手摩擦冷到不行的手臂，一邊走上前去。裝在裡面的人偶——

跟同樓層的其他人偶的風格又不一樣了。她更為醒目。

棺材裡的是手、腳、頭……身體各部位都很完整，身穿白紗洋裝的少女人偶。體型比真人再小一點。我會這麼篤定，是因為我認識跟她長得一模一樣的真人。

「……鳴？」我發出的聲音有些顫抖。「這個，怎麼會……」——這麼像鳴。

雖然頭髮跟鳴的不一樣，是紅褐色的，還垂到了肩膀以下，不過那五官、那身材……全跟我認識的見崎鳴一模一樣。右邊的眼睛是瞪著天空的「空洞的藍色眼睛」，左邊的眼睛則被頭髮遮住了。她的膚色比真正的鳴還要白。淡紅色的櫻桃小嘴輕啟，彷彿正要開口說話。……到底，想說什麼？向誰說呢？

我輕輕用兩手抱住越來越暈的頭，目瞪口呆地站在棺材的前面。——就在這個時候。不可能傳來的聲音，傳到了我的耳裡。她的聲音。

「喂，你這樣讓人家很尷尬耶。榊原同學。」

4

棺材裡的人偶開口說話了？當然不可能，別說笑了。可是有一瞬間我真的產生了這樣的錯覺。不誇張，我嚇得肺都快爆掉了。我不由自主地往後退了一步，眼睛卻死盯著人偶的嘴看。

呵呵……我甚至聽到了輕笑聲。當然，人偶的嘴唇絲毫沒動。

「為什麼——」還是她的聲音。「你會在這裡？為什麼？」

沒錯，是見崎鳴的聲音。而且還真的是從眼前的人偶身上發出來的。

幻聽？不會吧……我放開抱住頭的雙手，用力搖了搖頭之後，重新看向人偶。

棺材就豎立在暗紅的幕簾前，而見崎鳴本人則默默地從後面現身了。雖然她身上穿的不是洋裝，而是夜見北的制服，但在我看來簡直就像是棺材裡的人偶突然活起來了一般。

我忍不住「哇」了一聲。「妳幹嘛……」

「我可沒有故意躲起來嚇你。」鳴說道，不改冷漠的語氣。「是你自己跑進來的。」——那妳自己又是為了什麼跑到這種地方來？還那樣無聲無息地出現。真是夠了……

鳴靜靜地走到棺材前面，身上並沒有背著書包。站定後，她朝背後的人偶望了一眼，說道：「你覺得我們像嗎？」

「——像，很像。」

「像……是嗎？不過，這只是一半的我。搞不好連一半都不到呢。」

說完後，她緩緩地朝人偶伸出右手，往上撥弄那紅褐色的頭髮。被遮住的左眼因此露了出來。那上面沒有鳴總是戴著的眼罩，跟右眼一樣，是「空洞的藍色眼睛」。

「妳在這裡幹嘛？」我終於說出心中的疑問了。鳴往下輕撫人偶的臉頰，說道：「我偶爾會下來。因為我還不討厭這裡。」

——有聽沒有懂。

看來她是不可能交代會在這裡的理由了。

「倒是我才想問你。」鳴離開裝人偶的棺材，轉身面對我。「為什麼你——榊原同學，會跑來這裡？」

「啊，那是因為……」我一路從學校跟蹤妳來的——當然不可能這樣承認。

「之前我就有注意到這家店。上個禮拜碰巧經過，今天想說乾脆進來看看……」

鳴的表情並沒有特別的變化，「是嗎？還真是湊巧，不過，這家藝廊的人偶，有些人看了可能會不舒服。榊原同學你不會嗎？」

「我？還好。」

「你覺得怎樣？看了以後。」

「很棒啊。我不會形容，總之就是很漂亮，好像不是這個世界的東西，看著看著，不禁心跳加速……」我拚命想著形容詞，卻還是辭不達意。鳴沒說什麼，轉身往牆上的某個洞走去。

「我最喜歡它們了。」望著洞裡的東西，鳴說道。裡面擺的是我剛剛才欣賞過的美麗連體嬰。「瞧她們的臉多麼安詳。像這樣連在一起，竟然還能這麼安詳，真是不可思議。」

「正因為連在一起，所以才安詳的不是嗎？」

「才不是呢。」鳴喃喃自語，「在我看來，不連在一起的時候才有可能安詳。」

「哦？」情形正好相反吧？雖然我這麼想卻沒有說出口，只顧著觀察她的舉動。結果，當她再度把臉轉向我時，竟說出了這樣的話：

「你很好奇我的左眼為什麼戴著眼罩吧？」

「啊……沒有。」

「要我解開給你看嗎？」

「咦？」

「我讓你看吧，看眼罩下方有什麼。」說著說著，她左手的手指已經按住白色眼罩的邊緣，右手手指則去拉扯掛在耳朵上的繩子。

我又驚又恐，目光卻無法從她手邊的動作移開。流洩在室內的弦樂音樂不知何時停了。在這寂靜無聲的詭異地下室裡，周遭只有不會說話的人偶，突然間我覺得自己好像在做什麼見不得人的壞事，連忙把這個念頭甩開……

……不一會兒工夫。

眼罩已經取下了。看到鳴露出來的左眼，我嚇了一跳。

「那、那是——」空洞的藍色眼睛。「義眼嗎？」

跟人偶一樣的眼睛，與那凝視著我的漆黑右眼很不一樣。裡面散出的是黯淡的幽光……

「我的左眼是『人偶的眼睛』。」彷彿耳語般地，鳴說道。

「因為會看到『不要看到也好』的東西，所以平常我都遮著它。」

——有聽沒有懂。

這是在繞口令嗎？頭又開始暈了。呼吸也有點紊亂，感覺心臟就在耳邊跳動，但身體卻比剛才還要冷上好幾倍。

「不舒服嗎？」她問。我緩緩地搖頭。鳴瞇起不是「人偶眼睛」的那隻眼睛。

「不習慣的話，還是不要久待會比較好。」

「不要久待？」

「因為人偶它們……」話說到一半，鳴突然住嘴，把眼罩戴了回去，然後才把話講完。「人偶呢，都很空虛。」

夜見的黃昏是空洞的……

「人偶是空虛的。不管身體還是心靈，都很空虛……空蕩蕩的。那是一種接近『死亡』的空虛。」鳴繼續說道，試著向我解說這個世界的秘密。「空虛的它們會想辦法找東西來填補。特別是在這樣的密閉空間裡，被放在這種地方的……更會。待在這裡久了，體內的各種東西只會一點一滴地被吸乾，難道你不覺得嗎？」

「呃……」

「不過我想沒人會習慣的——我們走吧！」鳴說完後，從我身旁擠了過去，朝樓梯走去。「上樓要走這邊。」

5

入口旁邊的桌子前的老太太人不見了。她跑哪裡去了？去上廁所嗎？音樂也停了，昏暗的店內——館內靜得有點嚇人。好像一不小心就會通往「死之國度」……

鳴一點也不害怕的樣子，直接走到我放書包的沙發坐下。我默默地學她這樣做，和她面對面斜坐在沙發的兩邊。

「這裡，妳常來嗎？」我壯起膽子，先提出問題。

「——也還好。」鳴回答得很小聲，好像在說給自己聽似的。

「妳家，就住在這附近嗎？」

「嗯，是啊。」

「這裡，外面的招牌寫著『夜見的黃昏……』什麼的，那是這家店——這家藝廊的名字是嗎？」鳴無言地點頭。我繼續問：「那『工房m』是什麼？我記得招牌下面掛著那樣的牌子。」

「二樓是人偶工房。」

「所以，這裡的人偶全是在那裡做的？」

「只有霧果的人偶才是。」鳴補充道。

「霧果？」

「『霧』是雨霧的霧，『果』是果實的果，合起來就是霧果。那是在上面工房製作人偶的人的名字。」

說到這個，我突然想到剛剛展出的人偶旁邊，好像有幾張名牌上創作者的姓名就寫著「霧果」。牆壁上掛的油畫也曾出現類似的名字，如果我沒記錯的話。

「地下室的人偶也是他做的？」我往後面的樓梯瞥了一眼。「不過那些人偶沒有名牌。」

「那些應該都是霧果的作品。」

「棺材裡的那個也是？」

「——嗯。」

「那個人偶為什麼——」這時我終於忍不住問了。「為什麼，跟妳那麼像？」

鳴微微偏著頭，把問題閃躲掉了。「誰知道呢？」——她是在裝傻嗎？唔，看樣子她是。這其中肯定有隱情，而她也知道那隱情，只是……

我暗暗吸了口氣，視線落在自己的膝蓋上。

我還有很多事想問她。卻不知道該怎麼問？從何問起？——話說回來了，我在這裡想破了頭也沒有用。那些又不是有標準答案的選擇題……

「那次在頂樓聊天時我就想問妳了。」鼓起勇氣，我重新開口。

「記得在醫院的電梯裡第一次見到妳的時候，妳手上拿的——那個，也是人偶吧？」

之前我問她，她完全拒絕回答，可今天鳴的反應卻不一樣。

「是啊。——沒錯。」

「那就是妳要『送過去的東西』？」

「——嗯。」

「妳是在地下二樓出的電梯。莫非妳要去的地方是——靈堂？」

聽到這句話，鳴好像在逃避般地把臉別開，就此沉默。至少她沒有「否認」，在我看來。

「那天，四月二十七號那天，那家醫院有女孩子往生了。那個女孩……」

是燈光的關係嗎？我怎麼覺得鳴的臉色比以往還要慘白。沒有血色的雙唇似乎正微微顫抖著。啊……再這樣下去，她就要變得跟地下室那口棺材裡的人偶一樣了。我竟然產生如此怪誕的想法，心整個揪緊了。

「……呃，那個，」我吞吞吐吐，尋找著合適的字眼。「聽說，那個女孩……」

上個禮拜天，水野小姐在電話裡告訴我——

那天，在醫院死掉的那名女孩就叫做「Misaki」或「Masaki」。這是怎麼一回事？又代表了什麼意義？想要找到合理的解釋並不難，只是……

「妳——見崎同學，妳有姊姊或是妹妹嗎？」我鼓起勇氣試著問道。

鳴始終不看我也不說話，隔了好久，才無言地搖搖頭。

——聽說她是家裡的獨生女，父母根本無法接受這樣的噩耗。

當時在電話裡，水野小姐的確是這麼說的。死掉的女孩是獨生女，鳴也沒有姊妹。就算這樣，故事還是兜得起來。不是姊妹的話，或許是表姊妹……反正都有可能。至於「Misaki」或「Masaki」的問題也一樣。或許只是碰巧，又或許是有人以訛傳訛說錯了。

「那麼，妳為什麼……」我打算繼續追問下去，卻被鳴硬生生地打斷了。

「沒有為什麼。」鳴重新看向我，說道。

我感覺不是「人偶眼睛」的那隻眼睛有說不出的冰冷，好像把什麼都看透了。於是，這次換我把目光移開了。

上手臂泛起了雞皮疙瘩。腦袋裡更像有無數隻小蟲在裡面鑽呀鑽的。

怎麼回事？這是怎麼回事？我已經有點混亂了。

我一邊用力地深呼吸，一邊轉頭看向架子上的人偶，它們好像都在盯著我看。長桌那邊的老太太一直沒有回來，這時我突然想起，幾十分鐘前她跟我講過的話，那究竟是……

啊，我的腦袋還是不清楚。有點……不，非常混亂。再做了一次更深的深呼吸後，我把目光轉向鳴。因為燈光的關係，我一時之間把坐在沙發上的她看成了一團黑影。在教室裡第一次注意到她時的感覺又回來了，那時她是個連輪廓都不清楚的稀疏幻「影」。

「你還有很多問題想問吧？」鳴說。

「啊，那是因為……」

「別問了。」她已經沒耐心跟我玩一問一答的遊戲了。

在制服胸前發光的她的名牌，突然映入我的眼簾。又縐又髒的淡紫色底紙上，用黑色墨水寫著「見崎」二字。

我用力閉上眼睛，然後睜開，想辦法讓情緒穩定下來。

「自從我轉到這裡後，就覺得有些事怪怪的。所以……我才會，抱歉。」

「我明明告訴過你要小心一點的。」鳴用指尖撫摸著眼罩的邊緣，輕嘆了口氣。

「我說過，不要太靠近我……可是，好像已經太晚了。」

「太晚？什麼太晚？」

「你還是什麼都不知道嗎？榊原同學。」鳴又輕嘆了口氣，這才在沙發上把背挺直。「很久以前有這麼個故事。」

她用略微低沉的聲音，開始說起那個故事。

「很久以前……二十六年前的夜見山北中學三年三班的故事，還沒有人告訴你是吧？」

6

「就在二十六年前，夜見北的三年級有這麼一個學生，從一年級開始就是全校的風雲人物。功課好、體育佳，連繪畫、音樂都難不倒他……不過，他可不是什麼討人厭的優等生，他對誰都很親切，也會適度地暴露缺點……所以，不管學生或老師都很喜歡他。」

鳴視線瞪著空中的某一點，平靜地說道。我則不發一語地仔細聽著。

「話說，升上三年級後重新編班，他被編到了三班，卻在第一學期剛開始，正好滿十五歲的時候突然死掉了。聽說是全家一起坐的飛機失事了，除此之外還有很多種說法，像車禍啦，或是家裡發生火災……之類的。

「總之，他的死讓全班同學大受打擊。騙人！我不相信！……大家非常非常的悲傷，卻在這個時候，有人說了某句話。」

鳴偷瞄了我一眼，觀察我的反應。但我還是繼續保持沉默，因為我根本不知道該說什麼。

「他說，他並沒有死。」鳴平靜地說了下去。「你們看，他不是正在這裡嗎？那人指著他的座位說：看，他就坐在那裡，活得好好的……

「沒想到他這麼說後，竟陸續有學生表示贊同。真的呢，他沒有死，還活著，現在就坐在那裡……就像連鎖反應一樣，到後來全班同學都這麼做……

「沒有人願意相信，沒有人願意接受，班上最受歡迎的人突然以那種方式死掉的事實。他們的心情是可以理解的，不過——問題是，在那之後，那狀態依舊持續著。」

「——那狀態？」故事說到這裡，這是我第一次開口。「那狀態指的是……」

「全班同學在那之後依舊繼續假裝他還活著，連他們的導師都來幫忙。就像各位所說的，他並沒有死。身為班上的一員，他還活在這間教室內。因此，今後他也會和大家一起努力，一起迎接畢業那天的到來。諸如此類的……」

——期待最後一年的國中生活能夠留下美好的回憶，讓我們一起努力吧。

我怎麼覺得鳴轉述的二十六年前的「導師」訓話有點耳熟？對了，第一天上學的早修，把我介紹給全班同學認識的時候，久保寺老師也說過同樣的話。

——大家一起努力。然後在明年的三月……

「結果，三年三班的學生就這樣度過了剩下的國中歲月。死掉的那個學生的座位就像從前一樣擺著，大家偶爾還會去找他聊天，一起玩、一起放學……當然，那些全是裝出來的。畢業典禮的時候，在校長的安排之下，他們還特地為他留了個位子……」

「喂，那不是真人真事吧？」我忍不住問了。「應該只是謠傳或鬼故事吧？」

鳴沒有回答，只是冷冷地繼續說道：

「畢業典禮結束後，大家聚在教室裡拍紀念照，全班同學還有導師都到齊了。幾天之後，照片洗出來了，大家看到全都嚇了一跳。」停頓了一下後，鳴說出了這樣的話：「團體照的一角，出現了已經不在人世的他。他抬起宛如死人的蒼白臉孔，和大家一樣衝著鏡頭笑……」

啊，這種故事肯定是傳說，說不定是「夜見北的七大不可思議」之一，只是它比較精采、比較有故事性罷了。雖然我心裡這麼想，卻無法一笑置之。勉強自己笑只會害臉頰抽筋。

鳴始終面無表情，視線固定在同一點的她，暫時不再開口了，肩膀微微顫抖著，最後她像在呢喃似的補充：「他……那個死掉的學生，聽說就叫做 Misaki。」

這倒是出乎我意料之外。

「Misaki？」我不由得提高了音量，「那是……姓嗎？還是名字？他是男生？還是女生？」

「誰知道呢。」鳴略偏著頭。

是不知道嗎？還是知道卻不想說？從她的表情實在看不出來。

「好像也有一種說法，說不是 Misaki 而是 Masaki，不過那只是少數。我覺得應該不是 Masaki，而是 Misaki。」

二十六年前。我在心中把鳴剛剛講的話反芻了一遍。

二十六年前，夜見北的三年三班有一個叫 Misaki 的風雲人物……

等等！等一下呀。我突然想到了。距今二十六年前的話，不就是媽媽——死於十五年前的我的母親、理津子唸國中時的事嗎？所以說不定……

不知鳴有沒有發現我的反應起了微妙的變化？她再度把背往沙發上靠去，以不變的語氣說：「這個故事還有後續呢。」

「後續？」

「也就是說，剛剛講的那些只是開場白……」就在這個時候，放在沙發上的我的書包裡，響起了熱鬧的電子鈴聲。有人打手機給我，我忘了把它開到靜音模式了。

「啊，抱歉。」我急忙把手伸進書包裡，把手機拿了出來，螢幕上顯示「夜見山・外公外婆家」。這可不能當作沒看到，只好接了。

「啊，恒一嗎？」果然，電話那頭傳來外婆的聲音。

「你在哪裡？都這麼晚了……」

「呃，對不起，外婆。我放學的時候順便繞去了別的地方……嗯，我這就回去了——身體？嗯，沒問題。妳不要擔心。」

匆匆把電話掛斷後，我突然發現一度停止的背景音樂又開始放了。咦？我轉過頭去。她什麼時候回來的？入口旁邊的桌子後面，老太太又出現了。她正在看我嗎？實在看不出來那隱藏在深色鏡片後面的眼神飄向哪邊。

「討厭的機器。」鳴看著我手上的東西，不悅地皺眉頭。「到哪裡都被綁著，都會一直被找到。」

接著，她從沙發站起，不發一語就往後面的樓梯走。幹嘛？她又要回地下室去了嗎……要追嗎？如果就算追上去，發現她又轉眼消失的話……喂，我在想什麼？別傻了。當然不可能會有那樣的事，所以乾脆……可是，正當我猶豫不決之際——

「我們要打烊了。」老太太以模糊不清的聲音向我說：「好啦好啦，今天就先請回吧。」

第五章　五月之四

1

五月25日（一）　第一節　英語
　　　　　　　　第二節　社會
　　　　　　　　第三節　數學
五月26日（二）　第一節　理化
　　　　　　　　第二節　國文

隔週，教室的公布欄上貼出了這樣的日程表。看到它，我的反應就只有「這樣啊」而已。五月已經進入下旬，通常這個時候，一般學校都會舉行期中考。下個禮拜的禮拜一、禮拜二，就考主科的五科是嗎？

最近我發現，自從經歷搬家、住院、轉學的意外後，現在我對這種例行公事已經不太有感覺了。上學至今已經過了兩個禮拜，最初的緊張感已經消除了大半，但我還沒有完全融入新的團體。是有幾個可以講講屁話的朋友，也漸漸習慣了這個學校和以前學校很不一樣的風氣。照這樣下去，明年三月之前，我應該可以混得不錯，只是……

有件事一直掛在我心裡。見崎鳴的存在，難以掌握她真實的「樣貌」因而產生的違和感。如果把這學校的生活比喻成聽起來還算悅耳、緩緩流洩的沉穩旋律的話，那麼只有她是始終在旁邊干擾的不協調樂音。

「期中考結束後，馬上就是升學輔導週了。」敕使河原碎碎唸，用力抓染成金色的頭髮。「想到得一本正經地跟老師商量這種事，心情就超鬱悶的。」

跟他在一起的風見乾脆地應了一聲「還好吧。」

「高中的升學率都已經達到百分之九十五以上了。別擔心，你一定有學校可唸的。」

「你這是在安慰我嗎？」

「我是啊。」

「我看是嘲笑吧？」

「並沒有。」

「哼，反正我跟你的孽緣到畢業就結束了。祝你一路順風。」

敕使河原對著童年玩伴、「永遠的優等生」揮了揮手，像是要永別似的，接著看向我：「榊原，你打算唸哪一所？要回東京嗎？」

「嗯，明年春天我爸就要從印度回來了。」

「那邊的私中嗎？」這是風見問的。

「嗯，應該吧。」

「好好喔，大學教授的寶貝兒子，我也好想讀東京的高中喔。」

敕使河原又在耍嘴皮子，不過他並無惡意，只是用開玩笑的語氣，所以並不會讓人討厭。

「依我看，你有你老爸罩說不定連大學都不用考了。」

「才沒有呢。」雖然我馬上就否認了，但他的推測也不是完全沒有道理。

怎麼說呢？我在東京唸的那所K中學的理事長，跟我爸是同一所大學、同一個研究室的學長學弟，從以前交情就很好。正因為如此，這次我要轉學，學校還以我明年會回東京為條件特地幫我開了個先例。也就是說，就算今年我讀的是此地的公立國中，但等到明年要升高中的時候，我還是可以參加「K中學直升K高中」的內部升學考試。

不過呢，這件事我並不想讓大家知道。因為不管誰聽了肯定都不會開心的。

五月二十日，禮拜三的放學後。第六節課上完後，我們不約而同地一起走出了教室，並肩走在走廊上。外面正在下雨，這天從早上開始就一直是這樣。

「話說回來了，這所學校，什麼時候要辦畢業旅行啊？」

聽我這麼一問，勅使河原皺起了眉頭，答說：「那個，去年已經辦過了，去了東京一帶。那是我有生以來第一次登上東京鐵塔，還去了台場。榊原你呢？爬過東京鐵塔沒？」

……那倒沒有。

「去年……一般不是都三年級才去嗎？畢業旅行？」

「夜見北二年級的秋天就去了。不過以前好像都是三年級的這個時候。」

「以前？」

「是……是啊。對吧？風見。」

「啊，嗯。好像是吧。」

這兩人的反應為何讓人覺得有些遲疑呢？我不動聲色地打探：「為什麼改到二年級呢？」

「誰知道，那麼久的事。」勅使河原說，他倒是推得一乾二淨。

「肯定有什麼原因吧？」

「可能也是因為考試近了，學校想讓大家專心準備考試吧？」風見答。這時他停下腳步，拿下眼鏡，擦起了鏡片。

「哦，公立也會這樣啊？」

我也學風見停下腳步倚向走廊的窗戶向外看。三樓的玻璃窗外，必須細看才看得到的毛毛雨正下著，行經中庭的學生大都沒有撐傘。

——我並不討厭下雨。

我突然想起鳴曾說過的話。

——我最喜歡寒冬的冷雨，快要變成雪的雨。

昨天、今天都沒有見到她。禮拜一她有來，但並沒有機會講到話。上個禮拜在御先町的人偶美術館碰到她的事，也許是我自己太神經質了，當時她說的每一句話、做的每一個動作、採取的每一個行動，都讓我很在意。

「二十六年前，Misaki 的事，」她說「那不過是開場白」。雖然我心裡以為它頂多就是「七大不可思議」之類的無稽之談，卻還是很在意。她說「還有後續」，到底那後面還有怎樣離奇的故事呢？對了，記得上上禮拜美術課結束的時候，敕使河原好像曾說「被詛咒的三班」什麼的。

「對了，」我繼續假裝什麼都不知道的樣子，提出心中的疑問。

「二十六年前三年三班的故事，你們知道嗎？」

那一瞬間，風見也好、敕使河原也罷，顯然都嚇了一跳。兩人的臉色甚至變得有些蒼白。

「那個，榊原，你不是……完全不相信那種事嗎？」

「你從哪裡……是誰告訴你的？」

我考慮了一下，決定還是不要說出鳴的名字。

「沒什麼，我無意間聽到的。」我如此回答。

「你知道多少？」風見一臉認真地追問。

「那個故事，你知道多少？」

「多少喔……大概就開場白而已吧。」

沒想到他們的反應如此激烈，我有點被嚇到了。

「二十六年前的三年三班，有個很活躍的學生，他突然死掉了……差不多是這樣。」

「只知道第一年，是嗎？」風見一邊喃喃自語，一邊看向敕使河原。

「怎麼了？你們三個表情這麼嚴肅？」

突然有人叫住我們，是正好經過的三神老師，櫻木由佳里大概是有事找老師商量吧？她也在旁邊。

「啊……這個、這個，我……」不知道怎麼搞的，我就是沒辦法和三神老師這麼親密地談話。為了阻止我繼續結巴下去，風見往前跨了一步，挨近老師，刻意壓低聲音說道：「榊原同學正在問第一屆發生的事……好像是他無意間聽到的。」

「是嗎？」三神老師緩緩點頭，接著微微偏頭，這反應在我看來也有點怪怪的。至於在旁邊聽我們談話的櫻木，跟風見還有敕使河原一樣，瞬間變了臉色。

「這個問題有點複雜……」三神老師喃喃自語，眼睛始終沒有看我。我第一次在她臉上看到憂心忡忡的樣子。她的聲音很低很低，低到我幾乎聽不到她在說什麼。

「……我也不是很清楚。不過……大可不必理它，現在還是……總之，先觀察一陣子。」

2

「阿嬤，妳還記得二十六年前的事嗎？」那天一從學校回來，我馬上向外婆問道。

她正跟外公兩人坐在簷廊的藤椅上，眺望著下過雨的庭院。才剛說完「你回來了」，孫子就沒頭沒腦地問了這個問題。「啊？」她眨了眨眼睛，

「二十六年前？那可是很久以前的事了。」

「嗯。就我媽差不多我這麼大的時候——那個時候她應該也是國三吧？」

「理津子國三……」外婆單手撐著臉頰，靠在藤椅的扶手上。

「啊，我記得他們那時的導師是個很帥、很年輕的男老師……好像是教社會的，又指導話劇社什麼的。就是人家在說的熱血老師，是個關心學生的好老師。」

外婆慢慢講述給我聽，眼睛也瞇了起來。一旁的外公點頭如搗蒜。

「我媽是幾班的？三年級的時候？」

「幾班？這個嘛……」外婆斜眼看了一下外公，看他不斷點頭的樣子，她輕輕嘆了口氣。

「國三的話，我記得好像是二班還是三班……啊，應該是三班。」

原以為不可能的我，在聽到這個答案後心裡泛起了很奇怪的感覺。不是理解，也不是驚訝，更不是恐慌。那感覺就像你突然發現腳邊出現了一個深不見底的大洞，是那樣的感覺。

「三年三班？妳確定？」

「被你這樣一問，我反而沒把握了。」配合外婆的聲音，外公更用力地點頭。

「有沒有畢業紀念冊什麼的？」

「我們家應該沒有，就算有也是在你爸爸家。出嫁時，你媽把那些東西全帶過去了。」

「是喔。」

老爸有可能到現在還保留著那種東西嗎？至少，在我印象中，他不曾拿給我看過。

「那……妳還記得，」我繼續追問：「在二十六年前，我媽讀國三被分到三班的時候，班上

有沒有同學因意外之類的死掉？」

「意外？班上的同學……」外婆先是看了看外公，然後好像在逃避什麼似的望向庭院，「吁」地長嘆了口氣。

「印象中，是有那麼回事。」她半自言自語地回答。

「不過我不記得是什麼意外了，很好的一個孩子，真是太可憐了，那個時候還……」

「名字呢？」我的語氣不自覺地加重了。

「是不是叫 Misaki？那個學生的名字。」

「這個嘛……」外婆再度把目光轉向庭院那邊。

「Misaki、Misaki。」外公用沙啞的聲音複誦著。

「早安、早安。」先前一直乖乖待在籠裡的九官鳥，突然又開始怪叫，害我嚇了一跳。

「早安，小玲。早安……」

「也許問怜子會比較清楚。」外婆說。

「可是怜子阿姨那時不是才三、四歲嗎？」我立刻點出她們年齡上的差距，結果外婆……

「對、對喔。」這才恍然大悟地猛點頭。

「理津子準備考高中的時候，怜子還是個小娃娃，那年好辛苦啊。你外公整天忙於工作，都是我一個人在照顧。」

「對吧？」

外婆看了外公一眼，他正不斷動著皺巴巴的嘴。

「為什麼？為什麼？」小玲用高八度的聲音問道。

「為什麼？小玲，為什麼？」

3

怜子阿姨回到家的時候已經很晚了，所以晚餐當然是在外面解決了。她好像喝了很多的樣子，不僅呼吸有酒氣，連眼睛都有點充血。

「下個禮拜的期中考，恒一你是不是覺得遊刃有餘啊？」

重重地把身體沉向沙發的她，好像這時才發現我也在客廳裡，冷不防地問道。口齒有點不清，雖然還不到「醉」的程度，但至少我沒見過這樣的怜子阿姨。

「才沒有那回事呢。」不知該如何應付的我決定照實回答。

「我也是要準備的，該讀多少就讀多少。」

「啊，那我真是失敬了。」呵呵輕笑的怜子阿姨拿起玻璃杯，把外婆替她倒的冰水一口氣喝光。看到她那樣子，我不禁想起……

去世的母親以前肯定也曾這麼喝醉過吧？想著想著，我的心忍不住怦怦跳了起來，同一時間，胸口好像被什麼綁住的不舒服感覺又回來了。

「啊，今天累死了。」怜子阿姨在沙發上大伸懶腰。接著，她抬起迷濛的雙眼望著我。

「當大人一點都不好玩。又是交際應酬、又是人情義理的。還要……」

「沒事吧？怜子。」外婆擔心地偏著頭，走了過來。「很少看妳這樣。」

「我要先去睡了，明天早上再洗澡。晚安。」

說完後，她搖搖晃晃地站了起來。我趕緊出聲叫住她。關於二十六年前的那件事，我無論如何都想弄個明白。

「……妳知道吧？怜子阿姨，二十六年前的那個故事。」

已經抬起來的屁股又咚地坐回沙發上。

「嗯，那是流傳已久的故事。」

「它屬於『七大不可思議』之一嗎？」

「那是兩回事。」

「怜子阿姨也是升上國中後才知道的嗎？」

「嗯。反正大家傳來傳去，自然就知道了。」

「那我媽國三的時候，是不是正好就被編到三班？」

「……後來。」如此回答的怜子阿姨撥開前額的頭髮，慢慢看向天花板。「後來的事，理津子姊姊是有跟我……說過。」

「妳知道吧？怜子阿姨。」

「那部分你還不知道喔？恒一。」她以極低、極低的聲音說道。

「妳是說『後續』嗎？」我趁勢追問。怜子阿姨表情一愣，閉上了嘴巴。過了一會兒。

「……」

「喂，怜子阿……」

「那種事，通常都被加油添醋得很厲害。」

聽到嘆息聲，我連忙回頭，發現坐在餐桌椅上的外婆正用兩手覆著臉。感覺她好像正努力不要看到、聽到我們的談話。

「恒一你現在還是不要太在意這件事會比較好。」不久後怜子阿姨說道。

她站起身，挺直背，兩眼凝視著我。語氣又回到平常我熟知的那麼鎮定了。

「凡事都有時機。現在不知道代表不要知道會比較好，該讓你知道的時候自然會知道。」

4

隔天禮拜四，一大早就不見見崎鳴的身影。

快要考試了……她沒問題吧？鳴的功課、成績如何，我完全不知道。話說回來了，課堂上她被點名唸課文或回答問題的場面，我一次也沒瞧見，不管怎麼樣，她再這樣請假下去，不會缺課次數太多嗎？

就算出於擔心，好意提醒她，她也會馬上頂你一句「不關你的事」吧？

本來想過要不要打電話給她。不過，仔細想想，轉學到這裡都已經幾個禮拜了，到現在我都還沒有拿到通訊錄。所以她的住址和電話我根本就不曉得。這種事要查也沒有那麼容易。她家應該就在那家人偶商店——不，人偶藝廊的附近吧？所以，她才會像那天那樣，三天兩頭地就去看人偶……沒錯，肯定是這樣。

不知她的父母是怎樣的人？她是否也有很好的姊妹淘呢？被眼罩遮住的左眼是什麼時候不見的？又是怎麼不見的？也許她的身體本來就不好。嗯，這很有可能。所以她體育課才都不上，還經常請假沒來……啊，不，也許……

等等。

我擔心不已，不過全班會這樣為她擔心的好像只有我一人，我不得不這麼想。而且，還不是只有今天這樣。在此情況下……

午休結束後，我們往美術教室所在的〇號館移動，要去上第五節的美術課。就在這時，我下意識地回頭，往校舍的頂樓望去，發現了她的身影。

就像上上禮拜第一天上學的那天，我在操場的樹蔭下看別人上體育課時赫然發現，圍起來的欄杆後面孑然獨立的影子。

我向同行、喜歡孟克的望月說了句「失陪」，接著就往剛走出來的鋼筋校舍——C號館跑了回去。我三步併兩步地爬上階梯，毫不猶豫地推開通往頂樓的米白色不鏽鋼門。

然而，就在這個時候……碰巧放在學生制服口袋裡的手機突然響了，還開始震動。是誰啊？幹嘛挑這個時候……

我跨過門檻，一邊用眼睛搜尋鳴的身影，一邊把手機放在耳邊。電話是敕使河原打來的。

「你還好吧？」

「幹嘛？突然打電話來？」

「我覺得情況很不妙。赤澤那傢伙非常焦慮，就快要歇斯底里了。」

「你在說什麼啊？關赤澤什麼事？」

「你聽我說，榊原……」

沙沙沙……後面的話被雜音蓋掉了。雖然我認為這跟那沒有關係，不過，就在這時頂樓突然颳起了一陣強風。

「聽清楚了嗎？我不會害你的。」

在風聲和雜音的夾擊之下，我要很吃力才聽得到敕使河原的聲音。

「聽好，榊原。別去理會不存在的東西，會惹禍上身的。」

……什麼啊？這傢伙在說什麼啊？

「還有，你有在聽嗎？喂，榊原。」

「……是。」

「還有就是，昨天講的二十六年前的那個故事……你想聽嗎？」

「嗯，我想聽。」

「我們大家商量過了，那個，等下個月再告訴你。所以，這個月你先稍安勿躁……」

沙沙沙、喀喀喀喀……雜音變得更多了，電話突然掛斷了。

什麼跟什麼？真莫名其妙。我有點生氣，心想，就算他再打來我也不想接，於是把手機關了放回口袋。頂樓強風依舊不停吹著，我把每個角落都看遍了，卻……不見任何人的身影。

5

隔天，鳴總算出現在教室裡了。

不過，我連一句話都沒有跟她說到，並不是昨天勅使河原的電話起了作用，我認為不是。看著她一聲不響，總覺得是她自己拒絕和人接觸。勅使河原也是，在那之後什麼也沒說。雖然我很想找他把事情問個清楚，但他好像很怕我的樣子，一直躲著我。真是的，有必要這樣嗎？

明天是第四個禮拜六，照例學校放假一天……雖然已經預約好市立醫院的門診，但既然身體沒有異狀，乾脆把它取消，晚一個禮拜再去好了？外婆應該也不會反對。下禮拜就要期中考了。我好歹也該準備、準備。就算可以「輕鬆應付」，但對功課這種事，其實我看得還挺重的……總之，我就是個死心眼的國中生。

在此情況下……

我連想再訪御先町的人偶藝廊探探的衝動都忍住了，足不出戶窩在家裡度過週末的夜晚。就在這樣的夜晚，手機連續響了兩次。

第一次是從遙遠的國度印度打來的。和上回一樣，一開口就「印度好熱啊」的父親陽介，主要的目的應該是要關心「我的身體狀況」吧？我告訴他就快要期中考了，結果他的回答竟是「喔，隨便唸唸就好。」就算他這麼說，他兒子也不可能隨便唸唸。這個老爸到底知不知道自己兒子的個性啊……

下一個打來的人就叫我有點兒意外了，是市立醫院的水野小姐。

「你還好吧？」

一聽到聲音，我馬上就認出來了，同時忍不住繃緊了神經。

「上次的事，一眨眼也兩個禮拜了，你還記得吧？就四月底在醫院去世的那個女生……」

「嗯，我當然記得。」

「那個女生的事，之後我一直有在留意，想說要再確認一下。然後呢，我發現，她的名字果然叫做 Misaki，不是 Masaki。」

「Misaki 是姓嗎？還是？」

「不是姓，是名字。」

不是「見崎」嗎？那……

「漢字怎麼寫？」

「未来（mirai）的『未』（mi）和花が咲く（hana-ga-saku）的『咲く』（saku），合起來就是未咲（Misaki）。」

「未咲……」

「聽說好像是姓藤岡。」

藤岡未咲是嗎？我不由得陷入沉思。為什麼那個藤岡未咲會是見崎鳴的「半身」呢？

「榊原同學打聽那個女生的理由是？」水野小姐問道。

「你答應早晚要告訴我的。」

「啊……呃，那個……」

「不急著現在講也可以，不過你早晚要告訴我喔。」

「好……好的。」

「話說回來了，恐怖少年最近都讀什麼書？」就這樣，她立刻把剛才的話題拋開了。我應一聲「啊，是」，然後看向正好擺在手邊的書。

「呃，正在讀文庫版的洛夫克萊夫特（Howard Phillips Lovecraft）全集，讀到第二集。」

「哎唷。」她又發出歐吉桑的怪聲。

「那你還有得拚了。——國中，不是就要期中考了嗎？」

「嗯，我趁唸書的空檔看的。」雖然我嘴巴上這樣說，可實際上時間分配的比率卻是正好相反。我是先看閒書，偶爾才準備一下考試。

「還是你有出息，恐怖少年。」水野小姐俏皮地說道。

「真希望我弟也跟你學一下。別說恐怖小說了，只要是書他一概沒興趣。腦袋裡就只有籃球。我們姊弟連要聊天都聊不起來。」

「原來妳有弟弟啊？」

「有兩個。喜歡籃球的那個跟你是同年級。」

「哦？有這種事。」

「另一個讀高二，不過那傢伙也是四肢發達的肌肉男。這輩子大概就只有看過漫畫吧？很變態喔？我那兩個弟弟。」

「還好吧。」認真說起來，週末獨自窩在房間裡拜讀《克蘇魯神話》的十五歲少年比較「變態」吧？唉，管他的。

對了，我突然想到。印象中，班上確實有叫水野的男生。長得高高的、曬得黑黑的，一看就是運動健將型的。是有這麼一個，不過我沒跟他講過話。難不成那傢伙就是水野小姐的小弟？

在這種小地方，就算發生這樣的偶然也是很正常的事。

「那個，水野小姐……水野小姐國中也是唸夜見北的嗎？」我試著問道。

「不好意思，我是南中的。」她答。

「因為我們家正好位在國中學區的交界上，所以用輪流的，一年學區在北、一年在南。因此，我和大弟讀的是南中，小弟讀的卻是北中……」

原來如此。那麼，水野小姐肯定不知道了。二十六年前的那個故事。

我不由得鬆了口氣，之後我們就繞著共同的興趣，東扯西扯了好一陣子。

6

五月二十六日，星期二。第一學期的期中考第二天——

從昨晚開始，雨就滴滴答答下個不停，莫非已是梅雨季節？在夜見北的室內不用換拖鞋，最近好像很多學校都這樣規定（雖然我也是初次體驗）。除了體育館，學校的任何地方都可以直接穿鞋子進去，因此碰到這樣的下雨天，不管是走廊還是教室的地板，到處都是濕答答的腳印。

第二節考最後一科國文，監考老師是導師久保寺先生。

發完考卷後，隨著他一聲「請開始作答」，教室便陷入了一片寂靜。只有自動鉛筆沙沙擦過紙面的聲音，還有偶爾出現的一、兩聲壓抑的咳嗽聲和嘆息聲。雖然學校不一樣，但考試的氣氛倒是到處都一樣。

大約經過三十分鐘左右，就有學生站起來離開了教室。那聲音引起了我的注意，我直覺地往窗邊看去，鳴已經不在座位上。啊，她又提早交卷了？

我猶豫了一下，也把答案紙翻過來蓋在桌上，站了起來。打算就這樣默默走出教室……

「你已經寫好了嗎？榊原同學。」久保寺老師突然叫住我。

我刻意壓低聲音，「是的。所以……」

「還有很多時間，你不要再檢查一下嗎？」

「不，不用了。」有那麼一瞬間，我的回答在教室內引起了小小的騷動。

「我有把握，所以我可以先離開嗎？」我看向剛剛鳴打開又關起來的門。

久保寺老師沒有答腔，過了幾秒後，他垂下雙眼，「可以吧。提早交卷是你的自由，不過你不可以回家，要安靜地在外面等著。因為等一下有臨時班會。」

騷動在教室內傳開了，大家偷偷瞄向我的視線感覺不太友善。

臭屁的傢伙，大家心裡肯定這麼想吧？但我也沒辦法，不過……還真是莫名其妙。為什麼同樣提早交卷，他們要這樣對待我，對鳴就視而不見。太不公平了吧？這簡直是……

一走出教室，我馬上在走廊的窗戶旁邊發現鳴的身影。窗戶是打開的，斜斜的雨打了進來。可她好像完全不在意似的，就只是呆望著窗外。

「妳每次都好快喔。」我走上前，向她說道。

「是嗎？」鳴頭也不回地應道。

「昨天、今天總共就考五科，五科妳都是考到一半就出來了。」

「所以，最後一科你說什麼都要陪我一下？」

「不……那是因為國文是我擅長的科目。」

「哦？那種問題竟然有人會寫。」

「哪種問題？」

「就改寫成多少字以內啦，或作者的主旨是什麼的。」

「啊，是喔。」

「那種我最不會了。不但不會，還很討厭。相形之下，數學、理化就可愛多了，至少有標準答案。」

嗯，是嗎？這點我倒挺能理解的。「所以，這次考試妳都隨便寫寫？」

「是啊。」

「那……沒有關係嗎？」

「沒有關係。對我而言。」

「呃，可是……」我本想繼續說的，但想想還是算了，這個話題就到此結束吧。

在我的帶領下，我們往緊鄰教室東邊的樓梯（大家稱為東梯）走去。到了那裡，鳴又打開了窗戶。夾雜著雨的風把她一頭烏黑的短髮吹亂了。

「她叫藤岡未咲。那天在醫院去世的女孩。」我鼓起勇氣，把週末從水野小姐那裡聽來的消息說了出來。眼睛始終看著外面的鳴的肩膀似乎震動了一下。

「嘿，為什麼她……」

「藤岡未咲是……」鳴平靜地說道。「未咲是我的……表姊妹。從小我們就很親很親，黏在一起。」

「黏在一起？」不太了解是什麼意思，不過和「半身」有什麼關係嗎？

「上上個禮拜，妳跟我說的那個故事。」我又改變了話題。

「二十六年前的三年三班的那個怪談，後來到底怎麼樣了？」

「你有問過誰嗎？」她立刻反問。我不知要如何回答，鳴突然回過頭來看我。

「沒有人告訴你嗎？」

「啊……嗯。」

「那就沒辦法了。」說完這句話後，她閉上嘴巴，再度看向窗外。

在此情況下，就算繼續追問她也不會告訴我吧？我這麼覺得。「每件事都有它該知道的時機。」我突然想起怜子阿姨說過的話。

「呃……那個。」我一邊說，一邊做著深呼吸，就像那天在人偶美術館裡一樣。接著我往前走到站在窗前的鳴的旁邊，「那個，我從以前就想問了。自從我轉到這個學校後，就一直覺得怪怪的——」

她的肩膀好像又微微顫抖了一下。我繼續說道：「為什麼？班上的同學，還有老師是出自什麼原因對妳……」

不等我把話講完，鳴就喃喃自語般地回答：「因為我不存在。」

——聽我說，榊原。不要去理不存在的東西。

「怎麼會……」我反覆做著深呼吸。

——我覺得情況不太妙。

「怎麼會有這種事……」

「如果說大家都看不到我，只有榊原同學你看得到我……會怎樣？」說完後，鳴慢慢地把臉轉向我，沒被眼罩遮住的右眼浮現淺淺的笑意。但我卻在裡面看到了落寞之色，是我多心嗎？

「呃……不會吧？」

如果現在我閉上眼睛，比方說三秒鐘好了，當我再度睜開眼睛時，她會不會就消失了？當下我真的很想實驗看看，連忙將視線轉往窗外。

「怎麼可能？那……」就在這個時候。背後的樓梯傳來有人跑步上來的聲音。

7

這無比慌張的腳步聲，跟正在考試的校園氣氛也太不搭了。到底什麼事啊？想著想著，下一秒那個人，身穿深藍色體育服的身影就出現了。這不是教體育的宮本老師嗎？到現在體育課我都還只是在旁邊看，不過任教老師的長相和名字我多少還記得。

朝我們跑來的宮本老師，張開嘴好像想說什麼，結果他什麼都沒說，直接往三班的教室跑去。然後，他打開教室的前門，向裡面喊了一聲「久保寺老師」。

「久保寺老師，來一下……」過了不久，正在監考的國文老師，臉上的表情好像是在說「怎麼了」。氣喘吁吁、肩膀不斷上下起伏的體育老師說：「其實……」

我和鳴所在的地方勉強可以聽到他的聲音。

「剛剛，接獲通知……」

我能聽到的就只有這樣，後來聲音就變小了。

不過從宮本老師那裡得到「通知」的久保寺老師的反應，我倒是看得一清二楚。只見他表情一愣，半天說不出話來，之後丟下一句「我知道了」，就返回教室。宮本老師則是仰望著天花板，肩膀繼續劇烈地上下起伏著。

隔了一會兒……

一度關上的教室前門又被用力打開了，裡面衝出來一位學生。是班長櫻木由佳里。她右手拎著自己的書包，一副驚慌失措的模樣。

和在門口的宮本老師簡短交談了幾句後，櫻木從擺放在教室前的傘架上抽出自己的傘。那是一支米白色的自動傘。接著，她用不太靈活的步伐跑了起來。

一開始，她衝向東邊的樓梯。但不知為什麼，她突然停下腳步，整個人定在那邊，一切好像就發生在她發現我們站在樓梯間的窗戶邊的瞬間。下一秒，她轉過身，往反方向跑去。她說是跌倒而扭傷的右腳似乎尚未痊癒，導致她跑起來一拐一拐的。她一路狂奔過連貫東西的走廊，沒多久就不見人影了。此刻她正跑下教室另一頭的「西梯」。

「她怎麼了？」我轉頭看向鳴。

「怪怪的……」鳴不做任何回應，一臉蒼白地站在原地。我只好離開窗邊，試圖向穿運動服的體育老師打聽：「老師，請問，櫻木同學發生了什麼事？」

「啊？……嗯。」宮本老師皺起眉頭，看了我一眼後說：「家裡的人出了車禍。剛剛接到緊急通知，要她即刻趕往醫院。」

他話才剛講完，走廊那邊就傳來了一聲巨響，還有短而淒厲的尖叫聲。

什麼聲音？不好的預感閃過我的心頭。剛剛那是什麼聲音？

來不及細想，我已經在走廊上跑了起來，追在剛剛才跑過同一條走廊的櫻木由佳里的後面。我一口氣跑下西梯的二樓，卻不見她的身影。於是我再從二樓跑向一樓，就在這時……

恐怖且詭異的畫面竄入我的眼簾。

濕答答的水泥樓梯下，一樓通往二樓的樓梯間，有支傘打開了。米白色的自動傘，就是剛剛櫻木由佳里從傘架裡抽出來的那支，櫻木倒臥在地，姿勢像是要覆蓋到傘上似的。

「這、這是……」

她的頭跟傘的中心部位疊在一起，兩隻腳的腳板則留在從下面數來第二、三階的樓梯上，左右兩隻手各往斜前方伸了出去，書包掉落在樓梯間的角落。

……怎麼回事？到底是怎麼一回事？

一時間，要掌握確切的情況是有困難，但已可猜出發生了什麼事。

聽到家人出事的消息，她大吃一驚，慌慌張張地從教室跑了出去，卻在從二樓往一樓跑的路上滑了一跤。手裡的傘飛了出去，向下衝擊的力道讓傘打開了，掉落在樓梯間。而傘尖的金屬頭就正好對著她。於是……

失去平衡、重心不穩的她順勢趴倒在那上面，那感覺就像是飛撲了出去，所以她連扭轉身體、用手撐住的機會都沒有。櫻木趴著的身體動也不動。濃稠的紅慢慢地往外擴散，侵蝕著傘的米白色。血，那是血……相當多的血流了出來……

「櫻木……同學……」我叫她的聲音顫抖著，連踩下樓梯的腳也顫抖著。

我戰戰兢兢地來到樓梯間，看到怵目驚心的一幕。金屬的傘尖刺進櫻木由佳里的喉嚨，根部深深埋在其中。大量的鮮血從那裡流了出來。

「這是……」我忍不住把臉別開。「怎麼會發生這種事……」

喀嚓一聲，櫻木的身體突然翻轉了過來，因為奇蹟似的……不，應該說因為邪惡的偶然所創造平衡被破壞了，原本支撐著她身體的傘柄竟在這時斷了。

「喂！」上面傳來有人大喊的聲音。

「怎麼了？還好吧？」宮本老師來了。在他背後還跟著其他人，大概是從附近教室跑出來的吧？裡面也有老師。

「出事了！趕快叫救護車！」宮本老師一邊跑下階梯，一邊大喊。「順便通知保健室。噢，很嚴重哪！怎麼會搞成這樣……喂，你還好吧？」

他問我。我點頭，表示自己沒事，嘴巴卻不爭氣地發出乾嘔的聲音。胸口突然抽痛了起來。啊！這痛真叫人討厭……

「不、不好意思！」我用兩手摀著胸口，將身體靠在牆上。「我有點，不舒服……」

「這裡交給我吧。你趕快去廁所。」宮本老師說，他以為我是想吐。

我搖搖晃晃地走上階梯，卻在二樓的走廊看到鳴。她站在老師們的後面，向下凝視著我。她的臉白到不能再白，右眼圓睜到不能再睜了。就像在「夜見的黃昏是空洞的藍色眼睛」的地下展示室裡的黑棺人偶一般，她的嘴唇微微開啟，好像正想告訴我什麼……

什麼？到底妳想告訴我什麼？

幾分鐘後，我回到二樓的走廊，但她已不在那裡了。

8

所謂櫻木由佳里的家人遭逢的意外，是她的母親三枝子搭乘的小客車出了車禍。負責駕駛的是櫻木稱為阿姨的女性，母親則坐在副駕駛座。因為不明的原因，小客車開在沿著夜見山川堤防的二線道的時候煞車突然失靈，撞上了一旁的路樹。

車子整個被撞壞了。兩人被送到醫院時都已身受重傷，櫻木的母親更是十分危急。於是，醫院趕緊通知了學校。宮本老師把這件事告訴了久保寺老師，久保寺老師則告訴櫻木，要她趕緊到醫院去。看樣子他是打算改天再讓她補考吧。

櫻木的母親急救無效，當天晚上就死亡了。阿姨呢，則勉強保住了一命，不過，後來聽說她也整整昏迷了一個禮拜才醒來。

至於在C號館的西梯慘遭不幸的櫻木本人，則是在被救護車送往醫院的途中，因為失血和休克嚥下了最後一口氣。就在兩天前，她才剛過完十五歲的生日（這也是我後來聽說的）。

就這樣。

櫻木由佳里和她的母親三枝子，這兩人成為這一年——一九九八年，跟夜見山北中學三年三班扯上關係的「五月死者」。

插曲之一

……三年三班有人死掉了。

嗯，引起好大的騷動。

聽說是在C號館的樓梯滑了一跤，摔得很嚴重。

不，才不是這樣。

不是這樣？那是怎樣？

聽說是從樓梯摔下來的時候，被扔出去的傘給刺穿了喉嚨。

耶？

也有人傳說刺到的不是喉嚨，而是眼睛。

耶？真的假的？

隨便啦，反正那情況太悽慘了，所以看到的人都被下了封口令什麼的。

聽說死掉的是個女生，還是班上的班長呢。

好像是。

說到這個，我還聽說同一天她的母親也因為車禍去世了。

對啊，這我也聽說了。

喂，我說，這該不會就是那個什麼「詛咒」在作祟吧？

……怎麼你也知道？

我不小心聽到的。詳細情況並不清楚，不過……

你是說「三年三班被詛咒」了？

沒錯。

話說，呃，像我們這樣隨便亂講好像也會有事呢。

那早已是眾所周知的秘密了。

二十六年前在那個班上，有一個很受歡迎的、叫 Misaki 的同學死掉了……

啊……完了。

今年該不會又輪到了吧？

你說呢？

討厭。要是明年我也被編進三班的話，那要怎麼辦？

你現在擔心也沒有用啊。

可是……

難道你要趁二年級的時候轉學嗎？

嗯。

算了，反正那又不是每年都會發生，去年好像就沒有。

前年呢？前年就有「輪到」。

詛咒哪有一定的？

聽說一旦開始，班上每個月都會發生不好的事。

唉。

像是有人死掉之類的。

唉。

每個月都會有一個以上的人，跟班上有關係的人……死掉。

不是只有學生嗎？

連學生的家人也有危險，特別是兄弟姊妹，不過，聽說遠房的親戚就沒有關係。

哦？你知道得還真多。

我們劍道社有個叫前島的學長就是三班的，前陣子他偷偷告訴我，他好像不相信，所以連我這個不相干的人都說給我聽。可他說那只是巧合，單純的不幸事件。被詛咒什麼的根本是無稽之談。

是這樣嗎？

我也不是很瞭。不過，沒事最好不要接近那個班級吧，我想。萬一被扯進去的話就糟了。像我這樣在這裡跟你討論其實也是不對的，怎麼辦？說不定……

討厭，別說了。

對喔，還是別說了，免得……

第六章　六月之一

1

「嗯，暫時可以放心了。」中年的主治醫師以一貫的輕鬆語氣說出他的判斷。

「就今天的診斷來看，情況已經穩定下來了，你應該已經不痛了吧？」

「是。」

「所以，正常去上學沒問題啦。」

縱使他說得如此肯定，我卻無法徹底消除心中的不安。基本上我還是有點擔心，在醫生面前試做了幾次深呼吸。嗯，的確，已經沒有任何壓迫的感覺。胸口的疼痛伴隨著輕微的呼吸困難，一個禮拜前不時會感受到的不適症狀，這兩、三天已消失無蹤。

「那體育課……」

「劇烈運動還是不行喔，至少再一個月，先觀察看看再說。」

「是。」

「為求保險起見，你週末再來。到時如果沒問題的話，就一個月後再來。」

不斷點頭的我抬頭看向掛在診間牆上的月曆。昨天開始進入了六月，這個週末……禮拜六正好是六號。

就在一個禮拜前，期中考的第二天，我親眼目睹發生在櫻木由佳里身上的慘劇。當時胸口的悶痛讓我突然萌生很不好的預感，結果肺真的出了問題。隔天，我立刻前往市立醫院，得到的卻是令人開心不起來的報告：「差點就要演變成輕度氣胸了。」不過，「幸好沒有真的復發」。

「有一些破掉的小洞，差一點就要變成輕度氣胸了，不過，那附近的胸膜好像已經癒合了。託它的福，空氣被擋住了，沒有漏出去。」醫生如此說明。

「不需要做特別的處理。回家靜養一陣子就行了。」

於是，我聽從了他的指示……這一個禮拜都關在家裡，沒有去學校。也因此那起意外發生之後，班上變成怎樣，我幾乎不知道。

根據好不容易得來的消息，櫻木的母親發生車禍，也在同一天去世了。櫻木母女的葬禮只有親人參加，舉行得很低調。當然了，班上的同學都受到了很大的驚嚇……大概是這樣。

之後，見崎鳴怎麼樣了？我就不曉得了。要查也不是完全沒有辦法，只是，不管是她的問題還是其他的問題，我都不想用那個來查。每次興起這念頭總是會猶豫不決，最後退縮放棄。

我始終沒有拿到班上的通訊錄，能親自取得聯繫的只有敕使河原一人，因為知道他的手機號碼。話說回來了，上禮拜我打了幾次電話，他都沒接。大概因為是我打的，故意不接吧？

外婆聽說了那起意外，直說「好恐怖」、「好可憐」，感慨萬千。除此之外，她還一個勁兒煩惱孫子的身體。外公呢，也不知道是真懂還是假懂，反正外婆說一句他就點一個頭，點得頭都快斷了。怜子阿姨雖然很擔心我的精神狀況，不過她不會主動問起有的沒的，而我也提不起勇氣說。九官鳥小玲依舊用那元氣十足的怪腔怪調跟人打招呼。人在印度的老爸沒捎消息來，我也沒有通知他這裡發生的事。

在這些人當中，唯一能讓我敞開心胸跟她交談的，說也奇怪，竟然是市立醫院的水野小姐。她打電話給我的那天正好是櫻木去世的第三天，我去醫院回來的隔天下午。

「還好吧？胸口還痛嗎？」她單刀直入地問，毫不拐彎抹角。

「唉，親眼目睹了那麼恐怖的意外，難怪身體會受不了。」

「妳聽說了？那起意外……」

「我聽我弟說的。啊，他在北中跟你同班，我小弟，籃球社的水野 Takeru。」

啊，那傢伙果然是水野小姐的弟弟。

「榊原同學，你昨天沒去上學，來了醫院？」

「啊，是的。」

「不需要住院嗎？」

「託您的福。我應該還挺得住。」

「下次什麼時候要再來醫院？」

「下個禮拜，禮拜二的上午。」

「那我們見個面吧？」

「咦？」為什麼……在我繼續問下去之前，水野小姐就先回答了。

「我覺得怪怪的。很多事情想搞清楚……到底哪個跟哪個有關聯，像上次那件事就是。」

那件事？指的是我為什麼會想要打聽四月底在醫院死掉的那個女孩的事嗎？

「醫生叫你先在家裡休養？」

「沒錯。」

「不要想太多了。如果真的不幸又要住院的話，我會無微不至地照顧你的。」

「呃……好，麻煩妳了。」我如此答應，心裡卻想：絕對不能讓這種事情發生。

「那下禮拜二醫院見囉。我會再跟你聯絡。」

肯定是考慮到我的心情吧？剛剛在電話裡，水野小姐並沒有提到我們共同的興趣，也不再像平常一樣叫我「恐怖少年」，讓我鬆了口氣。就在兩天前，我親眼目擊了那麼血腥的場面，心情難免受到影響——

那個時候慢慢往傘面擴散出去的紅色，被傘尖刺穿喉嚨的櫻木由佳里的樣子，還有不斷流出的大量鮮血，全都歷歷在目。傘斷了、她的身體翻轉過來的聲音，宮本老師的大叫聲，救護車的鳴笛聲，學生的尖叫和啜泣……一切的一切，至今仍迴盪在我耳畔。

雖然理智告訴我，這跟那完全是兩回事，不過，我想有一陣子我都不會去碰恐怖小說或電影了——這就是我當時的心境。

2

和一個禮拜前一樣，又下雨了。今年似乎比往年都還要早進入梅雨季。今天我照舊拒絕了外婆的好意，沒讓她開車送我，獨自來到了醫院。因為我跟水野小姐約好要在看完門診後碰面。這天她值大夜班，直接留在醫院休息沒有回去。她叫我門診一結束，就馬上打電話給她。

離開診間後，我在門診部的大門附近打了水野小姐的手機，趁等待的時間，順便眺望戶外被雨淋濡濕的風景。

夜見山連雨都比東京的黏稠。我突然產生這樣的想法。

如果考慮到空氣中的污染物質的話，情況應該正好相反才對。所以呢，這單純是我個人觀感的問題。也許黏稠這個詞用得不太恰當，應該說綿密或是質感比較豐富什麼的。

建築物、柏油路、來來往往的行人、近景的草木、遠景的山巒……全都因為被雨淋濕了而有了更多的顏色和成分。我這樣說絕對沒有指雨不潔的意思。

突然，我的視線停駐在地面積起的水窪。

它也是……該怎麼說呢？比在東京看到的顏色更多、更有韻味。問題不在於雨本身，而在於透過它看到的東西都不一樣了。也許，這一切不過是我個人心境的反映……

「讓你久等了。」身旁有人竄了出來，她穿著淺藍色襯衫配黑色牛仔夾克，我第一次看到沒穿白色制服的水野小姐。

「怎麼樣？診察的結果？」

「看樣子，應該不需要水野小姐您的照顧了。」

「那太可惜了。」

「明天就可以去上學了。」

「是嗎？太好了。」水野小姐露出爽朗的笑臉，從夾克的口袋裡拿出手機，瞄了一眼。

「時間還早，一起吃個午飯，怎麼樣？」

「妳不是值班一整夜嗎？水野小姐。」我非常體貼地提醒道。「呃，我是怕妳太累……」

「沒事、沒事。我有事先休息，何況我還年輕。我們就去這附近的家庭餐廳吃吧？」

「好，全聽妳的。」水野小姐開自己的車來。跟外婆駕駛的黑色大頭車不一樣，水野小姐開的是可愛的藍色小車。

3

這間家庭餐廳是連鎖的，在東京也有，不過店裡的位子可要比東京的寬敞多了。坐定後，我們點了餐，只見水野小姐用兩手掩著嘴，打了個好大的哈欠。

「妳好像睡眠不足喔？」

「嗯？還好啦，沒那麼嚴重。」

「不好意思。把妳找出來……」

「說什麼傻話？是我自己提出要見面的，你千萬別放在心上。」

不久服務生送來了咖啡和三明治。水野小姐先放了一大把糖到咖啡裡，喝了幾口，並吃完一塊三明治後，這才正眼看我，對我說道：

「首先，平常很少跟我說話的弟弟，水野 Takeru 跟我談了。我多少知道了一點。那傢伙還有榊原同學你們班，是不是有什麼秘密？」

「秘密？」

「嗯。雖然他不肯說仔細，我也還想不出方法要怎麼逼問他，不過，我總覺得這裡面有什麼秘密。榊原同學你知道吧？」

「妳是說秘密的緣由嗎？」我垂下眼，緩緩搖頭。

「我也不清楚，只覺得哪裡怪怪的。可畢竟我才剛轉過來，也沒有人告訴我，所以……」

「上禮拜在學校死掉的女孩，叫櫻木的那個，聽說是班上的班長？」

「是的。」

「當時的情形我聽說了。聽說榊原同學你還親眼目睹了那個慘況。她從樓梯上摔下來，正好被傘插進了喉嚨？」

「嗯，是那樣沒錯。」

「那小子好像很害怕的樣子。」

「害怕？妳是說妳弟嗎？」

班上同學突然死掉是會感到震驚沒錯，但「害怕」……有沒有搞錯？

「怎麼一回事？」

「他是沒有親口這樣說啦。可是，他好像覺得上禮拜的意外並不是單純的意外。」

「不是意外？」我皺起眉頭。不是意外的話，難道是自殺？還是他殺？這兩者都絕對沒有可能。既不是自殺也不是他殺，更不是「單純的意外」。那到底是……

「妳覺得他在害怕什麼？」

「這個嘛。」水野小姐憂心地偏著頭。

「我也說不上來。」

——**榊原你相信嗎？靈魂或鬼神作祟的事？**

好像是剛轉學過來的第一天吧？敕使河原問了我這樣的問題，我突然想到。

——**所謂的超自然現象，你相信嗎？**

這個問題則是同一時間風見問的。

「靈魂或鬼神作祟」也好，「超自然現象」也罷，這種東西我一概不相信，也不打算從現在才開始相信。「夜見北的七大不可思議」確實每一件都挺驚悚的，不過學校這種地方免不了會有穿鑿附會的鬼故事，就拿那個「二十六年前的 Misaki」來說好了，到最後肯定也……

可是……如果上禮拜櫻木由佳里的死真的不是「單純意外」的話要怎麼辦？

我試著回想當時的景況。

那天，櫻木得知母親出車禍的消息，從教室裡衝了出來。她從傘架裡抽出雨傘，一拐一拐地跑著。一開始她本來跑向離她最近的東梯，可是她的這個舉動卻在看到我們時突然停了下來。那個時候我和鳴就站在樓梯口的窗邊，下一秒，她就轉身往反方向的西梯跑去了。

假設……我思量著。假設，當時她沒有改變心意就走東梯下去的話……

也許，那起意外就不會發生了。穿過長長的走廊，一口氣跑到西梯，偏偏那一帶的地板特別濕，害她滑了一跤，這種種因素加起來，造成了那令人難以置信的意外。所以……

當時為什麼櫻木要那麼做呢？為什麼在看到我和鳴之後就馬上……

「妳有聽過見崎鳴這個名字嗎？」

熱狗來了，但我不想碰，只拿起副餐冰茶，潤一下乾渴的喉嚨，問水野小姐：「Misaki？」也難怪她會對這個名字有所反應，因為四月死在醫院的那個女孩就叫「未咲」。

「Misaki Mei……那是誰啊？」

「她是我們班——夜見北三年三班的女生。妳沒聽妳弟提起過嗎？」

水野小姐微微鼓起一邊的臉頰，「都說平常我們姊弟不太交談了。所以那女生怎樣了？」

「我答應早晚要告訴妳的那件事，事實上就跟那個叫見崎鳴的女生有關。」

她睜著圓滾滾的大眼睛，不斷點頭。於是，我盡量簡明扼要地把事情的經過說了一遍。

「……嗯嗯。」水野小姐先是雙手抱胸，頻頻點頭，接著又塞了一塊三明治到嘴巴裡面。「好像有聽你提過，戴眼罩的女生嘛。喔。——所以榊原同學你喜歡她？那個叫 Mei 什麼的。」

「咦？」呃……等、等一下，大姊。「不是那樣的。」我有點不太高興，連忙否認。「我只是……好奇。總覺得她在班上非常的特殊。」

「那就叫做喜歡啊。」

「都跟妳說不是了。」

「知道了，知道了。好啦，讓我把事情重新整理一下。」

「……」

「四月下旬的某天，應該是二十七號沒錯，在醫院去世的藤岡未咲是 Mei 的表妹。Mei 對這件事感到非常的悲傷，所以特地『送了個東西』到未咲的靈堂去看她，是這樣對吧？」

「是的。」

「然後呢？你說 Mei 在班上怎麼個特殊法？」

「就……」我考慮了很久才回答。「呃……是這樣的，她本來就很特殊。不過，該怎麼說呢……一開始我還以為她被霸凌了，不過看起來又不像。相反的，我覺得大家比較怕她。」

「怕？」

「說怕好像又不太對……」我試著在腦海裡回想，第一天上學以來眼睛所看到的畫面和耳朵所聽到的話語。「比方說，我有一個叫敕使河原的朋友，他就曾突然打手機給我，要我『不要理會不存在的東西』。」

「不存在的東西？」

「Mei 本人說，大家都是看不到她的，然後……」

水野小姐再度雙手抱胸，陷入沉吟。

我繼續往下說：「緊接著，就發生了上禮拜的那起意外。」

「嗯，根據常理推斷，這只是單純的偶然。兩者之間並沒有任何的關聯性，不是嗎？」

「根據常理推斷，確實是如此。」只是……

「還有一點，我一直搞不懂。是有關二十六年前的某個故事……」

就這樣，我說出「Misaki」的傳說，這期間水野小姐完全沒插嘴，只是靜靜地聽我說。

「……這故事妳聽說過嗎？」

「我第一次聽，因為我是南中的。」

「令弟肯定知道。」

「我想也是。」

「那個跟這個到底有何關聯，我也說不上來。不過，就是覺得事情沒那麼單純……」

「原來如此。」水野小姐將杯中的咖啡一飲而盡。

我繼續說道：「從那之後，我就沒去學校了，所以現在班上是什麼情況，我根本就不曉得。關於這個，妳是否有從令弟那邊聽到什麼……風聲？」

「感覺大家好像不太敢談論它呢。這熱狗你不吃嗎？」

「啊……沒有，我正要吃。」

我並非完全不餓。水野小姐盯著我咬下熱狗之後便說：「那好，就讓我去打探一下吧。」

二十六年前的事，還有 Mei 的事。不過，我跟我弟的感情沒有很好，所以我不保證能套出多少。榊原你明天會去學校吧？」

「會。」

隔了一個禮拜要重回學校了。想到這裡，我突然緊張了起來。話說，鳴現在正在幹嘛呢？此時胸口的隱隱作痛，但跟肺破了個洞或快要破洞時的症狀又不一樣。

「我這邊要是探聽到什麼會打電話給你，最近你還會來醫院吧？」

「嗯，這個禮拜六會來。」

「禮拜六……是六月六號。要去看《天魔》❹嗎？」

「小學的時候在電視上看過。」

❹恐怖電影，一九七六年由葛雷哥萊・畢克和李・瑞米克飾演領養天魔的美國駐英大使夫婦。二〇〇六年的重拍版本，則由李佛・薛伯和茱莉亞・史提爾主演，還特地選在六月六日上映，配合電影中撒旦轉世人間的日子。

「我想這個城市應該沒有撒旦轉世吧？」水野小姐這個「喜歡恐怖電影的菜鳥護士」一臉淘氣地笑了。

「不過呢，我們還是互相留意一下好了。特別是對那些平常不太可能發生的事。」

4

從餐廳出來的時候，雨已經停了，天空總算稍微放晴了。

我送你吧？我不客氣地接受了水野小姐的好意，坐進了副駕駛座裡，卻在中途就請她讓我下車，因為我看到熟識的街景。那家人偶藝廊——「夜見的黃昏是空洞的藍色眼睛」就在附近。

「你家不是住在古池町嗎？榊原弟弟。還很遠耶。」水野小姐狐疑地瞥了我一眼，我只好藉口說「一直窩在家裡，想散步一下。」才下了車。

很快就找到「夜見的黃昏是……」的所在了。

我站在入口處時，旁邊公用樓梯的樓梯間有一位身穿亮黃色衣服的中年婦人正好跟我四目相接——是我有這樣的感覺啦。我猜她是樓上人偶工房的員工，試著跟她點頭示好，可對方卻毫無反應，靜靜上了樓。把摺傘仔細摺好、放進包包後，我推開了美術館的門。噹啷，和上次一樣，門鈴悶悶地響起……

「歡迎光臨。」和上次一樣，白髮老太婆坐在入口旁的長桌後面，以同樣的聲音打招呼。雖然是大白天，可是店內（不，應該說「館內」）卻和上次我來的時候一樣，如黃昏般幽暗。

「哎呀。難得有男孩子來。」連這句話都跟上次一樣……

「國中生嗎？今天不用上學？那算你半價就好。」

「好。」

看我從口袋拿出零錢包，老太婆又補了一句：「啊，你慢慢參觀，反正也沒其他客人。」

懷著輕微的暈眩感，我邁開腳步往館內走去。

流洩在耳畔的幽咽弦樂樂曲，陳列在各個角落的美麗卻詭異的人偶，掛在牆上的如夢似幻的風景畫……所有東西都和之前的一樣，那感覺就像是「作著同樣的惡夢」卻醒不過來。我把包包往後面的沙發一放，然後——

替不會呼吸的人偶們努力做著深呼吸，接著，我就像是受到了看不到的線拉扯，不由自主地往通往地下室的樓梯走去。

宛如地窖的地下室，不管是冷冽的空氣，還是擺放在各處的人偶（肢體部位）都和上次一模一樣。站在牆壁挖空的洞裡缺了右手的少女；用翅膀遮住下半邊臉的少年；身體連在一起的雙胞胎……還有，是的，連最裡面那口豎立起來的黑棺，以及其中酷似見崎鳴的人偶都在。

跟上次不一樣的是，這次我不太會覺得頭暈或全身發冷了。但我還是像傀儡人偶一樣，不由自主地往最裡面的棺材走去。

這具人偶是霧果（雲霧的霧、果實的果）創作的。記得鳴曾經這麼說。我暫時屏住呼吸，看向棺裡的人偶，那張臉比真正的鳴更蒼白，微啟的小嘴好像正訴說著什麼。就在這個時候……發生了匪夷所思的事。裝著人偶的黑色棺材的陰影處，竟然無聲無息地……

……不會吧？

突然間，我又覺得有點兒暈眩了。

——**啊，你儘管慢慢參觀**。

我想起剛剛老太婆講的話。

——反正也沒有其他的客人……

啊，對喔。上次我來的時候那位婆婆也是這樣講——沒有其他客人。如果我沒記錯的話，而且那天我也覺得她所說的話有點不太對勁……

明明沒其他客人……

那又為什麼？從黑棺的陰影處會無聲無息地……

為什麼？她……見崎鳴又現身了。

她身穿藍色短裙上面只罩著一件白襯衫，一身夏裝。在這地下室裡看上去有點冷。是我多心嗎？總覺得她的皮膚比以往都還要白。

「好巧，我們又在這種地方見面了。」鳴面露微笑，說道。

巧……是這樣嗎？

見我沒有反應，鳴問：「今天你怎麼會過來？」

「我去醫院回來，正好經過。」我說，順便反問道：「那妳呢？今天又沒去學校？」

「啊，隨便啦，今天正好沒去。」她說，又淺淺地笑了。

「你的身體還好吧？榊原同學。」

「看樣子應該是不用再住院了，櫻木出意外以後，班上怎麼樣了？」

鳴「嗯」地低應了一聲，如此回答道：「大家……都很害怕。」

好像很害怕——剛剛水野小姐也是這麼說的。

——那小子好像很害怕的樣子。

「害怕……為什麼？」

「他們以為開始了吧？」

「開始了？什麼開始了？」

鳴倏地把眼睛別開，似乎是不知該怎麼回答。「我……」沉默了幾秒後，她終於開口了。「也許在我心裡，一直是半信半疑的。發生了那樣的事，榊原你又在五月轉了過來，雖然從那時起就有人在傳了，但我始終無法百分之百相信，還是會有所懷疑，只是……」

話說到一半，她的目光重新回到我身上，像是再追為什麼似的瞇起右邊的眼睛，我卻只能莫名其妙地略偏著頭。

「只是呢，事情真的發生了。這下可以百分之一百確定了。」

「……」

「因為那個已經開始了，所以……」你有什麼想法？鳴再度瞇起眼睛，好像在等我回答。然而我還是只能偏著頭。「榊原同學你到現在還是什麼都不知道嗎？」

鳴一邊喃喃自語，一邊靜靜地轉身。「既然這樣的話，你最好永遠都不要知道。因為一旦知道了，說不定會……」

「等一下。」我忍不住開口了。「妳說這種話到底是什麼意思……」

不知為什麼，我不想讓她看到自己膽小的一面。什麼「開始」啦、「懷疑」啦、「真的發生」啦……真是夠了，我再也不想聽這些莫名其妙的話了。

「你好像可以去上學了？」鳴依舊背對著我問道。

「啊，嗯。從明天開始。」

「是嗎？既然你會去，那我還是不要出現會比較好。」

「咦？我說，妳到底是……」

「小心。」回頭看了我一眼後，她說。「連在這裡見到我的事，最好都不要跟別人說。」

她再度轉身，踩著無聲的步伐，隱身在黑色的棺材。我可能被嚇到了，愣著不知所措。

「喂，見崎。」不久之後，我試圖出聲叫她。「那個，為什麼妳……」

踏出去的腳有點麻掉。幾秒鐘之後，暈眩感又來了。

——**難道你不覺得嗎？**

——**體內的各種東西會被吸乾。**

之前在這裡見到鳴時她所說的話，如咒語一般流過我昏沉的腦袋。

——**人偶是空虛的。不管身體還是心靈，都很空虛……空蕩蕩的。**

——**那是一種接近「死亡」的空虛。**

我努力穩住雙腿站立，保持身體的平衡。

——**接近「死亡」……**

我膽戰心驚地看向棺材後面。可是那裡……早已沒有鳴的蹤影，也沒有鳴以外的其他人。掛在牆壁前的暗紅色布簾被空調吹得微微飄動，突然傳來的酷寒冷氣讓我獨自發抖著。

5

「為什麼？為什麼？」九官鳥小玲依舊元氣十足地向我打著招呼。

為什麼？妳問我我問誰？我朝籠子裡瞪了一眼，可是牠一點都不氣餒。

「為什麼？小玲。為什麼？早安……」

晚餐後，我來到收訊比較好的一樓，走出簷廊外，試圖打電話給人在印度的父親。大概是關機了吧，打了三次都打不通。也許那邊太陽還沒有下山，父親正如火如荼地工作著。

嗯，算了吧。我很快就放棄了。

本來想告訴他上個禮拜的意外，還有身體又出狀況的事，但想想還是算了。若說真有什麼想問父親的，就是死去的母親國中時代的事。可到底那跟現在的狀況有何關聯？還是說沒有關聯？我根本一點把握都沒有。

母親那個時候的照片可有留下來？我也想過可以問父親。不過，如果是畢業紀念冊的話，學校那邊肯定有留。所以，只要往〇號館的第二圖書室去找……

離開放置小玲的簷廊，我往客廳望去，怜子阿姨難得在看電視，平常她根本不會看搞笑綜藝節目。咦，仔細一看，身體沉入沙發的怜子阿姨，兩隻眼睛是閉著的，原來她睡著了啊！

冷氣不斷地吹出冷風，屋裡很冷。哎呀，真是的，在這種地方睡覺是會感冒的。至少要把冷氣關掉吧？我走過去正想把冷氣關掉……

「恒一？」有人叫住我。

我嚇了一跳回頭，怜子阿姨的眼睛正微微睜開。

「怎麼不知不覺睡著了……啊，真糟糕。」

她笨重地搖了搖頭，就在這個時候電視突然傳來表演者的尖銳笑聲。怜子阿姨皺起眉頭，拿起遙控器，把電視關了。

「妳還好吧？」

「啊？嗯，還好。」

怜子阿姨轉移陣地，從沙發坐到餐桌的椅子上，拿起桌上的水壺往玻璃杯裡倒水，配著水吞了幾顆藥丸。

「我的頭有點痛。」她發現我在注意她，就如此說道。

「只要吃藥就會好了。不過，最近好像太頻繁了。真是討厭。」

「妳是太累了吧？是不是上班壓力太大什麼的……」

吁地輕嘆一口氣後，怜子阿姨回答說「還好啊」。

「倒是恒一你比較令人擔心呢。你今天去醫院了吧？」

「醫生說情況穩定，沒有問題。」

「是嗎？那太好了。」

「那個，怜子阿姨。」我也在餐桌的椅子上坐下，跟她面對面。「妳之前曾說過『時機』。妳說，凡事都有所謂的時機。話說，我怎麼知道那個時機是否到了呢？」

我很認真地提出問題，怜子阿姨卻一臉茫然地望著我，「我說過那樣的話？」一副不知我在說什麼的樣子，我當場傻眼了。「為什麼？」小玲的怪腔怪調在我心裡響起。

她是在裝傻嗎？還是真的不記得了？——到底是哪一個？

「呃……那，我突然想到個問題想要請教妳。」我轉換心情，試圖換另一種方法問。「怜子阿姨讀夜見北三年級的時候，是在哪一班？」

「我國三的時候？」

「沒錯，妳還記得嗎？」

結果怜子阿姨用手撐著腮幫子，依舊一臉茫然地如此回答道：「好像是三班。」

「三班……真的嗎？」

「嗯。」

「你們那一年……呃，我是說，從那時開始三年三班就被稱作『被詛咒的三班』了嗎？」

「唔。」怜子阿姨繼續用手撐著腮幫子，似乎在想該如何回答。終於，她像剛才一樣嘆了口氣後說道：「已經是十五年前的事了，我早忘了。」

先不管她這樣說有幾分是真幾分是假。

已經十五年了……是嗎？突然我有一種很不好的預感。

十五年前不就是……啊，對，沒錯。可是那也……

「你明天會回去上學吧？」怜子阿姨問。

「是的。我是這麼打算。」

「記得我跟你提過『進夜見北之前的心理建設』，還記得吧？」

「呃，是。我還記得……」

「第三條也記得？」

「嗯。」

我當然記得，有點好笑的「一」跟「二」，和對我而言最重要的「四」都記得。至於「三」的話，應該是……

「班上決定的事，要絕對遵守。對吧？」

「沒錯。就是那個。」怜子阿姨讚許地點頭。

「那又怎麼了？」我問，沒想到怜子阿姨突然打了好大的哈欠，晃了晃腦袋，接著……

「呃，什麼怎麼了？」是妳自己先提的，怎麼說這種話，拚命裝傻？

「我們正聊到『進夜見北之前的心理建設，其三』。」

「啊，對喔。那個啊，我不過是想要提醒你說每項規定都要確實遵守，換句話說……」

「知道了啦……妳還好吧？」

「嗯，看來我真的是太累了。不好意思喔，恒一。我恐怕沒辦法再和你聊了。」

怜子阿姨用拳頭搥著自己的頭，努力擠出虛弱的微笑。我的心情很複雜，不知該說是心癢癢的還是憋得難受。可以跟怜子阿姨說鳴的事嗎？唉，我應該毫無保留地告訴她才是。我不是沒考慮過要這樣做，但就是無法下定決心。這次也是一樣，猶豫到最後還是選擇不說。

像這樣跟怜子阿姨講話，我總是緊張到不行……最主要是因為她跟我從照片裡認識的母親很像。——是的，連我自己都可以分析得很清楚，但不知為什麼，我面對她只會越來越緊張。這到底是我個人的問題呢？還是……

今晚還是先回房間吧，然後儘可能早點上床吧。

如此決定後，我從椅子上站起，一邊小聲呢喃著：「為什麼？」

我這樣做並沒有別的意思，沒想到……

「拜託，別再說那句了。」

怜子阿姨突然用很嚴厲的語氣說道：「我最受不了那隻鳥了。」

6

隔天，六月三日，星期三。

午休的教室裡並沒有見崎鳴的影子。

跟平常不一樣，她並非第四節一下課就馬上走出去，而是從早上就沒來。看來她今天都不打算出現了，就像她昨天跟我說的那樣。

面對隔一個禮拜才來上學的我，同學的態度說好聽點是符合常態，說難聽點是冷淡敷衍。

「你不會又住院了吧？」

——沒有，我只是在家裡靜養。

「是跟上次一樣的病嗎？聽說叫自然氣胸什麼的。」

——幸好沒走到那一步，差一點就是了。

「身體已經康復了嗎？」

——多謝你的關心。不過，醫生說要避免從事劇烈運動，所以體育課我暫時還不能上……

「要多保重喔。」

——啊，嗯，謝謝。

櫻木由佳里和她母親的死沒有半個人提及，老師們也一樣絕口不談。教室裡，櫻木的座位就這麼空著。照理說，那裡應該要擺上鮮花的……看來大家只想趕快遺忘這件事。有必要這樣嗎？我心裡有說不出的感嘆。

午休時，第一個來找我講話的是風見智彥。當時我正打算走出教室，他從背後叫住了我。

「啊……嗨。」風見用手指按著銀框眼鏡的鼻梁架，表情僵硬地勉強擠出笑容。

跟四月第一次見到他的時候一樣，當時來醫院探望我的他好像也是這副德行。照理說，經過一個月的相處多少會有點改善吧？可他給我的感覺好像一切又回到了原點。

初次見面那時和現在有何相似之處？第一應該是「緊張」吧？第二，姑且可以稱之為「警戒」。我很敏感地察覺到了。

「恭喜你恢復健康，我一直很擔心。因為你休息了一個禮拜，我以為你的病又復發了。」

「我自己也很擔心。說老實話，我超討厭住院的。」

「請假期間的上課筆記，你應該不需要了吧？」風見吞吞吐吐地問。「反正你很厲害。」

「有些在以前的學校已經學過了，就只是這樣而已……其實我並沒有多厲害。」

「啊，所以你需要我把筆記影印給你嗎？」

「不。這次應該還不需要。」

「是嗎？那……」

即使是這樣有一搭沒一搭地閒聊，風見的表情還是很僵硬，充滿警戒和緊張。除此之外，他看起來似乎有些「害怕」？

「上禮拜的意外讓你嚇到了吧？」我決定主動提及那件事。「你們同時擔任班級幹部，連來醫院探望我時也是兩個人一起來，真沒想到會發生那樣的事……」

我邊說，邊往櫻木的座位看去，結果風見竟顯得有些慌亂。

「必須重新選一個女生的班長才行，明天班會應該會一併解決吧……」說著說著，他慌張地穿過我的身邊，走出了教室。

「新的班長，是嗎？」

風見和櫻木的組合相當不錯，不過是國中的班級幹部嘛，隨時都可以找到替代人選吧。

我坐在位子上，仔細觀察教室內的動靜。時序進入六月，大部分學生都已經換穿夏天的制服了。女生們分成好幾群，分別把桌子併在一起開始用餐。靠近窗邊的角落，幾個男生聚在一起正在閒聊。其中有一人顯得特別高大，皮膚被太陽曬得黑黑的，髮型則是俗稱的小平頭……看來他就是水野吧？籃球社的水野 Takeru。不知「Takeru」的漢字是不是寫做「猛」？

要過去跟他講話嗎？我突然靈機一動。

就拿水野小姐為話引子，視情況告訴他昨天我倆會面的事，然後……不，還是算了。水野小姐已經說「要去查探」了，我應該耐心等待她的回報才是。聽說他們姊弟的感情不是很好，貿然行事只會打草驚蛇，加強對方的「戒心」，到時反而什麼都打聽不出來。

依照慣例，我抱著萬分感謝的心情把外婆親手做的便當裝進肚子裡，然後就獨自走到了走廊。在那之前，站在窗邊的水野小弟好像偷瞄了我好幾次。也許是我多心吧？

跟上禮拜二的那個時候一樣，我站在東梯樓梯間的窗邊。

天空陰陰的。雖然沒有下雨，但風挺強勁的，即使玻璃窗關著還是可以聽到颼颼的風聲。

背對著窗，我身體靠牆，從長褲的口袋裡拿出手機。在通訊錄裡找到敕使河原的號碼，毫不遲疑地按下撥號鍵。

敕使河原今天有來學校，不過我們一直沒講話。感覺他似乎刻意躲開我，連目光都不敢與我相對。好不容易撐到了午休，可是一轉眼他已不在教室內……真是的，你以為你是見崎鳴喔？

「喂、喂。」電話響了好幾聲，他終於接了。我劈頭就問：

「你在哪裡？」

「喔……」

「『喔』什麼喔。我問你現在人在哪裡？」

「外面……我正在中庭散步。」

「中庭？」我轉身面向窗戶那邊，透過玻璃窗看著地面。中庭來來往往的學生挺多的，哪一個是敕使河原根本分不清楚。

「我馬上過去，你在那個蓮花池的旁邊等著。」

「啊？那個……榊原……」

「聽好，我這就過去。」我不管三七二十一地掛了電話，往自己指定的地點跑去。

據說會有沾滿鮮血的人手從池子裡伸出來的蓮花池，其實應該是睡蓮池才對。圓形的葉子覆蓋住水面的池塘前，敕使河原依照指示在那裡等著我。附近並沒有熟悉的臉孔，看來他真的是一個人「在散步」。

「我從上禮拜就一直打電話給你，你都沒接。」我故意裝出很冷淡的聲音說道。

敕使河原一聽，「啊，對不起！」誇張地雙手合十，但他的眼睛始終不敢看我。

「誰叫你打來的時候，我都正好有事。我也想說要主動回你電話，可你不是在家休養嗎？所以我就不打擾你了。」一眼就能看穿的藉口，我心想。

「你答應過我，」我說，「六月一到就要告訴我的。你沒忘記吧？」

「喔……」

「我不是叫你別『喔』了嗎？」我故意板起臉孔，兇狠地瞪這個不打算隱藏自己慌張、只會應和的金髮人。「我希望遵守約定。是你自己答應我的，說要告訴我二十六年前的事。那一年三年三班有個受歡迎的同學叫 Misaki，因為意外死掉了……然後呢？那是第一年，記得你們曾經這麼說。然後呢？在那之後，三年三班到底怎麼樣了？」

「等、等一下。榊原。」這時敕使河原終於肯直視我的眼睛了。「沒錯，我是答應過你。說下個月一到就要告訴你，所以這個月你先稍安勿躁。那個時候我確實說過這樣的話。」

敕使河原一臉憂鬱地嘆了口氣。頭頂上，風呼呼地吹著。

「但情況改變了。」再度別開了視線，敕使河原如此說道。

「那個時候和現在，情況已經不一樣了。所以……」

「你要我當作沒這回事？」

「嗯。」

怎麼可以這樣……我的心裡當然無法接受，但照目前的情況看來，再逼問下去也是沒有結果。不過有件事無論如何我都要問個清楚。

「『別去理會不存在的東西』。記得那時你曾這麼告誡我。」

勅使河原無言地點了點頭，臉好像快抽筋了。

「你還說『會惹禍上身』。喂，那到底是……」

就在這個時候……長褲的口袋裡傳來了一波波震動。是誰啊？我心想，一邊把閃著來電顯示的手機挖出口袋。螢幕上出現昨天才剛見過面的水野小姐的名字。

「啊，榊原同學嗎？現在學校是午休時間吧？可以講電話嗎？」電話那頭水野小姐的聲音，從這時起就有些不穩了……

「我是從醫院打來的。」

「咦？妳今天不是休假嗎？」我怕被勅使河原聽到，刻意用左手遮住嘴巴小聲地說。

「突然有人臨時請假，醫院要我馬上過來支援……這工作就是這麼辛苦啊，尤其是像我這樣的菜鳥。」

開玩笑地抱怨完之後，水野小姐改變語氣說道：「我是偷溜出來的，現在在醫院頂樓。」

「怎麼了？是不是……」

「我問了，昨晚。」

「妳是說妳弟嗎？妳向他問了那件事？」

「沒錯。沒想到……總之，有一件事我想要馬上告訴你，並跟你確認。」

「確認？什麼事？」

「你聽好了，」水野小姐刻意放大音量。她所在的地方確實是屋頂（至少是戶外）沒錯，因為連我在電話裡都可以清楚聽到她那邊風呼呼響的聲音。

「你昨天跟我說的那個 Mei——那個叫 Misaki Mei 的女孩子啊。」

水野小姐是這樣問的：「她真的存在嗎？」

「啊？」她到底想說什麼？這是哪門子的問題啊？

「她當然存在啊。」

「現在嗎？就在你附近？你確定？」

「沒有。她今天一早就沒來學校。」

「所以她不存在對吧？」

「發生什麼事了？」我的音量不自覺地放大了。

「為什麼妳會突然……」

「因為，昨晚我問我弟了。」水野小姐快速地把事情的經過講了一遍。「二十六年前的那件事也好，上禮拜的意外也罷，不管我怎麼問，他就是不肯說，不變的是，他似乎在害怕著什麼，最後連我都失去了耐性。不過，當我提到 Mei 的事時……」

沙沙的雜音響起，電話那頭的聲音變得有點模糊。

「那小子突然臉色大變，說我『亂講』，說他們班『根本就沒有那樣的學生』。他說這話的表情十分認真，不像是裝出來的。所以我才在想，說不定真的沒有 Misaki Mei 這個人……」

「這不是真的。」

敕使河原的臉映入我的眼簾，他正一臉狐疑地望著我。我連忙轉過身去，連原本拿手機的右手也派上用場，兩隻手把嘴巴整個摀住，然後……

「這不是真的。」我再度強調道。

「可是……那小子真的很認真。況且他也沒必要撒那樣的謊……」

沙沙沙，雜音又來了，水野小姐的聲音變得斷斷續續。我自顧自地說道：

「見崎鳴，是存在的。」

鳴是存在的。我曾多次見到她，多次跟她講到話。昨天我們才見過面，才說過話。她不可能不存在，絕對不可能。

「……咦？」雜音的那頭，突然跑出之前沒有的怪聲音。「啊……搞什麼？」

「怎麼了？」

沙沙沙，卡卡卡卡……沙。

「水野小姐？妳聽得到我的聲音嗎？」

「……榊原同學，」水野小姐的聲音出現比剛才更多的破音和干擾。「我正從頂樓搭電梯下去，該回去工作了……」

「啊，所以是電波的問題？」

「……可是，現在……傷腦筋。哎呀！」

卡卡卡，雜音變得十分大聲。水野小姐的聲音整個被蓋過去，就這麼消失了。

「水野小姐！」我握著手機的手不自覺地用了力。「喂，妳聽得到嗎？到底發生……」

讓我講不下去的是這時傳到耳邊的異樣聲響。我不知該如何形容那種聲音，只能說它是很特別、很刺耳的聲音。

我受不了，把話機拿開耳朵旁邊。發生什麼事了？

是因為電梯裡收訊不良嗎？所以，所以才會有那樣的聲音？不，在那之前水野小姐……

我小心翼翼地把手機貼近耳朵，這次是咚的好大一聲。就像是話機摔落在地上的聲音。

沙沙沙，卡卡卡卡……雜音越來越大。就在電話即將被切斷通訊的一瞬間——

我確實聽到了水野小姐痛苦呻吟的聲音（雖然很微弱）。

第七章　六月之二

1

水野小姐死了。

我是在講完電話的當天晚上得知這無比震驚的事實。

消息傳來時，只知道她在醫院發生了意外，不過在那之前，我心裡早有了不祥的預感。午休的那通電話……當時，在她身上肯定發生了什麼異常的事。後來，我一直打電話過去，也都沒有人接，結果我始終無法確認發生了什麼事，只能在不安和焦躁中度過漫長的下午。

「水野小姐，不就是那個年輕護士嗎？」外婆聽聞後也大吃了一驚。因為四月我住院的時候，她曾多次和水野小姐打過照面。

「水野小姐……好像是叫沙苗吧？我記得她跟恒一很合得來……還一起討論書什麼的。」

「我也曾在醫院裡見過她一次，那天我正好去探病……」

怜子阿姨顯得非常煩悶。是頭又痛了嗎？吃完晚飯後她跟昨天一樣，吞了幾顆藥丸。

「她還那麼年輕……她弟弟肯定很傷心。」

「她有弟弟嗎？」外婆問，我回答。

「她弟叫做水野猛，碰巧跟我同班。」

「哎呀！」外婆雙眼圓睜。

「真是的。你們班不是才剛有人意外死掉嗎？」她若有所思地皺眉頭，不斷揉著太陽穴。

「在醫院發生意外……會是怎樣的意外呢？」

這次就沒有人可回答了。

不過，我的耳邊始終迴盪著午休在電話裡聽到的那聲巨響。還有幾乎要蓋過劇烈雜音的水野小姐的痛苦呻吟……

我忍不住閉上眼。現在要說出午休的事嗎？仔細一想，其實也沒什麼好隱瞞的，只是……我還是沒說。不，是說不出口。因為類似罪惡感的心情已經在我心裡生了根，怎樣都抹不掉了。

一直沒出聲的外公，突然發出「啊啊」的叫聲，兩隻手蓋住沒有血色、滿是皺紋的額頭，「人死之後就是葬禮了。我再也……再也不想參加葬禮了。」

好像是因為日子不好的關係，所以守靈改在後天，告別式改在星期六的大後天。星期六……啊，不就是六月六號嗎？

——要去看《天魔》嗎？

水野小姐在餐廳裡講過的話瞬間掠過我的腦海。說起來，那不過是昨天才發生的事。

——我們互相留意一下好了。特別是對那些平常不太可能發生的事。

講這話的水野小姐死了。

後天要守靈，大後天是告別式……一點真實感都沒有。因為實在是太震驚了，根本還來不及感到悲傷等等的情感。

「……我再也不想參加葬禮了。」

聽著外公緩緩吐出的話語，我突然覺得胸口有個黑點正在擴大。咦？我還來不及反應，那黑點已經變成黑色的漩渦，旋轉了起來，不久後，甚至湧出了嘶嘶嘶的詭異重低音……再一次，我用力地閉上眼睛。同時，腦海裡的某個念頭也跟著戛然而止。

2

隔天六月四日，一大早三年三班的氣氛就很凝重。

水野小姐的弟弟水野猛今天沒來，因為他姊姊突然死掉了——相關傳言在第二節課結束時已經傳遍了整間教室，第三節開始上國文之前，班導久保寺老師正式向全班宣布了這個事實。

「水野同學今天請假，原因是他姊姊突然去世了……」

詭異的寂靜淹沒了教室，彷彿全班同學的呼吸瞬間停止了……偏偏在這個時候，見崎鳴走了進來。她連招呼都不打，就這麼大搖大擺地走到自己的位子坐下。完全看不出有任何愧疚的樣子。我不可思議地望著她的舉動，同時亦不忘觀察其他同學的反應。

沒有半個人看向鳴那邊，全直視著前方，動作幾乎可說是不自然的。連久保寺老師都一樣，既不看鳴也不跟她說話。好像……好像這個班壓根就沒有叫見崎鳴的學生，她並不存在，姑且可以這樣說吧？

等國文課一結束，我馬上從座位上站起，朝鳴跑了過去。

「來一下。」我叫住她，把她拉到走廊，用只有我倆聽得到的聲音問她：

「水野同學家的事，妳聽說了嗎？」結果，她好像還不知道的樣子，略偏著頭，問了我一句

「什麼？」沒被眼罩遮住的那隻眼睛疑惑地眨了一下。

我說：「水野的姊姊死掉了，昨天死掉的。」

她臉上浮現了瞬間驚訝之色，不過很快就恢復正常……

「是嗎？」用不帶感情的聲音應道。「是生病？還是發生了意外？」

「好像是意外。」

「喔。」

教室的出入口聚集了一堆學生。有幾個人的長相和名字我記得，卻不曾深談過。他們是中尾、前島，赤澤、小椋還有杉浦……敕使河原也在裡面。自從昨天午休後，我都沒跟他講到話。他們的目光不時地掃向這邊，似乎是刻意保持距離在觀察我們。

該不會——這時，我不得不認真地思索起來。

該不會映入他們眼簾的，真的只有我一人吧？

下節課開始時，鳴已經不在教室了。當然，注意到這件事的，除了我以外沒有別人……

……午休的時候，我朝面中庭靠窗的那排座位的最後一個位子走去，仔細觀察起鳴的桌子。它跟這間教室的其他課桌椅有著明顯的不同，一看就知道是使用了幾十年的舊東西……非常的古老破舊，連連在一起的椅子都一樣。

怎麼會這樣呢？我現在才想到這個問題。為什麼只有鳴的桌子是這種形狀……我不再去管周圍的目光，逕自坐到那個位子上。桌子的表面滿是刮痕，凹凸不平，照這樣看來，如果不墊個墊板，要考試、做筆記什麼的恐怕都有困難。

刮痕之中還夾雜了很多塗鴉。大部分跟桌子一樣的古老，是很久以前的人留下來的。有用鉛筆寫上去的，也有用原子筆寫上去的，還有好像用圓規的尖頭刻上去的。有些幾乎快要消失了，有些則勉強判讀得出來。

這時我突然注意到一行文字，一看就覺得是最近才寫上去的。用藍色鋼筆寫在桌子右下角的細小字跡。當然，我不可能靠筆跡去判斷，不過看到它的當下直覺立刻告訴我這是鳴寫的。

「死者」是誰？它是這麼寫的。

3

「……老師，不知道怎樣了？」隔壁跟我共用一張畫圖桌的望月優矢正喃喃自語。

「有那麼不舒服嗎？最近，好像都沒什麼精神哪……」

第五節課是三神老師的美術課，但〇號館一樓的美術教室裡卻不見老師的蹤影。

「今天三神老師請假。」上課沒多久後，其他的美術老師跑來如此說道，並用公事化的口吻指示我們自己練習。他給的題目是「練習用鉛筆畫自己的手」。這題目一點都不有趣，也難怪他前腳剛走，全班就此起彼落地咳聲嘆氣了起來。

我打開素描簿，把自己的左手放在桌子上，認真觀察起來。不過，說老實話，我一點都不想畫這種東西。早知道應該帶自己的書來的，雖然我現在沒有讀史蒂芬・金、狄恩・庫茲、洛夫克萊夫特的慾望。

我偷看一眼崇拜孟克的望月，看來他一開始就沒打算畫「手」。翻開的素描簿並不是空白的，上面已經有了畫好的東西。是人物，而且一看就知道是以三神老師為模特兒的女性。

這小子——我差點要喊出來。該不會是認真的吧？愛上大自己十幾歲的女老師？算了，反正是他家的事。

就在心情正微妙的時候，思慕三神老師的望月的自言自語傳來了。

「……該不會？」望月突然看向我。

「喂、喂，榊原同學。」

「幹、幹嘛？」

「該不會三神老師得了什麼重病，如今命在旦夕吧？」

「啊？這……」我被嚇傻了，一時間不知該怎麼回答。

「應該沒那麼嚴重吧？」

「對喔。」望月似乎鬆了口氣。

「就是說啊。不可能有那種事的……沒錯。」

「你好像想太多了。」

「那是因為前不久櫻木和她母親才死掉，這次又換成了水野的姊姊。所以我才會……」

「這有關係嗎？」我覺得機不可失，試著向他問道。

「櫻木出事了，水野家也出事了，如果連三神老師也怎樣的話，就代表其中肯定有關聯，你是這個意思嗎？」

「嗯……那個啊……」正要回答的望月閉上了嘴巴，不但逃避似地移開了視線，還大大嘆了口氣。——真是的，連這傢伙也有事瞞我，不肯對我說。

要想辦法套他的話嗎？先不要好了。

「美術社那邊呢？」我試著改變話題。

「現在社員有幾人？」

「只有五人。」望月偷偷地看了我一眼。「你要不要也加入？」

「別說笑了。」

「你加入嘛。」

「你與其拉我加入，還不如去拉見崎。」

這句話是我故意講的，為的是觀察他的反應。果然不出所料，望月表現得異常狼狽，果然再度移開了視線。這次連人氣都不敢吭一聲。

「見崎她很會畫畫喔。」我繼續說道。「我看過她在素描本上畫的畫……」

那是在第二圖書室裡。當時剛上完美術課，我跟望月還有敕使河原一起經過了那個房間，然後，我在她的素描本上看到了……

像人偶一樣，有著球體關節的美少女。

我打算最後幫她加上一對大翅膀——當時，鳴是這麼說的，不知那對翅膀是否已經畫上去了？望月依舊不敢看我，看樣子他是不可能回答我的問題了，我只好合上自己的素描簿。第五節課開始還不到三十分鐘，但我已經決定放棄自我練習，離開教室了。

「你去哪裡？」見我站起來，望月問道。

「圖書室，第二圖書室。」我刻意不在乎地回答。

「我去查一下資料。」

4

我跟望月說「去查資料」，基本上並沒有騙他。當然鳴如果也在那邊的話，那就更好了。只可惜我這小小的心願終究還是落空了。

破舊的圖書室裡沒有半個學生，只有那名姓千曳的管理員。

「我看過你。」

坐在設置在角落的櫃台前的他如此向我招呼。今天也是一身黑衣打扮，花白的頭髮依舊是亂蓬蓬的，他隔著厚重黑框眼鏡的鏡片凝視著我。

「新來的轉學生榊原同學。」他竟然叫得出我的名字。

「三年三班的。怎樣，我的記憶力還不錯吧？第五節課不用上嗎？」

「第五節是美術課。呃，今天老師請假，全班自習。」

我誠實以告，一身黑的圖書館員也沒有再追問下去。

「你有什麼事嗎？」他問。

「這個地方平常很少有學生會來。」

「那個，我想查一下資料。」

這也是實話。我慢慢走到圖書館員坐著的櫃檯前，然後問道：

「這裡有以前的畢業紀念冊嗎？」

「哦？畢業紀念冊啊，當然有，全部都在。」

「可以借閱嗎？」

「可以呀。」

「那，是在……」

「畢業紀念冊應該在那邊吧？」圖書館員慢慢站起來，伸出一隻手，指著一進門的右邊，靠走廊牆壁的那一整排書架說道：

「那邊的書架，我記得是從後面數來第二排，就在那附近。以你的身高應該拿得到吧？」

「嗯，是。」

「你想看什麼時候的照片？」

「那個……」我有點結巴。「我想看二十六年前……一九七二年的照片。」

「七二年？」用力皺起眉頭，圖書館員瞪了我一眼。「為什麼你會想看那時的照片？」

「呃，不瞞你說……」我想辦法保持鎮定，用不慌不忙的語氣回答道：「我母親也是這所國中畢業的，就在那一年。我母親去世得早，沒留下什麼照片，所以我想說……」

「你母親啊……」盯著我看的圖書館員的目光瞬間柔和了許多。「原來如此，我知道了。不過，怎麼又是七二年？」

後面的話已經像是他的自言自語了。

「應該很容易就找到的，不過不可以借出去喔。看完後請放回原來的位置。可以嗎？」

「好。」

找到那本畢業紀念冊、把它從書架裡抽出來，大概只花了我兩、三分鐘的時間吧？我將它放在閱覽用的大桌子上，拉開椅子坐下，一邊調整有點紊亂的呼吸，一邊翻開用銀箔印有「夜見山北中學校」字樣的封面。

總之，先往三年三班的部分翻去吧。很快就找到了，左邊那頁是彩色的團體照，右邊那頁則是分組合拍的生活照。當年學生的人數比較多，一班都有四十人以上。團體照的背景不在學校裡面，好像是在夜見山川的河邊或那附近的樣子。大家穿著冬天的制服，對著鏡頭笑，不過看得出來有一點緊張。

母親——她在哪裡呢？

光憑長相，我實在認不出來。必須對照印在照片下的姓名才行……

……有了。找到了。

「媽……」我忍不住喊了出來。

第二排，從右邊數來第五個。她穿著和現在制服一模一樣的藍色西裝外套，頭髮上戴著白色的頭箍……她也在笑，笑容裡帶著幾分靦腆、緊張。

這是我第一次看到母親國中時代的照片。年輕——不，應該說青澀比較恰當。如果把年齡的差距加上去，她跟妹妹怜子阿姨確實長得很像。

「找到了嗎？」圖書館員向我問道。

我頭也不回地應了聲「嗯」，繼續看向印在團體照下方的名字。我心想，說不定會在裡面找到「Misaki」這個名字，然而——

當然沒有。

早在畢業紀念冊製作之前的那年春天，Misaki 就死掉了，這上面當然不可能有他的名字。

「你母親是哪一班的？」圖書館員再次向我問道。這次的聲音比剛剛要近許多，我嚇了一跳，連忙回頭。曾幾何時，他已經離開自己工作的桌子，走到我的身邊。

「呃，我媽三年級的時候也是三班的。」

圖書館員「嗯？」一聲，挑了一下眉毛，接著把手撐在桌子上，遠遠看著相簿，「哪一個是你母親？」

「是這個……」我指著團體照給他看。

「我看看。」他一邊把眼鏡往上推，一邊把臉湊了過來，

「啊……是理津子啊。」

「嗯。請問，你認識我母親嗎？」

「呃……，嗯。」圖書館員支支吾吾的，將身體抽離了桌面。他知道我正注視著他的一舉一動，開始搔起一頭的亂髮，

「理津子的兒子已經這麼大了……」

「我母親在十五年前，生下我不久後就死掉了。」

「是嗎？也就是說……喔，原來如此。」

什麼叫做「原來如此」？我忍住想這樣問他的衝動，視線再度落在桌上的畢業紀念冊上。

第二排，從後面數來第五個。

我看著笑得有點靦腆的母親，還有跟她一起入鏡的全班同學，然後……

咦？

我突然注意到那個，不由得眨了眨眼睛，讓屁股坐回在椅子上，重新審視起那張照片。

然而，就在這個時候——

「原來你在這裡啊，榊原同學」

入口的門砰地一聲被打開，隨著第五節下課的鐘聲響起，有個學生走進來，是風見智彥。

「久保寺老師正在找你。他要你馬上到教職員辦公室去。」

5

「你是榊原恒一同學，對吧？」兩名陌生男子的其中一人（年紀大、圓臉的那個）問道。為了緩和對方緊張的情緒，他刻意把聲音壓低，裝得很溫柔，但提出的問題卻很尖銳。

「你認識在市立醫院工作的水野沙苗小姐吧？」

「認識。」

「你跟她很熟嗎？」

「四月住院的時候曾蒙她照顧，之後就變成朋友了。」

「你們會互通電話聊天？」

「嗯。曾打過幾次。」

「昨天的中午，大概是一點左右，你曾用手機跟她聊天？」
「是的。」
久保寺老師叫我去A號館教職員室，沒想到在那裡等著我的竟是夜見山警察署刑事課的便服警察，所謂的刑警。按照慣例，他們是兩人一組。相較於年長、臉圓圓胖胖的那位，年紀輕的下巴尖、臉瘦長，戴著一副藍框的大眼鏡，活像是隻蜻蜓……他們各自報上姓名，一個叫大庭，一個叫竹之內。
「我們有些話想要問你，學校這邊也答應了。可以嗎？」
剛才一見面就表明來意的是年輕的竹之內。雖然他的態度不至於無禮，不過說話的口氣就是一副把對方當作「國中生小鬼」看待的樣子。
「下一節班會遲到了也沒有關係。你們好好談吧！」久保寺老師說道。
沒多久第六節課的鐘聲響起，久保寺把事情交代給別的男老師，匆匆忙忙地離開了。
我跟刑警們面對面地坐在教職員辦公室角落的沙發上。負責接手的男老師自我介紹說是「輔導老師八代」後，就坐到了我旁邊。像這種場合，校方是不可能讓學生單獨面對的。
「水野沙苗小姐昨天過世了，你知道吧？」大庭刻意用溫柔到有點噁心的聲音接著說道。
「是。」
「那你知道她是怎麼死掉的嗎？」
「不，詳細情形我不清楚。我只知道她在醫院發生了意外。」
「是喔。」
「你沒看今天的報紙嗎？」竹之內從旁插嘴問道，我只能默默地搖頭。說到這個，我才想到外公外婆家根本沒訂報紙。昨天晚上也沒人開電視來看……

「是電梯造成的意外。」竹之內告訴我說。

這點我大概猜到了，因為大家在教室裡交頭接耳、竊竊私語的時候，這個詞出現了好幾次。——只是，由刑警口中正式得到證實的瞬間，不知為什麼，我全身竟泛起一陣麻麻的感覺。

「醫院的電梯突然往下掉，當時只有她一個人在裡面。因為衝擊的力道太大，她被摔在地板上，偏偏這個時候天花板的鐵片又掉了下來。」

年輕的刑警描述得很詳細。

「然後，很倒楣地，正好砸在她的頭上。」

「……」

「死因是腦挫傷。被從事故現場救出來的時候她已失去了意識，雖然院方全力搶救，但還是回天乏術。」

「請、請問……」我戰戰兢兢地問。「那起意外是不是有什麼疑點？」

「沒有，就是單純的事故。很不幸、令人悲嘆的事故。」年長的刑警回答。

「畢竟是醫院電梯摔死人的意外，必須查明原因和追究責任歸屬，所以才會出動我們。」

「喔。」

「水野小姐的手機掉在故障電梯的地板上。根據那上面的通話紀錄，我們發現她最後打電話的人是你，榊原同學。而且，你們還是在意外發生時的一點鐘左右通的電話。所以，恐怕你是她生前最後跟她講話的人……」

原來如此，很合理的推測。這個最後跟她通電話的人，很有可能是這世上最知道昨天發生了什麼事的人。也難怪警方會找上跟她通電話的國中生——榊原恒一了。而事實上，那個時候我的確親耳聽到了那個。

不過，他們現在才來會不會太晚了？我不禁這樣想。雖然我大致可以想像昨天事故發生後有多混亂，但畢竟人命關天啊。

在刑警的催促下，我如實把自己的經歷說了出來。

昨天午休的時候，我接到水野小姐打來的電話。一開始我們還能正常聊天，但自從她坐進電梯後，情況就變得怪怪的。不久，傳來巨大的聲響，像是手機掉在地上的聲音，之後我在一瞬間聽到她痛苦呻吟的聲音，然後電話就掛斷了……這一切都跟意外發生的情況相吻合。

「後來呢，你有把這件事告訴任何人嗎？」

「當時我根本搞不清楚是什麼狀況。我有再打回去，但電話已經不通了。」我儘可能讓心情平復下來，好說明自己昨日的行動。

「不過，我有預感發生了不好的事，所以第一時間先去找水野同學。」

「水野同學？」

「水野猛同學。他是水野小姐的弟弟，跟我同班。我跟他說了電話的事，但大概是我說話不得要領吧？他並沒有認真看待這件事……」

——你在說什麼啊？你根本不懂。

這是當時水野同學的反應。除了生氣以外，他似乎還非常困擾。

——都是你啦，跟我姊講一堆有的沒有的，害我這麼傷腦筋。

之後，我唯一能想到的就是聯絡醫院。

我打電話到醫院的護理站，請他們幫我叫水野小姐來聽……可是，電話一直在轉接，他們那邊好像很混亂……之後，我又打了好幾次電話，但電話一直在通話中，再也打不進去了。

「你說她人在屋頂？」大庭向我確認，我點了點頭。

「然後，她坐進電梯，不久就……原來如此。」

「請問事故發生的原因到底是什麼？」我問負責抄筆記的年長刑警。

「還在調查中。」年輕的刑警答。

「應該是鋼絲斷掉，導致電梯墜落。不過，有安全裝置在，照理說那種事是不會發生的。聽說那棟大樓已經蓋好十幾年了，期間又改建、增建了好幾次。故障的那台電梯位在建築物的最裡面，被戲稱為『後電梯』。別說是患者，就連醫院的員工平常也很少搭乘。」

「榊原同學你呢？是否知道有這樣的一部電梯？」

「不，我完全不知道。」

「怎麼說呢？我們懷疑它除了機械老舊之外，連定期保養都沒有做好。」

「這樣啊。」

「眼下就是個血淋淋的例子，公共設施最怕的就是這種問題，話說回來，這年頭竟然還有人被電梯摔死，真是太離奇了，只能說她的運氣真是背到不行。」

最後一次見面時，水野小姐講的話不斷迴盪在我耳畔。

——**我們還是互相留意一下好了**。

——**特別是對那些平常不太可能發生的事**。

6

警方結束「偵訊」，願意讓我離開時，第六節課已經過了三十幾分鐘。走出教職員辦公室，我急忙往教室趕去，可是到了一看，真是嚇了一跳。三年三班的學生全都不在教室裡。

仔細一看，書包、課本什麼的都在，所以大家應該不是提早回家了。——換句話說。全班被帶到別的地方去了？這是唯一的可能，只是……

赤澤泉美

黑板的中間大大地寫著這幾個字。

赤澤泉美。感覺有點成熟、有點強勢，非常有存在感的一個女孩子。個性鮮明、開朗，在她身旁總圍著一堆人，置身在人群中心……

……和鳴相比，她正好是相反類型的人。

我一邊如此思索著，一邊回想起跟赤澤這名學生有關的人事物。

記得第一天上學的五月某日，赤澤泉美正好請假……然後，那天上體育課，腳扭到只能在旁邊看的櫻木由佳里跑來跟我聊天，她說：

——**不好好做的話，會被赤澤同學罵的**……

我曾經聽到她一個人這樣自言自語。——那是什麼意思？

然後，敕使河原突然打電話給我的那次，電話裡他說：

——**我覺得不妙才打電話來的**。

他還接著說道：

——**赤澤那傢伙非常焦慮，都快歇斯底里了**。

「啊，榊原同學。」我順著聲音的方向回頭看，原來是久保寺老師。他似乎是來追我的，從後面的出入口走進了教室。「你跟警方的談話已經結束了嗎？」

「是的。」

「這樣啊……那你今天可以先回去了，沒有關係。」

「好，請問大家呢？」

「今天班會選出了女生的新班長，是赤澤同學。」

「喔……」

所以黑板上才會有她的名字啊。「那個，請問大家到哪裡去了？」

久保寺老師根本就不理我。「你今天可以回去了。」他就只是重複著這句話。「水野同學姊姊的事，相信你也受到了很大的打擊。不過呢，你不要太沮喪，沒事的。只要大家一起努力，一定可以度過的。」

「好。」

「所以有件事得請你幫忙。」明明他講話的對象是我，卻完全不看我，只顧盯著空蕩蕩的講台。「班上決定的事請你務必遵守，可以嗎？」

7

隔天的隔天——六月六日星期六我沒去學校，而是去了夕見丘的市立醫院。本來這天也許可以再跟水野小姐見面的……

此時此刻，鎮上的某個殯儀館正在舉行她的告別式吧？——在預先掛號的呼吸器官科看門診時，我心裡想著這個，而中年的主治醫生以一貫沉穩的音調說：「這樣看來應該沒問題了。」得到這樣的保證之後，我便獨自往住院大樓走去。

不管怎麼樣，我都要到害水野小姐喪命的事故現場看一下。

誠如刑警所說，出事的「後電梯」位在擁有複雜平面構造的老建築的最裡面，十分偏僻，我好不容易才找到了那裡。電梯當然已經停用了，入口還被警戒的黃色布條封了起來。連職員都很少使用的電梯，為什麼那天菜鳥護士水野小姐會搭上去呢？難道平常她就有使用它的習慣？還是那天純粹只是偶然？警方說，關於這點尚待釐清。

搭乘別的電梯，我獨自來到頂樓。天氣微陰，沒有風，從早上就相當悶熱。

頂樓半個人都沒有，我試著從這頭走到那頭。「怎麼了？恐怖少年？」我彷彿聽到有人這樣叫我，連忙停下腳步。我用手帕擦了擦滲出額頭的汗水。當然，其中也摻雜了幾許淚水。

「為什麼……水野小姐……」我喃喃自語。「死亡」的空虛沉沉地壓在我的心坎上，讓我覺得胸腔就要被壓扁了。

我一邊慢慢地調整呼吸，一邊憑靠著欄杆眺望夜見山的街景。住院期間，我和來探病的怜子阿姨一起從病房窗戶看到的那片景象，跟眼前的風景模糊地重疊在一起。

西邊連綿成一片的山巒，那個朝見台在哪裡呢？貫穿整個城市的是夜見山川，對岸隱約可見夜見北的校園……

……昨天我一到學校，第一個就去找望月優矢講話。

「第六節班會，大家到哪了？」我提出掛心已久的問題，結果望月的回答卻不清不楚。

「就臨時動議，把場地移到了T棟……」

「T棟，你是說特別教室嗎？」

「那裡有學生也可以使用的會議室。基於諸多考量，才改去了那裡。」

諸多考量？什麼樣的考量？

「結果赤澤泉美當上了新任的女生班長？」

「啊，嗯。」

「是投票決定的嗎？」

「赤澤同學是既定候選人，因為她本來就是決策小組的成員。」

「決策小組？」這名詞我還是第一次聽到。

「那是什麼？」

「啊……啊，你知道的，就是那個嘛。」望月支吾了半天，似乎不知該怎麼回答。「反正，班上要是有什麼問題無法解決，就會有個決策小組負責思考對策。風見同學本身也兼任小組的成員……」感覺他就是沒把話說清楚，讓我不禁想捉弄他一下。

「今天三神老師好像也請假呢。」我故意嘆了一口氣，結果望月的臉色馬上暗了下來。這傢伙也真是的，真不知該說他是純情呢？還是沒有心機？害我忍不住想問他：「你這樣好嗎？年輕人。」

不只三神老師，今天鳴也是整天都沒有出現在學校。這天三年三班的缺席者還有一人，就是高林郁夫。記得第一天來報到的時候，除了赤澤泉美外，這個高林也沒有來。他好像身體出了問題，就算來了學校也都不上體育課。總之，他這個人不太起眼，感覺有點孤僻，因此，雖然我跟他體育課都是在旁邊看的，卻幾乎不曾講過話……

8

從醫院回來的途中，我連繞去其他地方的力氣都沒有，就直接回家了。

話說回來了，算一算我跟人在印度的父親已經兩個禮拜沒聯絡了。今晚還是明天，打個電話給他吧？跟他報告一下近況，順便問他十五年前過世的母親的事……我心裡盤算著。

就這樣，我慢慢踱步回到古池町的外公外婆家，大概在下午的兩點左右。我遠遠地看到了家門口，心裡一陣納悶。

有一個身穿夏天制服的國中男生在我家門口徘徊，朝裡面東張西望，一會兒低頭、一會兒抬頭……一副惶惶不安的模樣。我不用仔細看就認出他是誰了……

「喂，你在那裡做什麼？」

我出聲問道。對方嚇了一跳，趕緊回頭，卻不敢直視我，打算就這樣默默地走開。

「等一下！」我大聲叫住他。

「怎麼了？你到底是來幹嘛的？」是望月優矢。

幸好他沒有真的逃走，不過當我走近時，他還是不敢直視我的眼睛，一副手足無措的模樣。

我再走近，終於他怯怯地看了我一眼。我又問了一次：

「你到底要幹嘛？望月同學。」這時他總算開口了。

「那個，我有一點擔心。我家就住在這附近，所以，我……」

「你擔心什麼？」我故意偏著頭，說出語氣有點酸的話。「我有什麼好讓你擔心的？」

「呃，就……」望月清秀的細眉懊惱地蹙在一起。「榊原同學你今天也沒去學校喔？」

「上午我預約了醫院的門診。」

「是嗎？可是，那個……」

「你打算就這麼站著說話嗎？進來坐一下吧！」我以輕鬆的語氣建議道。

「咦？那好，我就打擾一下下。」望月露出哭笑不得的表情，點了點頭。

外婆好像出門了，大門旁邊車庫裡的黑色公爵不在，外公肯定跟她一起去了。至於怜子阿姨呢，應該待在別棟自己的房間裡，就不要叫她了。

我帶著望月繞到有簷廊可坐的後院。我知道簷廊的玻璃門一向沒有上鎖。在東京的話，這樣做好像太不小心了。不過，在這裡大可放心。

我們一起坐在簷廊的邊緣，望月似乎鼓足了勇氣才開口說道：「榊原同學，你轉來我們夜見北之後，是不是覺得很多事都讓人百思不解？」

「如果你知道的話，可不可以告訴我？」我立刻反擊了回去，結果望月「嗯……這個嘛……」支支吾吾地答不出來。

「哈，果然讓我猜中了。」我斜眼瞪他。「你說，大家到底有什麼恐怖的秘密瞞著我？」

「那是……」望月又頓在那裡，隔了一會才說：「對不起，我還是不能說。只是——」

「只是什麼？」

「以後也許會有令榊原同學很不愉快的事情發生。說真的，像我這樣告訴你也是很不恰當的，但我真的無法保持沉默。」

「什麼意思？」

「前天的會議，大家也討論了……那件事。」

「前天？你是說第六節課班會的時候？聽說場地臨時改到了會議室？」

「沒錯。」望月一臉抱歉地點了點頭。

「那個時候，我們知道榊原同學被警察叫去問話，會晚點進來。赤澤那幫人說，必須趁你不在的時候討論。為了怕你會突然跑回來，所以臨時改變了場地。」

「哦？」換句話說，那個時候久保寺老師也附和了這樣的提案。

「然後呢？」

「我只能說到這裡。」望月垂下頭，輕輕地嘆了口氣。

「可是呢，我希望今後如果你碰到什麼不愉快的事也能夠……忍下來。」

「你這麼說是什麼意思？」

「為了大家著想，拜託你了。」

「為了大家？」這時我腦海裡突然閃過某句話，我直接把它講出來：「你的意思是，我必須遵守班上的規定？」

「沒錯。」

「哼，真搞不懂。」

我從簷廊上站起身來，對著灰濛濛的天空伸了伸懶腰。像這種時候，我最需要小玲給我鼓勵，叫我「打起精神來」了，可偏偏這時的牠卻安分得不得了。

「既然如此的話，我就不再追問下去了。」

我回頭看向望月，說道：「但我有一件事想要拜託你，可以嗎？」

「什麼事？」

「我希望你能影印班上的通訊錄給我。」望月愣了一下，不過他很快就點頭了。

「你沒有嗎？榊原同學。」

「嗯。」

「這個，你不一定要找我要啊……」

「別這樣說啊，年輕人。」我連忙打斷望月的話，「我也有我的苦衷，有很微妙的心理問題。所以……」

望月張開嘴，好像還想說什麼，他放在膝頭的書包卻在這時候傳來輕柔的電子樂音。

「啊……」他驚呼了一聲，將書包打開，不久後就拿出了銀色的手機。

「什麼嘛，原來你有手機啊？」

「沒有啦，就ＰＨＳ而已。」他回答說，當場接起了電話。

「什麼?!」隔了一會兒，望月發出十分驚恐的聲音。

怎麼了？我好奇地探出身子。沒想到把話機壓在耳朵旁的他臉色瞬間變了。

「是風見打來的。」望月用低沉、幾乎快被壓扁的聲音告訴我說：「他說高林同學死了。在家裡，心臟病發……」

9

高林郁夫。

從小心臟就有問題，經常沒辦法來上學。去年開始病情好不容易好轉了，卻在這兩天突然惡化，甚至失去了生命。

繼水野小姐因為醫院電梯意外喪生之後，這個我幾乎沒跟他講過話的同學也突然死掉了……就這樣，跟三年三班扯上關係的「六月死者」，變成了兩人。

第八章　六月之三

1

早上在走樓梯的時候遇到幾天沒來學校的三神老師。這是一週開始的星期一，六月八日。位置是在C館東梯二樓半的樓梯間，當時我要上樓而三神老師正要下樓，時間還不到八點半。

「……啊，早安。」我趕忙用生硬的聲音打了聲招呼。三神老師停下腳步看向我這邊，一副好像看到什麼怪物的模樣，隨即將視線從我身上移開，不自然地瞪著空中。

「早，呃，真早啊！預備鈴都還沒有響……嗯，那個……」

她連回句早安都沒有。雖然覺得怪怪的，但當下又不能質問為什麼。真是教人不舒服，怎麼說呢？氣氛怪尷尬的。

最後，三神老師一句話也沒說，我們就這麼擦身而過。才剛閃過身鐘聲就響了。

一定有問題。為什麼老師會在這個時間下樓來呢？早自修才剛要開始，為什麼她會往教室的反方向去呢？三樓的走廊上還聚集著三三兩兩的學生，但他們全是別班同學，看不到一個三班同學的身影。

今天鳴不知怎樣了？她會出現在學校裡嗎？不過……

我一邊胡思亂想一邊打開教室後面的門，眼前的情景讓我大吃一驚。

這與上週四接受夜見山警方偵訊完後回到教室時的驚訝恰好相反。

當時令我訝異的是第六節課才到一半，本該坐滿學生的教室卻空無一人。這次正好相反……

明明早上第一次預備鈴才剛響，教室裡卻幾乎全員到齊，大家都已經各就各位了。

「啊……」

有幾個同學回頭看向發出聲音的我，但隨即又毫無反應地轉過頭去。

久保寺先生站在講台旁邊，講台上站著兩個學生——風見智彥和新任的女班長赤澤泉美。回復寧靜的教室感覺有種異樣的氛圍，我帶著滿腔疑惑慢慢走到自己的位子坐下。

「那，就這麼決定了。有什麼……不，沒事了。」

講台上的風見說道，聲音聽起來恐懼不安。一旁的赤澤略略歪著身體，雙手交疊胸前，用比較老派的方式來形容的話，就像個大姊頭。

「今天早上討論什麼？」我用手指戳了戳前座同學的背小聲問道，但那個叫和久井的男同學卻不回頭也不回話。

總而言之，這就是剛才三神老師下樓去的原因吧？——這是我唯一的解釋。她是這個班級的副導，也全程參與會議到剛剛才離開，然後……

我偷瞄一下四周。鳴果然不在場。除了她的位置外還有兩個座位是空的，是櫻木由佳里與上週突然去世的高林郁夫。風見和赤澤走下講台，回到座位。接著換久保寺老師走到講台中央。

「雖然只有相處短短兩個月的時間，但大家還是祝同班的高林同學一路好走吧。」久保寺老師一臉嚴肅，但聲調卻好像是在唸課文似的。「今天上午十點舉辦告別式，由風見同學和赤澤同學代表本班參加。我也會去。萬一這段時間有什麼事，就找三神老師商量。好嗎？」

教室依舊寂靜無聲。訓話訓到一半，久保寺老師斜眼望向天花板，然後視線就定在那裡，一動也不動。

「雖然不幸的事接二連三，但大家不能氣餒。要堅持下去，齊心合力渡過難關。好嗎？」堅持下去渡過難關？齊心合力？唔……不知道有什麼特殊含意。

「那麼……希望大家好好遵守班上的決定，雖然三神老師的立場很為難，但她剛剛也說了『會盡量配合』。所以……好嗎？」

說完第三次的「好嗎」之後，久保寺老師才把視線移下來。我想全班同學除了我之外，每個人大概都和老師一樣表情嚴肅，頻頻點頭。

哎呀，我果然不是很懂話裡的意思。不過看樣子現在絕對不是舉手大喊「我有問題！」的時候……

之後一直到走出教室的這段時間，久保寺老師都不曾看我一眼。是我自己想太多了吧？

2

第一節是社會課，一下課我就立刻起身叫喚望月優矢。

前天週六望月接到電話得知高林死訊後就臉色蒼白地匆匆走了。當時他講的話我一直掛在心上。然而……

很明顯地，他的反應一定有什麼緣由。

明明聽到我在叫他，但他卻一點反應都沒有。先是不知所措地四下張望，然後就像逃走似的快步走出教室。我不想趕上前去追他，所以就隨他去了。

什麼嘛，那傢伙。

這時我還只是這麼以為：大概不想讓人知道週六偷偷來家裡找我的事吧？

可是事情還沒完。之後到了午休時間，我就算再怎麼不願意承認也都感覺到了。

不只有望月這樣。就拿前座的和久井來說好了。第二節課開始前我又戳了戳他的背，「喂！

喂！」這樣試著叫他，但他依舊頭也不回。

什麼嘛，又這樣……我噘起了嘴。

和久井好像患有氣喘的樣子，上課時他偶爾會使用攜帶型的藥劑吸入器。同樣是為呼吸道疾病所苦的病友，我對他一直抱有同病相憐的親切感……什麼嘛，他的態度竟然這樣冷冰冰的。

我為此感到有點生氣，不過這只是其中的一個例子而已。換言之——

班上沒有人和我說話。就算我先開口，大家要不就像和久井那樣一點反應也沒有，要不就和望月一樣靜靜離開現場。風見、敕使河原，還有幾個一直到上週都還聊得來的同學都一樣……

午休時間，我試著撥打敕使河原的手機，但電話那頭傳來的是「您撥的電話沒有回應，請稍候再撥……」的語音回覆。我總共撥打了三次，三次都一樣。找到望月又叫了他一次，他的反應也和第一節課時一樣。這個也這樣，那個也這樣……這一天我沒和班上的任何人說上一句話，不僅如此，我連在課堂上被老師叫名字的機會也沒有。除了自言自語外幾乎沒出過聲，就算開口也沒人搭理的狀態一直持續著。

於是……我不得不重新回想。

回想從五月初成為三年三班的一份子開始，見崎鳴散發出的違和感：也就是一個又一個，或者也可以看做是一體的「謎團」。還有這個月以來，我懵懵懂懂、一知半解的某件事。思考它的背景，還有它所反應出的「現實」狀況……

3

問題的癥結顯然是見崎鳴的存在與否。

存在？或是不存在？

她到底存不存在這個班級、這個世界？

剛轉學來這裡不久，我就察覺到了幾個疑點。如果真要算的話，還真是多得數不清。

班上只有她一個人和誰都沒有交集——她也不想和人有交集的樣子。不光是她單方面如此。回想起來，我好像從沒見過班上有誰接近她，和她說話，或是叫她名字之類的情景。

這段時間，只要我一和她接觸、交談，大家的反應就……

比如說，第一天在〇號館前的長椅上我看到鳴、跑去和她說話時，風見和敕使河原的反應就怪怪的。同一天，在體育課和櫻木由佳里聊天，我提到鳴的名字時，櫻木的反應也……隔天在第二圖書室發現鳴，一腳踏進圖書室的當下，敕使河原和望月……還有其他時候都是如此。

最後敕使河原還不放心地打電話給我忠告。

——**別去理會不存在的東西，那會惹禍上身。**

之後水野小姐從她弟弟猛那裡打聽來的消息也是。

——**說他們班「根本就沒有那樣的學生」。他說這話的表情十分認真，不像是裝出來的。**

——**那女孩，真的存在嗎？**

和鳴沒有接觸、不想和她接觸的，不光只是學生而已。在三年三班的老師身上，或多或少也看到類似的情形。

在這個班裡，沒有一位老師會在開始上課時點名。所以他們不曾叫過「見崎鳴」這個名字。在課堂上也是如此，直到今天我還從未看過有哪個老師點名要鳴起來唸課文或解答問題的。

上體育課不在一旁見習，一人跑到頂樓也不會挨罵。遲到、蹺課、考試考到一半就交卷、幾天沒來學校……老師和同學們全都不以為意。

第一次在醫院遇到她的情形——大概也對我產生了影響吧，所以不管我再怎麼覺得不可能，心裡偶爾還是會懷疑「見崎鳴是否真的存在」。

——因為我不存在。

就連她自己也曾說過這樣的話。

——如果說大家都看不到我，只有你、只有你榊原同學看得到我……會怎樣？

在「夜見的黃昏是……」的地下室裡，我也曾親眼目睹她突然出現又突然消失的怪事……

莫非見崎鳴真的不存在？不存在於這個世界上？

莫非她就像幽靈一樣沒有形體，只有我才看得見她？才聽得見她？

教室裡只有她的課桌椅是非常老舊的樣式，她別在胸前的名牌，底紙也是又縐又髒，這些都可以當作是她不存在的佐證……

只是……

就現實面來想，沒錯，怎麼可能會有這麼荒謬的事？如果真的有的話，很多事、很多現象都要重新解釋了……換句話說，這應該有個合理的解釋——肯定有。

見崎鳴她在，確實存在著。

只不過周遭卻一起假裝見崎鳴這個學生不存在。

這是我的解釋。

我曾經懷疑這就是所謂的「霸凌」，一種被全班同學徹底漠視的霸凌。這件事我曾對水野小姐提起過，不過，看情形又不像。

也許是因為自己去年扯上「酒鬼薔薇聖斗」事件，有過很不愉快的經驗，才會讓我對霸凌這種事異常敏感也不一定。這與「單純的霸凌」完全不同。雖然說起來只是對某人視而不見，但教室的空氣卻有種很不一樣的感覺。太不一樣了。

——**相反的，我覺得大家比較怕她。**

啊，對喔。我也曾對水野小姐這麼說過。

到底……

見崎鳴存在？還是不存在？哪個是真？哪個是假？想破頭也想不出答案，這才是問題所在。真恨不得能採取什麼行動。

每天我的心裡都在拔河，搖擺不定，都快要被煩死了。不過——

今天我終於親身體驗找到了一個答案。雖說不是全部，但我已經掌握了問題的「核心」。那就是大家對我的態度。他們大概也一直用同樣的方式對待鳴吧？

我試著在第六節國語課上到一半時，突然起立走出教室。教室裡瞬間出現若干嘈雜的聲音，但久保寺老師並沒有出聲制止我的行為。啊……果然是這麼回事呀。

我靠著走廊的窗戶，仰望梅雨季節被雲層籠罩的天空。雖然心裡有點憂鬱，但另一方面也有種鬆了口氣的感覺。關於「狀況是什麼」，我想我已經有了某種程度的了解。接下來的大問題是「為什麼？」

4

第六節課結束的同時，我默默回到教室。久保寺老師什麼也沒對我說，連看一眼都沒有就離開了。當我要回座位拿書包時，不經意地和準備回家的望月四目交接。他像之前一樣慌張地移開視線，不過在移開視線之前他的嘴唇略略動了一下。我讀出他的唇語是在說：「對不起」。

——以後也許會有令榊原同學很不愉快的事情發生。

我不由得想起週六和望月碰面時他說過的話。

——希望今後如果碰到什麼不愉快的事也能夠……忍下來。

他正經八百地說道。垂著頭，輕輕嘆了口氣。

——為了大家著想，拜託你了。

為了大家著想……也許這就是「為什麼？」的答案。

回到座位後，我將課本和筆記收進書包裡，然後檢查了一下抽屜……

裡面有個東西我不記得自己有放進去過。

那是兩張對摺的A４紙。

取出紙張，打開一看，我不自覺地「啊！」了一聲。接著我趕緊望了望四周，望月已經不在教室裡面了。

這兩張是三年三班的班級通訊錄影本，一定是望月照上週六我的要求印給我的……

第一張紙的背面還有用綠色鋼筆寫的字。字跡相當潦草……不過，勉強還是讀得出來。

對不起。

詳細情形請去問見崎同學。

我又東張西望了一下，這次刻意壓低聲音，嘆了聲「唉」。

上面的的確確寫了「見崎同學」四個字。班上第三者的口中說出了她的名字，等於是主動承認了「見崎鳴」的存在。啊，這好像還是頭一遭呢！

鳴果然是存在的，是存在於這個世界上的。

要是一不小心，眼淚好像就會流出來了，我拚命忍著……

我翻回紙張的正面，依序檢視名冊上學生的姓名，立刻看到了那個。

「見崎鳴」的姓名明明白白列在其中，只是旁邊紀錄她地址和電話的那一行被人用兩條線槓掉了。這是？該怎麼解釋這樣做的意義呢？

雖然有兩條刪除線，但地址和電話號碼還是可以清楚讀出。

夜見山市御先町4—4

這就是見崎鳴住的地方。

不用說「御先町」這個名字了，就連「四之四」這個門牌號碼我也有印象。應該沒錯吧？「夜見的黃昏是空虛的藍色眼睛」那間人偶藝廊正是鳴的家。

5

接電話的是名婦人，我猜應該是她的母親。

「呃，請問見崎鳴同學在家嗎？我是她的同班同學榊原。」

「啊？」對方的聲音聽起來有些訝異，或者說有些不安。

「榊原……同學？」

「榊原恒一。是夜見北三年三班的，啊，這裡是見崎同學的家吧？」

「是沒錯。」

「鳴同學，呃，現在在家嗎……」

「有什麼事嗎？」

「因為她今天沒有來學校……那個，如果她在家的話，可否請她聽電話？」

既然住址和電話都確定了，心裡也就比較踏實了。我離開教室來到人煙較少的校園一角，立刻用手機撥打名冊上的電話號碼。

像是她母親的婦人好像很困惑的樣子，含糊地應了一聲「哦」。

「麻煩您了！」我再次催促道。她遲疑了一下，說道：「好。那，請稍等一下。」

之後有好長一段時間，我一直重複聽著電話那頭時而破音的〈給愛麗絲〉（這曲子連我都知道），終於……

「喂？」耳邊傳來鳴的聲音，我將手機重新拿好。

「啊，我是榊原。突然打電話給妳，不好意思。」

隔了令人窒息的兩到三秒後，「怎麼了嗎？」她冰冷冷地問說。

「我想見妳。」我直截了當地說。

「我們見個面，我有話問妳。」

「問我？」

「嗯。」我立刻接著說。「妳家是那裡對吧？御先町的人偶藝廊……」

「我以為你早就知道了耶。」

「我是隱約猜到的……不過，剛才看了班級名冊後就確定了。是望月影印給我的，而且他要我來問妳。」

「哦？」她的反應與其說是漠不關心，倒不如說是故意裝作不感興趣的樣子。相對的，我就遜多了，沉不住氣地提高音量：「高林郁夫死了，妳知道嗎？」

「啊？」這是很直接的反應，短促的驚呼聲……她似乎不知道高林的事。

「上週六下午他突然心臟病發，他好像從以前心臟就不好的樣子。」

「……喔。」鳴刻意拉回冰冷的語調。「六月的第二個人是病死的呀。」

六月的、第二個人……「第一個人」指的是水野小姐嗎？

「然後，今天……」我不管三七二十一地繼續說下去。「我一到班上後就覺得怪怪的。怎麼說呢？大家好像串通好了，完全把我當作『不存在的東西』對待。」

「對榊原同學？」

「嗯。從今天早上到校後就一直是這樣……所以，難不成妳也是被這樣？」

沉默了片刻，不久之後……

「他們這麼做了嗎？」鳴似乎長嘆了口氣說道。

「這是怎麼回事？」我語氣強硬地問。

「為什麼……大家要這麼做？」

我以為和方才的沉默一樣，等一下就會有下文，但電話那頭卻再也沒有回應。於是，我稍微緩和語氣後說道：「總之，我要見妳，跟妳問個清楚。」

「……」

「喂，現在不能見面嗎？」

「……」

「喂，見崎……」

「可以呀。」她勉為其難地回應道。

「你人在哪裡？」

「我還在學校，現在正要放學回家。」

「那，要不要來我家？地點你應該知道吧？」

「啊，嗯。」

「那……這樣，三十分鐘後吧。在那個地下室見，可以嗎？」

「好。我這就過去。」

「我會先和 Amane 婆婆說一聲。我等你。」

「Amane」的漢字是「天根」，這是我後來才知道的。一提到「婆婆」，我馬上就聯想到待在入口旁桌子後面招呼客人的那位老太太。

6

於是，我第三次造訪了「夜見的黃昏是空洞的藍色眼睛」。

噹噹，聲音不怎麼清脆的門鈴。白髮老太太「歡迎光臨」的招呼聲。黃昏前的館內好似黃昏般的幽暗……

「鳴在地下室哦。」一看見是我，老太太立刻說道。

「請進來。不用付錢了。」

一樓的展示館內沒有半個客人。

——反正也沒有其他的客人……

是呀。我兩次造訪這裡時，老太太都這麼對我說：**沒有其他客人**。

然而，我兩次下去地下室，都在那裡遇到了鳴。

這是怎麼回事？我當時有種被耍了的感覺，還覺得有些詭異……因為這樣，害我或多或少產生了「見崎鳴不存在」的想法……

其實答案再簡單不過。

如果了解了，就沒有什麼好奇怪的。老太太沒別的意思，只不過是如實告知當時的情況。

——**反正也沒有其他的客人**……

事實的確如她所言。

因為鳴不是「客人」，她是這棟設有藝廊的建築——這個家的一份子。

我躡手躡腳穿過人偶陳列的空間，走向後面的樓梯。一邊下意識地替人偶們做著深呼吸。

今天播放的音樂不是弦樂曲，而是女性歌手空靈的歌聲。和歌聲同樣走空靈曲風的旋律所搭配的歌詞不是日語也不是英語，聽起來大概是法語吧？

時間是下午的四點半剛過。比一樓還要寒冷、好似地窖般的地下展示間正中央……

見崎鳴獨自一人站在那裡。寬鬆的黑色長袖襯衫配上黑色牛仔褲，這還是我第一次看到她制服以外的打扮。

我試圖壓抑不斷高漲的緊張情緒，輕輕舉起了手。「嗨！」

「如何？」她面帶微笑地問。

「變成了『不存在的東西』有什麼感想？」

「感覺很不好。」我回答時故意噘起了嘴。「不過，也許這樣反而比較輕鬆。」

「輕鬆？為什麼？」

「因為知道見崎鳴是存在的。」

不過……話雖如此，在我的腦海裡還是隱約閃過一絲懷疑……該不會眼前的她其實是不存在的吧？我用力眨眼趕走這個念頭，向前一步，目不轉睛地盯著她。

「記得第一次在這裡遇見妳時，」我用自問自答的方式，試圖把一切串起來。「妳是這麼說的：『我偶爾會下來，因為我還不討厭這裡。』那時，妳剛放學卻沒有背書包……也就是說，妳平常就住在這棟建築的樓上，所以妳才說『偶爾會下來』。那個時候，其實妳已經回家放好書包，想說沒事下來看看……」

「當然是囉。」鳴點了點頭，又淺淺地笑了笑。

我繼續說道：「那時我問妳是不是住在附近，妳說『嗯，是啊。』那是……」

「因為我就住在這棟建築的三樓呀，所以說『住附近』也沒錯呀。」

呃，也對啦。這麼說是沒錯。

「守在入口的那位老太太，就是妳剛剛提到的『Amane 婆婆』？」

「她是我媽媽的阿姨……所以是我的姨婆。我的外婆死得早，所以她就像是我的親外婆一樣。」鳴的語氣淡淡的，不過並沒有吞吞吐吐。「可能是強光對眼睛有害吧？她最近老戴著那副眼鏡。幸好還可以認出誰是誰，不至於對工作造成影響。」

「接電話的是妳母親？」

「她可是嚇了一跳呢，幾乎不曾有過學校的朋友打電話來。」

「是嗎？呃，我自己隨便猜猜的啦，妳母親是不是……」

「什麼？」

「呃，妳母親是不是創作這些人偶的，那個叫霧果的人？」

「是的。」鳴大方承認。「霧果是所謂的藝名，她的本名是很普通的名字。白天她大多關在二樓的工房裡創作人偶或畫畫——是個怪人。」

「『工房ｍ』的『ｍ』就是 Misaki 的第一個字母？」

「很好猜吧！」

第二次來這裡時，我在旁邊公用樓梯的梯間看到一位身穿亮黃色衣服的中年女性。當時我直覺認為她是人偶工房的員工，難道那人就是鳴的母親——人偶創作家霧果？

「妳父親呢？」我接著問，鳴匆匆移開視線，回道：「和榊原同學的一樣。」

「啊……在國外？」

「現在大概在德國吧？一年中他有一半的時間不在日本，剩下的時間大多待在東京。」

「是從事貿易方面的工作嗎？」

「是啊。詳細情形我也不清楚……不過他好像很有錢的樣子，所以蓋了這棟大樓，讓母親做她喜歡做的事。」

「原來如此。」

「雖然是一家人，但感覺幾乎沒什麼交集——這也沒什麼不好的。」

籠罩在見崎鳴這號人物周圍的灰色迷霧似乎漸漸散去，讓我有不知所措的感覺。

「要去三樓嗎？」鳴問道。「還是繼續在這兒談？」

「啊，不。」

「榊原同學待在這兒不自在吧？」

「不，也沒那麼不自在啦。」

「不過還是不習慣吧？這裡的空氣裡充滿了人偶的『空虛』，你的問題還有一籮筐吧？」

「啊，嗯。」

「那麼……」說著，鳴靜靜轉過身去，直接往房間的最後面走去。她走向那個裝著和她一模一樣的少女人偶的黑色棺材邊，然後消失無蹤。我慢了幾拍，趕忙慌張地追了上去。

棺材的後面，掛在牆上的暗紅色幕簾微微飄動，大概是空調的風吹的吧？

鳴回頭看了我一下，默默拉開幕簾。一看，裡面是……乳白色的鐵門。門旁的牆壁上有一個方形的塑膠按鈕。

「你有發現這裡吧？」鳴一邊按下按鈕一邊問道，我故作鎮定地點頭回答：

「之前來的時候，妳就是在這裡消失的。那時我就察看過幕簾的後方了。」

鐵門伴隨著低沉的電動聲向左右開啟，這是地下室連結各樓層的通道，是一座電梯的門。

「請吧，榊原同學。」鳴先走了進去，然後向我招手。「上去再慢慢談吧！」

7

三座黑色的皮革沙發繞著玻璃桌面的矮几放置，雙人沙發一座，單人沙發兩座。鳴坐在其中一座單人沙發上，發出咚一聲，吁了口氣看向我。

「請，隨便坐。」

「啊……嗯。」

「要喝茶嗎？」

「啊……不用麻煩了。」

「我口渴了。你要喝檸檬茶嗎？還是喝奶茶？」

「啊……都好。」

搭電梯上了三樓，來到見崎的家。那裡給人的第一印象不太像個家，感覺少了些家居的味道。客廳和餐廳相通，空間寬敞，不過它會如此空曠是因為家具太少，而且每個角落收拾得太過整齊。茶几正中央放了一個電視遙控器，這種簡約讓人覺得不太自然。

窗戶緊閉，冷氣正在運作。明明才六月上旬，房裡的冷氣強到讓人覺得有必要嗎？

從沙發起身往廚房走去的鳴立刻拿了兩罐紅茶回來。「來！」她將其中一罐放在我面前，然後拉開自己手裡那罐的拉環，又咚一聲坐在沙發上。

「然後呢？」鳴大口灌下紅茶，冰涼的視線望向我這邊。「要我告訴你什麼？」

「啊……嗯，這……」

「你問我問題好了，這樣比較好講。」

「妳不是討厭人家問個不停嗎？」

「是討厭呀——不過，今天我特地為你開了個先例。」鳴一副老師的口吻，打趣地笑著。在她的誘導下，我也不再那麼緊張了，強打起精神，挺直腰桿。「那我問囉。」

「首先我要再確認一下。」我說。「見崎鳴，妳是存在的吧？」

「你以為我可能是幽靈？」

「老實說，我是曾經有過那樣的念頭。」

「唉，這也難怪啦。」鳴又打趣地笑了。「不過，你的疑惑已經解開啦。如果是存不存在這種小兒科的問題，我的確是存在的，確實是活生生的人。只有在夜見北三年三班那些人的面前，我才是『不存在的』，其實對榊原同學來說，也應該要是不存在的才對。」

「對我來說也是？」

「沒錯，只不過很快就失敗了。現在你變成是我的同類了……真傷腦筋！」

「失敗」、「同類」——我一邊在腦袋裡記下這兩個新鮮的詞彙，一邊向鳴問道：「是從何時開始的？班上的人假裝沒有見崎鳴這個學生，這種情況是從何時開始的？一直都這樣嗎？」

「一直是指？」

「比如說一升上三年級就變成這樣？還是更早之前？」

「當然是升上三年三班以後的事，不過，也不是一升上三年級就這樣。」在答話的同時，鳴臉上的微笑消失了。「學期剛開始的時候，大家本以為今年是『無事的一年』。不過，後來發現好像不是這樣，所以才在四月先商量好……什麼時候開始的，正確說來，應該是五月一號。」

「五月一號？」

「榊原同學出院，第一天到夜見山北中學上課是六號吧？」

「嗯。」

「在那之前的禮拜五是一號，然後中間隔了三天連假。算起來，那天是實行的第三天。」

是最近才開始的嗎？這點倒是教人感到意外。我自以為事情應該是從更早之前（至少比我第一次來這裡前要更早）開始持續到現在的。

「從你第一天上學開始，就覺得很多事都怪怪的吧？」

「是啊。」說到這個，我連忙點頭如搗蒜。「每當我和妳交談或提到妳名字時，風見、勅使河原……周遭每個人的反應都很奇怪。一副好像想告訴我什麼的樣子，可是又沒人敢講。」

「大家雖然想說卻不能說，最後似乎演變成了這種局面，感覺就好像作繭自縛一樣。沒有在榊原同學到校前先把事情講清楚，是他們最大的失誤。」

「失誤？」

「本來榊原同學應該和大家一起，把我當作『不存在的透明人』。如果不這麼做，這件事就破局了……不過，我想可能是大家考慮得沒那麼深吧？沒想到事情會那麼嚴重。我不是也說了嗎？連我自己都是半信半疑的，我並非百分之百相信……」

的確，我記得她曾說過這樣的話。

「這不算是『霸凌』吧？」我繼續問道。

「是的，我想沒有人是故意要這麼做的。」

「那妳為什麼會成為那個目標呢？」

「這個嘛……」鳴略偏著頭。「自然而然就變成這樣了。不過，我本來就和大家沒什麼交集，再加上我的姓碰巧又是 Misaki，所以……可是，這樣也不錯啊，我自己還滿樂在其中的。」

「樂在其中？才沒有……」

「才沒有這回事，是嗎？」

「是呀，不只班上同學，連老師都一起漠視某個學生，這種事根本就不應該發生才對。」我越說越激動，鳴倒是沒什麼反應。

「三年三班的老師之間，似乎自有一套通報機制。」她的語調維持著一貫的冷靜。「就說上課不點名好了，有些老師在其他班可是會點名的，只有在三班不這樣做。這樣才不會叫到我的名字。不喊『起立』、『敬禮』的，也只有三班。基於同樣的理由，三班的同學不論上哪一堂課都不會有人來巡堂。叫名字絕對不會叫到我，蹺課、早退啦，也絕對不會挨罵。打掃、輪值日生的也都沒有我的事……老師們彼此都有這樣的共識。就連期考也是，雖然好像不能不考，但隨便寫寫，快快交卷就行了……」

「難不成體育課也是如此？」

「體育課怎麼了？」

「我一直覺得很奇怪，聽說體育課男女分開上課，一班跟二班，四班跟五班合上，只有三班單獨上課。全年級的班數是奇數，所以會有一班剩下是可以理解的，不過，為什麼這『單獨』剩下來的會是三班呢？」

「這是為了不讓其他班級被捲進來，不想讓更多學生受害。大概是基於這個考量吧？而且體育課盡量不讓『不存在的東西』參加，只讓它在一旁見習，是原本就有的『規矩』。」

「規矩？」這讓我自然而然地想起，

——**班上的規矩要絕對遵守**。

這是怜子阿姨告訴我的「夜見北的心理建設之三」。而且上週四久保寺老師在空無一人的教室裡也說過……

——**班上決定的事請你務必遵守。可以嗎？**

有完沒完啊？我抑鬱地深嘆了一口氣，伸手去拿鳴給我的罐裝紅茶。是冰涼的檸檬紅茶。拉開拉環，我一口氣喝了半罐。

「如果一一細數起來，恐怕說也說不完。」我重新看著鳴的臉。

「不過，總而言之，妳從五月開始受到了那樣的對待，而同樣的事今天也發生在我身上了……經過今天一整天的親身體驗後，我大概清楚他們在做什麼了。可是，我還是搞不懂他們為什麼要那樣做……」

沒錯，現在的問題是「為什麼」。

這不能算是「霸凌」。當事者鳴這麼說，我也這麼認為。然而……

學生和老師連手起來，把某名學生當作「不存在的」看待，就常理來說，這根本就是非常惡劣的「霸凌」好嗎？所以剛剛我才會那麼激動，忍不住大吼說「這種事根本就不應該發生」。

不過，將這種情形視為霸凌，或是用霸凌的字眼形容，畢竟不適當。我不得不這麼想。同學也好，老師也罷，他們的行為大概都沒有所謂「霸凌」的惡意在。他們並沒有輕蔑或嘲笑某個對象，更沒有藉差別待遇來強化組織向心力的意圖。——在我看來。

相反的，他們有的只是恐懼和害怕，至少在我看來……

對鳴心存恐懼的感覺我也曾有過，但或許他們害怕的不是鳴，而是某個看不見的東西……

「我想大家已經有了覺悟。」鳴說。

「覺悟？」

「櫻木同學和她母親在五月因為那場意外喪生了，所以已經不能說是半信半疑了……到了六月又有兩個人死了不是？所以可以確定已經開始了。」

——就算這樣說我也不懂啊。

「那……那又怎樣？不，我的意思是……」我缺氧似的大口喘氣。

「這根本是兩回事。大家有必要聯合起來，把某人當作『不存在的透明人』嗎？這未免也太……」

「沒道理，你是想說這個吧？」

「是的。」

露在夏天短袖制服外的手臂從剛才就一直冒雞皮疙瘩，這不只是因為冷氣太強的緣故。

「二十六年前 Misaki 的故事，你還記得嗎？」鳴一邊舉起左手，蓋住左眼的眼罩，一邊慢條斯理地說道。

二十六年前……啊，果然和那個故事有關。

「當然。」我離開沙發靠背，整個人向前傾。鳴依舊將手放在眼罩上，平靜地說道。

「在三年三班很受歡迎的 Misaki 死後，大家一直繼續裝作『Misaki 還活著』的樣子……卻在畢業當天的班級合照上，發現了 Misaki 的身影——我想到這裡為止你都聽說了。」

「嗯。」

「接下來的事你還不知道嗎？」

「因為沒有人告訴我。」

「那，我現在告訴你。」

說到這裡，鳴用舌尖舔了下淡粉色的嘴唇。

「二十六年前的那件事成了開頭，之後夜見北三年三班就成了最接近『死亡』的班級。」

「接近『死亡』……」

說到這個，上學第一天在C號館的頂樓交談時，鳴也說過同樣的話，我到現在還記得。——三年三班是最接近「死亡」的班級。比起任何學校的任何班級，都要接近死亡。

「那是什麼意思？」我偏著頭，不停地摩擦兩條手臂。

「那一開始發生在二十五年前——Misaki 的同班同學畢業後的下一屆三年三班。從那之後，雖然不是說每年發生，但就頻率而言，大概每兩年就會發生同樣的事。」

「『那個』到底是……」

「雖然說得好像親眼所見似的，但別誤會喔，這些全是從別人那兒聽來的。而且事情已經過了這麼多年，都不知道傳了幾手了……」

總而言之，就是傳說吧？現在我已不能將它等閒視之了。我盯著鳴的嘴巴，安分地點頭。

「有別於老師的通報機制，學生也有傳遞訊息的管道，就是由上一屆的三年三班傳給下一屆的三年三班。我也是這樣才知道詳情的。別班或是其他年級的學生好像也會口耳相傳、繪聲繪影，不過，基本上這事兒只有和三年三班有關的人才會知道，是個絕對不能外傳的秘密……」

「喂，到底是什麼？」摩擦手臂的手停不下來，我的雞皮疙瘩久久不退。

「二十五年前的三年三班，最先發生了一件不可思議的事。」

鳴公布完答案後，稍稍停頓了一下。我屏息以待。

「那個一旦發生……開始了之後，那屆的三年三班每月起碼都會死一個人。有的是班上同學，有的是學生家屬。病死的、意外死的、自殺死的，或是被捲入刑案什麼的……因此，有人在傳，這肯定是詛咒。」

詛咒……「被詛咒的三年三班」是嗎？

「所謂的『那個』是什麼？」我反問道。「『不可思議的事』指的又是什麼？」

「那個嘛……」鳴拿開蓋在眼罩上的手，回答道。

「就是班上的人數多了一個人。在沒人發現的情況下，多了一個人。神不知鬼不覺地，有一個人『混進了』班級裡。」

8

「多了一個人？」我不明所以，又問了一遍。

「那，那個人是怎麼混……」

「都說了，不知道。」鳴面不改色地回答。

「第一次發生的時間是在二十五年前：一九七三年的四月，新學期一開始就發現課桌椅少了一套，課桌椅的數目應該會配合該年度的班級人數事先準備好，誰知道一開學竟少一套。」

「是因為學生多了一個？」

「對，可是多出來的是誰卻怎樣也查不出來。就算你問，也沒有人會主動承認，反正又沒有人知道。」

「……既然如此，」我還是不能理解，忍不住問了一個很白癡的問題：「只要查一下班級名冊或是學校紀錄，不就知道了嗎？」

「沒用的，不管怎麼查都一樣。名冊也好、紀錄也罷，全都吻合……換句話說，為了讓大家找不到破綻，為了讓大家無法證明，那些……全部被竄改過了。只有課桌椅少了一套。」

「竄改？誰會偷偷耍這種花招？」

「『竄改』只是比喻啦，因為不只是紀錄，連大家的記憶都被調整過來了。」

「啊？」

「你大概覺得不可能吧？」

「那是……當然。」

「不過，好像是真的。」似乎連鳴都不知道該怎麼形容才好，顯得有些困擾。「這不是誰造成的，它是一種『現象』。——某人是這麼解釋的。」

「現象……」真是的，還真是匪夷所思。

竄改紀錄？調整記憶？這究竟是怎麼回事……

——**人死之後就是葬禮了。**

不知為什麼，外公沙啞的聲音突然掠過我的耳畔。緊接著，是奇怪的重低音，彷彿要蓋過他的聲音似的，吱吱地響著。

——**我再也、再也不要參加葬禮了**。

「大家以為是哪裡弄錯了，將不夠的桌椅補齊後也就沒再多想。啊，也是啦。平白無故多出一名學生本來就是不太可能的事，所以大家也就沒有認真看待這件事的嚴重性。可是——」

鳴緩緩眨動沒被眼罩遮住的右眼。「就像剛剛所說的，從四月開始，每個月都會有和班級相關的人死掉。這是千真萬確的事。」

「每個月……妳是說一整年嗎？」

「一九七三年的話，我記得好像是學生六人，學生家屬十人。這很不尋常吧？」

「嗯。」我不得不點頭。「如果這是事實的話……」

一年內死了十六個人。這的確是很不尋常的數字。

鳴又慢慢地眨了眨右眼。

「然後，接下來的那一年，同樣的事又發生了。新學期一開始，桌椅就少了一套，每個月都有人死掉……實際受到波及的人發現事情非同小可，連這肯定是詛咒的聲音都出來了……」

詛咒……「被詛咒的三年三班」。

「所謂的詛咒，是什麼詛咒？」

聽我這麼一問，鳴平靜地回答：「二十六年前死亡的 Misaki 的詛咒。」

「為什麼 Misaki 要詛咒大家呢？」我追問道。

「Misaki 在班上並沒有被欺負啊。受歡迎的同學突然去世，大家不是還很難過嗎？怎麼卻反而被詛咒呢？」

「很奇怪吧？我也是這麼想。所以，有人說這跟所謂的『詛咒』不一樣。」

「『有人』？」

我好奇地追問，鳴卻不回答，「後來——」打算就這麼說下去。

「等一下。」我制止她，用大拇指按壓左邊的太陽穴。

「可不可以讓我整理一下？二十六年前三年三班的 Misaki 死掉了。從隔年開始，三年三班就會平白無故地『多出一個人』。然後每個月，班上學生或是學生家屬就會接二連三地死掉……喂，這到底是什麼邏輯呀？為什麼多了一個人就會有人死掉呢？為什麼……」

「我也不清楚這是什麼道理。」鳴輕輕地搖頭，

「我又不是這方面的專家。只不過呢，從過去發生的種種，怎麼說呢？可以歸納出所謂的經驗法則。透過管道，每年都會一屆屆地傳承下去，所以相關人等都會知道……」

她先是壓低了聲音，然後如此說道：「他們說，多出來的那個人就是『死者』。」

9

「所以……」我按壓太陽穴的拇指更加用力了。「呃，所以……死者是二十六年前死掉的 Misaki，對嗎？」

「不，不是這樣的。」鳴又輕輕地搖頭。「不是 Misaki，是其他的『死者』。」

「死者……」

教室裡，鳴桌子上的那行塗鴉，「**死者**」，**是誰？**突然閃過我的腦海。

「這要歸咎於二十六年前三年三班同學做的那件事。那時大家決定把已經死掉的 Misaki 當成『沒有死的人』、『事實上還好端端待在這裡的人』，裝了一整年。結果，畢業典禮當天在教

室拍的全班合照裡，出現了早就不在人世的 Misaki 的身影。對吧？說起來就是因為這樣，才把『死者』召喚回來的。」

鳴繼續說道，臉上依舊看不出任何情緒。「換言之，這件事成了一個起頭，所以夜見北三年三班才會那麼接近『死亡』。那裡變成了用來召喚『死者』的『場所』。他們是這麼說的。」

「召喚死者？」

「是的。究竟是何道理也說不清楚，反正結果就變成這樣了。」

不知不覺中，鳴的口吻又變得好像在向我解說這個世界的秘密似的，像她在被人偶圍繞的地下室裡說話的時候那樣。

「班上有『死者』混入，是這個班級接近『死亡』的結果。反過來說也可以吧？正因為有『死者』混入，所以他們才更接近『死亡』——不管怎樣『死亡』都是空虛的。它和人偶一樣，一旦太靠近就會被吸進去，所以……」

「所以，每個月都會有人死掉？」

「你覺得呢？雖然這是我自己亂想的。」鳴說。「應該這麼說，接近『死亡』的人會比不在『那個場所』的人更容易死掉。」

「更容易死掉？」

「比方說，就算過著同樣的生活也會比較容易發生意外。就算遭遇了相同的意外也較容易受重傷。就算受的傷相同，也會比較容易致死，類似這樣。」

「哦。」也就是說，在各種局面都會產生偏高的危險性，一再累積後……就會陷入決定性的「死亡」的陷阱中，一命嗚呼？是這麼解釋吧？

所以，櫻木由佳里才會遇到那個倒楣的巧合？水野小姐因為那個電梯意外喪命也是……

「可是，哪有這種事？」我不相信。

根本就無法相信。就常理來推斷，這根本是無稽之談。我無論如何都不……

——榊原你相信靈魂或是鬼神作祟嗎？

在極度困擾中，我腦海閃過好幾個畫面。

——所謂的超自然現象，你相信嗎？

這是上學第一天的午休時間，敕使河原和風見問我的問題……啊，難道他們是在試探我嗎？先拋出風向球後，再決定要如何向我這個轉學生坦白？

只是，後來他們始終沒有談到問題的核心……

對喔……因為那時候我發現鳴就坐在〇號館前、面向花圃的長椅上。我無視於他二人的狼狽，逕自朝鳴走去……所以呢？

「呃，我有幾個地方不懂，可以問妳嗎？」我將手指從太陽穴拿開，向鳴問道。鳴說了聲「請」，摸著左眼的眼罩。

「不過，我不是專家喲。我也有很多不懂的地方。」

「唔。」點點頭，我伸直了背。「呃……首先，妳說多出來的那個人就是『死者』，那是像幽靈一樣的東西嗎？」

「這個嘛……」鳴用力歪著頭，「它與大家印象中的『幽靈』不太一樣。因為它並非只像幽靈般存在，它是有實體的。」

「實體……」

「也許這麼講很奇怪，不過這『死者』擁有實實在在的肉體，與活著的人沒有兩樣。」

「那，是像殭屍那樣嗎？」

「唔……」鳴又斜斜地歪著頭，回望我的臉。「應該不是。它既不攻擊人也不吃人。」

「就是說嘛。」

「每個月有人死掉這件事，也不是『死者』親自下的手。怎樣說呢？『死者』也有感情，也視情況調整了記憶，所以他肯定也不知道自己就是『死者』，所以才會那麼難找出來吧？」

「喔。那——」我不慌不忙地提出一連串的疑問。「是不是到某個時間點，就會知道班上『多出來的人』是誰？是這樣嗎？」

「關於這個，據說好像到畢業典禮結束就會知道了。」

「是怎麼知道的？」

「『多出來的人』會不見，只要一不見，相關的紀錄和回憶就會回復到原來的樣子。」

「妳可不可以具體說明，混入班上的『死者』到底是何身分？和學校、班上毫不相關的人也有可能混入嗎？」

「這個嘛……，啊，好像有所謂的規則。」

「規則？」

「他們都是之前死於這個『現象』的人。有三年三班的學生，也有他們的兄弟姊妹……」

「那，二十五年前一開始的『死者』是誰呢？是前一年死掉的 Misaki 嗎？這樣不就……」

——不就讓大家發現 Misaki 混進來了嗎？會這麼想，代表我怎樣都無法跳脫正常的思維。

「因為很多變更和竄改都是自然發生的，所以就算『死者』是 Misaki 本人也不奇怪。」鳴回答道。「不過呀，聽說那一年並非如此。」

「那，到底是誰？」

「好像是 Misaki 的弟弟或妹妹。聽說 Misaki 死掉的時候，他也死掉了……和 Misaki 相差一歲，那一年本來要升國三的。」

「弟弟或妹妹……是嗎？」這個時候，我不得不用自己的話再確認一遍。「去年已經死掉的他混在班上一整年，這段期間，大家——包括同學和老師都沒有發覺，把它當作理所當然的事？」

「嗯，正是如此。」鳴點點頭，長嘆了口氣，疲憊至極地閉上了眼睛。兩秒、三秒……後，她喃喃自語道：「啊，可是——」又微微張開了右眼。

「雖然我講了這麼多，但認真說起來，這些資訊也不是十分可靠。」

「為什麼？」

「因為——」鳴本來有些顧忌，但接下來她一口氣全說了出來。「發生了那個之後，死了很多人的事被當作事實保存了下來，但與那個相關的事——尤其是混入班上『多出來的人』的身分，卻從大家的記憶消失了。這種情況因人而異，有人是一下子全忘了，不過，大部分人都是記憶逐漸模糊，最後終究……」

「忘光光？」

「某人曾這樣比喻給我聽。」

鳴繼續說道：「就好像堤防潰堤，水淹到了大街上，不久之後水退去了……曾經淹水的事大家都會記得，但水退了之後，哪邊淹水、淹到什麼程度的印象卻變得很模糊。就是這樣的感覺。並沒有人刻意使你遺忘，而是你自然而然地就忘了。」

「……」

「二十五年前，對我們來說是出生前的事，但對世人而言，其實並沒那麼久遠。不過，既然相關人等的印象已經模糊，那這些就像之前榊原同學所講的，只能算是精采的『傳說』了。」

說完後，鳴的嘴角微微放鬆，但立刻又板起了臉孔，「我在二年級結束之前，也曾斷斷續續地聽到一些傳聞。今年春假確定編入三班後，就被叫去參加了與此事相關的『交接大會』，會中有好幾位上屆三班的畢業生列席。那是我首次得知『傳說』的真實情形……」

抹殺一切情感的聲音聽起來很正常，但站在她的立場，肯定有很多無法釋懷的地方吧？

「聽了說明，我直覺地認為這不是謊言也不是玩笑，必須認真看待才是。但內心深處不免半信半疑。其他同學有完全相信的，也有不太相信的……」

掛在電視上方的橢圓形時鐘突然響起不太應景的輕柔旋律，告知時間——下午六點。啊，已經這個時間了？

「你人在哪裡？」「沒事吧？」——外婆差不多要打電話來關心了。

——討厭的機器。

不知不覺中我想起鳴說的話：

——到哪裡都被綁著，都會被找到。

我伸手進入褲子的口袋裡，把手機的電源關掉。

「大致的情形，差不多是這樣吧？」鳴說，兩手撐著尖尖的下巴。「要繼續聽下去嗎？」

「啊，嗯。那……」當然是不聽完不罷休呀！「就麻煩妳了。」我再度挺直了背脊。

10

「從二十五年前開始，這種『異常的現象』就一直不斷地發生，雖然並不是每年都會。理所當然的，大家肯定會商討因應的對策。」

鳴開始說出「後續的發展」。她的語氣還是淡淡的，不過感覺得出來，其實她自己也在摸索、找尋適當的字眼。

「可是，像這種不合邏輯，無法用一般常理解釋的……現象，應該無法在正式的校務會議上討論吧？」

「是啊，的確。」

「所以呢，大家只能就『被詛咒』的現場，以及相關當事人的證詞，研擬出一套對策。」

「比方說，驅邪嗎？」這是一時間我能想到的最簡單的「對策」。

「或許吧。」鳴不苟言笑地回答道。「像更換教室。把舊校舍〇號館內，歷屆三年三班一直使用的教室搬到別的地方去。他們認為，詛咒可能和場所，也就是教室有關。」

「喔。」

「可是沒效。」

「……」

「新校舍落成，三年級教室從〇號館遷到C號館已經是十三年前的事了……那個時候，大家都期盼著事情會就此告一段落。然而，還是沒完沒了。」

「所以說，教室或校舍不是重點，三年三班這個班級才是問題的癥結所在？」

「嗯，正是如此。」和剛才一樣，鳴回答完後長嘆了口氣，閉上眼睛。

大概是房間冷氣實在太強了吧，我一時間竟然產生她呼出的氣全化成了白煙的錯覺，忍不住又開始搓起了手臂。

「好了，現在開始要進入正題了。」鳴靜靜睜開右眼說：「大約在十年前吧？不知是誰想到了這個點子，反正終於找到有效的對策。只要照做就可以避開災厄——讓每個月不再死人。」

「啊……」講到這裡，對於鳴所謂的「對策」，我心裡大概已經有底了。換言之……

「在班上找一個人代替『多出來的人』，視之為『不存在的東西』。」預料中的對白，從鳴的口中說了出來。「如此一來，班上的人數就會變回原本該有的人數。只要讓總數吻合就可以了。這就是防止『災厄』發生的……符咒。」

插曲之二

今年看來是「平安無事」的一年。真是太好了！

開學當天，課桌椅剛好足足有三十人份……

沒有誰多出來。

總算可以鬆一口氣了。

這樣不是很好嗎？

去年也是「無事年」呢。難道也會有連續兩年平安無事的情況發生？

對呀。說不定那個的功力已經慢慢減弱了。

可是……是真的嗎？說什麼一旦開始了，每個月和班級有關的人就會陸續死掉。我還是很難相信那是真的。

不過，既然「交接大會」還在，就代表那絕不是子虛烏有的事。

而且你看，前年的三年級的確死了好幾個學生。有意外的，有自殺的，就連家屬也……

你說的是沒錯啦。

連家人都被捲進來，真是太恐怖了。

最危險的是親兄弟姊妹。有血緣關係的二等親都包括在內，聽說這是法則。

二等親，那爺爺奶奶、外公外婆也有份囉？

聽說是這樣。

像叔伯阿姨、堂兄表姊等，這些不在範圍內的就安全無虞。

只要不住在這裡就沒事的說法呢？

啊，這我有聽人講過。

我也有聽說過。所以呢，萬一真發生什麼事，就逃離這裡……

不過啊……

我們只是國中生，要這麼做可能很困難吧？

而且就算跟爸媽說，他們也肯定不會相信的。

不過，幸好今年是沒事的一年，所以用不著擔心。

真是太好了。

如果真的有人多出來，就必須要有人扮演「不存在的透明人」了。

那可就麻煩了。

因為這樣一來，連老師都要配合著演……

——感覺好複雜喔。

誰會被當作「不存在的透明人」呢？

決策小組的人會先選一個「候補」吧？為了預防今年可能是「有事的一年」，應該春假的時候就決定好人選了……

也對。

我想，八成是見崎同學吧？

啊，果然是她？

誰叫她的姓就叫做Misaki，家又住在御先（Misaki）町。

我知道。她家怪恐怖的，好像在經營人偶藝廊什麼的。

人也怪怪的，那個見崎同學。

她好像沒什麼朋友。

就算找她說話，她也很冷淡，感覺很不親切……

她不是一直戴著眼罩嗎？聽說她的左眼是義眼，是藍色的。

哦，是真的嗎？

我最怕那類型的人了。

我也是。

我也……有一點。

*

轉學生的事，你聽說了嗎？

嗯，聽說下禮拜就要來了。

四月都已經過了一半了，感覺好像是個不上不下的時間點呢。

的確，看來他很可能會是個問題。

問題？

也就是說，事情有可能不太妙。

怎麼說？

哎呀，就是那個呀。

呃，不會吧？

轉學生進來後，下週開始班上的人數就多了一人，課桌椅不就少了一張嗎？

其實今年是「有事的一年」，你是這個意思嗎？

萬一真是如此的話，那個傳說不就……

等一下啦。今年是因為轉學生來人數才增加的吧？四月剛開始的時候，又沒有人多出來。

話是這麼說沒錯，但，不同於以往的模式不是也曾發生過嗎？

喔，可為什麼一定要把轉學生編入三班呢？

校方也有自己的考量吧？

可是……

那件事終究是無法公開承認的問題。現在的校長呢，又對情況不是很了解。

喔。

對了，我剛剛聽說，那個轉學生好像就叫做榊原。

哇！又是個不吉祥的姓。不過，就算這樣也……但我又聽說，其實那傢伙是……

*

風見和櫻木同學昨天去醫院了。

去探榊原同學的病嗎？

嗯，去探病，順便偵察敵情。

結果呢？

聽說他好像是因為家裡有事才臨時轉來這裡的，這是他第一次住在夜見山。

也就是說……

這樣，至少證明他不是吧？

你是說他不是「死者」？

沒錯。為了以防萬一，風見還和他握了手。

握手？這有什麼含義嗎？

好像可以靠第一次見面的握手來分辨對方是不是「死者」，如果是的話，手會冰得嚇人。

真的嗎？

聽說榊原同學的手不是冰的。

啊，果然。

多出來的也許是其他人，也不能除去這樣的可能性。

所以決策小組還在討論？

在那之前，好像也會找大家來開會，到時就……

唉，到底哪個是真、哪個是假，我都被搞糊塗了。

大家都一樣吧？我也是啊……不過，如果真的開始，麻煩就大了。每個月每個月都會有人死掉，這可是很嚴重的事。

嗯，就是說啊。

沒錯。所以啊，我們還是……

*

轉學生榊原恒一同學下個禮拜，從五月六日起就會開始來上學了。

今年因為他的轉入，那現象好像晚了一個月才開始，才正要開始。雖然這是前所未有的例子，不過，我們還是事先準備好會比較恰當……不，會比較安全。這是我的看法。

總之呢，這次的情況比較特殊，也許今年真是個「無事年」也不一定。不過，萬一不是的話，難保不會造成無法挽回的局面。所以……

……就像我剛才所說的，前年就是因為沒有準備好因應的「對策」，才造成三班的學生和家屬，總共有七人死亡。

……所以，清楚了嗎？各位同學。

依照剛才的決議，從進入五月的第一天開始，我們就把見崎同學當作是不存在的東西。至少在學校的這段時間，從到校後到放學為止都要徹底執行——可以嗎？

那個，老師。

什麼事？櫻木同學。

除了您和三神老師以外，其他老師也知道這件事嗎……

我想他們會盡可能給予協助，不過，除了我們之外，絕對不可以和其他老師商量這件事。

不光是老師，連對班級以外的人也不能提起嗎？

沒錯。所以請大家務必不要對外人說。否則的話，可能會招致更多不必要的災厄。說白一點，這是三年三班自己才知道的秘密，是所謂的「潛規則」。所以，絕對不能讓它浮到檯面上。

那個，老師。

是，米村同學請說。

連家裡的人也不能說嗎？父母或兄弟也不行？

照規定絕不能說。

可是……

我再說一遍，學校站在公家教育機構的立場，是絕對不允許我們相信「詛咒」這種虛無的東西，為了防堵而採取某些莫名其妙的「對策」的，就算過去真的死了很多人也不行。換句話說，這件事最終只會被定位成暗中進行的慣例，多年傳承下來的傳統。也因為這樣，對於外面的人，不管是誰都要保守秘密——清楚了嗎？

見崎同學，對妳而言，這實在是很無理的要求，妳大概會覺得很不公平吧？妳還好吧？願意幫這個忙嗎？

如果我現在說「不要」，你們會放棄嗎？

這個……不，我們當然不能強迫妳接受。妳有權利拒絕。可是，如果我們沒有採取「對策」，導致今年的「災厄」又開始的話……

喔……我懂。我知道了。

所以妳會幫忙，是吧？

是。

那麼，各位同學，這就是從五月開始的「規矩」，請大家務必遵守。克服不安和災難，願明年三月我們大家可以平平安安地畢業。

*

榊原那樣做，很不好吧？

啊，嗯。我也覺得很不好。

老師們應該有事先向他說明過吧？

我原本是這麼想的，可是老師說不定也以為同學們會……

赤澤也沒來學校。是感冒了嗎？如果她在的話，說不定三兩下就解決了。

也許吧。

你振作一點吧，再怎麼說你也是決策小組的成員呀。

可是，誰知道榊原同學會這麼快……

不管怎樣，那小子已經和她講過話了，和那個「不存在的人」。這樣不就違反規定了嗎？

應該不要拖，趁早告訴他才對。

真是的。早知道會這樣，當初你和櫻木去探病時就應該跟他講清楚。

那個時候我……唉，反正不是提這事兒的好時機啦。

那，現在也行。

不，等等。我……

怎麼了？

仔細想想，這樣做可能會有問題。

會有什麼問題？

你看，如果我們現在向他說明了一切，不就等於間接承認了她是「存在的」嗎？

對喔。

就是這點在棘手。

那在校外講不就沒事了？

或許吧……可是，要是這也算犯規怎麼辦？

怕東怕西的話就什麼也做不了啦。

可是，不讓榊原同學了解事情的嚴重性也不行。至少要想個辦法，讓他別再跟她接觸。

讓我試試吧？

你要怎麼做？

……正在想。

你還真是靠不住。

話說回來，那傢伙都這樣大肆破壞「規矩」了，如果五月都沒死人的話，問題就算解決了。雖然疑雲密布，但今年終究是「無事的一年」，那就可喜可賀了。

對呀。

我一直覺得應該沒事才對。

最好是。

不管怎麼樣，在那之前，最重要的就是讓那小子安分一點，對吧？

希望這個月能平安無事地結束。

就是說啊。

第九章　六月之四

1

這天，當我回到古池町外公外婆家的時候，已差不多是晚上的九點鐘。晚餐時間早過了。那麼晚沒回家，手機又打不通，隨著時間越來越晚，外婆的擔心已經來到崩潰邊緣，看樣子如果再晚個十分鐘，她就要去報警了，不過，在聽到孫子一句誠懇的「阿嬤，對不起！」後，她的怒氣竟然一下子就消了。

「你回家途中繞到哪裡去了？弄到這麼晚？」

這本來就是應該交代的問題，但我卻故意裝傻，一句話就想要蒙混過去。

「我去好朋友家玩了。」暗中祈禱外婆別再問下去了。

不知該說理所當然還是什麼，比我還早到家的怜子阿姨也是一臉憂心忡忡。她看著我，似乎想要說教了，不過，那一夜我們終究沒有說到話。我實在沒有那個心情。

一個人靜靜吃完晚飯後，我快速走上二樓書房兼寢室的房間，癱倒在鋪好的被褥上。身體明明累得要命，頭腦卻異常清醒。我將手腕擱在額頭上，強迫自己閉上眼睛，結果幾小時前與見崎鳴的對話幾乎是自動開始在腦海裡重演了……

2

……把班上的某個人當作「不存在的東西」。這麼一來，班上的人數就可以吻合，那年因為

「多出來的人」（死者）混入班級而招致的災厄就可以避免，或至少可以減輕一些。這就是從十年前開始流傳、實施，而且收到成效的破解「符咒」。

大家原以為今年沒事，卻因為我這個轉學生拖到開學後才來，驚覺其實「多了一個人」。班上彌漫著不安，擔心也許今年那個會以不同的形式開始。結果，見崎鳴就被指派當「不存在的東西」。時間比往年要晚一個月，從五月開始。然後……

雖然我已經漸漸理出了頭緒，卻怎麼也無法接受這是真的——就算已經從鳴那兒得知大致的狀況，我還是壓抑不住心中的困惑。事到如今，我已經不會懷疑她所說的話。可是我依然不希望想都不想就將這些全盤照收。

「所以呀，其實榊原同學原本也應該在到校的那天就和大家一起把我當作『不存在的東西』看待的。因為不這麼做的話，符咒的效果就會大打折扣。可是，那天午休時間你卻突然跑來找我講話。」

聽了鳴說的話，我又想起那天的情景。

——喂、喂，榊原。

——你是怎麼了？榊原。

勅使河原和風見驚慌失措的聲音，那兩個人當時一定心想「糟糕了」，因為我正快步朝坐在樹蔭下、長椅上的鳴走去。

他們肯定焦急不已，覺得非制止我的行動不可，不過，大概是事出突然吧？連他們也不知道該怎麼辦。

——為什麼？

那時鳴問我。

——沒關係嗎？你這樣。

那句話的涵義，以及她之後說的那些話的涵義，如今我好像懂了。

——你最好小心一點。

——小心一點比較好。說不定已經開始了。

「既然有這麼重要的『規矩』，為什麼不早一點告訴我呢？」

我自言自語地說道，結果鳴的回答是：「應該是找不到適當的時機吧？又或許是覺得難以開口。我剛才也說了，其實大家沒想到事情會那麼嚴重……」

「因為我是在更早之前在醫院碰到妳的……所以，在教室發現妳時我才會那麼驚訝，也因此才會跑去找妳講話。大家不知道這段淵源，自然也就沒料到我會那麼快就跟妳接觸。」

「——沒錯。」

「結果到最後，全班只有我不知道這件事，一直把妳當作『存在的東西』，跟妳互動。這些舉動不斷引起大家的不安……」

「正是如此。」

那天上體育課時，櫻木由佳里的奇怪反應這下也說得通了。對了，那時她好像很關心風見和敕使河原跟我說了「什麼」。

事實上，午休時敕使河原的確想對我說些「什麼」。沒錯，當我們三個人邊聊邊往〇號館走去的時候，他說：「其實，我有件事要告……」是我那時候發現了鳴的身影，打斷了他的話。

然後……隔天，上完美術課之後。

——那個，我從昨天就一直想告訴你……

當敕使河原這麼對我說的時候，在一旁的望月卻——

——你還嫌不夠糟嗎？

制止了他。那時他用「夠」這個字的弦外之音，我終於懂了。

魯莽地將這件事告訴已經和鳴接觸的我，就等於自己承認「見崎鳴其實是存在的」，這樣做只會讓事情更糟——望月顧慮的是這個吧？

還有接著我走進鳴所在的第二圖書室時，他們兩人的反應。

——喂、喂，榊原，你這是……

——榊、榊原同學。你怎麼……

不光是他們。自從轉學以來，班上同學在很多時候都會出現類似的反應。驚慌失措的背後，有的應該是不安、恐懼還有害怕吧？然而，他們害怕的並不是見崎鳴本身，而是因為我跟她接觸後可能會帶來的「災厄」。

3

「勅使河原曾經突然打電話給我，給我忠告。他說：不要去理『不存在的東西』，『那樣很不好』。」

事情發生在期中考前的一週。當時我為了找鳴，跑到C號館的頂樓……

「為了不讓符咒繼續受到干擾，那傢伙終於打算出手了？」

「應該是。」鳴輕輕點頭。

「當時那傢伙還這麼對我說喔。他說等下個月一到，就要告訴我二十六年前的那件事。可是到了六月，他卻連屁都沒放一個，說是情況改變了什麼的。」

「那是因為後來櫻木同學死掉了。」

「——為什麼？」

「你和我接觸，破壞了好不容易定下的『規矩』。我想大家都在擔心符咒可能已經失效，卻又束手無策。不過呢，要是五月中什麼事都沒發生的話——」

「什麼事都沒發生……是指都沒有人死掉嗎？」

「沒錯。如果是這樣的話，今年就可以說是『無事年』了。因此這個符咒也就沒有繼續下去的必要了……」

「對喔。」所以，對我也就沒有刻意隱瞞的必要了。可以放心地對我說明一切。把班上某個人當成「不存在東西」的奇怪「因應對策」也可以就此停止。然而——

「櫻木和她母親死得那麼悽慘，這意味著大家的預測是錯誤的。很明顯的，今年是『有事的一年』，而且『災厄』已經開始了，所以……」

所以敕使河原才會說：「那個時候和現在，情況已經不一樣了。」

……就這樣，盤據在我心中的不解和疑惑一點一點地被解開了。

「那個，我還想問一件事。」那是從我在學校和鳴說話以來，就一直在意的小問題。「那個，妳的名牌。」

「——啊？」

「妳的名牌看起來特別髒、特別縐。那是為什麼？」

「啊……你該不會以為，我是別著舊名牌四處晃的鬼魂吧？」

鳴一邊忍住笑意一邊答道：「發生了悲劇，我的名牌不小心掉進洗衣機裡面，和衣服一起洗了。要換新的底紙又覺得麻煩……」

喔，原來就這麼簡單。

我打起精神，試圖問下一個問題。「為什麼只有妳的桌椅是舊的？有什麼含義嗎？」

「那個呀，也是規定。」這次鳴很認真地回答。「被指定當『不存在的東西』的學生，照規定要坐到那個位子上。○號館二樓的廢棄教室裡留有以前用過的課桌椅，那桌椅是從那邊搬來的。這對施行符咒而言，或許有什麼特殊的含義也說不一定。」

「原來如此，我有看到那張桌子上的字喲。」

「啊？」

「『死者，是誰？』那是妳寫的吧？」

「沒錯。」鳴垂下眼，點頭承認。「我知道我不是『死者』。那麼，班上到底誰才是今年的『死者』呢？」

「是嗎？啊，不過，」腦海裡突然閃過某個有點壞心的問題，我不假思索地說了出來。「自己是不是『死者』，有辦法自行判斷嗎？」

「……」

「照妳剛才所說，連『死者』本身的記憶都會經過『調整』。那麼，應該沒有人有把握自己不是吧？」

鳴被問得啞口無言，似乎想掩飾自己的不安，她不停地眨動雙眼，這好像是我第一次看到她有這樣的反應。

「因為……」她本來想解釋的，卻又閉上了嘴巴。

這個時候，房間的門打開了。進來的是鳴的母親——「工房m」的人偶創作家霧果。

4

霧果女士大概一直在二樓的工房裡工作到剛才吧？她穿著和鳴一樣的黑色牛仔褲配上黑色襯衫，一身輕便裝扮，頭上包著亮黃色的頭巾。

就女人而言，她的個子算高的，沒有化妝，一看就知道是天生麗質。說她像鳴是有幾分像，但怎麼說呢？她給人的感覺比鳴更冰冷。這和她接電話時聽起來有點不安的印象完全不同。

一開始，她好像發現奇怪動物似的盯著我看，

「這是我朋友榊原同學。剛才打電話來的那位。」鳴介紹完後，她「喔」了一聲，表情也變了。一直像人偶一樣沒有表情的臉，瞬間展開不太自然的笑容，

「歡迎。讓你看到這副德行，真是不好意思。」她邊說邊將頭巾拿了下來。

「真難得耶！這孩子很少帶朋友來家裡玩。榊原同學是吧？」

「啊，是。」

「她很少提起學校的事。你是她班上的同學？還是美術社的？」

美術社？鳴也有加入美術社嗎？那她和望月本來……

「榊原同學也是樓下藝廊的客人。他偶然發現後入內參觀，好像很有興趣的樣子……我們剛剛就一直在聊人偶的話題。」

鳴對自己母親講話用的竟是敬語。看起來十分自然，好像不是只有今天才這樣。

「哦，是嗎？」霧果女士的笑容更友善了，

「男孩子很少這樣呢。你本來就喜歡人偶嗎？」

我緊張地答說：「嗯，還好。」

「啊，不過，像這裡的人偶，我還是第一次這麼近看……所以，呃，嚇了我一大跳。」

「嚇了一大跳？」

「啊，這個，我不太會形容……」跟剛剛正好相反，在超強的冷氣房裡，我竟然直冒汗。

「那個，這裡的人偶都是霧果……不，伯母在二樓的工房創作的嗎？」

「嗯，沒錯。榊原同學最喜歡哪一個呢？」

我心裡最先想到的，是在地下展示室的最裡面，裝在棺材裡的那具少女人偶。

「啊，呃，那個……」就這麼老實地回答還真有些難為情，我越說越小聲。旁人看了肯定覺得我很滑稽吧？

「你差不多該回去了，榊原同學。」幸好鳴在這時插話進來。

「啊……嗯。」

「那我陪他走走，送送他。」鳴向母親如此說道後，從沙發上站起來。

「榊原同學今年四月才從東京搬來這裡，路還不是很熟……」

「啊，好。」霧果女士應道，剛才還掛在臉上的笑容隨即消失，又回復到剛剛走進來時的面無表情。只有聲音還維持著同樣的友善和溫柔。

「下次再來玩哦。」她說。

5

我和鳴並肩走在入夜的街道上。鳴在左，我在右。這樣的位置可以讓我窺視她不是「人偶之眼」的那隻眼睛。迎面吹來帶有梅雨味道的暖風。這原本應該讓人感到煩躁的悶濕空氣，此刻卻意外地教人心曠神怡。

「妳們平常都是這樣的嗎？」為了打破一路上伴隨著緊張感的沉默，我問道。鳴聽了以後，只淡淡地反問一句「什麼？」

「妳和妳母親的對話。你和她講話好像很拘謹，很見外似的。」

「很奇怪嗎？」

「也不能說怪啦。可是母親和女兒會那樣子說話嗎？」

「一般人也許不會。」她的反應更加冷淡了。「我和她一直都是如此。榊原同學你呢？你和你母親是怎麼對話的？」

「我母親不在了。」所以一般母子是怎麼對話的，我只能從別人那兒得知。

「啊，這樣呀。」

「我母親生下我沒多久後就去世了。所以，我一直和父親兩人一起生活，我父親從今年春天起必須去海外工作一年，所以我才會臨時搬來這裡，我母親位在古池町的娘家暫住。不過，因為這樣家裡的人數一下子變多了。」

「原來如此。」鳴不發一語地走了幾步後便說：「我和我母親，沒救了。」她說。「因為我是她的人偶，我和那些在藝廊裡的人偶沒什麼兩樣。」

她說話的語氣並沒有特別的寂寥或悲傷，始終淡淡的。反倒是我有點嚇到，脫口說出：「怎麼會……怎麼會……妳是她的女兒，是有血有肉的形體呀。」

妳和人偶根本就不一樣好不好？正想這麼說時，鳴已經先開口了。

「雖然有血有肉，但又不是真的。」

我當然是越聽越糊塗了。不是真的？

這到底是什麼意思，雖然想問個明白，但話到嘴邊又吞了回去。因為我覺得不能再向前跨越了，於是，我試圖將話題拉回「我們的問題」上。

「妳母親知道嗎？我們剛才談的那件事。班上同學從五月開始施行的那個？」

「她什麼也不知道。」鳴立刻答道。「照規定，連家裡的人也不能說。就算沒這規定也沒什麼好說的。」

「如果妳母親知道的話會生氣嗎？班上的人竟然這樣子對妳……」

「怎麼說呢？一時之間可能會介意吧？可是她不是那種會怒氣沖沖跑去學校抗議的人。」

「那妳常曠課的事呢？妳昨天也沒去學校……應該是在家裡吧？她都沒說什麼嗎？」

「我們家基本上採取的是放任主義。也不知道是放任，還是漠不關心啦。反正那個人白天幾乎都關在二樓的工房裡面。好像只要一面對人偶和繪畫，就什麼都忘了。」

「都不會擔心嗎？」我偷偷瞄了一下鳴的側臉，

「像現在也……」

「現在？現在怎麼啦？」

「哎呦，就妳這麼晚了，還送第一次到家裡來玩的男孩子回家……」

「啊，這個她好像也不太會。雖然她有說過『因為我相信妳』之類的話，但就我看來，其實是因為這樣比較省事吧？」

這時她也偷瞄了我一眼，不過，立刻又將視線移回前方。

「只有——」她接著說。

「只有某件事例外。」

「某件事？」……是什麼呢？

我再度看向鳴的側臉。她點頭說「是」，接著就眨了眨眼睛，加快腳步往前進，好像不想再談。為了叫她停下來——

「那個，見崎，」我略微提高音量說道，「聽了妳的說明，我大概了解『三年三班的秘密』了……可是，妳這樣好嗎？」

「什麼？」鳴又冷冷地反問。

「就是，妳因為那個符咒……」

「那也沒辦法呀！」鳴的腳步突然又變慢了。「必須要有一個人成為『不存在的東西』，而那個人碰巧是我，就這麼簡單。」

她用一貫的語氣如此回答道，然而我還是無法理解。雖然她說「沒辦法」，但我完全感覺不到她「為大家好」的心情。而她表現在外的態度也與「犧牲自我」、「奉獻」這類的詞扯不上關係……

「這本來對妳就沒差吧？」我試著問道。「和班上同學相處或打交道，妳本來就不太稀罕，對吧？」所以，就算只有自己被全班當作「不存在的東西」對待，也還是能處之淡然。

「和人互動、建立關係……我承認，我確實不行。」說到這裡，鳴似乎有些欲言又止。「該怎麼說呢？大家要求的那種狀態有那麼重要嗎？有時甚至會覺得看了不太舒服……，啊，不過更重要的問題是……」

「什麼？」

「假如我沒有被選為『不存在的東西』，另一個人就會被選到。到時，我不就得加入大家的陣營，和大家一起把那人當成『不存在的東西』了嗎？與其這樣，倒不如我自己和大家切割開來，你說是嗎？」

「喔……」我只是曖昧地點頭沒回話，這時鳴突然從我身邊走開。我趕忙追上前去，左邊前方的路旁有一座小公園，她一溜煙地走進了公園。

6

空無一人的公園裡有個小小的沙坑，旁邊有兩座並列的矮單槓。鳴抓住較高的那個（雖然比較高，但畢竟是給兒童用的），俐落地盪了上去，然後頭下腳上地翻轉，漂亮著地。在路燈的照明下，黑色襯衫和黑色牛仔褲的剪影彷彿翩翩起舞一般。

我愣了一下，追在鳴後面走進公園。

她靠在單槓上將背整個往後彎，一邊發出「唉，唉」的聲音。在我聽來，那就好像壓抑已久，好不容易才吐出的嘆息。

我默默走向另一座單槓，學鳴採取同樣的姿勢。看我來到她身邊，她立刻說道：「對了，榊原同學。」沒被眼罩遮住的右眼注視著我。

「有一件大事，我還沒跟你說呢。」

「什麼事？」

「從今天起，榊原同學也變成我的同類了。」

「喔……」對喔，我都忘了。

班上的人對鳴做了「什麼」，我今天在學校已有親身體驗。對我而言當然是個大問題。

「為什麼會變成這樣，你應該猜得出來吧？」

——就算這樣說我也……

其實，我到現在都還沒整理好思緒，真是遜斃了。也許鳴察覺到了吧，就用教導駑鈍學生式的語氣，開始說道：「水野的姊姊死了，高林也死了，『六月的死者』已經出現了兩人。由此可見，今年肯定是『有事的一年』。都是因為你和我接觸，才害符咒失去了效力，想必大家都這麼認為的。之前半信半疑的那些人也不需要再存疑了……」

「……」

「這下，到底要怎麼做才好呢？如果就這麼放著不管，『災厄』還會接踵而來，還會有相關的人死掉。雖然據說一旦開始就不會停止，但真的沒有可以制止的辦法嗎？就算無法讓它停止，至少也要讓它減輕。這是一般人都會想到的。」

我張開雙臂握住背後的單槓。汗水涔涔從掌心冒出，握起來滑溜溜的。鳴繼續說道：「他們大概開會討論了兩個方案。」

「兩個？」

「是的。一個是從現在起請榊原同學好好配合，大家徹底地、繼續把我當作『不存在的東西』。不過這個方法可能不太有效。就算多少有點效果，也絕對稱不上是致命的一擊。」原來如此，我終於懂了。

鳴所說的會議，就發生在班上同學得知水野小姐死訊的那個時間點，也就是上個禮拜四。接受完夜見山警察署刑警的偵訊，我回到教室，結果教室卻空無一人，當時是班會時間。據望月所言，為了在我不知情的情況下進行這個會議，他們把場地移到了T棟的會議室。

「那，兩個方案的另外一個就是……」一聽我這麼說，鳴立刻靜靜點頭，把話接了下去：「把『不存在的東西』增加為兩個人吧。」

「啊！」

「他們或許認為這麼做可以增強符咒的效果。至於是誰說的嘛……我想應該是決策小組的赤澤同學吧？怎麼說呢？從一開始她對這件事的態度就是比較強硬的一方……」

赤澤泉美在那天獲選為新的女班長的事，自然也會對班級的決策帶來某些影響。

「反正呢，他們討論了今後的『規定』，並且做成了決議。所以從今天起，榊原同學變成了我的同類……」

今天早上的朝會是為了確保今天開始的「追加對策」獲得充分執行，背著我偷偷開的。在得知上週末高林郁夫去世的消息之後——

「可是——」儘管如此，我還是有些地方不懂。

「這種事……無法保證絕對有效，卻還是要做？」

「所以我說啊，大家是鐵了心了。」鳴加強語氣。「五月和六月實際上已經死了四個人。如果再這樣下去，下一個就會輪到自己或是兄弟姊妹了，仔細想想，這可不是開玩笑的。」

「喔……」的確是如此。

如果每個月都一定會從三年三班的相關人員裡隨機產生「犧牲者」的話，那麼下一個可能會是在我身邊的鳴，也有可能是我自己。又或許是剛剛見面的鳴的母親——霧果女士，我的外公外婆。說不定連遠在印度的父親都有事？——雖然了解了，但我還是沒辦法像鳴那麼相信。

「覺得不公平嗎？」

她問，我立刻回答：「是啊。」

「那，不妨換個角度想，」鳴邊說邊離開單槓，轉身面向我這邊。任憑秀髮在風中飛揚，她說：「雖然這樣做不保證絕對有效……但如果這個方法可以讓『災厄』停止的話，哪怕只有一丁點都好，不是嗎？我就是本著這樣的想法，才接受『不存在的東西』這個角色的。」

「……」

「在班上，我並沒有稱得上『死黨』的好朋友，而久保寺老師說的『大家一起克服困難、一起畢業』的話，在我聽來實在是很噁心也很滑稽……不過，有人死掉畢竟是件令人難過的事。就算我自己沒什麼感覺，其他人還是會感到悲傷……」

我無話可說，只顧盯著鳴的嘴唇看。

「這次的『追加對策』成效如何，還不得而知。不過呢，我們兩個變成『不存在的東西』後一切災厄就會終結的可能性也是有的。也許大家就不用再為了某人去世而難過了。就算只有一丁點可能也很好，不是嗎？」

在聽鳴說話的同時，

——為了大家著想，拜託你了。

我突然想起，上週六望月對我說的話，不過這種好聽話我反而沒什麼感覺。鳴剛才說的話裡，不也隱含了「為大家著想」的意思嗎？我感覺到了，同時也在想——

如果我心甘情願地接受大家把我看做「不存在的東西」的話。

那，我們兩個——我和鳴的關係會變得怎樣呢？

同是班上「不存在的東西」，我不就可以隨意和她接觸，不用顧慮他人了嗎？

畢竟，對大家而言，我們只能是「不存在的東西」。換言之，從我們的角度來看，班上除了我們兩個之外，其他人也都是「不存在的東西」。

這樣也好——這時我心想。

心裡的感覺五味雜陳，有些困惑，有些不甘，還有些自己也講不出來的忐忑不安。

離開公園，走在夜見山川堤防邊的馬路上，夜空掛著從雲端透出的一輪明月，不久後，我們來到架在河上的橋邊，在此道別。

「謝謝妳。回去小心點。」我說。「如果今天說的是真的，那麼妳就和櫻木同學、水野小姐一樣，也在離『死亡』很近的位置。所以……」

「你自己才要小心一點呢！」鳴十分鎮定地答道，用右手中指的指尖斜斜撫摸著左眼的眼罩。「我不會有事。」

為什麼她可以說得這麼肯定呢？——我覺得很奇怪，警戒地瞇起眼睛。這時鳴突然伸出剛剛還在撫摸眼罩的右手，「明天起請多多指教囉，同類。榊─原─同學。」

於是，我們輕輕地握了手，一握才發現她的手冷得嚇人……倒是，我的身體竟因為這樣的接觸而熱了起來。

鳴瀟灑地轉身，往來時的方向回去。因為是背影，所以我也不是很確定，但我好像在那時看到她拿下了左眼的眼罩。

7

我從不知何時進入的夢鄉中醒來。

被丟在床邊的手機一邊閃著綠光，一邊震動著……是誰呀？都已經這麼晚了。難道敕使河原怎麼了？還是……

我掙扎著伸手去拿手機。

「嗨！」一聽聲音我就知道對方是誰了，忍不住責問了一句：「幹嘛？」

「真是的，我還能『幹嘛』？」是遠在酷熱異鄉的父親陽介打來的。雖說他已經很久沒打來了，但也不用挑這個時間吧？

「印度很熱吧？你那邊已經是晚上了？」

「剛吃完晚餐的咖哩。怎樣？身體還好吧？」

「身體的話，還不錯。」

班上同學和同學家屬相繼死亡的事，父親應該還不知道吧？我應該告訴他嗎？乾脆，連今天鳴說的事也一起……

我想了想，決定作罷。簡單講講不清楚，若要說個明白又得花費太多時間。更何況，還有一條「不可以跟家人說」的規定。

——既然這樣的話，你最好永遠都不要知道。

上次在「夜見的黃昏是……」的地下展示室裡遇到鳴的時候，她曾經這麼說過。

——一旦知道了，說不定會……

那是什麼意思呢？難道說，「永遠不知道」會讓「死亡的風險」降低一些嗎？不管了。先把那些複雜的事放在一邊，就用這通國際電話問父親一個問題，看可不可以找到新的線索。

「那個，這樣問或許有點奇怪。」

「怎麼啦？你談戀愛啦？」

「拜託，別再講那些有的沒有的了。」

「噢，抱歉！抱歉！」

「那個，你以前有聽媽講過國中時候的事嗎？」

「啊？」電話那頭，父親好像很意外似的。「怎麼了你？又哪裡不對勁了？」

「媽讀的國中跟我現在讀的是同一所欸，夜見山北中學。關於夜見北的三年三班，爸有什麼印象嗎？」

「唔……」

父親故意沉吟了一下，隔了幾秒才回答。然而，他的回答竟然只有一句：「沒有。」

「沒有？什麼都沒有？」

「哎呀，我有聽過那所國中的事啦，不過現在也想不起來。你說理津子是三年三班的？」

唉……算了，五十多歲男人的記憶力大概就是這樣吧？

「對了，恒一，」這次換父親問我，「你到那裡已經第二個月了，對隔了一年半沒見的夜見山有什麼感想？沒什麼改變吧？」

「呃……」我的耳朵繼續貼著話筒，頭卻偏了一下。「一年半？升上國中後，我是頭一次上這裡來啊。」

「咦？不對，才沒有……」沙沙的雜音出現，父親的聲音變得斷斷續續的。

對喔，這個房間的收訊本來就不好——我突然想到。一邊起身一邊把手機拿離耳朵，查看螢幕的收訊訊號。還有一格啊，怎麼沙沙的雜音會越來越大聲？

「……嗯？」父親的聲音斷斷續續傳來。「啊……對喔。唔，可能是我記錯了……」

從語氣聽起來，他好像突然想起了什麼。不過後面的話被雜音蓋掉了，根本就聽不清楚……最後，電話就自己斷線了。

我呆呆看著完全沒有訊號的螢幕，慢慢把手機放回枕頭邊。

突然間，我冷得直打哆嗦。全身……不，不只是全身，連心臟都抖個不停。

……可怕。

我慢了一拍才想到這個詞。

可怕、好恐怖——這感覺正是讓我不停發抖的原因。

今天從見崎鳴那兒聽了一堆有關三年三班的事。雖然在聽的時候，還有剛聽完的時候都沒事，但就好像運動過後肌肉痠痛會隔一陣子才發生一樣，現在突然……原本遮住真相的半透明薄紗突然掉了，充滿真實色彩的恐懼毫不留情地朝我撲來。

——三年三班是最接近「死亡」的班級。

——正一步步接近「死亡」。

——如果就這麼放著不管，「災厄」還會接踵而來。

——據說一旦開始就不會停止……

假設鳴說的都是真的，而今天開始執行的「追加對策」又沒奏效的話——

那，接下來被「死亡」拉過去的會是誰呢？

當然，那個人有可能是我（……啊，到時也只能認命了）。

三年三班的學生有三十人。扣掉櫻木和高林，還有二十八個。為求方便，如果只計算學生的話，機率是二十八分之一。也許今夜，我就會……

親眼目睹櫻木由佳里的倒楣不幸，親耳聽聞水野小姐在電梯裡的出事過程……這些串連在一起，融合在一起，變成又黑又密的蜘蛛網爬滿我的心頭。

就在這時候……

教室裡鳴桌上的那一行文字，突然放大映現在我的腦海。

「死者」，是誰？

～第二部～

How?............Who?

第十章　六月之五

1

隔天，我在夜見北的奇怪校園生活就此展開了……

一開始當然會不習慣。雖然我弄懂了這麼做的原因，卻覺得渾身不自在。理智上可以理解，並不代表感情上可以接受。

班上，包括老師在內的所有成員，都把我和鳴當作「不存在的透明人」。鳴和我只能接受，反過來也把大家當作「不存在的透明人」。這種情況實在是很變態、很扭曲。

只是，不管再怎麼變態、扭曲，久了自然也就習慣了。幸好這次的規則簡單明瞭，已經比之前那所學校好上太多了。隨著日子一天一天過去，我甚至發自內心覺得這樣也不錯。

這樣也不錯？是的，跟前陣子連「什麼狀況？」、「為什麼？」都搞不清楚的混亂比起來，現在要好太多了。更何況，這兩者根本無法相提並論……根本是小巫見大巫。

就這樣，見崎鳴和我成了唯二被孤立的人。不過，這也意味著，鳴和我能夠享有僅屬於我們兩人的自由。比方說，我淘氣地試著發揮自己的想像力。

此刻在這三年三班的教室裡，就算我和鳴做了什麼、說了什麼，也沒有人會說話。大家都要假裝沒看到、沒聽到。就算鳴某天突然染了一頭鮮豔的頭髮，就算我在課堂上放聲高歌、在桌子上倒立，就算我們大聲討論要去搶銀行，他們也會繼續假裝沒看到、沒聽到吧？又或者，我們兩人就像情侶一樣，當眾抱在了一起……

喂，等等，恒一。照你目前的處境，最好少作那種白日夢。明白嗎？年輕人。反正……就某方面來說，這不正是一般人夢寐以求的校園生活嗎？那麼寧靜安詳。我甚至產生這樣的想法。當然，在那寧靜、安詳的背後，「今年的『災厄』是否將持續下去」的緊張、恐懼、戒慎和不安正如影隨形著。

話說，我們開始這樣的生活已經一個多禮拜。六月過了一半，至今仍沒有新的事件發生。這段期間，鳴請假或蹺課的頻率似乎少了很多。

反倒是我增加了。

照理說，把學生拉回課堂上本該是身為教育者的職責，但我看班導久保寺老師倒是一點也不擔心。別說他沒跟我在夜見山的監護人外公外婆報告這個情形，照鳴的說法，他可能連升學輔導要做的三方會談都想假手他人，推給別的老師做，誰叫我們是「不存在的透明人」呢！

至於副導三神老師偶爾會露出十分苦惱的樣子。看到她那樣，說我們不在乎是騙人的。不過，關於這件事，我們也沒有立場責怪她什麼。真的……沒有。

目前為止，功課都還跟得上。出席日數，自有老師幫我們算得剛剛好，只要期中、期末有去考，應該可以順利畢業吧？升高中的事，如果沒有意外，靠父親的關係，肯定有學校可讀。

事到如今，也只有想開一點，走一步算一步了！我不禁有了這樣的想法。

2

鳴和我這兩個「不存在的透明人」，只要遇到沒下雨的日子，就會到C號館的頂樓去透透氣。有時也會一起在那裡吃午餐。

我一向會吃外婆做的愛心便當。至於鳴，則是喝著罐裝紅茶、啃著麵包。

「霧果女士都不做便當的嗎？」

「她高興的話，偶爾會做。」鳴爽快地回答，並沒有自怨自艾或不高興的樣子。

「一個月她會做一、兩次。不過說老實話，一點都不好吃。」

「見崎妳自己會煮吃的嗎？」

「完全不會。」再一次，她爽快地搖搖頭。「我只會加熱調理包，和大家都一樣吧？」

「我很會煮吃的喔。」

「哦？」

「我在之前那所學校是烹飪社的。」

「很奇怪吧？」我代鳴說出她不好意思說出的話。

「那，改天你是不是要請我吃一頓？」

「呃……啊，好。一定。」我有點慌張地回答道。所謂的「改天」，是距離現在多遙遠的未來呢？我暗自想道。

「對了，見崎妳是美術社的？」

「一年級的時候。跟望月就是在那時認識的。」

「現在呢？」

「什麼意思？」

「妳還有去美術社嗎？」

「二年級的時候，美術社就沒了，一切活動中止，離倒社只差一步。」

「可今年四月不是又復社了嗎？」

「所以，今年四月我有再去一下，不過，進入五月之後，就……」

換句話說，變成「不存在的透明人」之後，她就沒辦法再過去了。

「妳一年級的時候，指導老師也是三神老師嗎？」

隔了一會兒，鳴看向我的臉，回答說「也是三神老師」。

「還有一個美術老師也是指導老師。不過，我們升上二年級後，那個老師就調走了……」

然後，一整年美術社停止了活動，直到三神老師重新發起，願意擔任唯一的指導老師為止——原來如此。

「說到這個，我記得妳曾在這裡畫畫。就我們第一次在這裡碰到的時候，當時妳手裡拿著素描簿。」

「有這種事？」

「之後，在第二圖書室妳也帶著同樣的素描簿……那時的畫，妳已經畫好了嗎？」

「應該是。」

那是一張球體關節的美少女圖。記得當時鳴曾說過，「最後要幫她加上一對大翅膀……」

「翅膀呢？妳已經畫上去了嗎？」

「嗯。」表情有點悲傷的鳴垂下眼睛。

「改天讓我欣賞一下。」

「啊，好。」

改天……是嗎？——那是離現在多遙遠的未來？

在這樣有一搭沒一搭的閒聊當中，雖然她沒有特別問我，但話題幾乎都在我身上打轉。去了印度的父親，已經過世的母親，來夜見山之前的生活，到夜見山以後的事，外公外婆、怜子阿姨、肺穿孔和住院、水野小姐等等。

可是鳴呢，除非很明確地問她，否則她很少聊自己的事。不僅如此，有時問了她也未必會回答，很多時候都是草草帶過。

「妳的興趣是什麼？畫畫嗎？」我也曾經問她這種很白癡的問題。

「畫畫啊，比起動手畫我更喜歡看。」

「哦，這樣啊。」

「不過，也就是看看畫冊而已，我家有很多。」

「妳會去看畫展嗎？」

「在這種鄉下地方，機會很少。」她說，她喜歡印象派之前的西洋畫。還說霧果女士畫的畫，她不是那麼喜歡。

「人偶呢？」我直覺地問道。

「霧果女士創作的人偶怎樣？難道妳也不太喜歡嗎？」

「這很複雜。」她說這話時，臉上的表情很複雜。「我並不討厭，只是……」

我不再追問下去，改以輕鬆的語調如此說道：「改天妳來東京玩嘛。做一趟美術館巡禮，由我擔任導遊。」

「嗯，改天吧。」

那是距離現在多遙遠的未來？這個時候我忍不住又陷入了沉思。

3

「要不要去美術社的社辦看看？」六月十八日星期四的午休，鳴如此提議道。

這天從早上開始雨就下個不停，當然也就不能去頂樓吃午餐了。話說回來了，兩個「不存在的人」跟大家一起在教室用餐也很奇怪。所以，一等第四節課結束，我們馬上從座位上站起，離開了教室。鳴就是在那時向我提起了這件事。

老實說，我還滿好奇的，立刻二話不說地應了聲「好」。

美術社的社辦在○號館一樓的西邊。原本的普通教室被隔成了兩間，做為社辦使用。隔壁同樣也是文藝社團的辦公室，「鄉土史研究社」的牌子就掛在入口處。

「啊！」我們才剛進去就聽到了聲音，已經有人在裡面了。

是我不認識的兩名女生。從名牌的顏色判斷，一個是二年級生，另一個則是一年級生。二年級的那位有張嫻靜的鵝蛋臉，綁了個馬尾；一年級的則一臉稚氣，戴副紅框眼鏡。

「見崎學姊。」綁馬尾的二年級生喊說。她訝異地眨了眨眼睛，問道：「為什麼……」

「我過來看看。」鳴用一貫的冷淡語氣答道。

「我還以為妳退社了呢？」

「沒有，我只是暫時休息而已。」

「喔，這樣啊。」這句話是一年級戴眼鏡的那個說的。

看樣子，她們對三年三班的特殊情況完全不了解（既然有「不可說出去」的規定，會這樣也就不足為奇了）。證據之一，就是她們可以如此自然地和鳴說話。

「請問，這位是？」

二年級生看向我。鳴馬上回說：「他是我們班的榊原。跟望月也是好朋友。」

「喔，這樣啊。」一年級生說。又不是語言學習帶，幹嘛一直重複相同的話？連表情都一模一樣，帶著幾分靦腆的笑容……哇，我最怕這種了。

「他說對美術社有興趣，我帶他過來看看。」鳴隨便給了個理由。

「喔，這樣啊。」

「您打算入社嗎？」

被二年級的這樣一問，我完全慌了手腳，「不，不是那樣的，我只是……」

我還在支支吾吾的時候，鳴已快速從她們的身邊穿過，我趕緊跟了上去。裡面比想像中要來得乾淨、整齊，中間擺了兩張美術教室也有的大畫桌。一邊的牆壁設有給社員使用的置物櫃，另一邊則是一整排的鐵架，畫具等等的物品井然有序地排放著。

「望月還是老樣子。」

室內擺了幾座畫架，鳴朝其中的一座走去。仔細一看，那不是孟克的「吶喊」的摹寫嗎？……不，算不上是完全的摹寫。不僅背景的細部和原畫差很多，就連兩手摀著耳朵的男子的長相都像是望月本人。

……偏偏就在這個時候，望月優矢本人來了。

「啊，學長。」

「望月學長。」

順著聲音回頭看，望月正站在門口。一看到我們，他馬上露出活見鬼的表情。

「啊，我說妳們，那個……可不可以過來一下？」他避開我們的目光，急著向兩名學妹說道。

「我有急事要找妳們。」

「喔，這樣啊。」

「難得見崎學姊……」

「別說了，趕快過來就對了。」然後，望月幾乎是用拖的把兩人帶了出去。

鳴對著畫架上的「吶喊仿作」發出噗哧的笑聲，我被她逗得忍不住也笑了起來。有那兩位不明白（不可以明白）緣由的局外人在場，要把我們繼續當作「不存在的透明人」實在很困難。他不能待在這裡，必須馬上離開，因此得對那兩人捏造根本不存在的「急事」——想到這裡就不禁同情起來。

鳴離開「吶喊的仿作」，往房間的更裡面走去。緊接著，她從置物櫃的後面搬了什麼出來。那東西被白布整個罩住，看形狀，應該也是座畫架。鳴輕輕將蓋布取下，露出了正面背對我們的十號大油畫。鳴輕嘆了口氣，把畫轉過來。那是一張畫到一半的油畫。我連問都不用問，就可以確定它是鳴的作品。畫上畫的是身穿黑衣的女性肖像，一看就知道是鳴的母親，只是……奇怪的是，她的臉被切成了兩半。從頭到額頭、眉心、鼻子、嘴巴，整張臉好像從中間裂開了。裂開的右半邊臉帶著微笑，左半邊則是憂傷的表情。由於沒有描寫血液或皮下組織，所以完全感覺不出她是活生生的。不過，這幅畫說異色很異色，說它有種惡趣味也說得通。

「幸好沒有被扔掉。」鳴喃喃自語。

「如果今天美術社的成員不是望月，而是赤澤同學的話……」

「不存在的東西」的畫也不該存在，所以可能會被處理掉，她是這個意思吧？

「這個，妳要拿回家嗎？」我問。

「不用。」鳴輕輕搖頭，把油畫翻轉過來。重新幫畫架蓋上白布，塞回置物櫃的後面。

4

從美術社來到走廊上的時候，我們碰巧遇到了三神老師。當然，我們必須裝作沒看到她。她也必須裝作沒看到我們。但知道是一回事，做又是另一回事，我們還是忍不住停下腳步。

三神老師不知道是不是看到我們的反應，於是也停了下來，難過地把目光從我們身上移開。那個時候，她的嘴唇抖了一下，好像想說什麼……可能是我看錯了。畢竟這發生在幽暗的走廊上，前後不過幾秒鐘。

下一節課，星期四的第五節課就是三神老師的美術課，然而我們並不打算參加。像這種藝能科的課，我們兩個「透明人」不要參加的話，老師還有班上的同學肯定會比較輕鬆吧。第六節課的班會也一樣。

「接下來的時間怎麼辦？。」並肩走過走廊的時候，我小聲地向鳴問道。

「去圖書室吧。」鳴答。

「那當然是第二圖書室囉。午飯也到那裡吃吧！」

5

於是，當第五節課的鐘聲響起時，我們來到了第二圖書室。裡面空無一人，就連管理員千曳先生都不見人影。鳴拉開圍著大桌子的其中一張椅子坐下，讀起自己帶來的書。當她從書包裡拿出來的時候，我正好瞄到了書名，叫做《寂寞的群眾》。看來，它不會是我和水野小姐有興趣的那種書。

「這是我從第一圖書室借來的。」眼睛盯著打開的書頁，鳴說道。

「書名還挺吸引人的。」

「《寂寞的群眾》？」

「作者名叫大衛・芮斯曼，你聽過嗎？」

「沒聽過。」

「你爸的書櫃裡可能就有一本。」

喔，是那方面的書啊。「好看嗎？」

「還好。」

按照上回千臾先生的指示，我獨自走到同一座書架的前面。在熟悉的地方找到了那本書——一九七二年的畢業紀念冊。我把它抽了出來，走回大桌子。

我選了跟鳴相隔兩張椅子的座位坐下，打開紀念冊。這次我並不是想把國中時期的母親再看一遍，而是想到了有件事要確認。

我翻到三年三班的部分，仔細凝視起左邊的團體照。

第二排從右邊數來第五個，笑得有點僵硬的國三生的母親。在她的斜前方，全班的右邊，離學生隊伍幾步的地方，站了一個男的。瘦瘦高高的身材，穿著藍色夾克。一手扠著腰，臉上的笑容比誰都燦爛。他是……嗯，果然如此。

「你母親是哪一位？」背後傳來鳴的聲音，我嚇了一跳，差點叫了出來。真是的……明明我跟她距離不到幾公尺，怎麼連她站起來了我都不曉得？

「是這位。」我驚魂未定，指著照片說道。

「哦。」鳴越過我的肩膀看向畢業紀念冊，一邊審視照片上母親的五官，一邊喃喃自語：「她叫理津子，是嗎？」

「啊……原來如此。」不久，她好像領悟了什麼，點了點頭。接著，她把我右邊的椅子拉了出來，輕輕坐下，向我提出了這樣的問題：「你母親是怎麼去世的？」

「呃……」我忍不住嘆了口氣。

「她是在生我的那年夏天——七月，產後月子沒有做好，再加上得了重感冒去世的。」

「喔。」

那是在十五年前……算精準一點，應該是十四年十一個月前發生的事。

「對了，妳知道這個嗎？」這次換我提出問題。

我偷偷看了一下鳴的側臉，總覺得她今天左眼的眼罩比任何時候都還要髒。

「這一屆的三年三班，妳看，這是他們的導師。」

團體照右邊、穿藍色夾克的男士。

「跟現在差很多喔？」鳴回答。

「這個時候的照片，我也是第一次看。」——啊，我記得他們的導師是個很帥、很年輕的男老師……好像是教社會，又指導話劇社，就是人家在說的熱血老師，是個關心學生的好老師。

沒錯，外婆回憶往事時是這麼講的。她說的應該就是這照片上的男老師吧？

假設二十六年前，拍這張照片時他二十五歲，現在也已經五十歲了。

年齡吻合。不過，上次在這裡看這本紀念冊發現那個時，我和鳴一樣，都覺得二十六年的改變真的是太大了。我再次把印在照片下方的級任導師姓名確認了一遍。沒錯，上面寫著：

千曳辰治老師

「還有一件事，我想向妳確認。」我把頭從畢業紀念冊的上方抬起，轉向鳴說道。

「上個禮拜在妳家裡，妳跟我說明事情原委的時候，有好幾次都說『根據某人的說法』。那個『某人』該不會……」

「真是有洞察力呢。」鳴點了點頭，心情頗好地露出微笑。

「他正是千曳老師。」

6

一陣子過後，第二圖書室的「主人」千曳先生才現身，就在我把一九七二年的畢業紀念冊放回書架之後。

「哦，今天兩個都在？」看到我們兩個，他只說了這麼一句，然後就朝角落的櫃台走去。他依舊穿著一身黑，戴著黑框眼鏡，夾雜白頭髮的鳥窩頭配上削瘦蒼白的臉頰。這跟外婆記憶裡「熱血老師」的形象，未免差太遠了。

「『不存在的透明人』，已經變成兩個了。」鳴答道，從椅子上站了起來。

千曳先生把手肘擱在桌子上，說道：「看來是這樣，我多少聽到了風聲。」

「你覺得有效嗎？」

瞬間板起臉孔的千曳先生回答：「說老實話，我不好說什麼，因為在這之前又沒試過。」接著，他把目光從我們身上挪開。「榊原同學已經知道是怎麼一回事了嗎？」

「是的。可是……」

「可是？還是沒辦法相信？」

「不……嗯，好像是這樣。我可能心裡就是不願意百分之百相信吧？」

「喔。」一身黑衣打扮的圖書館員將兩邊手肘撐在桌上，拚命抓搔起自己的頭髮。

「你這樣也無可厚非。換作是我，突然聽到這種事也會覺得無法接受吧？」他停止抓扯自己頭髮的動作，眉頭皺在一起，「不過——」他繼續說道。

「不過呢，確實真有其事。是發生在夜見山這個城市、這所學校的一種現象。」

現象……是嗎？上禮拜，鳴轉述「某人」的話給我聽的時候，好像也用到了這個字眼。

——這不是誰使它發生的，**只能說是一種「現象」**。

對了，他還跟鳴說過這個。

——因此，它跟所謂的「詛咒」是完全不同的東西。

雖然我已經知道所謂的「某人」就在眼前，卻還有很多不明白的地方。二十六年前擔任三年三班導師的他，為什麼二十六年後會變成管理圖書館的人，還留在這所學校裡呢？一想到箇中的曲折，我就有說不出的好奇。

「可以請教你一件事嗎？」我站起來，和鳴一起走到櫃台的前面。

「千曳老師以前是社會老師兼話劇社的指導老師，二十六年前您擔任三年三班的導師，甚至還教過我的母親……」

「沒錯。你上次來的時候，看紀念冊時發現的吧？」

「啊，是的。那個……我想請問，為什麼你現在會在這裡？」

「這問題很難回答。」

「對不起。」

「沒必要道歉。那部分的事，見崎同學沒有告訴你嗎？」

我斜瞄了鳴一下，回答說：「沒有。」

「喔。」千曳先生抬頭望向牆上的時鐘，第五節課已經過了三十幾分鐘。

「禮拜四的這個時候是美術課吧？下一節的班會你們也打算缺席嗎？」

我和鳴互相使了個眼色，然後一起點了頭。

「我們不在班上，大家會比較放鬆……」

「大概吧。很正確的判斷。」

「那，千曳老師您呢？」這時我試著丟出突然想到的問題。

「老師您不裝作沒看見我們，不會有問題嗎？」

「請別叫我『老師』，叫『千曳先生』就行了。」

「呃……好。」

「反正我又不是班上的什麼人。我跟三年三班沒有直接的關係，換句話說，我的處境是安全的。所以，我照常跟你們接觸應該沒有影響。」

對喔。就因為這樣，鳴才會經常一個人跑來這裡，從這個人身上取得一堆有的沒的資訊。

「說到你剛才問的那個問題，」千曳先生在櫃台後面的椅子上坐下。

「趁此機會，我就從頭到尾跟你們說一遍吧。反正見崎同學也只知道一部分而已。」

7

「關於二十六年前的那件事，老實說，我實在不願意提起。不過，在這所學校裡，有第一手資訊的人應該只有我而已。」

二十六年前，三年三班最受歡迎的 Misaki 死了。於是……

「沒有人有惡意，大家都很善良。」千曳先生以低沉的聲音，謹慎地說道。

「那時我還年輕，對教職懷抱著某種理想……我一直堅信自己這樣做是對的。學生們也都一樣。如今想起來自己真是太天真了。結果，那個變成了導火線，換句話說，我們的無知開啟了這個學校的『死亡之門』。我責無旁貸。隔年開始，『災厄』便持續發生，止都止不住，我總覺得那是我的責任，所以至今仍以這種方式留在學校。我不再當老師，改管理圖書室——說起來有一半是為了逃避。」

「逃避？」我忍不住插嘴。

「為什麼……」

「我辭去教職的理由，有一半是因為良心的苛責。我覺得自己已經失去當老師的資格。不過，剩下的一半是因為我真的很怕，怕自己如果又當三年三班的導師，搞不好會被捲入『死亡』的漩渦裡。所以，我逃跑了。」

「連老師也會有事嗎？」

「如果是導師或副導師的話就會，**因為他們也是三年三班的成員**。不過只上課的科任老師就不在此限。」

啊，所以……這時我突然想到，望月優矢會對這陣子三神老師的頻頻請假那麼在意，那不只是在關心暗戀的女老師的身體狀況。身為副導的她，該不會是下次遭殃的對象吧？……這才是他真正擔心的事。

「所以，我選擇了逃跑。」千曳先生重複道。

「不過，我並不想逃離這所學校。幸好這間圖書室給了我一個棲身之所，所以我就留在這裡了。我要留下來，關注事情的後續發展……啊，好像講太快了？」千曳先生自嘲地撇了一下嘴巴，緩緩搖頭。趁這空檔，我問道：「二十六年前的 Misaki，是男生還是女生？」

「是男生。」他想都沒想地回答。

「Misaki 不是姓，是他的名字。漢字寫做襟裳岬的『岬』。」

「那他姓什麼？」

「Yomiyama。」

「啊？」

「就夜見山啊，和這個城市的名字一模一樣。他的全名就叫做夜見山岬。」

姓夜見山……也對。就像有人住在足立區就姓足立，也有人住在武藏野市就姓武藏野。

我看向鳴，鳴也看向我，並微微搖頭，好像在說「這種事我也是現在才聽說」。

「那位岬同學是因為飛機失事死掉的嗎？」我問，想確認個清楚。

「是因為火災。」這次他同樣回答得很乾脆。

「這部分因為大家傳來傳去，已經失真了很多。也不知道從什麼時候開始，變成了固定一種說法，說是飛機失事，但其實是火災。五月的某個夜晚，他家突然失火，整個被燒毀，全家都死光了，包括爸爸、媽媽、小他一歲的弟弟……」

「原來如此，失火的原因是？」

「不清楚。至少不是人為縱火，倒是有人說是隕石造成的。」

「隕石？」

「他家位在西邊郊區，就在朝見台旁邊。有人證實那一晚親眼目睹巨大流星掉落在那附近，懷疑那就是失火的原因。不過，官方並未查出有流星殞落的跡象……所以，大概那也是人云亦云、穿鑿附會的吧？」

「喔。」

「根據我的記憶，以上就是二十六年前夜見山岬死亡一事的真相。只是——」千曳先生低頭看向自己的手，用更低沉的聲音補充道：「只是，我也沒有自信說這段記憶絕對沒有錯誤，百分之一百正確。」

「咦？」

「也許有哪部分遺落了或記錯了？連我自己都這樣懷疑。不光是因為那是很久以前的記憶，該怎麼說呢？不知為何，只要我稍不留神，這件事的種種細節似乎就會變得模糊曖昧，它就是比其他事情容易遺忘……我總是會有這樣的感覺。聽我這麼說，你們可能還是不懂吧？」

「傳奇」的反噬——我腦海裡突然閃過這樣的名詞和意象。

「那，畢業典禮後的團體照呢？聽說有拍到已經不在了的岬同學。」我試著問。

「老師……不，千曳先生您看過嗎？」

「我看過，」千曳先生點了點頭，暫時把視線投向天花板。「就在這棟舊校舍的老教室裡，我們一起拍了紀念照。幾天後，班上的同學突然騷動了起來，有幾個人拿了有問題的照片來找我。我確實在那上面看到了死去的夜見山岬——啊，說到這個，我想起來了，那時理津子也在來找我的學生裡面。」

「我媽？」

「如果我沒記錯的話。」

「你手上有那張照片嗎？」

「沒有了。」千曳先生抿起了嘴。

「他們有多洗給我一張，不過被我扔掉了，之後發生了很多事，讓我越來越害怕。想說如果這東西不存在的話，說不定災厄就會停止了。」

「吁……」我呵了口氣，兩條手臂跟著泛起了雞皮疙瘩。

「我繼續講下去囉，」千曳先生說，再一次看向自己的手掌。「隔年，我變成了一年級的導師，所以對於那屆三年三班發生的事，只能以第三者的立場去了解。像是上學期一開始桌椅就少了一套啦，還有每個月班上的同學或是他們的親人至少都會死掉一個……聽到這些消息，我並沒有很積極地把它跟前年發生的事聯想在一起。我只是感嘆不幸的巧合怎麼會接二連三地發生。結果，那一年總共有十六名相關的人失去了性命……就在畢業典禮結束後，那屆三班的導師告訴我說，他覺得這一年裡班上好像多了一名學生。原本不該存在的『某人』，偷偷地混在班級裡。畢業典禮一結束，那人就消失了，這時他才驚覺到有那麼一回事。」

「會不會前一年死掉的岬同學的弟弟，就是那『多出來的人』？」

「可能吧……」千曳先生的嘴角微微顫抖著，回答得不是很肯定。

「說老實話，真相如何沒有人知道。你沒聽見崎同學說嗎？凡是和三年三班『現象』扯上關係的人，都無法久記現象的細節，『多出來的人究竟是誰』的記憶更是容易遺忘。隨著時間的消逝，那部分記憶會慢慢淡化，甚至不見。事實上，一個月過後，跟我透露這件事的老師早就遺忘了它，而我自己的記憶也變得模糊不清。幸好，當時我有做筆記，把它記了下來。」

——就好像堤防潰堤，水淹到了大街上，不久之後水退去了。

上個禮拜，我從鳴那裡聽到「某人」對這個現象的「比喻」。

——曾經淹水的事大家都會記得，但水退了之後，哪邊淹水、淹到什麼程度的印象卻變得很模糊。就是這樣的感覺。

——並沒有人刻意使你遺忘，而是你自然而然地想不起來。

「接著下一屆的三年三班，依舊發生了同樣的『現象』，死了很多人。這個時候相關人等才開始意識到情況不妙，這似乎不是正常現象。然後——」

千曳先生用右手的指尖拚命抓耙自己的頭髮，把它弄得亂七八糟。「又隔了兩年，一九七六年，我再度擔任三年三班的導師，這次換我親身體驗到了。當時我們班已經被稱作『被詛咒的三年三班』，而身為班上一分子的我……」

8

據說前一年，一九七五年是「平安無事的一年」。也許相同的事不會再發生。抱著這樣的希望，千曳先生接下了七六年的三年三班。然而……那年也是「有事的一年」。結果，三年三班這一年裡有五個學生、九個學生的家屬，總共有十四個人丟掉了性命。病死的、車禍死的、自殺、他殺……死法千奇百怪。

會不會「被詛咒的」是這間教室？千曳先生突然想到，於是他請學校暑假過後幫他們換教室。然而，每個月的災厄並沒有停止……一直到三月畢業典禮結束後，「本來不該存在的『多出來』的那個人」，所謂的「死者」才消失了。

那個「多出來的人」是誰？好像連身為導師的千曳先生自己也無法確定。之後他蒐集了一些資料，好不容易鎖定了某人，覺得應該是他，但自己卻沒有相關記憶，怎樣都想不起來。在那個時間點上，大家似乎還沒有意識到事件關係的記憶會有問題這點……聽著聽著，第五節課結束了，第六節課也已經過了大半。外面雨一直下著。這一小時當中，雨勢變得特別猛烈。舊圖書室的窗櫺被風吹得嘎嘎作響，偶爾雨還會打在玻璃窗上。

「……然後又隔了三年，我又有了當三年三班導師的機會。我不是沒想過要拒絕，但可能是不見棺材不掉淚吧？我內心祈禱著，至少讓今年是『平安無事的一年』吧，但最後我還是失望了。」千曳先生用低沉的聲音繼續往下說，我和鳴則是一動也不動地側耳傾聽。

「這一年我也向校方建議，做了個小小的測試。那就是把班級的名稱從原本的『一班』、『二班』……改成『A班』、『B班』。這樣一來，三年三班就變成了三年C班。我想說『場所』的名稱改變了，會不會魔咒就解除了，可是……」

還是沒用，對嗎？從鳴那裡我知道了一切。大家討論、實施各種對策，但都沒用。最後終於找到一個「有效的解決方案」，那就是：必須有人「取代多出來的人，當不存在的透明人」。

「……結果一樣，那一年還是死傷慘重。」千曳先生深深地嘆了口氣，抬眼觀察我們的反應，我們只能無言地向他點點頭。

「那一年『多出來的人』，好像是七十六級三年三班死掉的某個女生，畢業典禮結束時，我明白了這點，馬上把她的名字記下來。因此，就算『多出來的人』的相關記憶消逝了，我還是可以憑自己的方法去印證。這時我隱約感覺到，那混在班級裡的『多出來的人』，好像都是命喪於這『現象』引發之『災厄』的『死者』……」千曳先生又長嘆了口氣。

「這年結束後，我辭去了教職。已經是十八年前的事了。當時的校長雖然說他絕對不會公開承認詛咒什麼的，但私底下還是能體諒我的苦衷，之後我就以圖書館管理員的身分留在了學校。我一直留在這裡。以這樣的方式，守護著這裡。我將以第三者的身分持續觀察每年的『現象』，我私下這麼決定。不過，偶爾也會出現一、兩個你們這樣的學生來找我講話。」話說到這裡，千曳先生抬起眼睛，觀察我倆的反應。不過，和之前相比，他緊張的神色已經緩和了許多。

「呃……可以請問你一件事嗎？」我開口問道。

「什麼？」

「雖然見崎同學已經告訴我，說『多出來的人』——『死者』混在班級裡的時候，很多地方的紀錄或記憶會遭到竄改。因此，本來有破綻的地方也變得沒有破綻了，導致『死者』的身分沒半個人猜得出來……這件事是真的嗎？」

「是真的。」千曳先生的回答十分肯定，沒半點猶豫。

「不過，你千萬別問我『為什麼？』或『怎麼辦到的？』就算你再怎麼問，我也答不出個所以然來。所以我才會說它就是那樣的一種『現象』。」

「……」

「你不相信嗎？」

「我並沒有故意找碴的意思。」

「喔。」千曳先生慢慢摘下眼睛，翻了翻褲子的口袋，從裡面拉出一條手帕，他用它把鏡片上的污垢徹底擦拭了一遍，「那——」他抬起頭，把眼鏡戴了回去，仔細凝視了我們後說道：「我給你們看那個好了。這樣做最簡單明瞭。」於是，他拉開設在櫃台後面的抽屜。朝裡面摸索了一陣，從裡面拿出某樣東西——那是一本有著黑色封面的活頁記事本。

9

「你們自己看就知道了。」說罷，千曳先生把記事本遞給我們。我從櫃台另一頭接了過去，戰戰兢兢地摸著封面。

「裡面是三年三班全班名冊的影本，從一九七二年到今年度，總共二十七年份。新的放在上面，依年度順序由下往上歸檔。」

我一邊聽他說明，一邊翻開封面。就像千曳先生所說，第一頁和第二頁是一九九八年的，也就是現在三年三班的班級名單。久保寺老師和三神老師──導師和副導師的姓名下，學生名字依座號排列。我的名字「榊原恒一」補在第二頁的最下面，因為我是後來才加入的轉學生。

櫻木由佳里和高林郁夫，這兩人名字的左邊用紅筆打了個×的記號。每一行各自登記著每個人的姓名和通訊處，而就在櫻木那行右邊的空白處寫著：「五月二十六日，死於校園意外。」「同日，其母三枝子死於交通事故。」高林那一行則寫著：「六月六日，因病去世。」還有一個，水野猛那行寫的是：「六月三日，其姊沙苗死於職場意外。」

「對了，你先翻到前年的名冊看看。」聽說去年是「平安無事」的一年。所以才要我跳過直接往下翻吧？我明白這點，依言翻到一九九六年名冊的那一頁。

「我想你已經發現，名單上的這些名字前面有用紅筆打×的，代表他們是在那一年死掉的人。我在空白處記了他們死亡的日期和方式，如果是親人死掉的話，我也同樣會記。」

「是。」我數了一下，那一年學生姓名被打×的有四人。家屬死亡的有三人。換句話說，總共有七個人死掉……

「你看第二頁最下方的空白處，是不是有用藍筆寫了一個名字？」

「啊，有。」

淺倉麻美

這是上面的名字。

「她，就是那一年的『死者』。」千曳先生說。

鳴整個人靠了過來，看著我手上打開的記事本，我清楚感覺到她的呼吸，心裡小鹿亂撞。

「那個叫淺倉麻美的女生，從四月初到隔年三月的畢業典禮為止，一直混在班級裡面。不過，並沒有人發現她就是那個不該存在的『多出來的人』。」

「那個，千曳先生。」我開口問道。

「那一年，總共死了七人……這樣不就沒有『一個月至少死一個』了嗎？」

「那是因為，有人想出了『對策』。」

「對策……」

「就是你們應該也很清楚的符咒——讓班上的某人扮演『不存在的透明人』。」

「啊，對喔。」

「因為這方法有效，所以上學期一個人也沒死。可是，從第二學期開始，情況稍有改變，預料之外的事發生了。」

「怎麼說？」

「負責扮演『不存在透明人』的學生受不了那沉重的壓力和疏離感，決定打破班上的『規定』。自己不是『透明人』，自己明明在這裡。他要大家承認、正視這個『事實』……」

「於是，『災厄』就開始了？」

「應該是吧。」

鳴的嘴裡逸出一聲嘆息，沒能逃過我的耳朵。

雖然我不知道那年被當作「不存在透明人」的是誰，不過他（或她）的中途放棄，讓七名關係人因此喪命。他（或她）要如何接受這殘忍的事實，又要如何面對班上的同學、甚至自己？想到這裡我全身又泛起了雞皮疙瘩。

「話說——」千曳先生繼續說。「一九九六年的『死者』，我上面寫說是叫淺倉麻美的學生，然而，在那一年的學生名冊裡並沒有淺倉麻美的名字。她原是三年前、一九九三年三年三班的學生，死於那一年的『災厄』。你打開看就知道了。」

我翻動活頁記事本，查看一九九三年的名冊。如千曳先生所說，上面確實有淺倉麻美的名字，還用紅筆打了個×的記號。右側空白處寫著：「十月九日，因病去世」。

「你現在看到的紀錄，跟原本的情況是相符的。然而——」千曳先生從櫃台後面探出身體，用食指輕彈著活頁記事本的一角。**「從前年四月到隔年三月這段期間，並不是這個樣子。」**

「不是這個樣子？」

「如果我沒記錯的話。前年四月的時候，淺倉麻美的名字確實被記載在九六年的名單裡。而且就我記憶所及，那個時候九三年的名單裡並沒有她的名字。也就是說，她的名字消失了。當然，加在那上面的×記號，還有關於她死因的描述也……」

「全部消失了？」

「嗯。」千曳先生非常嚴肅地點了點頭。

「所以說，在『現象』發生的期間，不管你用任何方法去查都沒用。不只是班級名單，從學校有的其他紀錄到戶籍資料、私人日記、小抄、照片、錄影帶，甚至是電腦檔案，所有地方都會發生……照理說不可能的竄改或是改變，將『死者』偷偷混在班級裡而引發的矛盾藏起來。不合理的地方全都變成合理了。」

「你的意思是，不光是紀錄這種東西，就連相關人員的記憶也？」

「沒錯。舉前年的例子來說，當時就連身為『觀察者』的我，**也對不該存在於此的淺倉麻美沒有絲毫的懷疑**。其實她早在九三年的十月就死掉了，享年十四歲，可大家都忘了這個事實。家人也好，朋友、老師也罷……大家都忘了。而且，大家都以為她這個混在班上的『死者』，九六年的時候還是十四歲，那一年才剛升上三年級，沒有人懷疑、也沒人有能力去懷疑這種假象。為了配合這種假象，讓一切兜得起來，過去跟她有關的記憶全部都會受到修改和調整。然後，一年過去了，畢業典禮結束後，『死者』消失了，這個時候所有的紀錄和回憶才又恢復原狀。而曾經跟她很親近的人——包括她的同學和家人心中留存的，與身為『死者』的她互動的記憶也跟著消失了……」

我只顧盯著活頁記事本中的名單，什麼話也不說，因為現在才來指責人家「荒謬」什麼的，根本一點意義也沒有。

「為什麼會發生這種事？我剛才說了，我不知道。也不知道它是怎麼辦到的。我甚至心想，該不會現實生活裡，**名單上記載的事項增加或消失的物理變化根本就沒發生過**。」

「什麼意思？」這次換鳴問。

千曳先生深深地皺起眉頭，

「換句話說，**這些問題只存在於相關人等——我們的心中**。其實那些物理變化根本就沒有發生，是我們大家心裡以為『它發生了』……」

「就像集體催眠一樣？」

「啊，對。很像是那樣。這種現象以這所學校為中心，擴展到夜見山這整個城市，有時甚至擴展到更外面的世界……」說到這裡，千曳先生又長長地嘆了口氣。「不過，這也有可能是決心擔任長年『觀察者』的我，不負責任的亂想和妄想。因為既沒有根據，也無從查證起。就算查證屬實了，你也不能怎樣。」

「……」

「基本上我們只能投降。」說著說著，千曳先生還真的把兩隻手舉了起來。

「我所釐清的、對事情還算有幫助的點，到目前為止就只有一個，那就是你們現在正在施行的『對策』——在班上找個人當『不存在透明人』的『對策』。十年前不知是誰想出了這奇怪的方法，因為這方法，有時『災厄』會被順利防堵，但也有像前年一樣中途失敗的。」

「前年……」鳴突然小聲地說道。她的身體再一次整個挨了過來，看向我手上的記事本，

「前年，三年三班的導師正好是三神老師。」

聽到這，我「咦」了一聲，仔細看那名單——沒錯。上面導師的位置確實印著她的名字。

「啊，真的呢。」

「怎麼？你不知道嗎？」千曳先生的表情顯得有些意外。他用右手中指的指尖，輕輕敲打蒼白額頭的中間，說道：「她心裡肯定也不好受。偏偏她今年又是三班的副導師……」

10

在那之後，我們又從千曳先生那裡聽了很多關於這「現象」的事。

對我而言，很多都是初次獲得的情報，但對鳴而言就未必是如此，因為她事先知道的應該也不少，我想。我初次獲得的情報，比方說，就有「災厄」所及「範圍」的法則。這是自任為「觀察者」的千曳先生，根據現有的紀錄推斷出來的。

「會被『災厄』波及到的，好像只到班上的成員，還有他們二等親以內的家人。」千曳先生一臉嚴肅地告訴我們。「所謂的二等親以內……指的是他們的父母親、祖父母、兄弟姊妹。此外，血緣的有無也是條件之一。像岳父母、義兄弟這種沒有血緣關係的親戚，就不曾出現死亡的案例。

可以說他們在範圍外。」

「血緣的關係是嗎？」這是鳴的喃喃自語。

有直接血緣關係的父母親、祖父母，以及兄弟姊妹。至於叔叔、阿姨、表兄弟姊妹等就不包含在內。

「關於『範圍』還有一點，那就是地理範圍。我剛剛有說，這是以這所學校、夜見山這個城市為中心所發生的一種『現象』，因此似乎只要離開這個城市，其效力就沒有那麼強了。」

「你是說只要走遠一點就安全了？」

「簡單地講，那就好像手機訊號到達不了的『訊號範圍外』。住在別的地方的親戚至今為止並沒有出現被『災厄』波及的案例；而住在夜見山的人也鮮少有死在這個城市外的。」

意思是說，萬一真發生什麼事，只要逃出夜見山就好了，是嗎？

「呃……我可以問你一個問題嗎？」我突然想到就提出來了。

「那個，之前的畢業旅行是不是發生了什麼事？」

果不其然，千曳先生皺起眉頭，一臉陰鬱地答道：「那是發生在八七年的慘案。」

「啊？」

「一九八七年的畢業旅行曾發生重大事故。當時，畢業旅行都是在三年級的上學期舉行，去的地方往往是其他縣市，也就是所謂的『訊號範圍外』，因此照理說，『災厄』不至於降臨在旅行途中的三班學生身上。然而……」

千曳先生的眉頭皺得更緊了，用有點沉痛的聲音說道：「那一年，載著每個班級的遊覽車從夜見山出發，往機場開去，卻在途中發生了意外。車子行駛在高速公路上，就在快要離開縣市交界的時候，三班學生乘坐的遊覽車被對向車道打瞌睡的卡車迎面撞上……」

我懷著黯淡的心情，觀察著鳴的反應。她的表情完全沒變。這件事她是怎麼得知的呢？

「這起悲慘的事故造成同車的導師和學生共七人死亡，跟在後面的遊覽車受到波及，也有幾個人受傷或死掉。」

「所以……從下年度開始，畢業旅行就改在二年級舉辦完畢？」

「正是如此。」千曳先生眉頭深鎖地點了點頭。

「不只是畢業旅行，就連校外教學也一樣，只要是以學年為單位、必須坐車出去參加的活動，自那件慘案發生以來都不在三年級舉行了。」

第六節課結束的刺耳鐘聲在這時響起了。

千曳先生看了牆上的時鐘一眼，接著精疲力盡地往櫃台後面的椅子坐下。摘下眼鏡，他再度用手帕擦拭著鏡片，說道：「今天就先到這裡吧？我好像一下子講太多了。」

「不……我們再多聊一會兒。」

「你還有什麼問題嗎？榊原同學。」

「呃，我想請問，關於那個『對策』的成效如何？」我把手肘撐在櫃台上，凝視著圖書館管理員的蒼白臉孔。

「您說在班上找個人當『不存在透明人』的對策，從十年前就開始了，我想知道的是……它的成功率到底有多少？」

「也對，這是很實際的問題。」千曳先生整個人往椅背靠去，閉上眼睛，做了個深呼吸。然後，他就保持這樣的姿勢，閉著眼睛回答我的問題。

「八八年度，一開始的那年是成功的。好像從四月開始就確認了『死者』混在班級裡面，不過，那一年沒有半個人死掉。因為是『八七慘案』的隔年吧？大家想說死馬當活馬醫，什麼方法都願意嘗試。因為那一年的成功，以後只要碰上『有事』的一年，就會有人說必須採取這樣的『對策』。然後，從八九年到現在……除去今年不算，總共經歷了五個『有事年』。就像我剛才所說，前年施行到一半失敗了。剩下的四年，兩年成功，兩年失敗。」

「之所以會失敗，都是因為扮演『不存在透明人』的學生中途放棄嗎？」

「不，那倒未必。」千曳先生回答，睜開了眼睛。「關於這個『對策』的實施，有很多小細節。譬如說把某人當作『透明人』，假裝他『不存在』的規定，是不是只在校內遵守就好了？出了校外就沒有關係，大可與他接觸？而就算是在校外，也有分從事學校活動的時間和不從事學校活動的時間，這個時候又該怎麼辦？傷腦筋的是，沒有一項規定看起來是絕對正確的。換句話說，你根本搞不清楚是哪邊出了錯，導致失敗……」

「哪有這樣的？」

「就是這樣。事實上——」千曳先生一臉無奈地說道，推了推鼻梁上的眼鏡。「我做過很多推論，但沒有一個能夠成立。首先，我不認為這是所謂的『詛咒』。二十六年前，岬同學的死確實是一切事情的開端，但這並不代表他就是罪魁禍首，是他的怨念陰魂不散，導致災厄降臨。這麼多人的死，也不會是混在班上的『死者』下的手，或是他們的意志造成的。**這裡面沒有任何的惡意**，完全沒有。如果有的話，當災厄降臨的時候人們會感覺得到，這點倒是跟自然災害很像。**它就是會那樣發生**。所以它不是『詛咒』，而是『現象』。跟颱風還有地震一樣的自然現象，可它又是超自然的。」

「超自然的、自然現象……」

「請原諒我實在很不想用『超自然現象』來稱呼它，對於防堵它的『對策』，我的心態也是一樣。就好比——」千曳先生看了窗戶一眼，「下雨了。為了不被雨淋濕，最好的方法就是不要出去。可萬不得已非要出去，我們的對策就是撐傘。不過呢，就算傘撐得再好，也很難讓身體完全不被淋濕。就算雨下下來的角度都一樣好了，因為撐傘方式、走路方式的不同，還是有可能被淋成落湯雞。不過，即使如此，有撐傘還是比沒撐傘要來得好吧？」

千曳先生看了我們一眼，好像在詢問我們的意見。我還在想該怎麼回答呢，一旁的鳴已經靜靜地答道：「這就好比祭天求雨。」

「哦？」

「為了求雨，人們舉辦祭天儀式。但就算跳再多的舞都沒有用，倒是架起火堆、讓煙竄到天空的行為，理論上有一點幫助。不過，這還要看大氣有沒有發揮作用，所以可能會下雨，也有可能不會下雨。」

「嗯，差不多是這樣。」

「那麼，千曳先生。」

不想聽他們再比喻下去的我插嘴說道：「今年會怎麼樣呢？現在『不存在的透明人』變成我們兩個，『災厄』會就此停止嗎？」

「說老實話，我也不知道。只是——」千曳先生再度推了推鼻梁上的眼鏡，「至今為止，一旦開始的『災厄』幾乎沒有中途停下來的。所以……」

「『幾乎沒有』是嗎？」我仔細推敲這句話的意思。

「也就是說，並不是完全沒有。那……」

鈴鈴鈴，就在這時，像是古早電話鈴聲的聲音突然響起。千曳先生也不管我問題有沒有問完，直接從上衣口袋裡掏出一台黑色的機器。原來那是手機的聲音。

「不好意思，我接一下電話……」他說，把手機貼近耳朵。用我們聽不到的聲音簡短地應答幾句後，又把手機塞回口袋裡。

「今天沒時間了，你們下次再來。」

「啊，好。」

「不過，從明天開始我就不在了，我有一點私事要辦，得離開這個城市一陣子。最晚應該下個月的月初就會回來。」如此告訴我們的千曳先生，臉上有說不出的疲憊。

緩緩地，他從椅子上站起，伸手要回我手上的黑色記事本。然而，就在這個時候，我突然想到了那件事。

「啊，對不起。」我慌張地說道。

「我想再跟您確認一件事。」

「嗯？」

「是十五年前的事。十五年前，也就是一九八三年，是『有事』的一年？還是『平安無事』的一年？」

「八三年？」

「啊，這裡面應該也有該年度的名冊。看了就曉得了……」我正打算翻開記事本查看，沒想到千曳先生略抬起一隻手，制止了我。

「不，榊原同學，不用那麼麻煩，我記得很清楚。八三年，是我逃來管理圖書室的第四年……是『有事』的一年。那一年的三年三班……」

我忍不住「啊」地驚呼出聲，「是真的嗎？我還想說事情沒那麼湊巧。」

「怎麼了嗎？那一年有什麼……啊——」這下似乎連千曳先生也發現這點了。

「對喔。是怜子同學那屆？」

「嗯。」

一九八三年，現年二十九歲的怜子阿姨，當時正在讀國中三年級，也是夜見北三年三班的一員。而且……

「你說理津子同學——你的母親也是在那一年去世？」千曳先生的表情蒙上了新的陰影。

「難不成……她是在這裡去世的？」

「為了生我，她回到夜見北的娘家，生產完後就直接住了下來……」

「所以，**她是在這裡去世的**。」千曳先生甚表遺憾地喃喃自語。

「只怪當時的我還沒掌握那麼多的資訊——是嗎？原來如此。」

是啊，就是如此。我的母親理津子死於十五年前。

至今我聽到的說法是：她是因為產後恢復得不好，再加上得到重感冒才去世的。但實際上，她的死很有可能是發生在夜見北三年三班的「現象」所引發的「災厄」之一。不，不是「可能」，肯定是這樣。一切只是單純的巧合……的可能性不能說完全沒有，然而當時的我已經沒有往那個方向思考的餘裕了。

第十一章　七月之一

1

六月剩下的日子平安無事地過去了，時序進入了七月。

幸好，新的災難並沒有隨著月份的改變而展開，所以我和鳴這兩個「不存在透明人」的詭異校園生活，只要以相同的步調繼續過下去就行了。對我而言，這樣的生活已經不像剛開始那麼地難過了，只是不知道這寧靜祥和可以維持多久，心裡難免忐忑不安。

就像千曳先生自己說的，隔天開始他請了長假，到六月底為止都不見人影。他好像也沒有代理人的樣子，所以〇號館的第二圖書室一直是關著的。

他離開這裡是要去處理什麼「私事」，我到後來才知道。原來千曳先生有老婆也有小孩，他們長期分居，老婆和孩子住在老婆的出生地札幌……這次好像就是他老婆把他叫去了北海道。

我知道的就這麼多，但已經可以想像是怎麼一回事了。千曳先生之所以和家人分居，恐怕是因為他得留在夜見北，繼續「觀察」這「現象」吧？並非他夫妻感情不睦，而是因為他得確保老婆和孩子不會被捲入「災厄」，所以才讓他們住在遠離是非的「訊號範圍外」。先不說這……

這段期間，我倒是又釐清了一件事實。這也是鳴告訴我，我才知道的。

「昨天，有學姊來到藝廊，姓立花，是美術社的學姊。前年畢業的，而且也是三年三班的學生。她很喜歡人偶，從以前就經常跑來藝廊，不過我已經很久沒見到她了。」

我第一次聽說有這麼一位學姊，顯得有點驚訝。鳴裝作沒看到，繼續說道：「原來立花學姊好像聽說了今年的情況，所以她……」

「擔心地跑來找妳？」我問，鳴卻只是偏著頭。

「其實她很不想被捲進來，卻又忍不住好奇……這是我的感覺。」她冷靜地分析道。

「她大概也是從望月那裡聽來的吧？連今年我是『透明人』的事她都知道了。只是她並沒有給我建議之類的，連跟我講話都是一副很害怕的樣子……所以呢，我決定主動出擊，問了她幾個問題。」

第一個問題，是有關前年三年三班「多出來的那個人」（死者）。

千曳先生的記事本寫到，她名叫「淺倉麻美」。鳴問學姊：「是否曾記得這麼一個人？」結果大致如千曳先生所說。「不記得。」她答道。「不過，事後好像有聽人提起這個名字……」語氣不是很肯定。也就是說，她——前三年三班成員心中關於「死者」真實身分的記憶真的不見了。

還有一個問題，是有關前年被全班當作「不存在透明人」的學生。

「他是怎樣的人？」鳴單刀直入地問。「他中途放棄，破壞『規定』，導致『災厄』就此產生。後來他自己怎麼樣了？」

「他名叫佐久間，是個男孩子。本來就不怎麼起眼，是很老實的人。」鳴就像往常一樣，用很平淡的語氣，把她從立花學姊那裡打聽到的事實告訴了我。

「那位佐久間同學放棄扮演『不存在的人』，是在進入第二學期不久後。結果，十月初，一連串的『災厄』就開始了。十一、十二月都有人死掉……而佐久間自己則在正月初一自殺。」

「自殺……噢……」

「我知道的就這麼多，不過我猜他本人就是九六年『一月份的死者』……」

梅雨暫歇的午後，我們兩人走下夜見山川的堤防，一邊眺望著清涼的河水，一邊聊著這些。

反正也沒人會說什麼，所以我們索性蹺課溜出校園。

算算第六節課也快結束了，我們從後門回到了校園。結果就在這個時候，「站住！」的怒喝聲從天而降。是教體育的宮本老師，我當下就猜到了。他大概是遠遠看到了我們，以為我們是一般學生，剛蹺課回來。

「站住！你們這個時間跑……」他邊喊邊跑了過來。突然間，他停下腳步，清楚看見我們的臉了。他硬生生把罵到一半的話吞了回去。

我無言地朝他一鞠躬，宮本老師有點難為情地別開臉，「真難為你們了。」他嘆息地說。「不過，溜出校園畢竟不是好事。你們自己要有分寸。」

2

在這情況下，我決定再去跟怜子阿姨問看看。因為我怎麼想都想不明白，實在無法繼續保持沉默。我記得那是六月最後一個星期六的晚上。

「呃，這是最近我從圖書管理員千曳先生那裡聽來的。」吃完晚飯後，我叫住正默默準備離開的怜子阿姨，用這個當開場白。同一時間，我感覺到外公、外婆的目光正朝我射來。

「那個……怜子阿姨國三那年，就是妳讀三年三班的那年，聽說也是『有事的一年』？」

「『有事的一年』？」

之前總是心不在焉的怜子阿姨的眼神，突然閃過一絲警戒之色——我有這樣的感覺。

「班上平白無故『多了一個人』，『災厄』從此降臨。每個月，都會有相關的人以不同的方式死去……因此，三年三班又被稱為『被詛咒的三班』。怜子阿姨肯定知道這件事吧？」

「啊……嗯。對。」怜子阿姨用沙啞的聲音回答道，右手捏起拳頭，輕輕敲打自己的頭。「對喔。是有那麼回事。」

已經很久沒有和怜子阿姨這樣講話了……當然，我非常緊張，想必她也跟我一樣。

「對不起，恒一。對不起。」怜子阿姨緩緩搖著頭。「我什麼……都……」

怜子阿姨蒼白的臉孔和畢業紀念冊上母親的影像重疊在了一起。微微發燙的我的心抽痛著，我一邊想辦法讓它安靜下來，一邊說：「我想跟妳確認十五年前的事。我媽生下我之後，就在這裡過世了……難道那也是當年的『災厄』之一？」

怜子阿姨沒有回答是或不是，只是不斷地說著「對不起，恒一。」

之前曾有一次，我問怜子阿姨十五年前的事，得知她和母親都曾是三年三班學生的事實。

——是否從那時候起，三年三班就被稱為「被詛咒的三班」？

面對我的問題，當時怜子阿姨只以「十五年前的事，我已不記得了」草草帶過。她是故意裝傻，還是真的不記得「十五年前的往事」了？按理說，應該是前者，但也有可能是後者。正如千曳先生說的，跟這「現象」有關的人的記憶，通常都保持得不是很好。更何況這還因人而異，有人記得多些，有人記得少些。

「怎麼樣？怜子阿姨？」即使如此，我還是不得不問。「妳怎麼想？怜子阿姨？」

「我不知道。」

「等一下，恒一，你怎麼突然……」在一旁聽著我們對話的外婆停下整理餐桌的手，睜大了眼睛。

外婆應該不知道吧？這時我心想。假設過去她多少知道了點什麼，到現在那記憶肯定也很模糊了。

「好可憐喔。」一直沉默不語的外公，突然開口了。他瘦弱的肩膀顫抖著，聲音顯得有些哽咽，「理津子她好可憐。怜子也好可憐。怜子和理津子都……」

「啊，真是的，爺爺。」外婆慌張地跑到外公身旁，輕拍他的背，用哄小孩的語氣安撫他。「你千萬不能這樣想。好了好了，我們進去休息了。走了，爺爺。」

這時我突然聽到九官鳥小玲的叫聲，那聲音與外婆的重疊在一起。

「打起……精神來，打起──」

外婆牽著外公的手站了起來，走出了客廳。這時怜子阿姨才緩緩說道：

「那一年的事跟理津子姊姊的死是否相關，我真的不知道。不過……我可以確定的是，後來那個就停止了。」

「停止？」我驚訝地向她求證那句話的意思。

「妳是說那一年的『災厄』停止了？」

「是的。」輕輕點了下頭後，怜子阿姨又敲起她的頭。

一旦開始的「災厄」，幾乎沒有中途停下來的。千曳先生的這種說法讓我在第一時間就產生的疑問是：「幾乎沒有」並不等於「完全沒有」，換句話說，還是有「中途停下來的案例」。這極為罕見的案例，該不會就發生在十五年前，怜子阿姨讀國三的時候……

我十分興奮，急切地問：「當年的『災厄』是因為什麼才停止的？怜子阿姨妳知道嗎？」

只可惜，她的回答根本就不是回答。「不行，不知為什麼我的頭好暈，想不起來。」她又敲了好幾下自己的頭，慢慢轉動脖子。「啊……不過我記得那年暑假，好像有什麼……」

結果，那天晚上我從怜子阿姨口中聽到的就那麼多。

3

六月我先後有兩次機會，去拜訪御先町的「夜見的黃昏是空洞的藍色眼睛」。

第一次是我去市立醫院複診氣胸的復原情形，回來時順道經過。付了門票錢，跟人偶打完招呼後，我一個人來到地下展示室，只是這一次我並沒有碰到鳴。我事先沒通知她，所以也不確定她在不在家。跟那位老太太——「天根婆婆」講，叫她請她出來我也嫌麻煩，所以那天我心滿意足地把霧果女士的新作看完，待不到一個小時就回家了。

來這裡沒碰到鳴的感覺還滿妙的——那個時候我竟產生這樣的想法。

還有一次是在六月的最後一天，三十號禮拜二的傍晚。放學回家途中，鳴邀我過去坐坐。不過，這次我沒上她三樓的家，也沒見到霧果女士。藝廊裡沒有其他客人，我和鳴就坐在一樓的沙發消磨時光。這是我頭一次喝到天根婆婆招待的茶。至於它的滋味嘛，至少比罐裝飲料好喝。

「明天開始就是七月了。」說這話的人是鳴。

「明天就要一決勝負了。」其實，她想說的是這個，我當然知道，卻故意顧左右而言他。

「下個禮拜就要期末考了……妳沒問題吧？」鳴一聽馬上不悅地嘟起嘴巴，

「這種事，不是『不存在的透明人』該擔心的吧？」

「話是沒錯啦……」

「倒是，我有空想去你家坐坐。」她突然提出這樣的要求，害我一時不知該作何反應。

「呃，妳是說我東京的家？」

「不是，是夜見山的。」鳴一邊輕輕搖頭，一邊瞇起右邊的眼睛，

「位在古池町的，你媽的娘家。」

「哦。為什麼？」

「沒為什麼。」

之後，在鳴的帶領下，我們前往地下室。館內流洩著幽咽的弦樂演奏。這跟五月我初次造訪這間藝廊時聽到的曲子好像是同一首。宛如地窖的空間內依舊沉澱著冰冷的空氣，依舊擺放著一堆人偶，以及他們（她們）的各個部位。……我必須替他們（她們）呼吸的感覺在這天倒是沒那麼強烈了，該不會是已經習慣了吧？

最深處暗紅色幕簾的前方立著一具黑色六角形棺木。鳴一直走到了棺材前，才靜靜轉身。她站著的角度剛好擋住我的視線，似乎是為了不讓我看見躺在棺材裡、跟她長得很像的人偶。接著……她不慌不忙地伸手探向左眼的眼罩。

「之前有一次，我在這裡把它拿下來過。」

「啊……嗯。」

當時隱藏在眼罩下的她的左眼，我當然不可能忘記。

空洞的藍色眼睛。跟埋在人偶眼窩裡的一樣，透著無機質的光。

……為什麼？為什麼現在突然又……

無視於我的困惑，鳴把眼罩取下，然後用右手掌蓋住右半邊的臉，反常地把右眼遮起來。只剩藍色的左眼曝露在外，對著我。

「我失去左眼，是在四歲的時候。」鳴的嘴唇顫抖著，發出單調的聲音。

「當時的事，我還有點印象。——因為長了惡性腫瘤，必須動手術摘除……有一天，我一覺醒來，左眼就不見了。」

我不知該說什麼，只能靜靜望著她的臉，呆站在原地。

「為了填補多出來的空洞，一開始我也試戴過普通的義眼。不過，那些都不好看……於是，我媽只好幫我量身訂做。這隻『人偶的眼睛』，就是特別訂做的。」

……空洞的藍色眼睛。

「其實不用遮起來。」我竟然脫口而出說出這樣的話，「見崎的那隻眼睛也很漂亮，根本不需要戴眼罩。」講完後，連我自己都嚇了一跳，不但臉整個脹紅，心還撲通直跳。不過，由於右眼被右手遮住的緣故，我看不清面對我而站的鳴臉上是何表情。

——我的左眼是「人偶的眼睛」。

第一次在這裡遇到鳴時，她所說的話在我耳邊響起。

……因為會看到「不要看到也好」的東西，所以平常我都遮著它。

不知為什麼，我突然覺得很不安。那時我完全不懂她話裡的意思，可如今好像有點懂了。我甚至有了這樣的感覺。會看到「不要看到也好」的東西。

不要看到也好的東西……那是什麼？當時我本想開口問她，最後和緩地把衝動忍了下來。我有預感，總有一天我一定會問的，到時再問就可以了。

「後來我才聽說，手術的時候我差一點死掉。」鳴繼續用手掌遮住右眼，說道。

「要是我說，當時的事我多少還有點印象。你相信嗎？」

「呃，那是不是就是人家在講的瀕死記憶？」

「你也可以把它當作四歲兒童在病床上作的惡夢。」雖然嘴巴上這樣講，鳴的語氣卻比任何時候都還要認真。

「『死』這件事，一點也不輕鬆，才沒有所謂「『安詳地死去』那回事。黑暗——無邊無境的黑暗，走到哪兒都只有一個人。」

「黑暗，一個人……」

「沒錯。不過，活著的時候也差不多。你不覺得嗎？」

「是喔。」

「到頭來，我只有我，終究是一個人。撇去剛出生時不講……在我們活著、死亡的過程都是一個人。」

「……」

「乍看之下，我們好像跟別人有所聯繫，但大部分時間我們都是一個人。我、我媽……還有榊原你都一樣。」然後，最後鳴又加上了這麼一句。「她——未咲也一樣。」

未……她是說藤岡未咲嗎？

四月快要結束的時候，死在市立醫院的鳴的表妹。在醫院電梯裡初次遇見鳴的畫面這時竟然無比鮮明地閃過我的腦海，好像是昨天才發生的事。

4

就這樣六月結束了，七月到來。

月份改變了，但新的災厄並沒有在班上降臨，這是一件很值得慶幸的事，然而，充斥在教室裡的緊張氣氛卻很明顯地升高了，也難怪會這樣了。

六月，已經有水野小姐和高林同學，這兩位關係人失去了性命。進入新的月份，會不會又會有新的人死掉？講白一點，這正是測試把「不存在透明人」增加為兩人——這史無前例的「對策」效果如何的時機。

不過，至少……鳴和我的詭異校園生活，表面上看來並沒有任何的改變。雖然這樣的寧靜祥和隨時會崩壞，但我們已經很滿足了，不敢再有其他的奢求。以冰冷的手掌把持著僅屬於我倆的孤獨還有自由。

七月的第二週，排定了期末考試。

從六號到八號，三天總共考九科。這每半年一次的儀式純粹只是為了幫學生排名次，害我覺得好無聊、好憂鬱。

咦，這還是我第一次為了考試感到「憂鬱」。對我這「不存在的透明人」來說，考不考試根本沒差，反而應該趁這個時候大玩特玩才對呀。

我之所以憂鬱，是有原因的。因為會忍不住想起五月期中考時發生的那件事——期中考的最後一天，櫻木由佳里意外慘死，當時我親眼目擊到那恐怖的現場。那天的可怕記憶多少也在鳴的心裡留下了陰影，所以這次她不再草草交卷，很快地離開教室。我跟她一樣。

新的「對策」到底有沒有效？只要一想到這個，我和鳴在學校的行動自然而然地就會比以往都還要謹慎。我們儘可能地小心注意，努力讓自己從班上消失。班上的同學也是，他們比以往都還要徹底地把我們當作「透明人」，無視於我們的存在。

不安隨著日子一天一天過去不斷地脹大，終於在六、七月達到了顛峰。隨著不安的擴大，希望這個月安然度過的意念也就越來越強。我想班上不管是誰肯定都是這麼希望吧？不過呢，這種「希望」，一不小心就會變成毫無根據的「信念」。

日益膨脹的不安、焦慮還有急迫感。儘管抱持著這些感覺，不，應該說正因為抱持著那些感覺，有時反而會變得無可救藥地樂觀。

這份寧靜、祥和；這份僅屬於我倆的孤獨和自由。

只要我們希望它持續下去，它就一定會持續下去。是的，它會持續下去……直到明年三月的畢業典禮為止，這九個月都不會改變，只可惜……這樣的夢很快就碎了。我們必須接受這個「世界」並不如想像中美好的現實。

期末考平安無事地結束了，離暑假眼看只剩下一個禮拜。七月第三週的某日……自從六月六日高林死後，好不容易才維持住的這一個月的平靜，輕而易舉地被摧毀了。

5

七月十三日，星期一。

自從成為「不存在的透明人」以來，早自修我多半不會參加。我總是趁第一節課快要開始的時候偷溜進教室，這點鳴也一樣。然而這天早上，我們竟不約而同地提早來到了教室。當然，我們沒有跟任何人講話，也沒有跟任何人的目光對上。

我把喜歡看卻很久沒看的文庫本攤開在膝蓋上。那是史蒂芬．金的短篇集。順道一提，我正在讀的這篇是名為〈絞肉機〉（The Mangler）的怪作。上次極為貼近死亡的經歷已經是一個多月前的事了，我終於可以把這類小說和現實切割開來，享受閱讀它的樂趣。就這點來看，我這個人還挺不信邪的。

前天，剛發布這地區梅雨季已過的消息。一早就是晴朗無雲的好天氣，強烈的陽光彷彿在宣示夏天的正式到來。從教室打開的窗戶吹進來的風也比上個禮拜的感覺乾爽、舒適許多。

我偷偷往坐在靠中庭窗邊那排最後一個位子的鳴望去。由於光線的關係，她看上去就像是個模糊的「影子」。跟五月我初次走進這間教室時看到的一樣……不過，她根本不是什麼影子，而是活生生、有血有肉的人。時間過得真快，已經一個多月了？

上課鐘聲敲完隔了一會兒，教室的前門才被打開，導師久保寺先生走了進來。他就像往常一樣，穿著樸素的白襯衫。像往常一樣，動作慢吞吞的，不怎麼靈光。乍看之下，他就像往常一樣，但又好像哪裡不太一樣。

以下就是他不一樣的地方。

平常老師都會打領帶的，今天卻沒有打。平常早自修的時候，他都只帶著點名簿，今天卻抱著黑色的公事包。還有，平常總是整齊旁分、一絲不苟的頭髮，今天卻顯得非常凌亂。站在講台上面對著我們的久保寺老師，今天看起來確實有點奇怪。他的眼神渙散，感覺好像並沒有在看任何東西。而且……

連我坐在這裡都看見了，他半邊的臉正斷斷續續地抽動著。

就好像痙攣一樣，臉部的肌肉不停往上扯。這好像叫臉部抽筋？很明顯的，那是一種病態、不正常的抽搐。我不知道除了我以外，級任老師的這副模樣有幾個人注意到了，又注意到了多少。

雖然大家都坐在自己的位子上，教室裡卻還是有竊竊私語的聲音。

「各位。」

雙手撐在講桌上，久保寺老師說話了。

「各位，早安。」

連這聲招呼，剛開始聽到時也覺得哪裡怪怪的，跟臉部的肌肉一樣，那聲音是往上提的。

三神老師沒有跟來。今天她該不會請假了吧？不過，早自修她本來就不是一定要在場。

「各位——」久保寺老師又說話了。「今天，我必須跟大家道歉。今早，趁這樣的場合，我無論如何都必須跟大家……」

他的這番話，讓教室的竊竊私語聲頓時靜了下來。「我懷著『大家同心協力，明年三月一起快快樂樂地畢業』的心願，跟大家一起努力到了現在。雖然從五月開始陸續有悲慘的事發生，但這一切總會過去的……」

說這些話的時候，久保寺老師的眼睛並沒有看著學生，感覺他好像瞪著空氣在說話，眼神虛無、迷離。講桌上擺著他帶來的公事包，老師一邊說，一邊打開公事包，把右手伸了進去。

「接下來，就要看你們的了。」他講話的語氣好像在朗讀課文。這點本身倒是跟平常沒什麼不同，只是……

「事情一旦開始，是不是我們怎麼掙扎都沒用？又或許有什麼方法可以讓它停下來？——說老實話，我真的不曉得。我怎麼會曉得？話說回來，這些已經不重要了……不過，畢竟我是這個班的導師。照理說，我應該和大家同心協力，永不放棄、共渡難關才對。明年的三月大家再一起開開心心地畢業。我原本也是這麼希望的，原本也是……」跟平常沒有什麼不同的語氣。

然而，卻從這個時候開始，老師的舉止變得怪怪的，就連聲音都越來越小聲……令人意想不到的狀況發生了。老師突然吐出有如崩毀、壞掉的激烈話語——我只能這麼形容。「啊嘎」、「咕嗝」、「嗚嘰」……這些寫出來簡直就像是鬼畫符的聲音，從他嘴裡吐了出來，搞得我們一愣一愣的，卻在此時……

老師的右手慢慢從講桌上的公事包裡伸了出來。他手裡握著的，是不該出現在國中教室裡的東西。有著……銀色利刃，像是大型美工刀或菜刀之類的東西——就連我坐在這裡都看得一清二楚。當下我們還搞不清楚狀況。老師發出那種怪聲，拿出那種東西，到底是要幹嘛？然而，兩、三秒後，我們很快就得到了答案。

久保寺老師先是把握著刀柄的右手往前方舉起，接著把手肘往內一拐，讓刀刃的那面朝向自己。這個時候，他嘴裡仍不斷發出不像是「人話」的怪聲。然後——

就在騷動的同學面前，老師持續發出更激烈的怪聲，同時把刀子往自己的脖子上一頂。

怪聲變成了喊叫聲。

竊竊私語聲變成了齊聲尖叫。

他喉嚨的前面裂開一道又長又深的口子，鮮血噴了出來。瞬間，鮮血噴得到處都是，不知情的人還以為在演戲或惡作劇呢！離講桌比較近的學生全都被噴到了。有人踢開椅子，沒命似的逃跑，也有人全身僵硬，動彈不得。

血管就不用說了，好像連氣管都被切斷了，因為老師發出的已不是生物的「聲」，而是類似機械的「音」。不光是握著刀子的手，就連襯衫、臉頰全被他自己的血染紅了。都已經這樣了，老師還用左手扶著講桌，硬撐著站著。沾滿血的臉上，空洞的眼睛睜得大大的——

突然間，我覺得他好像在瞪我，帶著某種情緒。某種……像是憎恨的情緒。

不過，那只是一瞬間的事。再一次，老師舉起右手，把沾滿血的刀子往自己的脖子上送，裂開的口子因此變得更深了。

鮮血狂噴而出。

脖子幾乎被砍斷一半，頭支撐不住重量，往後倒去。那裂開的傷口就像不明生物張開的血盆大口。即使如此，老師並沒有丟下手裡的刀子，他搖晃地試圖移動身體，終於……他倒下了。

從講台上摔了下來。然後，一動也不動。

這震撼實在太大了，一時間教室裡鴉雀無聲。但不久後那平衡就崩壞了，學生們的各種聲音宛如潰堤的水溢了出來。我卻在此時無意識地從座位上站起來，往看得清老師的位置跑去。

最前面一排坐著風見智彥，他不停地發抖，我彷彿可以聽到他全身骨節格格作響的聲音。他的眼鏡被血水噴到了、弄髒了，可他並沒有去擦它。他甚至沒辦法從椅子上站起來。坐在風見旁邊的女生，本來要起身逃跑的，卻直接跌坐在地板上。有女生抱著頭躲在桌子底下，不斷發出淒厲的尖叫聲。也有男生四肢著地用爬的，喉嚨還不斷發出乾嘔的聲音……

就在這個時候……

前方右手邊的門碰的一聲被打開了，有人衝進教室裡。

為什麼他會出現在這裡？我簡直驚訝到不行。一身黑衣打扮，蓬亂的頭髮……是圖書館管理員千曳先生。

「大家，趕快出去。」看到倒臥在血泊裡的久保寺老師，千曳先生肯定也認為沒救了吧？所以他連跑到他身邊都不曾，就直接對著學生大喊：「先出去再說！快，動作快！」

接著他轉頭看向他剛進來的那個門，喊了聲「三神老師」。這時我才發現，三神老師人就站在外面，正一臉驚惶地往裡面窺探。

「老師！事情不好了，趕快叫警察和救護車。麻煩妳了。」

「好、好的。」

「有人受傷嗎？」面向魚貫走出教室的學生，千曳先生問。

「看樣子好像沒有，如果有人不舒服，千萬要說，看是要去保健室還是……聽到了嗎？」

接著千曳先生的視線對上了我。「啊，榊原同學，你……」

「我很好。」我故作鎮定，跟他點了個頭。「沒事。」

「走吧！榊原。」突然有人在我背後說道。我馬上知道說這話的人是鳴。

我回頭一看，發現她的臉色比以往都還要蒼白……突然發生這麼大的事，她當然不可能不受影響。只是——

望著倒臥在地、一動也不動的久保寺老師的身體，她的眼神怎麼好像在看陳列在「夜見的黃昏……」裡的人偶一般。

「……好像不行喔。」鳴自言自語地說道。

「就算『不存在的透明人』增加為兩個，還是一樣。」

「我不知道。」

「你們也趕快出來。」

在千曳先生的輕聲催促下，我們一起走出了教室，卻正好跟先到走廊的同學們遇上了。那群人裡面，有頂替櫻木由佳里成為女班長的赤澤泉美，還有她的一群跟班。

她們的臉白得就像紙一樣，可一雙雙眼睛卻不約而同地朝我、還有鳴，狠狠瞪視。

都是你們害的。

雖然她們嘴巴沒說，眼神裡卻隱含著這樣的控訴。我到現在都還聽得到。

6

聽說那天早上，久保寺老師的行為就一直有點怪怪的。在辦公室裡他都不講話，人家跟他打招呼，他也愛理不睬的，看上去就是一副心事重重的模樣，整個人魂不守舍……

話說千曳先生在來學校的路上，碰巧遇到了這樣的久保寺老師。途中兩人閒聊了幾句，那時他的樣子就怪怪的，感覺——好像快爆發了。

他不斷重複著「不行了」、「好累喔」這些話，還很沮喪地說「不知道該怎麼辦才好」……他甚至還說：「只有你能了解我的處境。」千曳先生曾是夜見北的社會科老師，也曾當過三年三班的導師，這些事久保寺老師應該也曉得吧？兩人分手的時候，久保寺老師用小到幾乎聽不到的聲音，向千曳先生說道：「剩下的就拜託你了。」

這句話讓我很擔心——事後千曳先生向我解釋道。

所以在早自修的時候，我才會跑去C號館的三樓，查看有什麼情況。沒想到從三班的教室裡，傳來了學生的尖叫聲還有哭喊聲。

警察和救護車趕到的時候，久保寺老師早已斷了氣。據了解，那把被他拿來自殺用的刀子，是他從自己家裡帶來的切肉刀。

「警方跑去久保寺老師的家裡了解情況，結果發現了驚人的事實。」這些也是後來千曳先生告訴我的。聽說好像是警察跑來偵訊他，結果卻反被他套出了一堆話。

「久保寺老師沒有結婚，一直跟母親相依為命。他的母親年事已高，自從幾年前罹患腦中風以來，幾乎都沒有離開病床。由於他很少跟別人聊他的私事，所以他的家庭狀況，就連學校的同事也不曉得……」

「說到他的母親，警方找上門的時候，她已經躺在床上，氣絕身亡了，而且……還是被枕頭給悶死的，很明顯的是他殺。」

「死亡時間據說是十二日星期天的深夜，要不就是十三日星期一的黎明。用枕頭壓在她臉上把她悶死的人，八成是久保寺老師。警方是這麼說的……」

「換句話說，長期的照護讓他心力交瘁。在精神狀態極不穩定的情況下，他受不了，把老母親殺了……不過呢，在那之後他可採取的行動其實有好幾個，比方說自首，隱匿不報，或是放著不管、一走了之都可以。但偏偏他選擇等到早上，跑去學校的教室裡，當著大家的面自殺。」

「你們怎麼想？他做出這樣的選擇，可以用『超乎常軌的行動』一語帶過嗎？」

「你的意思是，連這個也要算在那『現象』的頭上？」不知為什麼，這些話很自然地從我嘴裡脫口而出。

「所以久保寺老師，該怎麼說呢？做出平常人不太可能會做出的選擇……就這樣踏入了『死亡』陷阱裡？」

「這個時候，如此解釋是挺合理的，只是我無法提出證明。」說著說著，千曳先生又開始搔起一頭的亂髮。

「不過呢，認真說起來，教室裡的學生沒有受到波及，已經是不幸中的大幸。」

地點在第二圖書室。案發的隔天，星期二的放學後。鳴雖然也在旁邊，但基本上她都沒開口，只是靜靜地聽著。

「反正，看樣子是破功了。」我壓低聲音，說出大家都不想講的那句話。

「久保寺老師，還有他的家人——母親，這兩個人成了『七月份的死者』，對吧？」

「嗯。」

「『不存在的透明人』增加為兩個的全新『對策』，到頭來還是失敗了。一旦開始的『災厄』果真沒有止住、沒辦法止住，是嗎？」

「嗯。我很遺憾……恐怕是這樣。」

我把視線從幽暗的室內移向窗外，瞥見了梅雨過後亮到一片雲彩都沒有的藍天。

今年的「災厄」沒有止住。

突然間，我腦海竟竄出久保寺老師的脖子湧出大量的鮮血，正一步步染紅眼前天空的景象，嚇得我趕緊閉上眼睛。

「災厄」沒有止住。接下來，還會有更多人死掉。

第十二章　七月之二

1

最近我經常作惡夢。

由於細節記得不是很清楚，所以我也不曉得是不是同一個夢。不過，出現在夢境裡的人物差不多是那幾個，有剛過世不久的久保寺老師，五月從樓梯上摔下來意外死亡的櫻木由佳里，六月因醫院電梯事故去世的水野小姐。還有赤澤泉美和風見智彥等這幾個還健在的同學。

久保寺老師滿臉鮮血，一雙充滿恨意的眼睛向我瞪來。衝著我喊：都是你害的！

櫻木把深深刺進喉嚨裡的傘尖拔出來，搖搖晃晃地站起來。也衝著我喊：都是你害的！

水野小姐也是。醫院電梯的門開了，她從裡面緩緩爬了出來……然後她說：都是你害的！

是你害的，都是你們害的——赤澤的嘴裡吐出毫不留情的指控。風見、勅使河原、望月也跟著一同起鬨。

別說了。

別再說了——我想喊，卻怎樣也喊不出聲音來。

不是，不是我害的——我想否認，卻又忍不住……

忍不住在心裡覺得，他們說得也對。

是我害的。因為我轉來了這所學校。雖說我事先毫不知情，但我畢竟和身為「不存在的透明人」的鳴接觸了。因而破壞了為了防堵「災厄」而立下的「規定」，毀了咒語。所以……是我害他們無法躲過今年的「災厄」，是我害他們死得那麼悽慘……被惡夢魘住的我，呼吸困難地在半夜裡驚醒。同樣的事一個晚上要發生好幾次。

我推開被汗水濡濕的被子，在黑暗中反覆做著深呼吸。萬一肺再破個洞的話，這次肯定好不了，我肯定會完蛋。我認真地這麼以為。

2

「哎呀，這也是沒辦法的事。你們已經盡力了。喂，榊原，別那麼沮喪嘛！就算你再怎麼自責、沮喪，也不能改變什麼。」

自從久保寺老師自殺後，第一個來找我講話的人竟然是勅使河原。他又回到我剛轉學時認識他的那副模樣，一頭金髮，吊兒郎當，跟誰都可以哈啦。可就在不久前，這傢伙才把我當作透明人，理都不理我。關於這點，我倒是不客氣地酸了他一頓，結果他回說：「你不知道我的心有多痛。我連向你解釋的機會都沒有，你就被大家當成空氣了。他們真是太過分了。」

勅使河原先是皮皮地笑了笑，接著馬上一臉認真地問：「你都知道了？事情的原委。」他不放心地向我確認。「聽說你從第二圖書室那個叫千曳的老師那裡聽到了許多，既然如此，你應該能體諒我的苦衷。」

「我完全能夠體諒──我懂。」我把視線從對方的臉上移開，低聲重複著「我懂」。

「這也是沒辦法的事──嗯。大家肯定也是因為沒轍了，才會那麼做。我懂。」

「不存在的透明人」增為兩個的實驗已經破功了。既然如此，他們沒必要繼續無視於我和鳴的存在。再假裝下去也沒有意義了，所以……不只是對我，班上同學對鳴的態度，也因久保寺老師的死有了重大的改變。只不過，這次他們並沒有事先商量好，而是自然而然地就那麼做了。

比方說，星期四的午休我和敕使河原在講話的時候，鳴也在旁邊。從敕使河原的表現來看，他是把她當作確實存在的人，也會偶爾跟她扯上一、兩句。不只是敕使河原。班上的每個人都跟上個禮拜不一樣了，他們不再假裝鳴是「不存在的透明人」。由於鳴本來就是不善於交際的人，所以這種變化非常微妙，不仔細看還真看不出來。不過呢，我想大家肯定是取得了共識。是的，就連老師在課堂上都會請她起來唸課文、回答問題了。

終於被周遭人「看見」的見崎鳴。

當然，本來就應該要這樣的。但怪的是，看到這種情形我反而開心不起來。

C號館三樓的三年三班教室是發生命案的現場，所以馬上就被封鎖起來、禁止進入了。我們班火速被遷往B號館的空教室（因此，鳴在用的那套古老課桌椅就被留在C號館）。校方也安排副導三神老師接任「代導師」，彌補級任導師的空缺。

教室移往B號館之後，座位一下子空出許多。案發當天，早退的人就有一半以上，這本來也無可厚非，可到了隔天、隔隔天，還是有很多人以心情尚未平復為理由，請假沒來。

「哎呀呀，這也難怪。」以下是敕使河原對這件事的看法。

「親眼目睹了那麼恐怖的畫面，誰有辦法心平氣和地待下去？正常人都會想說要在家裡休息一陣子。就說我好了，如果教室沒換的話，肯定也不會來。」

「風見同學也是一直沒來。」

「那傢伙從小就是膽小鬼，何況他又坐在最前面……沒當場被嚇死，已經算是奇蹟了。」

別看敕使河原的嘴這麼壞，基本上他對那「從小糾纏在一起」的「冤家」還是有感情的。因為他馬上補充道：「昨晚我有打電話給他，聽起來還挺好的。他說明天就會來了，」

「說不定有人會一直請假到暑假。反正也沒剩幾天了。」

聽我這麼說，勅使河員馬上附和道：「絕對有。」

一直在旁邊默默聽著我們對話的鳴，冷冷開口了。「說不定已經有人逃離了這座城市。」

「逃離？」勅使河原的表情顯得有些驚訝。

「沒錯。」鳴輕輕點頭，「這已不是什麼新聞了。每年暑假都會有人從夜見山逃出去。」

「妳是說只要不待在夜見山，就不會有危險？那是真的嗎？」

「根據千曳先生的說法，非常有可能。」

「喔。那逃出去的人要怎麼向家人解釋？」

「會解釋嗎？不是說連對家人都不能講？否則就犯了大忌……他們肯定很傷腦筋。」

「唔。」勅使河原的眉頭整個皺起來，「真是見鬼了。」接著，他對鳴投以一瞥，說道：

「話說回來了，見崎，妳很奇怪喔。」

「妳自己也是當事人，怎麼可以這麼淡然，一副事不關己的模樣？」

「是嗎？」

「該不會妳就是……」

勅使河原的話說了一半，不過，他很快接了下去，以半開玩笑的語氣。

「妳就是今年『多出來』的那個人。」

「我嗎？」鳴用那隻沒被眼罩遮住的眼睛看著他，似笑非笑。

「我覺得我不是。」

「我就說嘛。」

「嗯……不過，聽說混進班上的那個人，並不知道自己已經死了，連他自己都不知道自己就是『死者』。所以，搞不好……」

很顯然鳴是跟他鬧著玩的，因為之前在鳴家裡聊起同樣話題時，她曾斬釘截鐵地告訴我：我知道我不是「死者」。為什麼？我一直很好奇。為什麼那個時候她可以說得那麼肯定？

「不過呢，我在想，該不會敕使河原同學才是吧？」鳴再度皮笑肉不笑地說道。

「你說呢？」

「我、我嗎？」敕使河原用手指著自己的鼻子，猛翻白眼。

「別……別開玩笑了。」

「真的是『玩笑』嗎？」

「我啊，確實是活著的。食慾也好、物慾也罷，都旺盛得很，壓根就跟死不死的沾不上邊。還有，不是我吹牛，從小到大的事，我可是記得一清二楚……」敕使河原忙於撇清，看到他的反應我忍不住笑了出來。然而……他正是今年「多出來的那個人」的可能性，並不能說是零。我告訴自己，一定要冷靜下來，好好思考。

「死者」，是誰？

寫在鳴桌上的那個疑問，如今成了急需解決的問題。

3

久保寺老師的猝死，在古池町的外公外婆家中當然也引起了話題。

五月以來，相關人等陸續死亡，那時外婆總是以極誇張的語氣，反覆嚷嚷著「好可怕唷」，不過，這次從我這邊聽聞久保寺老師自殺的背景後，她的台詞一下又變成「好可憐唷」。外公呢，還是老樣子，也不知道他到底聽懂了多少。不過，他對「死」、「死掉」這些字眼倒是很敏感，只要一聽到就會馬上說「我再也不想參加葬禮了」，還一把眼淚一把鼻涕地哭了起來。

至於怜子阿姨呢，她是有安慰我說：「恒一你們肯定都嚇壞了吧？」但對於事件本身，她就像平常一樣沒什麼意見。哎，也不能怪她。我是可以理解啦，不過——

「十五年前的事，妳想起來了嗎？」我還是會忍不住問她。

「之前我們聊到，怜子阿姨讀國三的那年，已經開始的『災厄』竟然中途停止了。妳還記得它是怎樣停止的嗎？」

然而，不管我怎麼問，怜子阿姨就只會偏著頭，一臉迷惑。

「妳好像說暑假發生了什麼吧？那個什麼到底是什麼呢？」

「——到底是什麼呢？」

怜子阿姨用手托著下巴，努力思索著，最後不是很肯定地說道：「那年暑假……」她好像在自言自語。

「理津子姊姊死了……家裡的人認為我一直關在家裡也不好，所以……啊，所以我去參加了夜見山的營隊。」

「營隊？」我還是第一次聽說，忍不住探出身體。

「竟然有這種事。暑假的營隊，是全校大露營嗎？」

「沒有，沒到全校大露營那麼盛大。好像就只有我們班而已。」

「『夜見山的營隊』，是怎樣的營隊？」

「就是……」怜子阿姨回答不出來，一旁聽著我們對話的外婆在這時開口了。

「就是在夜見的山上辦的營隊。」

「——啊？」

「夜見山原本就是山的名字。是先有山，才有了城鎮，城鎮的名字是向山借來的。」

啊……說到這個，這個城市的北邊確實有一座叫夜見山的山。這還是怜子阿姨告訴我的，我記得是在四月，她來探病時跟我說的。

「『夜見的山上』，地方上的人都這樣講嗎？」

我一問，外婆馬上理所當然地點了點頭，還說：「年輕的時候，我經常和外公去那裡爬山。從山頂可以瞭望整個城市，視野好得不得了呢。」

「是嗎？」我把目光轉回怜子阿姨身上，

「所以，你們在那夜見山上舉辦了營隊。只有三年三班參加的營隊？」

「……沒錯。」怜子阿姨依舊是一臉迷惘，回答得不是很乾脆。

「在夜見山的山腳下，有一棟建築物。原本的所有人是夜見北的校友，後來他把它捐給了學校，所以偶爾學校會借那邊舉辦營隊什麼的。那個時候，我們導師問說有誰要去……」

「然後呢？」我急著問下去。

「你們宿營的時候，是不是發生了什麼事？」

「印象中好像是有。」怜子阿姨放下托著下巴的手，緩緩搖了搖頭。「可我就是想不起來。我覺得確實發生了什麼事，但真要說我又……」

「是嗎？」

「我真是沒用，對不起。」怜子阿姨說完，無奈地嘆了口氣。

「不，妳不用……」——跟我道歉。

後面的話我含在嘴裡，沒有講出來。我的心情十分複雜。看到怜子阿姨那麼難過的樣子，我心裡也很痛苦。況且，這一切都是十五年前的那個「現象」惹出來的。身為當事人的她記不得以前的事也不是她的錯。

這時再怎麼追問也沒有用。不過，至少我已經掌握了些許線索。總之，先去向千曳先生求證。順便聽聽他的意見。我一邊在心裡盤算著，一邊對怜子阿姨說「我沒事」，試圖擠出笑容。

「我沒事。所以怜子阿姨也不要太勉強了。」

4

十七日，星期五的早晨。

昨晚終於沒有作惡夢了。大概是因為敕使河原那幾句百無禁忌的話，讓我把事情看開了的緣故。看來我還真該感謝那小子。

「這不是榊原同學嗎？」

這天早上上學途中快看到校門口的時候，我突然被人叫住。

前方響起聽起來頗為陌生的男性嗓音。我訝異地看向對方的臉，似曾相識的中年男子朝我走來，臉上泛起溫柔的笑，輕輕舉起一隻手。

「呃，您是……」我趕忙在記憶中搜索對方的名字。

「大庭先生，對吧？夜見山警察署的。」

「沒想到你還記得我。」

水野小姐意外身亡後，有兩名刑警跑來教職員辦公室偵訊我。其中一個年紀較大、臉圓圓胖胖的就是他。

「請問……有什麼事嗎？」

「沒有，碰巧遇到了熟面孔，想說過來打聲招呼。」

「是為了星期一久保寺老師的那個案子吧？大庭先生也負責那個案件的調查嗎？」我開門見山地問。胖胖刑警臉上的笑容倏地消失了，「啊，你說得沒錯。」

「那天早上，榊原同學在教室裡目擊了整個經過？」

「是。」

「你嚇到了吧？級任導師突然做出那種事……」

「是啊。」

「本案已經被當作自殺事件處理了，完全沒有任何疑點，問題在於自殺的動機。」

「我聽說了，好像老師是因為長年臥病在床的母親……」

「已經傳開了嗎？」刑警無奈地撇嘴，也不知道他心裡在想什麼，接下來他竟然跟我講了這樣的話。「你們那位老師，在殺死母親去學校上班之前，好像還在家裡磨自殺用的刀子，磨得非常認真。我們在他家的廚房發現了這樣的跡象，光想像就覺得那畫面很詭異。」

「……」

「不管問誰，誰都說久保寺老師是個非常認真、穩重的人，這樣的老師竟然會做出那樣的舉動。真的很不正常。」

「就是說啊。」這個刑警在這種地方把我攔下來，到底想說什麼？想打聽什麼？結果……

「上個月，水野沙苗意外身亡。」他突然提起這個。「上上個月，則有櫻木由佳里的意外死亡。同一天，她的母親也因為交通事故去世了。」

「啊，沒錯。」

「我們調查過後，發現這幾起案件都是單純的意外，沒有其他的可能性，換句話說，根本不足以構成刑案，連調查都不用調查。」

「喔。」

「可這要怎麼說呢？我就是覺得哪裡怪怪的。上個月好像還有一個人是病死的，聽說是叫高林的學生。在這麼短的期間，同一個班上的人相繼死掉。這樣的事實叫人不注意也難。你不覺得嗎？」

刑警一邊說，一邊刺探性地直盯著我的臉瞧。然而，我就只能歪歪頭，表示不清楚。

「我很難不注意，所以就到處打聽，問了許多。這純粹是我個人的興趣。」刑警繼續說道，

「沒想到我查啊查的，竟然讓我查到一個很奇怪的傳說。就叫做『三年三班的詛咒』。」

我還是偏著頭不說話。

「……」

「榊原同學應該也聽說過吧？夜見山北中學的三年三班被詛咒了，不定期地會遇到『有事的一年』。在那一年裡，每個月都一定會有跟班上有關的人死去。而今年就是那『有事的一年』。

雖然我覺得很可笑，但還是去調查了。沒想到，過去確實有幾年學校的學生或關係者死傷特別慘重的。」

「我什麼都……不曉得。」我試圖撇清，拚命搖頭。看在刑警眼裡，我的反應很奇怪吧？

「啊，沒有啦……我也知道這不是可以調查偵辦的問題。我要是去跟同事或上司講，也只會被他們取笑而已。」如此說道的刑警，圓臉上又堆起溫柔的笑容。

「假設『詛咒』什麼的是真有其事，我們也不能怎麼樣。這就是現實。不過呢，我純粹是因

為個人的興趣，想把事情弄清楚……」

不知為什麼，我很能理解對方的想法。不過，我能給他的也只有中肯的建議。

「刑警先生，我勸你最好不要涉入太深。這件事本來就不值得警方調查，萬一不小心被捲入的話，說不定連你都有危險。」

「同樣的忠告，我已經在別處聽過了。」圓臉刑警的笑容變成了苦笑。

「是喔。我還在想應該不至於吧？哪有那麼玄的事……」

刑警不再爭辯，手伸進上衣口袋裡摸索了半天，接著掏出一張縐巴巴的名片，遞給了我。

「也許警方幫不上忙，但如果有我派得上用場的地方，請不要客氣，儘管來找我。打手機也可以。那張名片的後面有我的手機號碼。」

「好。」

「不瞞你說，我有一個讀小學四年級的女兒。」最後刑警加上了這段話。「如果讓她唸普通的公立國中，應該就是夜見北了吧？也是因為這個原因，我才會那麼不放心。想說要是有一天，我女兒也被編進三年三班的話……」

「原來如此。」我理解地點了點頭，並在這時說出很不負責任的話：「沒問題的，我想到那時候，什麼詛咒之類的東西肯定會消失的。一定會……」

5

那天放學之後，我和鳴兩人造訪了第二圖書室，當然是為了見千曳先生。敕使河原、還有那天開始來上學的風見好像也很想來的樣子，但被我委婉地拒絕了。人多嘴雜，我怕談話的焦點會變得模糊。

「嗨！你們二位，還好嗎？」千曳先生發出刻意裝出來的爽朗笑聲，迎接我們的到來。談不上好，但也沒有不好……我心裡這樣想，不知該怎麼回答。一旁的鳴倒是很得體地應道：「託您的福，我們沒事。」

「既沒有遭逢意外，也沒有得到急病。」

「出了『七月的死者』後，『不存在透明人』的遊戲好像也跟著結束了？」

「是的。不過，這樣反而讓我覺得曾經有的平衡被整個破壞掉了。」

「是啊。你說平衡……應該是秩序吧？這樣比較貼切。接下來怎麼辦？大家都盡力了。」

講到這裡，連千曳先生也認真了起來，不再故作輕鬆、俏皮，回復到正常的語氣。

「對了，今天三神老師？」我馬上有了反應。

「你是說三神老師？」我馬上有了反應。

「很意外嗎？」

「不，並沒有……」

「她也知道我的經歷，所以特地跑來跟我聊了一下。」

「聊……你是說她跑來找你、跟你請教，今後要怎麼當三年三班的代導師嗎？」

「嗯，差不多是那樣。」千曳先生回答得很曖昧，接著他話鋒一轉，「那你們呢？是不是也有事要跟我聊？」

「啊，是。」我老實地點頭承認。

「我有想確認的事和想問的事。」

「哦？」

「其實……」

於是，我向千曳先生說出「『災厄』開始後又突然中止那年」的事。那是發生在十五年前，一九八三年怜子阿姨還是三年三班成員時的事。好像因為那年暑假班上舉辦營隊活動時發生了某件事。——這些事我已經先跟鳴說了。

「一九八三年——沒錯，確實是那一年。」

千曳先生一邊把眼鏡的鼻梁架往上推，一邊緩緩閉上眼睛、睜開眼睛。

「這二十五年來，它是唯一中止的一次。」

說著說著，他從櫃台後面的抽屜把封面是黑色的活頁記事本拿了出來，就是蒐集有歷代三年三班名冊的那本。

「總之，你們先看看這個吧！」

千曳先生把記事本向我們遞來。一九八三年的那頁已經打開。

和其他頁一樣，按照號碼排列下來的名字當中有幾個被打上紅色的×。那是死掉的學生。在他們名字右邊的空白處，註明了死亡的日期和原因。有些是學生本人沒事，家人卻死掉的——這樣的例子也有幾個，但關於怜子阿姨的姊姊理津子的死，上面倒是沒有註記。

「那一年的犧牲者，撇開我漏掉的理津子不算，總共有七個人。四月兩個，五月一個，六月、七月各一個，八月兩個。你說理津子是在七月過世的，那七月就有兩個，總共是八個——如你所見，接下來，九月以後就沒有人死掉了。」

「也就是說災厄是在八月止住的？」

「沒錯，你看『八月份死者』的死亡日期。」

我聽他的話，仔細看了上面的紀錄。進而發現……八月死掉的那兩個人都是三班學生本人。

而且他們死亡的日期還是同一天，「八月九日」。至於死亡的原因，同樣都是「意外」。

「兩名學生在同一天，死於意外……」

其關聯性一眼就可以看出。

「難道，這是在暑假參加營隊時發生的？」

千曳先生無言地點了點頭。

「營隊活動期間發生了意外，有兩個人死掉了。不過，也因為那意外，該年的『災厄』就止住了……你看那一頁下面的空白處，沒有寫上『死者』的名字對吧？」

千曳先生要我注意。仔細一看，確實上面什麼都沒寫。

「那年根本無從查證誰是『多出來的人』，也就是『死者』。因為『災厄』中途就停止了，所以那『多出來的人』恐怕沒等到畢業就消失了。同一時間，他或她曾存在的痕跡也跟著消失了。由於這種情況從未發生過，所以我一時也愣住了。等到我發覺事情不對勁，展開調查時，相關人等的記憶已經消失了、變淡了，再也沒有人記得『多出來的人』叫什麼名字……」

「唔。」

我用手撐著額頭，陷入沉思，一旁的鳴突然說道：「不過，不管怎麼說，這年的『災厄』在八月總算止住是事實。」

「沒錯。」

「重點就在於為什麼——是怎麼辦到的，對吧？」

「嗯。」

「那個『為什麼』，到現在還找不到答案？」

「不是很肯定。我知道的，充其量不過就是謠傳和猜測而已。」

「謠傳、猜測……怎麼說？」

這個問題是我問的。千曳先生苦惱地皺起眉頭，用力抓搔起亂七八糟的頭髮。

「營隊，就像剛才榊原同學所說的，是在夜見山山腳下、學校所有的會館裡舉辦。」

「那個會館現在還在嗎？」

「一直都保留著。是一棟名叫『咲谷紀念館』的建築，至今偶爾還是會有社團去那邊辦活動。不過我想應該很老舊了吧？——話說，在那夜見山的山裡面，有一座古老的神社。」

「神社？」

「它的名字就叫做夜見山神社。」

「夜見山神社……」

我一邊低聲複誦，一邊偷看鳴的表情。她毫不遲疑地點頭，可見早就知道有這間神社了。

「聽說宿營期間，大家曾一起去參拜了那間神社。好像是級任老師提議的。」

「參拜……」

我還是不懂。「不會吧？難道他們去祈求神明的保佑？」

「是有這樣的說法。」千曳先生的語氣冷冷的。「原本『夜見山』這三個字，就是二十六年前死去的岬同學的姓。再加上，從以前就有人傳說，夜見山的「夜見」（yo-mi）其實是源自於「黃泉」（yo-mi）一詞。因此，蓋在那裡的神社……怎麼說呢？長期以來一直被視為是隔開陰陽兩界的『要地』。我想那屆的級任老師肯定是想到了這個吧？」

「於是，『災厄』就停止了？」

「是啊。這是很合理的推斷。」

「既然如此，千曳先生，碰到『有事』的那年，只要去神社參拜就啥事都沒有了……」

「啊。確實有人這麼想、也這麼做了，在那之後。」千曳先生依舊冷冷地說道。「不過，好像沒什麼效果。」

「那……」

「所以才說這只是『謠傳或猜測』。到最後還是搞不清『為什麼』或『怎麼辦到的』。」

「也就是說，去拜拜根本沒有任何意義？」

「不，也不能說得那麼武斷。」

「為什麼？」

「因為說不定有所謂『拜拜的規定』啊。比方說，要選在八月上旬、盂蘭盆節前的那個時候，湊足幾個人才有效果之類的。」

「啊……的確。」

「或有其他條件，當然也不能排除這樣的可能性。」千曳先生先是盯著我瞧，然後往鳴瞥了一眼，「今天三神老師來找我時，其實也談到這件事。」他繼續說：「十五年前『災厄』為什麼停止、是怎樣止住的？我把剛才說給你們聽的告訴她，她似乎得到了許多啟發，拚命點頭、沉思，最後還喃喃自語地叨唸道：『這樣啊』、『原來如此』……」說到這裡，千曳先生停頓了一下，「看她那樣子，今年八月可能也會舉辦同樣的活動吧？」講完後，他再度盯著我的臉看。

「她也有過前年的痛苦經驗。久保寺老師死後，又臨危授命成了代導師，所以只要有一線希望，我想她都不會放棄吧？」

對此，我無言以對，鳴則是輕聲嘆息。千曳先生邊抓頭髮邊說：「假設真是如此，那麼問題就在於會有幾個學生參加了，對吧？」

6

「我有件事要向大家宣布。雖然時間有點緊急，但下個月的八號到十號，我打算舉辦三天兩夜的營隊活動。地點在夜見山的……」

隔週的星期二，七月二十一日。在熱得像蒸籠的體育館裡，舉辦完第一學期的結業式，我們回到教室，在暑假前最後一次的導師時間裡。

如千曳先生所料，我們從代導師三神老師的嘴裡聽到了這個消息。

這天的這個時間，教室裡面的學生不到二十個人。有人是從久保寺老師去世後就一直沒來，也有人是來了一下又請假。其中可能也有像鳴所說的，取得了家人的諒解和協助，趁早逃出這個市鎮。

突然獲得要舉辦宿營的告知，教室裡一片譁然。從學生們竊竊私語、交頭接耳的樣子可以看得出來，他們對暑假臨時多了這麼一項活動感到非常的困惑。大家並不知道箇中原委，會有這樣的反應很正常。

「請大家把它當作很重要的活動。」三神老師沒有先叫大家安靜下來，反而扯開喉嚨喊：「這是很重要的活動……不過，也不強迫，能參加的人盡量參加。——可以嗎？」

她只能點到這裡，不能再透露更多。

我們就學十五年前的三年三班，在同樣的地方、同一個時間舉辦班級宿營，然後大家一起上夜見山的神社拜拜，說不定今年的「災厄」就會停止了——宿營是為了這個才舉辦的，她當然不能在公開的場合這樣講。站在講台上的三神老師，可能是因為緊張的緣故，表情顯得十分僵硬。不過換個角度看，又會覺得她有說不出的茫然。

惶惶不安的我，很努力想要去了解她的心理狀況。

「關於細節，這幾天我會寄資料到各位府上，連同報名表一起，有意願參加的人請在這個月底前回函。——可以嗎？」

關於宿營的說明就這樣結束了。有幾個人舉手想要發問，卻都被三神老師視而不見地擋掉了。不管怎麼樣。我們終於要迎接暑假的到來。國中生涯的最後一個暑假，不，也許是「人生最後」的一個暑假。

插曲之三

宿營的單子，來了嗎？

來了，今天。

怎麼辦？要參加嗎？

這還用問，當然是不參加囉。

可是三神老師說，**這是很重要的活動**。

又不是考前衝刺班，沒參加沒差吧？

上面寫說「目的・增進班級情誼」。

真搞不懂。為什麼要在「有事年」的暑假辦這種活動呢？有人都因為待在夜見山危險而逃到外地去了，萬一參加宿營不小心發生意外的話……

可是……

哪兒都不去，乖乖待在家裡才是最安全的。外面可是危機四伏啊。

……

話說回來，為什麼我們這麼倒楣？真是太不公平了。難得的暑假都泡湯了。依我說，要是那個轉學生不和見崎鳴講話，符咒肯定會成功的。

——或許吧。

決策小組的成員也有問題啦。一開始就上緊發條……趁轉學生到校之前，把事情講清楚不就好了嘛。

嗯。不過，事到如今再來抱怨這些也於事無補。

也對啦，因為我們原本也不相信真的會死那麼多人。

就是說啊，誰想得到事情會變成這樣……

*

宿營的行前通知書來了耶。

嗯。

妳怎麼樣？

呃，我……

不去嗎？

啊……嗯。

喂，班長，妳可是兼任決策小組的成員喲。妳不是最應該參加的嗎？

呃……可、可是……

妳不會是害怕吧？怕宿營期間發生什麼事？

也、也不是這麼說啦……

我覺得事情沒那麼簡單。

啊？沒那麼簡單，是指？

就是宿營呀，肯定別有用意。三神老師不是也說了嗎？這是很重要的活動。說到這個，我後來從榊原那兒聽說……

＊

八月八號到十號，和十五年前宿營的日子一樣欸。

嗯，是呀。

也一樣要去夜見山神社拜拜嗎？

是有這個打算。

在第二天的九號？

因為十五年前也是排在那天。

可是，十五年前的意外就是在那天發生的……

我知道，千曳老師讓我看過那時的資料。不過，既然要試試看，不是應該選在所有條件都一樣的情況下進行嗎？

那，結業式當天，你為什麼不向大家說清楚呢？

啊，因為……我沒有把握。

……

這真的是「很重要的活動」嗎？今年的「災厄」真的會就此停止嗎？我到底該懷有多少期待？

連我自己都沒有把握，都還在懷疑……所以，那時候我只能那麼做。

你的意思是，現在你就不再疑惑了？

——我不知道。

……

雖然不知道，不過，至少比什麼都不做要來得好……對吧？這是我的想法。

*

還是去會比較好吧？那個宿營。

你怎麼又這麼說？

說不定，大家會因此而得救呢！

得救？

我是有聽到一些風聲啦。喏，不是有個叫夜見山的神社嗎？我們宿營時好像要去那裡拜拜，請求神明保佑。

啊？

以前好像有班級因此而得救。

真的嗎？

傳言是這樣啦。

喔……

喂，怎麼辦？

參加的還有誰啊？

赤澤同學說她會參加。她說這是她身為班長，以及決策小組成員該負的責任。還有，杉浦同學也會去。

杉浦啊，感覺他好像赤澤同學的貼身侍衛呢！

啊，中尾應該也會去。

他是因為赤澤同學要去吧？

沒錯。「女王陛下，小的也要去。」感覺就像這樣。

做男人做到這樣真是太可悲了。

對了，望月應該也會去吧？他為的就是三神老師囉。

這不用說大家都知道。然後，榊原應該也……

見崎同學呢？她怎麼樣？

這個嘛……

我是希望她不要參加啦。

不過，不是已經沒關係了嗎？「透明人」的符咒都已經破功了。

話是沒錯啦。不過，我總覺得見崎同學很難親近……你不覺得她看人的眼神冷冰冰的嗎？

你就這麼怕她喔？

不是怕，應該說是不舒服……

……**我上小學的時候，班上有一個女生跟她長得超像的**。

你說有人和見崎同學很像？

沒錯。

可是，見崎同學不是獨生女嗎？

姓氏不一樣。不過，那女生的名字好像就叫做 Misaki。

啊？

其實到今天我偶爾還會懷疑，她們兩個會不會是同一個人……

那個女生國中讀哪裡？

五年級的時候她就搬家了，所以我不是很清楚。

那她有戴眼罩嗎？

這個……倒是沒有。

聽說見崎同學是在四歲時失去左眼的。

啊，那就……

第十三章　七月之三

1

最近又常作惡夢了。

和之前的夢魘不同，這次的內容沒有出現「都是你害的」，與責備自己引發災厄無關……

「**死者**」，**是誰？**黑暗中，我不斷問著自己這樣的問題。

「**死者**」，**是誰？**為了回應我的問題，不同的臉孔一一出現。

風見、勅使河原、望月。轉學以來，跟我交情還不錯的他們。

劍道部的前島、水野小姐的弟弟、坐在我前面的和久井。赤澤、杉浦、中尾，小椋……這些我雖然不熟，但至少名字和長相不會弄錯的人。

然後是……嗚。

以及其他三年三班的同學。到底誰是今年「多出來的人」（死者）呢？

從黑暗深處隨機出現的他（她）們的臉孔，一一崩解溶毀，最後變成飄著惡臭、令人作嘔的異形。就像經常在恐怖片裡看到的那樣，經過特殊化妝，他們有了驚人的改變。然後……最後出現的，肯定是我——榊原恒一的臉。

只在鏡中或照片裡看過的我自己的臉。連它也開始溶解，變得恐怖無比。

……我？是我嗎？

難道我才是混進班上的「死者」，連我自己都不知道？難道？

我一邊用手抓摳自己崩解的臉孔，一邊發出刺耳的呻吟聲……就在此時，我突然驚醒。這樣的夢已經連續做了好幾晚。

所以，也許我自己才是「死者」？我認真思考這樣的可能性。

「死者」並不知道自己就是「死者」。他（她）的記憶經過了調整、改變，讓他（她）以為自己沒死，還好端端地活著。若真是這樣……

那，我也有可能是死者，不是嗎？

今年四月初的時候，課桌椅是剛好的。然後到了五月，就少了一組。這全是因為我中途轉學進來的緣故。

臨時多出來的人是我，假設這個我就是今年的「死者」……

那麼，不只我沒有自覺，連外公、外婆、怜子阿姨還有父親都會忘記我已經死掉的事實，所有紀錄也會被竄改到毫無破綻，完全兜得起來。

……不，等等。

我用力搖頭，將掌心貼向胸口，確認心臟仍正常規律跳動著，並靜下心來思考。千曳先生和鳴告訴我的，「多出來的人」（也就是死者）基本法則是：

二十五年前三年三班開始出現某個「現象」，而每年的死者都是從過去死於這個「現象」的人隨機產生的。「災厄」殃及的範圍，包括班上成員以及他們二等親以內、有血緣關係的親人。不過，即使在範圍內，只要不住在夜見山就沒事。

我試著拿這個法則跟我的情況做比對。

要死於這個「現象」，有一個先決條件，那就是我得曾經住過這裡。而且，當我住在這裡的時候，必須有二等親以內的親人是夜見北三年三班的成員——但根本沒有這回事。

母親國三的時候，這世上當然還沒有我這個人。怜子阿姨國三那年的春天，我在這裡出生了，但怜子阿姨和我是阿姨和外甥的關係，屬三等親。所以也就不在「災厄」影響的範圍之內。母親理津子可能會受到波及，但我應該不至於……

十五年前的七月母親過世，我這個獨子在那之後就隨父親搬到東京去了，和夜見北三年三班根本扯不上關係。直到今年四月，我上國中後才又回到這裡。

……不可能。

不可能。

吱吱吱的重低音莫名其妙地響起。什麼？瞬間，我感覺不太舒服，不過很快就好了。

我說給自己聽，我不可能是「死者」。

住院時來看我的風見和櫻木肯定也透過當時的互動確認了這一點。那時他們問我……

——你是第一次住在夜見山嗎？

——我是想說，說不定你以前曾經住過這裡。

——那長期度假呢？

當時我心想這是哪門子的問題啊，現在才知道，他們是為了試探我這個轉學生是不是「死者」，而且最後風見還要求跟我握手。

「這也是確認程序的一環。」鳴告訴我說，在放暑假之前。

「據說第一次見面和『死者』握手的話，他的手會冰得嚇人。就因為這樣的傳言，所以他們才會……不過，千曳先生也說了，這個傳言很怪，應該是後來穿鑿附會的，沒什麼可信度。」

可是，假設我就是今年的「死者」，而當時風見和櫻木也發現了這個事實，那接下來他們打算怎麼做？

對於我突發奇想提出的問題，鳴還是很有耐心地回答。

「如果是那種情況的話，我想從五月榊原同學到校的那天起，被當成『透明人』的就不是我，而是榊原同學了。」

「我？」

「沒錯。大家會把原本就不應該存在的『多出來的人』當作是『透明人』。如此一來，人數就完全吻合了。這肯定要比隨便找個人當『透明人』的效果要來得好。」

「這樣，『災厄』就不會發生了？」

「應該吧。」

「那——」

這時我又丟出一個臨時想到的問題。「如果是在後來才發現『死者』的真正身分呢？可不可以等到那時候大家再把他當作『透明人』……」

「那樣肯定行不通。」鳴馬上否定了我的假設。

「因為『災厄』已經開始了。所以，就算之後讓數字弄吻合現實也已經……」

2

暑假第四天，七月二十五日的晚上，我和許久不曾聯絡、遠在印度的父親通上電話。

「喂，已經放暑假啦。有沒有朝氣十足啊？」什麼都不知道的父親一如往常地沒個正經。

「馬馬虎虎啦。」我也用一如往常的語氣回應著。我認為將這裡發生的一切告訴他，實在不是明智之舉，因為讓他知道了也不能怎樣。

「對了，恒一，你知道後天是什麼日子嗎？」

被這麼一問，我突然嚇了一跳。——不過，我盡量裝作沒事的樣子，

「哦，你還記得啊？」我反問。

父親稍微加強了語氣：「那還用說。」

後天，七月二十七號，是十五年前在這裡去世的母親理津子的忌日。

「你現在人在夜見山嗎？」父親問。

「是呀。」

「不回東京嗎？」

「你是想說，就算只有兒子也該去祭拜一下嗎？」

「沒有啦。我當然不會勉強你。又沒有事先和你商量。」

「就是說呀。我也在傷腦筋，不知該怎麼辦呢……」

母親的遺骸不在夜見山，而是放在東京榊原家的家墓裡。每年的忌日，我和父親都會一起去祭拜母親。在我的記憶裡，我們沒有一年缺席。

「想說你要不要自己回去一下……」

其實我也曾經想過，既然要留，當然不會只有「一下」，乾脆一整個暑假都待在東京好了。如此一來，就算離開了夜見山，至少這段期間就不怕災難會降臨在自己身上了。

「還是算了吧。」我說。

「這裡是媽出生的地方，也是媽去世的地方，應該不用特地跑回東京的墓園吧？」

「啊，也對。」父親很快就被我說服了。

「代我問候外公外婆。我自己也會再打給他們的。」

「啊，好。」

這個夏天，我有不回東京的理由。其一……當然是因為鳴。我怎樣都無法丟下她，獨自逃到「訊號範圍外」去——

其二，則是因為八月的宿營。我是不是也應該參加，為終止「災厄」做點什麼？這樣的念頭似乎越來越強了……

「對了，爸。」趁此機會，就來問吧！我稍微調整語氣，「我可以問你媽的事嗎？」

「你媽啊？她長得很美。也很有看男人的眼光喔。」

「我不是問你這個……」

之前在電話裡，我曾向父親提起夜見北三年三班的事，他好像完全沒有印象似的。這意味著母親不曾對父親說過「被詛咒的三年三班」嗎？還是父親聽過卻忘了呢？——兩者都有可能。

「你看過母親國中時代的照片嗎？」

聽我這麼一問，電話那頭的父親似乎愣了一下。

「你之前是不是也曾說過你媽國中時代怎樣之類的。」

「因為我現在讀的是同一所國中，難免會……」

「我記得訂婚後，她讓我看過國中的畢業紀念冊。啊，高中的也有……你媽真美。」

「那本紀念冊現在在東京家裡嗎？」

「嗯。應該收在書房裡吧？」

「其他的照片呢？」

「咦？」

「除了畢業紀念冊以外，媽還有其他的照片嗎？國中時代的照片？」

「我是沒丟啦……不過，你是說畢業紀念冊以外的照片嗎？她好像沒有特別珍藏耶。」

「那——」我試著縮小問題的範圍。「爸你看過嗎？媽在國中畢業典禮當天，和全班同學合拍的紀念照？」

「呃……」

沉默了幾秒。沙沙，電波受到輕微的干擾，不久……

「那個照片怎麼了嗎？」

聽得出來父親似乎起了疑心。「呃……」我欲言又止。

「那個，怎麼說呢？聽說那張照片有點奇怪。呃，好像是靈異照片。」

「靈異照片？」父親的聲音顯得有些吃驚。

「恒一，雖然不知道你是從哪裡聽來的，但這種話能當真嗎？我真沒想到你會相信靈異照片這種東西……」

「不，那個，總之……」

「……嗯？」就在此時，父親的聲音變了。「等一下！等等，恒一。——啊，說到這個，我以前好像曾聽理津子提起過。」

「真的嗎？」我握緊聽筒。

「是怎樣的？」

「她說有張令人毛骨悚然的照片，好像說拍到幽靈什麼的。對了，是國中時代的……」

「那張照片你看過嗎？」

「沒有。」父親稍微壓低聲音，「我當時只是隨便聽聽，沒說想看，也沒要她拿給我看。不過，她說這種東西放在身邊毛毛的，所以都留在老家。」

「老家？」我忍不住提高音量。

「在這裡？」

「不知道現在還有沒有留著就是了。」

「也……是啦。」我一邊應聲，一邊想說——這就要問外婆了。母親出嫁前的房間或貯藏室，或許還留有她以前的私人物品也不一定。這其中有可能……

「喂，恒一，你那邊是不是發生了什麼怪事？」

我的表現果然讓人覺得可疑，父親這麼問道。

「沒有啦，沒事。」我立刻回答。

「我只是無聊問問。啊，不過我在這裡交了幾個朋友，而且下個月我們班要舉辦宿營。」

「——是嗎？」

然後，他用罕見的認真口吻告訴我說：「你媽真的是個很有魅力的人，我對她的愛到今天依然沒變。所以，恒一，你對我而言……」

「我懂、我懂。」我有些不知所措，連忙打斷他的話。如果他接著說「我愛你，兒子！」我就要擔心他是不是在印度熱昏頭了。

「那再見囉！」我邊說邊按下通話結束按鈕，又輕輕加了一句：「謝謝你，爸！」

3

敕使河原哪天不挑，剛好挑到一週開始的第一天，也就是母親的忌日，他下午打給我：「有話跟你說，你可不可以出來一下。」

我才遲疑一下，就被敕使河原損了一句：「還是你要和鳴約會？」這傢伙真會見風轉舵，變得可真快……不過，因為事情的真相我已經明瞭，所以現在我並不怪他。

約定的場所是在學校附近飛井町的一家名叫「ＩＮＯＹＡ」的咖啡店。好像望月現在也跟他在一起。我問他有什麼事，他說就是要跟我談。如果約好了要約會，就帶她一起來。因為這也是全班同學的問題。——都已經講成這樣了，不去也不行。仔細詢問那家店的地址，記在紙上，我立刻從家裡出發。

在酷熱的夏天裡，我搭著巴士前往飛井町，汗流浹背地照著他說的路徑走……大概花了一個小時左右的時間才抵達目的地。「ＩＮＯＹＡ」就位在面向夜見山川環河道路的一棟大樓的一樓側邊，氣氛絕佳。這家店白天是咖啡店，到了夜晚好像也有賣酒。為了趁早逃離酷熱的天氣，我快步進入店裡。室內超強的冷氣讓我整個人又活了過來。

「嗨！在等你呢！榊原。」敕使河原舉起一隻手，招我過去他們坐的那張桌子。他穿著鮮艷的鳳梨圖案夏威夷襯衫。品味還真叫人不敢苟同。

坐在敕使河原對面的望月抬頭看到慢慢走近的我，立刻不好意思地低下了頭。他穿著白色的T恤，正面印有大幅圖案，所以看到的瞬間我還以為是「標語T恤」，不過看了圖案後才知道是個留著小鬍子的男人。

那是誰？我還來不及想，就看到一排字母貼著鬍子男的下顎，斜斜排列著：Salvador Dali ❺

唔，沒想到這傢伙不是只愛孟克啊。

我坐到望月旁邊的位置，環顧了一下店內。樸實的印象和大樓外觀迥然不同……怎麼說呢，感覺走的是復古風的裝潢。和往常一樣，我對店內播放的音樂曲名依舊一無所知，不過聽起來是

❺超現實主義畫家達利。

帶點爵士味道的慢節奏樂曲。嗯，這種音樂我還能接受。

「歡迎光臨！」不一會兒，一位年約二十多歲的女性遞來了菜單。她一身侍者打扮，一頭披肩直髮，感覺和店內的氛圍十分相融。

「你也是優矢的朋友啊？」她和藹地招呼著。

「我弟弟一直承蒙你照顧了。」

「咦？」

「我是他的姊姊，你好。」

「啊，是。那個我是……」

「是榊原同學吧！我聽優矢提起過。——要喝什麼呢？」

「那，呃，我要冰茶。啊，冰檸檬紅茶。」

「好的。請稍等。」

後來聽望月說，年齡相差十多歲的她確實是望月的姊姊，不過他們倆姊弟是所謂的「同父異母」。她的名字叫知香，是望月的父親和去世的前妻所生的女兒——幾年前結婚，現在從夫姓，姓猪瀨。

「INOYA」原本是她丈夫猪瀨經營的店——不過，現在大致採分工合作的方式，白天由知香經營，晚上則由猪瀨經營。

「這裡離學校近，而且又是朋友的店。所以我偶爾也會過來。還有，在這裡十之八九都會遇到望月……是吧？」

被勅使河原這麼一說，望月小小應了聲「嗯」。

「好，言歸正傳。」勅使河原將弓著的背挺直。

「望月，你講吧！」

「啊……嗯。」望月用玻璃杯裡的水潤了潤喉，「吁——」地大嘆了口氣。「我和知香——就是我姊姊雖然是不同母親生的，但也是有血緣關係的姊弟……所以我姊姊也有可能會被捲入這次的事件中。」

「你說的『這次的事件』指的是三年三班今年的『災厄』？」我開口向望月確認。

望月用力點頭，「所以，我……」他繼續說道，「這件事無論如何也無法對姊姊隱瞞。」

「你跟她說了？」

「嗯。」

「他說得可詳細了。」說這話的人是勅使河原。

「嗯，非常詳細。」

「知香小姐——」勅使河原一邊偷偷望向知香小姐所在的櫃台，「知香小姐國中也是讀夜見北的。雖然三年級的時候她不在三班，不過多少也聽過一些有關三班的可怕傳言。也因此，她一開始就很相信望月所說的話。」

「事實上已經死了好幾個人了。她很擔心我和班上的同學。」

說話的同時，望月滿臉通紅——原來如此啊，年輕人。你對熟女的情愫是從這裡開始的？

「可是就算再怎麼擔心也於事無補吧？『災厄』一旦開始就無法停止。我們都盡力了。」

「在這種情況下，望月也把下個月的宿營活動對他姊姊說了。」

「嗯。」

「結果講了之後——」勅使河原又挺起了背。

「就在最近，我們透過知香小姐取得了一個新的情報。」

4

松永克巳，提供這個「新情報」的人。一九八三年畢業的夜見山北中學校友。換言之，他和怜子阿姨同屆，而且三年級的時候都是三班的學生。從本地高中畢業後，到東京讀大學。大學畢業後就在某大銀行任職，待了幾年後離職，然後回到了夜見山的老家，繼承家業在此定居。

這個人碰巧也是「ＩＮＯＹＡ」的常客。

「這位客人每個禮拜都會來店裡幾次。雖然我知道他也是夜見山北中學畢業的，不過一直到這個月初我才曉得他是三年三班的學生。」這時，知香小姐直接對著我這個剛加入的成員說道。「因為從優矢那兒聽到了許多事，所以我決定問問看。我問松永先生讀三班的那一年班上有沒有混進『多出來的人』。結果呢，那人當時喝了很多酒，反應好像有點嚇到的樣子……」

對於知香小姐的問題沒答「是」也沒答「否」，當時坐在吧台喝酒的他突然雙手抱住了頭。不久後，他開始斷斷續續地喃喃自語著，像這樣……

「那一年的『詛咒』，因為……」

「我……沒做錯。」

「沒做錯事……」

「我，讓大家……」

「……得救。救了大家。」

「所以……我要把它傳達給別人。」

「必須傳達才行……」

「……有留下來。」

「那個，偷偷地……」

「在教室裡，偷偷地……」

他那不聽使喚的舌頭囈語般地說著……之後整個人醉到不省人事，什麼都沒說地離開了。

「這是什麼意思？有什麼含義嗎？」我不假思索地問，知香小姐滿臉的困惑。

「我不是很清楚耶。」她答道。

「剛才講的事發生在一個禮拜前的晚上，之後松永先生也來過店裡幾次。可是，有次我試著問他，他卻說完全不記得了。」

「忘了自己說過的話嗎？」

「是啊。不管我怎麼問，他都是一臉茫然地回答：『不知道』。」

「……」

「他好像還記得，十五年前那個『詛咒』造成三年三班接二連三發生『災厄』的事。不過，別說是那年『多出來的人』的真實身分了，就連那年『災厄』是怎麼停止的這種關鍵問題他也完全沒有印象……」

「他像是故意隱瞞的樣子嗎？」

「看起來不像耶。」知香小姐又納悶地說：「也許他是那晚酒喝多了，碰巧想起了什麼來也不一定。我有這種感覺。」

當事人關於那年「死者」的記憶會在某個時間點開始淡化、消失。這種情況也確實發生在松永先生這個畢業生身上。十五年後的今天，記憶的片段突然從爛醉的腦袋裡甦醒。是這樣的嗎？我想任誰也無法如此斬釘截鐵地斷言說「不可能」吧？

「令人在意吧？這些話。」勅使河原看著我的臉。

「真的很令人在意。」接著他又看著望月的臉。

望月低下頭，我咬著冰茶的吸管答道：「的確。」

聽了我的回答，敕使河原板起臉孔點了點頭說：「參加宿營去神社請神幫忙也行，不過在那之前的這段期間，我們這樣提心吊膽的也不是辦法。」

「你是說——」

「從知香小姐的話，大概可以想像得出，那個叫松永的在這裡說了什麼。」

「怎麼說？」

「就是啊，他不是講過『得救』嗎？他說他自己救了大家。而且為了把這事傳達給別人，他留下了『那個』。」

「偷偷地，在教室裡？」

「沒錯。偷偷留下來——換句話說，是被藏起來了。雖然我不知道『那個』指的是什麼，但我敢保證它肯定與『詛咒』有關……我可是非常好奇呢！」

「這，也對啦。」

「是吧？是吧？」接著敕使河原一本正經地說：「去一探究竟吧？」

「啊？」我提高音量，偷看一旁望月的反應。他低著頭，瑟縮著身體。我重新望向敕使河原，緩緩問道：「誰去一探究竟？」

「我們。」敕使河原回答，一副理所當然的樣子。這傢伙到底有沒有想清楚啊？

「我，榊原，還有望月你。畢竟這個情報是你從知香小姐那兒聽來告訴我們的。」

望月依然縮著身子，「唉——」地長嘆了一口氣。「本來也想拉風見一起的，可是，那傢伙最大的長處就是認真，告訴他只會讓他胡思亂想。榊原，要不要也找鳴一起去？」

我不悅地嘟起嘴，瞪了勅使河原一眼。「喔，別鬧我了啦。」

5

話雖如此，一個多小時之後，我還是來到了御先町的人偶藝廊「夜見的黃昏，是空洞的藍色眼睛」。離開「INOYA」，和勅使河原他們分手後，我馬上打電話到鳴家裡。我忍不住想這麼做。

接電話的是霧果小姐。和一個半月前第一次打電話過去時一樣，她的聲音聽起來有點訝異又帶點不安，不過我一報上姓名，「啊，是榊原同學呀！」她馬上會意，把電話轉給了鳴。

「我在學校附近，」我儘可能裝成一副輕鬆的樣子，對鳴說道：「現在可以到妳那兒去嗎？」

鳴沒問我什麼事，直接答說：「好啊。」

「那，我們還是約在藝廊的地下室。現在應該沒有客人吧？」

「好。」

天根婆婆免了我的入場費，我直接往地下展示室走去。鳴已經下來了。她就站在房間最裡面那座黑色棺木的旁邊，和放在棺木裡和她一模一樣的人偶並肩而立。

窄版的牛仔褲配上素面T恤，很樸素的打扮。不過那件T恤和棺木中的人偶身上穿的洋裝一樣，是白色的。

「嗨！」我舉起手，朝她走了過去。這時，我脫口問了一個之前就一直想問的問題。

「我說，那個人偶，」我指著棺材裡的人偶說道：「真的是以妳為樣本耶。雖然第一次在這裡碰見的時候，妳曾說過它只有妳的一半，如果我沒記錯的話……」

「連一半都不到呢。」這是鳴的回答——對了，當時她也是這麼說的。

——不過，這只是一半的我。

——搞不好連一半都不到呢。

「這個——」鳴將視線移向棺木，「這個女孩，是我母親十三年前生的女兒。」

「霧果小姐的……那她是妳妹妹囉？」鳴不是沒有姊姊或妹妹的獨生女嗎？

「十三年前她生了一個孩子，可是胎兒生出來的時候已經死了。連名字都來不及取。」

「咦……」

——妳有姊姊或妹妹嗎？

之前我這樣問的時候，鳴只是默默地搖頭。如果我現在質問她：妳明明說沒有的，說不定她還會回我一句「我現在是沒有啊。」

「這個人偶雖然是以我的外表為樣本，不過，她是她為了思念未出世的孩子而創作的。所以她只是一半的我，甚至連一半都不到。」

——我是她的人偶。

對喔，鳴也曾經這麼說過自己和霧果小姐的關係。她說……

——雖然有血有肉，但又不是真的。

我徹底陷入混亂，不知該說什麼。鳴靜靜地離開棺材邊，

「話說回來，你找我有什麼事？」她轉移話題。「突然打電話來，有什麼大事？」

「妳嚇到了？」

「有點。」

「其實我剛才和勅使河原以及望月聚會，我被找去望月姊姊工作的咖啡店裡。」

「哦？」

「然後……呃，我覺得還是要跟妳說一聲。」

要不要也約鳴？腦海裡浮現敕使河原賊兮兮的笑容。我一邊在心裡瞪著那張臉，一邊把剛剛在「INOYA」裡聽到的「最新情報」告訴了鳴。

大致聽完了之後，鳴沉默了一下開口問道：「要去哪裡一探究竟？」

「舊校舍。」我答道。

「就是〇號館的教室。以前三年三班的教室。『透明人』用的那張舊桌椅不就是從那邊搬來的嗎？」

「沒錯。那個校舍的二樓原則上是禁止進入的。」

「他們說趁現在放暑假……找一個沒人看見的時機偷偷溜進去。至於到底能找到什麼，還是什麼都找不到，沒試過也不知道。」

「——呼。」鳴輕輕嘆了口氣，俐落地撥了撥頭髮。

「不告訴千曳先生嗎？如果告訴他，他一定會幫忙的……」

「嗯。我也覺得應該要這麼做，可是敕使河原他們，怎麼說呢？是抱著要去探險的心態。我覺得他們一定會堅持我們自己去就好了。」

「是哦。」只應了這麼一句，鳴就不再講了。她應該不會不關心才對……我一邊想，一邊試著問道：「如果要去的話，見崎要不要也參加？」

「去舊校舍探險？」鳴淺笑道：「探險的事就交給你們三個男生吧？人太多反而不好。」

「妳都不好奇嗎？教室裡面是否藏了什麼？」

鳴淡淡地回了一句：「好奇呀，所以說，如果你們找到了的話，記得告訴我。」

「啊，這……」

「對了，我明天必須出門一趟。」

「出門？」

「我爸回來了。」鳴說這話時的表情有點陰鬱。「所以呢，我們一家三口要一起到度假別墅去。雖然我一點也不喜歡，不過這是慣例，非去不可。」

「妳說的別墅在哪裡？」

「在海邊。開車大概三小時車程。」

「是在夜見山市以外的地方？」

「當然囉。夜見山又不靠海。」

「要逃到外地去嗎？」

鳴堅定地搖搖頭，「預計只去一週就回來了。」

「那……」

「有關『災厄』的事我沒有對家裡的人說。回來之後，我也想參加宿營。」

「——是喔。」之後我講了一堆有的沒的，包括自己的近況。基本上，鳴都默默聽我講，偶爾還會瞇起右邊的眼睛。

「自己真的不是『死者』嗎？我不禁認真思考起這樣的問題。」

聽我把話說完後，鳴率先提出的問題是——

「有多認真？」

「——非常認真。想到頭都快破了。」

「那你找到答案了嗎？」

「嗯，應該吧。」

見我曖昧地點頭，鳴緩緩轉身。我還來不及想，她就默默走向那座黑棺，消失無蹤了。什麼？我焦急地追了上去。她有說要搭裡面的電梯上樓嗎？可是，一繞到棺木後面，我不禁「啊」地驚呼出聲。我一直到現在才發現，有些地方和以前不一樣了。以前這座棺材的正後方掛有暗紅色的簾幕，不過，現在這棺材擺放的位置比較前面，而棺材和簾幕之間騰出來的空間……又放了一座棺材。

一樣的大小，一樣的形狀……不過，顏色塗的不是黑色而是紅色。這個棺材和前面的黑棺以背靠背的方式擺放在一起。

「現在工房正在製造的人偶，好像打算要擺在這裡面。」鳴說道，聲音聽起來好像是從她所說的「這裡面」發出來的。

紅色棺木和簾幕之間還有一點空間。我慢慢往裡面移動。被空調吹得飄起的簾幕拂上我的右肩，我彎下上半身，朝紅棺材裡面窺探。

鳴，在裡面。

她好像黑色棺木裡的人偶一樣，進入了那座棺材裡。那座棺材的尺寸比鳴的身型小些，她膝蓋微彎，縮著肩膀……

「……你不是。」鳴說。

她的臉距離我湊過去的臉，相隔不到幾十公分。曾幾何時，她左眼的眼罩已經摘下來了。埋在眼窩裡的「人偶眼睛」空洞地瞪著我。

「放心。」

宛如耳語，卻又鏗鏘有力的聲音。讓我感覺躺在棺材裡的也許不是鳴。

「榊原不是『死者』。」

「啊，那個……呃……」為了拉開與她的距離，我不知所措地往後退。背立刻碰到了硬邦邦的東西。啊，是隱藏在簾幕後方的電梯鐵門。

「你母親的照片呢？」鳴就這麼待在棺材裡問道。

「畢業典禮後那張有問題的合照。你說它可能留在老家，找到了嗎？」

「不，還沒……」我已經拜託外婆幫我找了。

「如果找到的話，可不可以也讓我看看？」

「啊，嗯。當然可以。」

「那——」這時，鳴終於走出棺材，往房間的中央移動。我還是只能小心翼翼跟了上去。「這個。」說著，鳴回過頭來遞了東西給我。那是——

「如果有什麼事，打這個號碼。」

那是名片般大的卡片，印有這家藝廊的簡介。她說的「號碼」就用鉛筆寫在上面。

「這是……」我收下卡片，看著上面的數字。「電話號碼？——手機的？」

「沒錯。」

「見崎的手機？」

「對。」

「妳有手機嘛，還說討厭的機器什麼的。」

「真的很討厭啊。」鳴不耐煩地挑起右邊的眉頭。

「想到一天到晚都被電波綁著就不舒服。我真的很不想帶。」

我盯著她的臉瞧。

「我真的很不想帶，這種機器——」嗚又重複了一次，不開心地說：「是她叫我帶的。」

「她……是霧果小姐嗎？」

嗚輕輕點頭，「她有時會感到非常不安……所以，一直以來，會打電話給我的只有她。其他人一次都沒有。」

「原來如此。」

不知為何，一種奇妙的感覺油然而生，我再次看向卡片上手寫的電話號碼。嗚把眼罩戴了回去，遮起「人偶的眼睛」，輕輕嘆了口氣。

「探險的事還有照片的事，如果有消息就告訴我。直接打那個電話就可以了。」

6

上小學前還不太懂事的時候，我坐在電視機前看「吸血鬼德古拉」。那是早在我出生之前，由英國電影咸馬製作公司（Hammer Film Productions）推出的名作。印象中，我最早體驗的恐怖片就是它。後來有好一陣子，我都會看（或者應該說是被強迫看）父親收藏的德古拉系列影帶。當時雖然年幼，但我心裡一直有個百思不解的問題：為什麼只要主角一到德古拉的城堡，太陽就會下山呢？

德古拉雖然是恐怖的怪物，但他的弱點也很多。最大的弱點就是怕陽光，所以只要在白天主角就可以輕鬆獲勝。但不知為何，主角去和德古拉對決的時候，總要拖到了日落黃昏才動手。

這道理如今我已明瞭，當然是為了所謂的「戲劇張力」。

很奇怪，當我和勅使河原、望月三個人的〇號館二樓潛入計畫定案時，我最先想到的竟是這個。特地等到晚上再行動，世上哪有這麼蠢的事？雖然不是要去消滅吸血鬼，但就算是探險，也應該要避免半路天黑的情況發生才對。——唉，這可能是我個人的偏執吧？

相反地，勅使河原就認為大白天的算什麼探險。就連大清早偷偷摸摸的也不行，他說「味道不對」。不光只是氣氛問題。暑假期間，三個三年級的男生在校內遊蕩，如果時機挑得不對的話很容易讓人起疑……也是因為有這樣的考量。於是——

整合三個人的情況、意見等等，我們決定在七月三十日的下午三點行動。太陽約七點才下山，所以應該不至於東西找到一半天就黑了才對。

結果，我們還是沒跟千曳先生說這件事，至於外婆和怜子阿姨那邊我也沒有提起。也許是受了勅使河原的影響吧？不知不覺中，我也陷入了「暑假秘密探險」的氛圍裡。

行動當天，我們約在〇號館一樓西側的美術社社辦會合。社員望月會預先將社辦的門打開。為了不引人注目，我們三個人都穿著學生制服。如果撞見了老師問起為何到校，我們就回說是為了參加美術社的會議，藉此開脫。

……於是，下午三點過後，我們三人照原定計畫，朝〇號館二樓方向走去。

校舍東西兩側的樓梯入口各拉起一條封鎖線，線的正中央懸著一張厚紙板，上面寫著「禁止進入」四個字。確定附近沒人之後，我們依序從封鎖線的下方鑽了過去，偷偷爬上平常沒人會走的樓梯。

「這棟舊校舍沒有什麼『夜見北的七大不可思議』嗎？」走到一半，我半開玩笑地向勅使河原問道，「比方說樓梯的階數會增加或減少之類的，沒有這種事嗎？」

「不知道啦。」勅使河原沒好氣地回答：「我對『七大不可思議』之類的沒什麼興趣。」

「什麼嘛。一開始你和風見兩人帶我參觀學校時，不是還興致勃勃地告訴我嗎？」

「那個，那是……哎呦，那時我們是拚命在想說要怎麼把三年三班的事講給你聽，才扯到那裡去的。」

「哦？這麼說，其實敕使河原不太相信囉？」

「你是指靈魂或是鬼神作祟的事嗎？」

「沒錯。」

「我認為世上沒有鬼魂，也沒有鬼神作祟的事，只有一個，就是三年三班這件事……」

「那諾斯特拉姆斯的預言呢？你也不相信它會成真？」

「那種事怎麼可能會成真？」

「是喔。」

「如果我真的認為它會發生的話，現在就不會為這種事操煩了。」

「也是啦。」

「〇號館裡著名的『七大不可思議』是——」這時望月插嘴說：「第二圖書室的秘密。」

「第二？那裡怎麼了？」

「聽說那個房間裡，不時會聽到微弱的呻吟聲。你聽過嗎？榊原？」

「沒呀，什麼呻吟聲？」

「據說，那間圖書室下面有一間被封印起來的地下室。裡面藏有很多古書，古書裡記載著這間學校和這個城鎮絕對不能對外公開的秘密，為了保守這個秘密，以前有一個老圖書館員被關在裡面……是這麼說的。」

「那人現在還活在地下室中，所以才會聽到那些聲音？還是說，那些聲音是來自於老圖書館員的鬼魂？」

敕使河原說完吃吃地笑了，「就鬼故事來說還算可以啦……可是，怎麼說呢？如果拿它和我們班現在發生的『災厄』相比，它們都只能算是小兒科。」

「——沒錯。」

從北邊整排窗戶射進來的陽光比想像中明亮。不過，隨處可見的髒污、破損也顯示出這裡長年禁止進入，無人使用。地板上積了厚厚的灰塵，還有一股特殊的悶臭，「廢墟」才有的氣味濃濃飄散在空氣中。

在這棟校舍裡，曾經是三年三班教室的就是從西側數來的第三個房間。這是敕使河原向風見問來的確切情報。聽說兼任決策小組成員的風見在五月初，曾和赤澤他們一起來這裡搬走給「透明人」使用的課桌椅。出入口的門沒有上鎖，我們忐忑不安地走進教室，和走廊比起來，教室顯得陰暗許多。那是因為南邊的窗戶拉起了髒兮兮的米黃色窗簾。這間教室已經有十年以上無人使用，可窗簾卻不拆掉，保持原來的樣子。這是為什麼？……可能是因為拆不拆都沒差吧？

總電源好像關掉了，按下電燈開關，電燈一樣沒亮。其實只要把窗簾拉開，室內應該會明亮許多，可是我們不想引人注意，變成另一個「七大不可思議」的題材。於是，在窗簾緊閉的暗室內，我們三個展開了「尋寶」行動。

幸好事先有料到這樣的狀況，我們各自準備了一支小手電筒。我還帶了一雙工作手套。由於灰塵漫天飛舞，望月用手帕掩住口鼻。我們先分工合作，將全部大約三十套的課桌椅一一檢查。在檢查的過程中，我的想像不由得天馬行空了起來。

二十六年前，這間教室裡的學生不承認那個叫夜見山岬的「已經死亡」，一整年都當他是「還活著的人」——

這樣的行為變成了「導火線」，引發了一連串無法解釋的「現象」。因為它，這二十五年來，有多少與三年三班有關的人掉入「死亡」陷阱裡？一直到十四年前，三年三班都還在使用這間教室。光是在這裡，就有多少人……

有些人可能像久保寺老師那樣，真的死在這間教室裡。他們可能是墜樓死的，也有可能是上課上到一半突然病發身亡……

我兀自胡思亂想著，不禁覺得自己也越來越接近「死亡」——不行。

「不行，不行！」我驚慌失措地喃喃自語，暫時停下手邊的工作，做著深呼吸。雖然吸了灰塵，不停咳嗽，但情緒多少是平復下來了。

無論如何，現在一定要集中精神在「尋寶」這件事上頭——沒錯。

松永克巳，這名一九八三年畢業的學生曾在這間教室裡，「把那個偷偷地」藏了起來——

那，藏匿的地點會是在哪裡呢？

檢查課桌椅好一陣子之後，我心想：「應該不在這裡吧？」因為就「藏匿」而言，這種地方實在太容易被找到了。所以，是在其他的地方……他應該是把「那個」藏在不容易被人發現，但遲早會被人找到的地方才對。

應該不是無論誰來都找不到的地方，否則就與他「想將它傳達給他人」的目的相違背了。所以，應該不是那種非得拆了地板、牆壁、天花板才能發現的地方。這麼說的話……

我環顧教室，「會是那裡嗎？」我直覺東西可能藏在教室後方的學生置物櫃。

雖說是置物櫃，但它並不是門關起來可以上鎖的那種，而是長寬約四、五十公分，上下左右並排的方形木格子。我盡快結束檢查桌椅的工作，走到置物櫃的前面。敕使河原和望月大概察覺了我的想法，也跟著走了過來。

「在這裡面嗎？」望月問。

「這個嘛！」我偏著頭，「反正都找看看吧？說不定有什麼看不見的死角。」

「沒錯。那……」

結果這個行動依舊徒勞無功。我們已經將置物櫃搜查了一遍，卻什麼也沒有發現。

「接下來，可以藏東西的地方……」我又將幽暗的教室巡視了一遍，這時終於注意到了那個——設置在教室角落的放打掃用具的櫃子。

這個櫃子和置物櫃一樣，是老舊的木製櫃，高約兩公尺。會不會在那裡面呢？那裡面平常不會有人注意。我走到它的前面，拉開鑲有黑色金屬把手的長形櫃門。裡面有幾把掃帚，畚箕、水桶、帶柄的拖把……毫不起眼的老舊用具就這麼擺在櫃子裡，從以前放到現在。我毫不遲疑地動手將這些用具撥開，一頭鑽進窄小的櫃子裡。然後拿著手電筒往上面照。

「——是這個嗎？」一發現那個，我立刻出聲喊道。

「什麼啦，榊原。有什麼東西嗎？」敕使河原跑過來問道。

「這裡——」我墊起腳尖伸手去拿那個。

就在我鑽進去的那個櫃子的櫃頂，有人用黑色膠帶黏了什麼在上面。

「這裡有東西，不知道是什麼。」有人小心翼翼地貼了好幾層膠帶。我將手電筒叼在嘴上，騰出雙手，想辦法把那個撕下來。不久之後，我好不容易把那個拿了下來，鑽出櫃子。又不是什麼劇烈運動，竟搞得我氣喘吁吁，滿頭大汗。

「那個，是什麼？」

「裡面找到的……被貼在櫃子頂端。要不是這樣進去查看，恐怕不會發現有這種東西。」

「說得也是。」

「那是什麼？」

從櫃頂撕下來的東西本身也被人用膠帶一圈一圈地纏著。不過，纏它的膠帶不是黑色的，而是咖啡色的布製膠帶。看不出大小。如果將層層包覆的膠帶撕掉，大概比袖珍版的口袋書還小吧。我們移到附近的桌子邊，將那個放在桌上。不管怎樣，得先除去這一層層的膠帶再說。

「啊，等一下。」勅使河原說。

「膠帶上面好像寫了什麼耶。」

「咦？」耐著性子，我將手電筒拿正，對著它照。仔細一看……啊，的確。咖啡色的膠帶表面用紅色麥克筆寫了一排文字。就算把固定用的黑膠帶撕掉，字也不會不見。我想那是因為貼的時候這一面朝向櫃頂的緣故吧？

將來這個班級
或許會因為無法解釋的災厄而痛苦不堪
給學弟、學妹們……

上面是這麼寫的。字跡非常潦草，難以辨識。

「賓果！」勅使河原彈了一下指頭。

「這行字一定也是那個叫松永的校友寫的。」

我們決定當場展開艱難的作業，將纏了不知幾層的膠帶小心剝除作業。經過長時間的奮戰，本尊終於現身了——那是一卷卡帶，一卷很普通的ＴＤＫ六十分鐘卡帶。

7

我們拿著找到的卡帶逃離禁區。回到美術社的時候，已經下午五點多了。時間過得比想像中快，這是我切身的感受。

「有沒有錄放音機？」敕使河原向望月問道。

「沒有耶，這裡。」望月回答。敕使河原抓扯滿是灰塵的頭髮，

「我想趕快聽聽看，它偏偏是卷卡帶。」

「十五年前還沒有ＭＤ嘛。」

「也是啦——唔。我家好像沒有可以播放卡帶的機器欸。」

「我家有。」望月說。

「榊原你家呢？」

「這個嘛……」

我從東京帶來的音響設備就只有專門播放ＭＤ的隨身聽而已，也沒看過外公外婆用電視以外的機器在聽音樂。不過，怜子阿姨的工作室裡應該會有錄放音機吧？

「那望月，我們現在去你家吧？」敕使河原說道。

「啊，好。」望月才剛點頭，又馬上搖頭，「等等——你們看這裡。」他用兩隻手輕輕拿起卡帶，秀給我們看。「你們看，這裡，仔細看。磁帶好像折到了。看到了嗎？」

「啊……」

「真的。」

「大概是剛才在除膠帶時不小心折到的。」

「唔。」

「所以咧？」

「這樣無法播放。」

「怎麼會……」

「不管啦，反正把它放進卡匣裡就看不到了。」

敕使河原苦著一張臉，又抓了抓金色的頭髮。窗外中庭的樹木從剛剛就一直發出唧唧唧的油蟬叫聲，聒噪得令人心煩。

「怎麼辦？」

面對敕使河原拋出來的問題，望月心平氣和地答道：「修理一下就可以聽了。」

「咦？你會嗎？」

「這還難不倒我。」

「是嗎？——好。既然如此，就先把卡帶交給望月吧。」

「交給你沒問題嗎？」

我再次確認，望月老實不客氣地點頭。「反正先試試看吧！不過可能需要花點時間。」於是我們離開美術社社辦，三個人一起走出校門。太陽就快要下山了，西邊的天空染上一抹嫣紅。晚霞豔麗無比，美得不像真的……看著看著，心情不由得平靜下來，有股想哭的衝動。去年的暑假，我作夢也想不到自己一年後會捲入這樣的「冒險」之中。就在這時候……

我們才剛走到公車站牌，就聽到遠處傳來刺耳的聲音。救護車和警車的警笛聲交相響起。

「好像發生意外了？」

「——應該是。」

「我們最好也小心一點。」

「是呀。」

這時，我們三個人說的就只有這些。

8

直到隔天，三十一號的上午我才得知那個消息。

小椋敦志（十九歲，無業）死亡。

從本地高中畢業後就一直沒有固定工作的他，成天關在家裡，足不出戶。說起來，他也算是近來被稱作「尼特族」、演變成社會問題的年輕人之一吧？

時間是七月三十日下午五點二十分。據說當時才結束附近工地作業的大型工程車因失誤撞進了小椋敦志的家裡。建物因強烈撞擊而毀損，敦志所在的二樓房間也無法倖免。因為房間就位在面向道路的位置，車子幾乎是直接衝進房裡。敦志頭蓋骨骨折，全身也有多處重傷，結果三十一號的凌晨，他在急救的醫院裡嚥下了最後一口氣。

問題在於「小椋」這個姓氏。夜見山北中學這屆三年三班的學生中，就有一位姓小椋的女生……換言之，因為這起意外不幸喪生的小椋敦志正是她的親哥哥——繼久保寺老師和他母親之後，小椋敦志成了第三個「七月的死者」。

插曲之四

……呃，我……我的名字，叫松永克巳。是夜見山北中學、一九八三年這屆的三年三班學生……預定明年三月畢業……現在，我錄製這卷卡帶的時間是八月二十日的晚上十一點多。距離暑假結束還剩十天左右。我在自己的房間裡獨自對著錄音機。

錄音完畢後，我會把這卷卡帶藏在教室的某個地方。

總有一天……雖然我不知道會是多久以後，有人會發現這卷卡帶，將它播來聽的吧。話說……**現在正在聽這卷卡帶的你，不，也許是你們**，可能是未來三年三班的學生……我的學弟妹。而你們很有可能經歷和我今年……我們今年一樣的遭遇，因為班上一些無法解釋的災厄而害怕不已……

……算了。我在這裡假設東假設西的根本就無濟於事，無濟於事啊。呃……是的，我之所以決定留下這卷卡帶，主要有兩個用意。一是因為這就好像是我……**我本人的犯罪「自白」**……是的，就是這麼回事。

我想告訴別人我做的事，想說給別人聽，希望能藉此……沒錯，就是這樣。不管我對周遭的人講了什麼，他們也不會了解。沒人理我，大家就忘得一乾二淨……情況已經演變成這樣了，所以，至少……

還有一個用意，是我想給你們這些未來的學弟妹一個忠告……不，應該說建議才對。這……這是個很嚴肅的問題。

我接下來講的話不管你們信與不信，都是你們的自由……不過，我希望你們最好相信，因為這裡面絕對沒有半句假話。**混進三年三班的「多出來的人」，以及他所引發的「災厄」**……有人說這是「詛咒」，也有人說不是，不管哪個都好。總而言之，**當務之急是如何讓它結束**……也就是說，那個……不，我還是照順序講比較好。嗯，沒錯。就這麼辦。

……班上舉辦了宿營，那是從八月八日開始，三天兩夜的暑期班級宿營。學校在夜見山的山腳下有一個機構叫「咲谷紀念館」，宿營就在那裡舉行……

為什麼要辦這個宿營呢？我們導師古賀老師是這麼說的：辦個宿營，一起去神社拜拜吧。夜見山以前叫做「夜見的山」，山腰上有一間名叫夜見山神社的古老神社。如果大家一起去那裡拜拜，一定可以讓「詛咒」消失的……簡單地說，就是求神明保佑。據說，古賀老師因為這件事傷透了腦筋，最後好像還找了靈媒幫忙。也有人說，就是靈媒建議他這麼做的……不過，實際情況如何我也不太清楚。反正呢，後來我也參加了這個宿營。參加的學生連我在內總共有二十個。雖然大家都是半信半疑的樣子，不過宿營的第二天八月九號……啊，這天也是長崎被投下原子彈的日子。哎呀，話題扯遠了……總之，宿營的第二天，我們在老師的鼓吹下登上了山，去神社拜拜。

……那是間相當荒涼的神社。雖然是以這裡的地名命名的神社，但不知為何，不像有人管理的樣子。感覺好像被世界遺棄了似的。所以呢，在參拜的同時，大家也順便將內外打掃了一遍……當時大家還抱著希望，想說也許這麼做真的能解除詛咒也不一定。老師則是自信滿滿地說：「這樣就沒問題了。」然而……

……**還是不行。要解決這種事，沒有那麼簡單。**

之後，我們離開了神社，踏上歸途。那天從早上開始一直都是晴天，誰知半路風雲變色，突然下起雨來……還是場大雷雨。老師和學生都亂成一團，大家逃命似的猛往前衝，應該就是這樣才出錯的吧。不，事到如今再講這些已於事無補。於事無補。

最先遭殃的是一個叫濱口的男生。

我所說的遭殃，就是被雷打到。那傢伙真是個笨蛋。他設想周到地帶了把傘，獨自撐著那把傘，走在山路上，還在雷聲大作的時候……然後，就被雷打到了。

我因為走得比較前面，所以沒有看到，不過當時的聲音真的很嚇人，在這麼近的距離內聽見打雷聲，生平還是第一次。濱口他……應該是當場死亡吧？他身體焦黑，還不斷地冒出白煙來。頓時，現場陷入一片恐慌。

雖然老師努力想要制止這場混亂，但情況已然失控。濱口被丟在一旁沒人理睬，大家爭先恐後地四處逃竄……過程中，我也受到推擠。總之大家都想盡快下山，在雨中橫衝直撞。在這種情況下……第二個犧牲者誕生了。

那是名叫星川的女生。

這次她不是被雷打到，而是在慌亂中逃跑，踩了個空，跌落了山崖……山崖那麼陡峭，根本不是我們想救就救得了的，結果也沒人管她……畢竟除了下山找人幫忙外也沒有其他的辦法。結果濱口和星川都沒有被救活，兩人成了「八月份的死者」。去神社拜拜什麼的，根本沒用……

不過……

重點在後面。之後，大家好不容易下了山，卻在一下山就發生了那件事。

所謂的那件事就是……就是……我……

第十四章　八月之一

1

「我們來照相吧！」望月優矢有點靦腆地說道，從後背包的側口袋裡拿出一台傻瓜相機給我們看。「喏，拍照留念。紀念國中的最後一個暑假……怎麼樣？」

「我來幫你們照吧？」三神老師說道，朝望月走去。

「啊，不行，老師也要一起。」望月一臉慌張地搖頭，

「大家在這裡排成一列——對，對。好，請老師也一起來。」

我們照著指示在那裡——營地的門前並排站好。黑沉沉的石材門柱上嵌著雕有「咲谷紀念館」文字的青銅板，以它做為拍照的中心點正好。

「好，要拍囉！」望月調整相機焦距。

「包包放旁邊比較好哦。榊原同學和見崎同學，你們再靠過來一點，老師也是……嗯，很好，就這樣——」

咔嚓一聲。

一起拍照的「大家」總共就五人。我、鳴、三神老師，還有風見和敕使河原這對「冤家」。學生全部穿著夏季制服——男生是短袖的白色開襟襯衫，女生是白色的短袖上衣。因為在校外，所以沒人在胸前別名牌。三神老師也配合學生穿了一件白色上衣，外面再套一件咖啡色的薄外套。

建物四周的林木不斷傳來蟬的叫聲。不過，這聲音不像油蟬或熊蟬的那麼吵，而是在市區鮮

少聽到的、令人心曠神怡的夜蟬聲。從小在東京市區長大的我頭一次聽到這種蟬叫聲時，還誤以為是什麼鳥在叫呢。

「好啦，望月，你也一起來。」勅使河原說道。

「我來幫你拍。」

「啊……可是——」

「不要客氣啦。去啦去啦，你就乖乖站在老師旁邊吧！」

「啊，好。那……」

勅使河原一接過相機，望月就快步走來，站在適當的位置。勅使河原一邊用手拭去額頭上的汗水，一邊對準焦距。

「要拍囉！」他高舉起一隻手，接著立刻聽到咔嚓一聲。

「好——再來一張。——喂，喂，望月，你離老師太遠了啦。再靠過去一點。榊原和見崎也一樣。風見就這樣站好別動……好。感覺很讚哦！」

到底哪裡「讚」？不過這問題也無關緊要。

「要拍囉。好，chee——se。」

不管以前還是現在，拍照時用來要求笑容的暗語一律是「cheese」。雖然這也無關緊要啦，不過，此時此刻這些「無關緊要」竟沒來由地令我開心。

八月八日，星期六的傍晚，我沉浸在這種「無關緊要」的小事裡，享受片刻的祥和。我們搭乘公營巴士來到北郊夜見山的山腳下。在終點站下車後，再走二十多分鐘的山路才抵達這裡。一路上，大多數同學的心情好像都還不錯。

……表面的祥和。這點肯定任誰都有所自覺吧？

其實每個人心中都充滿著恐懼與不安，只是心照不宣，沒有表現出來。

話不能隨便亂講不是嗎？一旦不小心講出來，說不定會讓大家不安、害怕的事立刻成真——這是大家此時的心態……在這種情況下，會有這種心態應該很正常吧？況且……大家應該都很明白。

這種「表面的祥和」不會一直保持下去，不，應該說不會維持太久。

2

「咲谷紀念館」就蓋在山腳下的森林裡，和我原先想像的不一樣，它是一棟帶有古典氛圍的漂亮歐式建築。這棟建築原本是夜見北的校友、當地的仕紳咲谷某某蓋來給自己公司的員工用的。幾十年前，他把它捐給了學校，校方就幫它冠上捐贈者的姓氏命名為「咲谷紀念館」。

「老實說，學校現在也不知該怎麼處理它才好。」除了基本介紹之外，千曳先生還說了這些。「維護這棟建築所需的人手和費用已經籌不出來了，而且這幾年也不大有人使用。偏偏賣又賣不掉……」

一開始要參加這次宿營的學生可說是寥寥可數。唉，這也難怪。

不管老師如何強調這是「重要的活動」，在沒有明確說明具體目標的情況下，大家當然會猶豫不決。參加宿營又不能藉此逃到外地去，老老實實待在家裡可能還比較安全——很多人心裡是這麼想的。

可是，偏偏那個「尼特族」小椋敦志在上個月底就那樣死去了。

就算關在自己家裡也不能保證絕對安全——大家領悟到這個事實，「既然如此……」有同學因此改變了心意。參加宿營大家就能得救——這個傳言也不脛而走，悄悄傳開了。於是，過了報名截止日期後，有些同學心想「我還是參加好了」，就陸續報名。

人數不斷追加，最後參加的一共有十四個人。男生九個、女生五個。參加率是百分之五十。包括帶隊的三神老師一共十五人，從今天起，將在「咲谷紀念館」一起度過三天兩夜。

集合的地點選在學校正門前。

「明天我們一起去爬夜見山吧！」當時三神老師對我們說道。

「去山上的神社拜拜，求神明保佑班上平安。」

同學的反應不一，老師的聲音聽起來又好像沒什麼自信。我想不只是我，至少勅使河原和望月都有同樣的感覺吧？恐怕鳴也是。

因為我已經知道十五年前的暑假，八月九日當天爬山時所發生的事了。而且我也知道三神老師自己對那件事（下山途中有兩名學生意外喪生）也一清二楚。因此，身為老師的她肯定也很猶豫吧？她是抱著死馬當活馬醫的心情，想著「只要有一點希望就……」而下決定的吧。——沒錯，一定是這樣。

「咲谷紀念館」裡住著一對管理員夫婦。夫妻兩人的年紀看起來約六十歲上下，姓沼田。

沼田先生個子矮小瘦弱，頭頂已禿的黝黑額頭上滿是彎彎曲曲的皺紋，眼窩塌陷的吊梢眼給人很難親近的感覺……一看就知道，是個苛刻寡言的人。相形之下，沼田太太體型壯碩豐腴，說話詼諧有趣。她對於我們這一群訪客是大大地歡迎，熱情得有點可怕。

十五年前宿營的時候，他們夫妻也在這裡吧？我突然想到。只是，現在的氣氛實在不適合問這個。

木造塗以灰泥的二樓歐式建築佔地寬廣，背靠著北邊的山，呈開口向南的ㄇ字型結構。它原本是公司員工的休閒育樂中心，現在還維持原有的樣子。館內設有寬敞的大廳加餐廳，還有多間寢室。基本上寢室都是兩人房，雖然看起來有點老舊，但房間的內裝和配備都像飯店一樣。廁所和浴室同一間，每個房間都有空調。算一算房間數，就算我們一人睡一間也綽綽有餘，不過，我們依照三神老師的指示，兩個人睡一間。想必這是為了安全上的考量吧？

於是，我和望月優矢住進了同一間房。

3

「那卷卡帶，你帶來了嗎？」把行李拿進房裡，稍稍喘了口氣後，我立刻向望月確認。他先是愣了一下，既而點了點頭。

「我還帶了小型的錄放音機，家裡只有音響，我是向知香姊姊借的。」

「你把事情跟知香小姐說了？」

「卡帶的內容我並沒有交代清楚，她是有問啦，可是我不太想講。」

「是喔。」我躺在床上，雙手枕在頭的下面。開始回想四天前發生的事。八月四日的下午，我和勅使河原一起去望月家，那時……

望月在前一天的晚上和我們聯絡，說「卡帶修好了。」於是我們立刻決定隔天集合，一起聽那卷卡帶。我想起對鳴的承諾，試著撥打她給的手機號碼，可是打了幾次都打不通。後來聽她說，好像那個時候她人還在海邊的度假別墅，那裡收訊不佳，是「訊號範圍外」。我們用望月房裡一台附有卡匣的小型音響將那卷錄音帶放來聽。雜音很多，錄音狀態稱不上良好。因為不敢把音量開得太大，所以我們只好貼著擴音喇叭，屏氣凝神地聽音響放出來的聲音……

「……呃，我……我的名字，叫松永克巳。」

錄音帶裡的聲音以這樣的自我介紹做為開場白，講完十五年前爬夜見山時的兩起意外後，停了一會兒，才接著往下說：**「……不過，重點在後面。之後，大家好不容易下了山，卻在一下山就發生了那件事。所謂的那件事就是……就是……我……」**

就這樣，他——松永克巳經把十五年前的事說了出來。這的確是他本人的「犯罪自白」，也是對十五年後我們這些學弟妹的「忠告」、「建議」。

「……下了山，我們回去營地找人救援……慌亂中，其實發生了一點爭執。」

松永先生接著說：**「也不知道是怎麼開頭的，老實說我真的不記得了。我和其他同學一樣，都很驚慌……所以，到底是怎麼發展成那樣的，我實在是想不起來……總之，事情就發生在營地外的森林裡。在那裡，我和某位男同學起了衝突，最後扭打了起來。**

其實，我早就看那傢伙不順眼了。誰叫他平時總愛裝酷，一副目中無人的樣子。我一看他就有氣……啊，反正他就是那樣的傢伙。發生了那樣的意外，有兩個人遭遇了不測，那傢伙卻還在裝酷，一副事不關己的模樣……大概是因為這個跟他嗆聲，所以才打起來吧？那傢伙……」

錄音帶裡松永先生說了那個「男同學」（那傢伙）的名字——應該吧。可是，偏偏講到那裡時卡帶的雜音就大了起來，無論如何都聽不清楚。後來的部分也出現同樣的狀況，每次只要他一提到「那傢伙」的名字，聲音就會被嚴重的雜音蓋過去，好像故意要將他的聲音消掉似的……結果，我們到頭來還是無法得知那個名字。

因此，若要將這卷卡帶的內容付諸文字，那個問題男同學的名字大概只能用□□代替了。

「總之我們就在那裡打起來了……然後，等到我發現時，那傢伙已經不動了。」錄音帶裡的聲音比之前的音量更小，不知是不是我們的錯覺，他的聲音聽起來有些顫抖。

「在扭打的時候，我大概用盡全力將他撞倒了吧？……啊，詳細的情形我還是想不起來……那傢伙一動也不動了。他就倒臥在森林裡的大樹旁……喂！叫他他也不回應。我湊近一看，他的後腦被樹枝深深刺入，血一直在流。我想是我把那傢伙撞向樹幹時，他碰巧被突出的樹枝刺進了頭部……除了這樣，我想不到其他的可能了。□□……死掉了。

我仔細檢查他的脈搏，還貼在他的胸口聽心跳……真的死了。我……我殺了他了。當時我怕得要命，趕忙逃回宿營的房間。不能對任何人說……自己殺死了□□。如果屍體被發現，或許會被當成意外事故處理。老實說，我當時真的這麼希望著。

那天出事後就一直下大雨，我們決定在宿營場所多留一晚。有些同學被前來接送的父母帶回去了。警察也來了，問一大堆問題……可是，對於□□的事，我始終隻字未提。我不能講啊。

整晚我都沒有睡覺，一直擔心有人會發現□□的屍體，引起騷動……

可是……到了早上還是沒有出現這樣的狀況。

學生少了一人——不見了一個，這應該是很容易察覺的事。可是老師和同學，大家都沒有發現，壓根就沒注意到。於是，我壓抑著內心的恐懼，決定偷偷去看個究竟。我前往森林裡□□屍體所在的位置，結果……」

陳述的聲音這時停頓了一會兒。只聽到微弱的喘氣聲，夾帶著些許雜音。

「結果……竟然不見了。屍體消失得無影無蹤。可能是被雨沖走了吧？連血跡都沒有留下。我驚訝不已，徹底陷入混亂……不得不向大家打探消息。怎麼了？人在哪裡？已經回家了嗎？

聽我這麼一問，每個人都是一臉茫然。老師如此，同學也是如此。大家都反問□□是誰呀？都說不認識這個人。

難不成……我再向他們確認參加宿營的學生人數，他們說一直都是十九個人，不是二十個人。簡單地說，對大家而言，那個名叫□□的傢伙從一開始就不存在，這就是他們認知的事實……這實在是太詭異了。不過，我終於想通了。換句話說……

換句話說，我殺掉的那個人……□□一定就是今年混進班上的『多出來的人』。」

卡帶A面的錄音到這裡突然停了，我們嚇了一跳，不發一語。望月把剩下的部分快轉，翻到B面播放。

「……以上是我的『犯罪自白』。」十五年前的松永克巳再次做了這樣的陳述。「也是我對你們這些未來學弟妹的建議。」

我們繼續豎著耳朵仔細聆聽擴音喇叭播放的充滿雜音的錄音。

「我當時的確害死□□……把他給殺了。這個事實沒變。所以，我決定在此做這樣的『自白』，以減輕我良心的不安……然而，諷刺的是，我做的事同時也變成了『救命符』。救命……了解嗎？換言之，這是班上同學的『救命符』。

因緣巧合之下，我殺了□□——結果卻救了大家。因為混進班上的『多出來的人』死掉了，所以今年的『災厄』終止了。雖然距離那件事發生才不過十天的時間，但我想這應該不會有錯。證據就是……

已經沒有人記得□□的事了。

從我殺死□□的隔天。老師、同學還有家人……我所知道的任何一個和三年三班有關的人，都不再記得今年四月開始，班上有一個名叫□□的男生。大家全都忘光光了。也有人說記憶就像這樣被重組過了。

原本不該存在的『死者』回復死亡的狀態，人數吻合現實了……於是，世界的秩序就恢復了。從相關人等的記憶到種種的改變，都被修正成原本的樣子。我想應該可以這麼說吧！

只有我和□□的『死』最有關係，所以我還留有□□的記憶。不過，我想遺忘恐怕也是早晚的問題而已。順道一提，那個叫□□的傢伙其實是兩年前，也就是一九八一年那屆三年三班一位姓□□的學生的弟弟。而且，事實上，他這個弟弟就是因為那年的『災厄』去世的。除了我之外，大家的記憶已經模糊，經過調整去符合正確的現實了……

我想今後我也會逐漸遺忘□□的事。

從四月開始，班上不知不覺地『多了一個人出來』，每個月都會有相關的人死去……就算這些基本事實我不會忘，其他像『多出來的人』是□□的事，還有我把他殺掉，今年的『災厄』就此停止的事，我想早晚都會從我的記憶中消失。

所以，我想到要留下這卷卡帶。之所以想把它藏在教室的某個地方，主要是因為我怕自己早晚也會忘了錄製這卷卡帶的用意……趁我還有印象的時候，像這樣把我自己的經歷錄音，紀錄下來……然後，把這些事實告訴將來可能和我們有同樣遭遇的你們。要怎麼做才能讓『災厄』停止呢？我的建議是……

……嗯？懂嗎？懂吧？」

松永先生最後用強調的語氣說道：「就是讓『死者』回歸『死亡』。這樣，那年的秩序就會回復。了解嗎？讓『死者』回歸『死亡』。做我做的事，把『多出來的人』給殺了。這是讓已經開始的『災厄』停止下來的唯一辦法……」

4

「你跟見崎同學說了吧？卡帶的事。」這次輪到望月問我。

「大致說了。」我依舊躺在床上。

「前天見面的時候告訴她的。不過，她說想親耳聽看看，所以今天我才會拜託你把卡帶還有錄放音機帶來。」

「原來如此。」

望月坐在隔壁床的床邊，雙手托腮。我們沒開空調，讓窗戶開著。從外面吹進來的風和市區的很不一樣，感覺十分涼爽。當然，和東京夏天的又更不一樣了。

「其他人呢？」望月接著問。

「──啊？」

「你還有沒有告訴其他人卡帶的事？」

「這個……嗯。我跟怜子阿姨提過。」我不假思索地回答。

「怜子……喔。」望月把一隻手從臉頰移開，點了點頭。「全告訴她了？」

「我只是向她確認而已。」我慢慢從床上坐起，「因為她說十五年前的宿營她也有參加。所以我向她確認宿營第二天從神社回來的路上，是否有兩名同學意外喪命。」

「──然後咧？」

「詳細的情形她果然不記得了，不過，提到『回去的路上有兩名同學』的時候，她表示確實有那麼回事。她想起來後，好像當時的驚恐也跟著甦醒了似的……」

怎麼辦？──她當時苦惱地叨唸著。怎麼辦才好，我……

面對這樣的她，我……

「只講了這些？」

「我也向她確認班上有沒有一個叫做松永的同學，她說『好像有』。不過，當我問到除了兩名學生死亡之外還有沒有學生失蹤時，她就答說：『不知道』了。」

「就跟卡帶裡講的一樣。」

「嗯。」

「你只講到這裡？」

「是的。」

要讓已經開始的「災厄」現象停止，方法就是找出「多出來的人」（死者），讓他回歸「死亡」——把他殺了。我實在沒辦法對她說這些。

「除此之外就沒別人了？」

「我沒再告訴其他人了啦。」

「我也是，誰也沒說。——我想敕使河原應該也一樣。」

「就算說了也於事無補，只會讓大家更加混亂而已。」

「——是啊。」

冷靜想想，這可能會讓大家的恐懼更為膨脹，變得疑神疑鬼。只要殺了「多出來的人」＝「死者」，「災厄」就會停止。假設班上的每個人都知道了這件事，結果會變成怎樣呢？大家一定會動員起來，著手調查誰是班上「多出來的人」。就算沒有什麼查明的好方法也不管。到最後，儘管沒有確實的證據，一旦誰被認定為「多出來的人」……

光想就覺得不舒服。

不舒服……之外，還有種不祥的預感。所以，我們認為這件事還是暫時保密得好。不過，我們也說好鳴是例外，可以讓她知道。

「喂，榊原。」望月說：「你想他有參加這次宿營嗎？那個『多出來的人』？」

「這個——」

「我就是會在意，只要一想到我們之中有『多出來的人』……」

「大家都一樣啦。」我回應道，深深吸了口氣。

「說不在意是騙人的。就說勅使河原好了……那傢伙今天只要一想到，就猛盯著每個人的臉瞧。誰是『多出來的人』？這應該無法靠眼睛辨認吧……」

「辨認的方法，真的沒有嗎？」

「——真的沒有嗎？」

「十五年前松永先生的狀況似乎只是單純的巧合。」

「聽起來是沒有。」我移坐到床邊，和望月面對面。喜歡孟克、熟女的美少年聳了聳肩，垂下東張西望的眼。

「假設有這麼個方法……而我們也知道誰是『多出來的人』了，那接下來要怎麼做？」

「怎麼做……」

「殺了他嗎？」我問望月，同時也問我自己。「下得了手嗎？」

望月什麼也沒回答，曾經抬起的眼睛又垂下，一籌莫展地深深嘆了口氣。我也跟著嘆了口氣，又躺回床上，

——殺了他？

——下得了手嗎？

我在心裡不斷地問自己。

——誰來殺他？

——怎麼殺？

「明天真的要去爬山嗎？」望月望著窗戶說道。

「預定的行程應該沒變吧。」我躺在床上答道。

「明知道去神社拜拜也沒什麼意義……」

「啊，的確如此。」

「天候惡劣就會取消了吧？那樣最好。因為如果山裡降下像十五年前的大雨的話……」

「沒錯。——乾脆我們來做個祈雨娃娃好了？」

這時手機的來電鈴聲響起了，是我的手機在響。我從床上跳起，從背包裡找出手機，看向液晶螢幕上的顯示——「是見崎。」

我告訴望月後接了電話。收訊狀態似乎很差，沙沙沙，咔咔咔咔……在刺耳的雜音中——

「榊原嗎？」我終於聽到鳴的聲音。「你現在人在哪兒？」

「在我和望月的房間裡。」

「房間在哪裡？」

「二樓的邊邊，從玄關看過來的左手邊……房號是，呃……」

「202啦。」望月小聲地告訴我。

「是202號房。」

「我現在可以過去嗎？」鳴說。

「反正離晚餐還有點時間。」

5

鳴到來之前，望月說：「我到附近晃晃。」就一個人出去了。他大概覺得該識相一點吧？

來到房間的鳴一進門就表明來意：「我想聽聽那卷卡帶。」我立刻放給她聽。卡帶和錄放音機就放在窗邊的小桌子上，望月已經先從背包裡拿出來了。

將卡帶放入機器裡，按下播放鍵——我回想起前天和鳴見面時的事。

那天一早先是外婆告訴我：「理津子的照片找到了。」

我在電話裡聽父親提起後，就拜託外婆幫忙找找看的母親以前的照片。

「在哪兒？」我問道，外婆回說：「在偏間的壁櫥裡。」

所謂的「偏間」就是怜子阿姨工作兼睡覺的那個房間。十五年前去世母親的私人物品為什麼會放在那種地方……

「以前那裡是理津子的房間。和陽介結婚嫁去東京時，她應該將要留的東西都搬到主屋去了……可是找過才發現，壁櫥最上層的裡面還留了這樣的盒子。」外婆說明後，「喏，就是這個。」遞給我一個老舊的扁平盒子。磨損的淺紅色上蓋一角，可以看到用黑色墨水寫的名字，那是手寫的羅馬拼音「Ritsuko」。

「裡面有幾張照片哦。其中一張大概就是國中三年級時的班級合照吧……」於是……

我依照約定打手機給鳴。那一天，她已經從海邊的別墅回到家裡，電話一下子就接通了。「我現在去你家好嗎？」

是的。當時是鳴主動要求的，然後正午過後她就來到了古池町。

在家裡等她來還是第一次。向外婆介紹後，外婆的態度從一開始的十分驚訝變成了滿心歡喜，又是果汁又是蛋糕又是冰淇淋的熱情招待……太感謝妳了，外婆。母親留下的盒子裡一共有四張照片。正如外婆所言，其中一張就是有問題的班級合照——

一九七二年三月十六日
三年三班全班合照——

背面用鉛筆寫著註記：三月十六日，正是畢業典禮當天。那是張五乘七的褪色照片。既然是全班合照，所以應該是用自動定時功能拍攝的。學生們聚集在教室裡的黑板前。最前排的人手扶著膝蓋身體微彎，第二排的人站直，第三排的人則站在講台上……大致像這樣排排站。級任導師就站在第二排的中央，年輕時期的千曳先生雙手抱胸，雙唇緊閉，只有眼睛和臉頰在笑。

站在千曳先生斜後方的是十五歲時的母親，理津子。和我在第二圖書室看到的畢業照一樣，她也是穿著制服。雖然面帶笑容，表情卻顯得有點緊張。

「……我看看。」鳴目光落在接過手的照片上，低語道。

「你說，榊原。這裡面哪一個是夜見山岬？」

「啊……我猜，」我從旁盯著照片看，「應該是右邊的那個……」

有位男同學獨自站在講台的角落。雖然他和大家一樣面帶笑容，笑容卻顯得有些落寞。垂著肩，兩條胳膊無力地擺著。與其說是「站著」，感覺起來他更像是「浮著」、「飄著」……

「……看起來就覺得怪怪的。」

「是嗎？」鳴的聲音抖得厲害。「你看得出來？」

「——嗯。」

「哪裡怪？」

「哪裡怪……」我也搞不清楚，只能憑感覺回答。

「怎麼說呢？和其他部分比較起來，只有這裡好像沒對到焦，畫面顯得有點扭曲……大概是這樣。」

「是嗎？那顏色呢？」

「顏色倒沒有什麼不同……」

這張照片越看越令人全身發毛。如果將來龍去脈說明一遍，再告訴父親這是「真的靈異照片」，不知他會作何反應？他大概會說「荒謬無比」，然後就一笑置之吧？可是……就算再怎麼荒謬，再怎麼沒有科學根據，這張照片都是「真的」。所以，此時此刻我們才會……

「謝謝。」鳴說完將照片還我。不知是什麼時候拿掉的，此時她的左眼已沒戴著眼罩了。我看到她「人偶眼睛」裡的「空洞的藍色瞳孔」。她輕輕嘆了口氣，又像之前一樣把它遮了起來。

「其他照片也是你母親的？」

「啊，對。」盒子裡還有三張照片，我依序拿在自己手裡仔細端詳。這次換鳴站在我的旁邊看，其中一張是和外公外婆三個人的照片，看得出拍照地點就在這間房子的大門口。母親當時應該也是國中生吧？

下一張是母親個人的獨照。地點好像是附近的兒童公園，在立體方格鐵架上，她比了個勝利的手勢。很明顯地，這是讀小學時的照片。

還有一張是在室內的姊妹合照……翻到背面一看，上面寫著：「理津子，二十歲，與怜子合影」。因為兩人相差十一歲，所以這時的怜子阿姨大概是九歲。

「——嗯。」

鳴嘴裡唸唸有詞。

「果然。」

「什麼東西果然？」

「果然很像。」

「啊？」

「我是說你母親和……這個，你阿姨。」

「啊……妳這麼覺得？」

「合照可能沒有那麼明顯，但只要拿第二張、第三張，小時候的照片一比照，就會發現她們簡直一模一樣。」

鳴說得沒錯。第一次看到母親的畢業照時我也有同樣的感覺。如果將年齡的差距也算進去，她們兩人真的長得很像。畢竟是有血緣關係的親姊妹，這也沒什麼好大驚小怪的……我在心中碎碎唸著，但當著鳴的面，我卻言不由衷地應道：「是嗎？」還搖了搖頭。聽起來說不定有點死板枯燥。

「現在，這個怜子阿姨在家嗎？」鳴冷冷地瞇起右眼，換個語氣問道。

「好像出去了。」我回答。

「你說那個偏間是她工作的地方？」

「是她的工作室。我是沒進去過啦。」

「在家裡畫畫？」

「是的。她在美術大學就開始畫油畫了，後來好像還得了幾次獎呢……據本人的說法，她一直想以畫畫為正職。」

「哦？——這樣啊。」

聽完松永克巳的「自白」，鳴像剛才的望月一樣深深嘆了口氣。我從回憶中被拉了回來，將錄音機按停。

「讓『死者』回歸『死亡』……」鳴壓低聲音，喃喃自語。好像在吟誦著什麼不祥的咒語。——她的表情看起來十分僵硬，臉色慘白。

「裡面提到『多出來的人』的名字時，完全聽不到欸。」我向鳴提起，她默默地點頭。

「難道紀錄的修改連這個都會受到波及？」

「——大概吧？」

「如果連這卷卡帶都會出現這樣的變化——」我在這時說出了自己一直以來隱約察覺到的疑點。「那麼千曳先生那個檔案裡記載的，每一年『多出來的人』的名字為什麼不會消失或是變得無法判讀呢？」

「這個嘛。」鳴略偏著頭想了一下。

「說不定因為什麼因緣巧合，千曳先生的那些紀錄恰好被漏掉了。」

「被漏掉了？」

「怎麼說呢，就是得以倖存吧？」

「是因為什麼巧合呢？」

「我也不是很清楚，或許因為千曳先生是站在『觀察者』的立場，又或許是那本筆記紀錄的時間點，也有可能是因為第二圖書室這個場所……種種因素重疊在一起，造成了這樣的例外。——要不然，就是這卷卡帶比較特別。」

「怎麼說呢？」

「因為到目前為止，這是與災厄中途停止那年有關的唯一紀錄。也許在『災厄』因『死者』回歸『死亡』而終止的狀態之下，這樣的例外就會發生。」

「喔。」

「不管怎樣，對手畢竟是『超自然現象』，我們只能接受『它就是這樣運作』的事實。」

「……」不安的沉默彌漫在我倆之間。

鳴瞪著已經停止播放的錄放音機，不發一語。她張開嘴，好像想說什麼，但最後還是什麼都沒說。

怎麼了？她很少這樣……。

「我可以問一件事嗎？」終於我先開了口。

「和這卷卡帶沒有關係啦，我從以前就想問妳了。」

「——什麼？」

「是有關妳表妹藤岡未咲的事。」對我而言，這可是鼓足勇氣才提出的問題，但鳴的回應卻只有一聲「喔」，一副心不在焉的樣子。我不放棄地接著問：「有一次，我看到妳在素描簿上畫了一幅畫。妳說最後要加上一對大翅膀，一幅少女的……。」

「……」

「妳當時說構思的來源一半來自想像，一半來自模特兒，妳所說的模特兒是未咲嗎？」

隔了一會兒，鳴才小聲地應道：「也許吧。」

「妳們感情很好嗎？」

「——還不錯。」

「那，她為什麼……」我還想再追問下去，鳴卻緩緩搖頭，制止了我。「以後——」她用力用手壓住左眼的眼罩。

「這件事，我以後再告訴你——讓我好好思考一下。拜託……」

望月剛好在這時回到房間裡來，打開房門，他看到我們，特意乾咳一聲。

「差不多要吃晚餐了，要去餐廳集合了。」這樣告訴我們：「還有，圖書館員千曳先生來了喲。他說來當三神老師的幫手。」

6

時間將近晚上七點。也許是望月的祈願奏效了，外面開始下起雨來。雖然只是小雨，但因為風勢強勁，打在玻璃窗上的雨聲特別響亮。餐廳位在一樓，頗為寬廣，從玄關看過來是在建築物的右側角間（用方位說是東北邊）。鋪有白色桌巾的方形餐桌大約有十張。每張桌子都配了四張椅子，飯菜已經開始上桌了。

「各位同學——」三神老師環顧到場的十四名學生，宣布：「今天，千曳老師特地過來幫忙。如大家所知，千曳老師是第二圖書室的管理員。我們先請他自我介紹。——老師，請。」

千曳先生站起身來，雖然現在是夏天，但他還是一身黑衣打扮，一頭蓬鬆亂髮。

「我是千曳。」他一邊用指尖抵著眼鏡的黑框，一邊輪流看向我們的臉。「因為只有三神老師一個人，我不放心，所以我也參加這次宿營。請大家多多指教。」

跟在圖書室和我還有鳴講話時的樣子相比，千曳先生顯得拘謹許多，怎麼說呢？他講話的樣子有點僵硬刻意。大概是因為自從不當社會老師之後，他已經很久沒像現在這樣在一堆學生面前講話了吧？然而，就在這時……

「關於這屆三年三班所面對的特殊處境，我十分了解。」千曳先生突然直指問題的核心。或許是為了掩飾自己的緊張或不安吧？他的語氣冷冷的，聲音卻很尖銳。

現場的氣氛瞬間凍結。

「明天計畫要去爬夜見山，當然，我也會一起去。為了讓一切順利進行，我會儘可能地幫助大家。在此也由衷地懇請大家，路上一定要小心，不要讓任何意外發生，不過……」千曳先生先朝窗外看了一眼，接著看向三神老師，「好像開始變天了，」

他說：「如果下雨的話就會取消吧？三神老師。」

「啊……應該是吧。」三神老師不太肯定地偏著頭。「這要看明天的情況……」

「我知道了。」千曳先生又看向我們大家，「如果可以的話，我們也希望辦一場真正的暑假宿營，讓大家在外面烤肉同樂——」他用比先前稍稍溫和的語氣說道。

「不過，考量現實的情況，這畢竟行不通。我想今天晚上，大家還是老實一點得好。我們就把下雨當成是老天對這個決定的贊同吧！總之，請多多指教。如果身體不適或有什麼擔心的問題，都可以隨時來找我。不要客氣。」

接著，我們度過了一段令人窒息的時光。

雨斷斷續續敲打著窗戶的聲音。每桌交頭接耳卻無法聽出內容的私語聲。這些聲音匯集在一起，變成騷動不安的噪音。管理員沼田太太勤快地端出一道道菜餚，終於讓現場的空氣慢慢和緩了下來。

「卡帶的事，是否告訴千曳先生比較好呢？」我小聲地對鳴說。

「我是這麼覺得啦。」鳴一邊回答，一邊看了看同桌的望月和勅使河原。望月不發一語地偏著頭，勅使河原則是嘟嘴搖頭。

「咦？你反對嗎？」我問。

「也不是徹底反對啦。」勅使河原一副愁眉苦臉的樣子，又嘟起了嘴。

「我們不可能永遠守著這個秘密。這樣看來，找那個老師商量也許是個方法。」

「大家是想聽聽他的意見吧？畢竟千曳先生經歷這個『現象』這麼多年了，而且他又是一直在觀察的人。」

「是啦，這麼說是沒錯啦……」

「那，就跟他說嘍？」

「——嗯。」

「待會兒我和見崎找機會去說。」

「也好啦。」勅使河原還是悶悶不樂的表情，不甘不願地點點頭。

「來來來，大家請用——」在沼田太太爽朗的催促聲中，我們慢慢地開始用餐。看起來除了他們夫婦之外並沒有其他的員工，所以做飯的一定是沼田先生吧？

「千曳老師還帶了上等的肉來替大家加菜。因為很難得，所以我們把它做成了串燒。來，多吃一點。要添飯的也不要客氣。大家都正值發育階段嘛！」

話雖這麼說——

不知為何，大家一點都不像正值發育階段的樣子。我自己也是。明明肚子餓了，每道菜看起來又是那麼地可口，但就是沒什麼食慾。沼田夫婦對於這個宿營的詳情和目的到底了解多少呢？還有十五年前的那次宿營，他們夫婦是否也在這裡呢？我突然又想到了這些——

我的目光不經意地追隨沼田太太啪噠啪噠走回廚房的身影，碰巧看到躲在門後面朝餐廳窺視的沼田先生。妻子從他面前錯身而過時，他們好像交談了一下，但他的表情還是一樣冷漠……眼窩塌陷的吊梢眼露出兇光，教人不寒而慄。

「那個歐吉桑怪怪的喲。」停下將串燒肉送進嘴裡的動作，敕使河原悄悄對我說。

「從我們來到這裡後，他就惡狠狠地瞪著我們。」

「是……喔。」

「那個歐吉桑大概很憎恨年輕人吧？太太這麼熱情，是為了要掩飾老公的真面目嗎？」

「憎恨……為什麼？」

「我哪知啊？」敕使河原不負責任地答道。

「大家不是都說現在的少年犯罪越來越兇殘了嗎？可在我看來，老人家危險的也很多。說不定真有那種突然發瘋，就把自己孫子殺掉的爺爺呢！」

「啊……不會吧？」

「我們對他也要防著點。」也不知道是不是認真的，敕使河原說完後，又繼續朝盤子裡的串燒進攻。

「這菜裡應該不會放什麼臭掉的東西吧？說不定他還放了安眠藥，想趁我們昏睡的時候做成人肉叉燒包。」

「瞧你說的！」你是B級恐怖片看太多了吧？……我本想拿這句話堵他的，卻立刻打消了念頭。因為我聽到自己心裡的聲音：「你在說你自己哦？」

「對了，榊原。」停了一會兒後，敕使河原又悄悄說道。

「我一直在想，今天參加的人裡面有沒有『多出來的人』。如果有，到底是哪個傢伙？」

「看得出來你一直在想。」我調整了一下坐姿。「結果咧？難不成，你發現了什麼？」

「這個嘛……」勅使河原欲言又止，又回復到剛剛一副愁眉苦臉的樣子。

「雖說『多出來的人』是沒有辦法分辨的……但總有個線索吧？像是特徵之類的。——你認為呢？」

「我不知道。」我老實地回答。

「雖然說是『沒有辦法』，但或許只是『還不知道辦法』也不一定。」

「——是吧？」

「——不過，」看著勅使河原眉頭糾結的側臉，「要是你知道了呢？」

我向他問道，有一半是在問我自己。「到時你打算怎麼做？」

勅使河原的眉頭皺得更緊了。「對喔。」他喃喃自語，卻沒有再說下去，再度噘起了嘴。

7

大部分學生都已經用完晚餐，就在這個時候——

「可以佔用一點時間嗎？老師。」有個學生邊說邊站起來，是第二任的女班長赤澤泉美。

「趁這個時候，我有一件事想講清楚。」她話才剛講完，我立刻有種不好的預感。

她那桌還有三個女生。換言之，參加這次宿營的女生除了鳴之外，全都坐在那一桌。雙方壁壘分明，情勢一觸即發。本來在班上，見崎鳴就被視為「異類」。為了實施防堵「災厄」的「對策」，她被指定扮演「透明人」的角色，從五月到六月初為止完全受到孤立，不過，也因為這樣，班級的人際關係得以維持良好的平衡。

後來我因為新的「對策」加入了「透明人」的行列。六月上旬到七月這段期間也是一樣。雖說是因為危險逼近，情非得已，但由於我和鳴這兩個異類被排除在外，三年三班這個團體的秩序還是得以保持在安定的狀態。然而……

因為久保寺老師的死，大家了解「透明人」增為兩個的「對策」無效，情況完全改變了。

見崎鳴已經不再是「透明人」了。大家不能再像以前那樣，假裝沒看到這個「異類」——赤澤和她的死黨面對這樣的鳴會有怎樣的情緒反應呢？就算不想要有情緒反應也做不到吧？該說是幸運嗎？因為開始放暑假，所以這種失序的狀態並沒有在教室裡發酵、擴大。她們的情緒也暫時被擱置了下來。

不過，今天宿營開始之後——

應該被孤立的見崎鳴不但和我，還和望月、敕使河原這幾個男生有說有笑。用餐時也像這樣圍著桌子吃飯。這下反而變成以赤澤為首的女生被晾在了一旁。這種情況一定讓她們很不習慣，讓她們很生氣吧？說老實話，我還覺得挺有趣的。

晚餐的時候，我就不時注意到她們那桌投來的目光。她們交頭接耳的，講的大概不是對我們懷抱好意的話吧……這樣的想像持續閃過我的腦海中。

「可以嗎？」她徵求三神老師的同意，三神老師這時的反應遲鈍得教人有點擔心。慢了幾拍後，她才說：「啊，這樣啊。」

「可以呀。——赤澤同學，請。」赤澤無言地點頭，然後不出所料的，她的眼睛毫不避諱地瞪向我們這桌。接著她用高亢的聲音說道：「見崎同學，我有件事想跟妳說清楚。」

我偷偷看向鳴的側臉。她一臉平靜。

「見崎同學，還有榊原同學你也一樣。」赤澤繼續說道。她滔滔不絕，口齒伶俐，活像是站在法庭上審問犯人的女檢察官。

「五月開始發生了一連串的不幸，上個月連久保寺老師都遭遇了那樣的事……雖然還不清楚這次的宿營能不能挽回局面，但至少就已經發生的這些災厄來說，見崎同學，我認為妳要負一部分的責任。」

嗚，要負責任……

「為什麼？」我才剛提出異議。

「榊原同學你也一樣要負責任。」赤澤看了三神老師一眼，不容分說地繼續說下去。「如果見崎同學照著當初的決議扮演好『透明人』的角色，就不會有人死掉了。見崎同學之所以無法做到，都是榊原同學接觸見崎同學害的。所以……」

「等一下！」插嘴的人是敕使河原。「那個，怎麼說呢？就是所謂的不可抗力吧，是在無可奈何的情況下才演變成這樣的。」

「是這樣的嗎？」赤澤一隻手扠著腰，用一副「抗議無效」的口吻說道：

「沒有事先向榊原同學將事情原委說明清楚或許是個敗筆。榊原同學到校的第一天我因感冒請假，現在想來也覺得懊悔不已……但就算如此，要是見崎同學由始至終都能態度堅定地拒絕、漠視榊原同學的攀談，『對策』應該就會成功了。不是嗎？」

「那個……」

「後來兩個『透明人』的『對策』沒效，我們承認是我們大家的失敗……可是，這失敗的責任說到底還是要歸咎於見崎同學，對吧？」

敕使河原的氣勢瞬間被壓了下去，不過，「所以咧？」他立刻反擊了回去。「現在妳到底想要怎樣？」

此話一出，赤澤和同桌的女生對看了一眼，接著又把其他桌的男生巡視了一遍，「道歉。」

她如此宣告。

「到現在，我們都還沒有聽見崎同學說一聲抱歉。自從妳不再是『透明人』之後，就一副什麼事都沒發生的樣子……」

她向我們投以嚴厲的目光。我在那裡面看到了「憤怒」、「憎惡」、「怨恨」，甚至還有「不耐煩」——可是，這根本就不合理。連我都忍不住不耐煩了起來，鳴肯定也是……我邊想邊偷看她的側臉。然而，此時的她還是一樣平靜——不，應該說是冷漠。

「櫻木同學死的時候，」這時出聲的人不是赤澤，而是坐在她隔壁的杉浦。感覺像是「忠僕」般，總是跟在赤澤身旁的女生。

「我的座位就在靠走廊的窗戶邊，所以可以看見當時的情景。那時……」

……啊。

不由得我又想起了那一幕。期中考的最後一天，鳴和我還有櫻木由佳里……

「得知母親發生意外的櫻木同學慌慌張張地從教室跑了出去，一開始她和平常一樣往『東梯』的方向走，可是那時見崎同學和榊原同學就在樓梯口。於是櫻木同學才又匆匆改變方向往『西梯』那邊去……」

……是的。的確是這樣沒錯。

「看到『透明人』見崎同學和榊原同學在一起，櫻木同學肯定很害怕吧？因為這樣符咒會失效，因為這樣母親才會出事……所以，那一瞬間她避開見崎同學他們，往走廊的反方向走。」

「如果那時你們沒有一起出現在那裡的話，」聽了杉浦的話，赤澤接著說：「櫻木同學就會像平常一樣走『東梯』，而意外或許就不會發生了。——這就是事實。」

「怎麼這樣說……」我忍不住開口辯駁。

「水野同學的姊姊也是一樣的情況吧？」赤澤接著往下說，「我後來問過水野同學，榊原同學，你認識她吧？而且你還和她討論三年三班的問題，跟她說了有的沒有的，對不對？」

「啊，那是……」

「就因為你跟她說這些事，所以她才成為『六月的死者』。我們可以這樣推論不是嗎？」

「啊……」我要負責……水野小姐會死於那樣的意外也是我的責任。

被人當面指責，讓我心裡逐漸淡去的悲傷、後悔與自責又重新冒了出來。——沒錯，或許事情就像赤澤說的那樣。雖然我當時什麼都不知道，但無意間將水野小姐捲進來確實是我不對。

「白費力氣。」這時，鳴說話了。用我最熟悉的、一如往常的平淡語氣。「這些事說得再多也解決不了什麼。」

「我現在不就正在『解決』問題嗎？」赤澤有點激動地說：「我們想說的是，見崎同學，妳要承認自己的錯誤，好好跟大家道歉……」

「這樣做有意義嗎？」鳴靜靜地從椅子上站起，筆直望向對方的臉。「如果有我就做。」

「見崎！」我從旁制止，「哪有這種道理……要妳道什麼歉？」

如果非要道歉，也是我來才對。只要我沒轉學到夜見北來，這一切就不會發生了……

不過，鳴不理會我的勸阻。她也不等赤澤回答自己的問題——

「對不起。」她淡淡地說，慢慢低下頭。「對不起，是我的錯……」

「不是這樣的！」我忍不住喊了出來。幾乎在同一時間，某人也大喊了一聲：「夠了啦！」——是望月。

「沒意義嘛！」這次說話的是勅使河原。他生氣地用兩手拍著桌子，「這樣做根本就沒有意義，現在更要緊的是找出誰是『多出來的人』……」

不，等一下。

不可以，等等，勅使河原。我懂你的心情，可是在這裡把那個講出來……

就在此時……

彷彿要沖散現場的緊張氣氛，新的騷動發生了。

8

「喂，和久井，你沒事吧？你……」突然的叫喚聲引起了我們的注意。

是隔壁桌。坐那桌的四個人裡，有一個是風見智彥。突然叫出聲的是坐在風見對面的劍道社的前島，他口中的和久井坐在他左手邊的位置，樣子很不對勁。他拉開椅子身體向前傾，臉朝下，額頭抵著桌沿。肩膀用力地上下起伏著，好像很痛苦的樣子。

「喂，和久井！」前島邊喊邊撫拍和久井的背。

「沒事吧？很痛苦嗎？喂！」

立刻跑過來的是千曳先生。「氣喘？」他一見和久井的樣子，就低聲說道，並轉身向隨後跑來的三神老師問道：「這個學生有氣喘病嗎？」

三神老師一臉的驚慌失措，半天答不出話來。

「是的。」代她回答的是風見。「和久井有氣喘，一直有在使用那個，藥……」

風見邊說邊指向和久井攤在桌上的右手，他手裡握著隨身用的藥劑吸入器。

「吸入器……用了也沒效嗎？」

千曳先生問和久井，只見他肩膀更加劇烈地起伏，根本無法回答問題。咻——咻——，耳邊傳來奇怪的喘氣聲。不，那應該叫做笛聲吧？雖然在教室裡和久井就坐在我前面，但他這樣發作我還是頭一次看見。對於今年就經歷過兩次氣胸的我來說，呼吸困難的苦我感同身受。雖然氣胸和氣喘是性質截然不同的病，但看他這樣我自己好像也快要喘不過氣來了。

千曳先生拿起吸入器，按壓噴頭讓藥劑噴出。嘶，發出微弱的聲音，但——

「啊，空的？」千曳先生將臉貼近和久井的耳邊，追問道：「備用的藥，有帶來嗎？」

和久井痛苦地喘氣，勉強搖頭代替回答。他的意思是「沒有」。

「叫救護車！」千曳先生站起身來，下達指令。這讓我想起久保寺老師剛自殺後，他衝進教室時的那一幕。

「三神老師，拜託妳了。請立刻叫救護車。」

9

得知這棟房子裡的電話不能使用，是幾十秒後的事，報告這消息的是聽到緊急狀況從廚房衝出來的沼田太太。從昨晚開始線路就怪怪的，今天下午後就完全不通了——她是這麼說的。

「因為不能打電話，所以也無法叫人來修。偏偏在這種時候……」她話還沒講完，千曳先生已經伸手到上衣口袋拿出手機。可是……

「不通……」他失望地，或該說是呆愣地喃喃自語。「收訊……」

「收不到訊號嗎？」我說著，向千曳先生跨進一步。

「這裡不在收訊範圍內。」

「我的手機剛才還可以通。」

「那你快試試看。」千曳先生命令道。

「不一樣的電信業者收訊情況可能會不一樣。」

「手機，我放在房裡。」

「快去拿！」

經他這麼一講——

「如果要手機，我有帶在身上。」

「我也有。」立刻有兩個人出聲，是勅使河原和望月。鳴沒說話。她大概和我一樣，把手機留在房間裡了。

「是嗎？那拜託了！」千曳向他們說：「撥119，叫救護車在最短的時間內趕到。」

然而，果不其然——

「怪了。訊號還有一格，怎麼不通呢？」

「我的也……不通，老師。」

勅使河原的手機還有望月的PHS，在這裡都不通了。說到這個，剛才鳴和我通話的時候也是雜音一堆，很難聽到對方的聲音。是因為山上原本就收訊不良嗎？還是……其他學生有帶手機或PHS的各有一人。不過，他們的也是不通……

在這期間，和久井的氣喘持續發作中。他已經坐不住椅子，蹲到地板上了。前島拚命撫拍他因為呼吸困難而不斷起伏的背。

「糟了，雖然臉色還沒發黑，但不能再拖了。」千曳先生嚴肅地抿著嘴說道。

「用我的車送他去醫院吧！」他說，望向愣在一旁的三神老師，「可以吧？老師。」

「啊……是。那個，我也和你們一起去。」

「不，不可以。妳留在這裡，照顧其他學生。」

「啊……對。沒錯。」

「我會在醫院聯絡他的父母親，等情況穩定了我會再回來。——啊，沼田太太。可不可以給我幾件毯子？給他保暖用的。」

「沒問題。」說著，沼田太太啪噠啪噠地往走廊跑去。

圍在桌子旁邊的同學，還有站在遠處觀看的同學……每個人都是一臉的不安和恐懼。女生當中甚至有人在低聲啜泣。

「沒事的。」一面對這樣的大家，千曳先生說道：「不要擔心。現在送到醫院還來得及，還不至於危害性命。一定沒事的，所以大家不要慌亂，好嗎？他平常就有這個病，只是現在發作了，這不是什麼特別的事件，也不是什麼意外的事故。大家沒必要過度緊張或害怕。鎮定下來，然後聽從三神老師的指示……今晚早點就寢。好嗎？」

雖然他的表情一樣嚴峻，但講話的態度卻極為冷靜。大部分的學生們都順從地點頭，我也照做，可是——

騙人。我在心裡偷偷地說道。

此刻千曳先生講的話當然是「騙人的」。說他「騙人」可能不太厚道，但至少這是他為了安撫大家而說的善意的謊言。每一個降臨到班上的災厄都不會只是「單純的意外」。「六月死者」之一的高林郁夫從以前心臟就不好，可他偏偏就是因為心臟病發才去世的。

有氣喘的和久井在參加宿營前忘了檢查常用藥劑的餘量，雖說這不無可能，但也太反常了。原本情緒就緊張不安，加上又遇到剛才那樣的衝突，他承受的壓力更大了……結果病就發作了。想叫救護車，碰巧這裡的電話從今天開始就不通。連手機都收不到訊號。

所有的偶然和衰運撞在了一起，造成「有事年」三年三班出事的風險特別地高——眼下不就有個活生生的例子嗎？套句鳴說的話，這個班「在離死亡最近的地方」……

不久後——

和久井的身體被沼田太太拿來的毯子包住，勅使河原和我幫忙把他抬到了門口。千曳先生的座車就停在玄關的門廊前，是輛髒兮兮的銀色轎車。車子是哪種樣式的我看不出來，不過，可以確定車齡應該很老舊了。

時間大約是晚上九點。

雖然雨勢沒有變大，但夜晚的風卻越來越強。周圍的樹林不時被風吹得沙沙作響，聽起來好像還夾雜著什麼東西的叫聲……

將和久井安置在後座後，我跑向坐在駕駛座的千曳先生，「那個，」我開口向他說道。「那個，千曳先生，其實……」

松永克巳留的那卷卡帶的事，我雖然想說卻已經沒有時間了。

「沒問題。和久井同學一定會得救的。」好像在講給自己聽似的，千曳先生這麼說道。

「那個……小心點。」

「嗯。說到這個，你自己也是，你還抱著氣胸這個炸彈呢！小心點哦。」

「——好。」

「我走了。我會盡快回來的。」千曳先生輕輕舉起手，關上車門。

我注意到不知何時站在我身邊的三神老師，向她問道：「妳還好吧？」老師臉色蒼白地看著我，「嗯」地點點頭。

「你不用擔心了，我……」她摸著被雨淋濕的頭髮，一看就知道是在強言歡笑。「呃……明天的爬山行程，還是取消算了？」

聽我這麼說，她用沙啞的聲音應道：「是啊。」這時，剛才她臉上的笑容已經消失無蹤。

10

目送千曳先生的座車離開後，我正要走回建築物裡……

「榊原，等一下！」有人叫住了我，是鳴。「剛才謝謝你。」

聽她這麼說，我不由得「咦？」了一聲。

「剛剛在餐廳你幫我說了很多話。」

「不，那沒什麼。」

我們站在不時有小雨飄入的玄關門廊處說話。照明只有一盞微弱的玄關燈……因為有點背光，所以我看不清楚她臉上的表情。

「不只是我。望月和敕使河原他們也……」

「謝謝你。」鳴呢喃般地又重複了一次，向我跨進一步，來到我身旁，「待會兒要不要過來？」她說。我不由得又「咦？」了一聲。

「我的房間，只有我一個人。」

參加的女生共有五人。兩人分配一間，就會有一人剩下來。當然，鳴就是剩下來的那個。

「223號房。和榊原同學房間相反方向的角間。」

「——可以嗎？」

「我答應你『以後再跟你說』，我想遵守承諾。」

「──嗯。」

「那……」

這時我看到鳴的肩膀後方出現了敕使河原的身影。他站在門口，一臉好奇地往我們這邊看。我沒來由地慌張了起來，不等鳴說完就回答道：「知道了，知道了。」

「約在十點左右，可以嗎？」

「知道了，我會去的。」

「待會兒見──」鳴輕輕轉身，獨自走回屋裡去。隔了幾秒鐘後，我才跟了上去。不出所料，就在我要走進大廳的時候，敕使河原一把抓住了我……

「喂。」他拍了下我的肩膀。

「真行啊，榊原。我聽到了，你們約好幽會的事。」

「等等，什麼幽會啦。事情不是你想的那樣。」

「害羞什麼嘛！我不會跟別人講的。」

「好了啦，省省你的胡思亂想。我和她有重要的事要談。」

「重要的事，是兩個人今後的事嗎？」敕使河原充滿嘲弄的語調讓我有點生氣。

「我真的要生氣了喔！」雖然我這麼說，但他依舊「嘿嘿」地舉起了雙手，又是擠眉又是弄眼的──不過，後來我還是看出來了。他的眼裡一點笑意也沒有，和他的表現正好相反。

第十五章　八月之二

1

跟同寢室的望月交代一聲後，晚上十點我偷偷溜出了房間。離開的時候，我不自覺地把手機放進了口袋裡……不，不是不自覺，我應該是被剛才發生在餐廳的事給嚇到了。為避免臨時有狀況發生，還是帶著比較好。雖然收訊不良，但至少傍晚的時候我曾跟鳴通過電話……

穿過幽暗的走廊，我從２０２室走到２２３室，途中沒遇到半個人。看來大家都很聽千曳先生的話，乖乖待在房間裡。就在快抵達鳴的房間前，我透過走廊的窗戶看了看外面。

風依然十分強勁，雨倒是已經停了。遮住天空的雲散了，從它的縫隙裡透出一輪朦朧的月影。幸虧有它，才讓我分辨出營地周圍黑壓壓一片森林的輪廓。

森林的前面——後院的角落好像有一間小平房。不過，它的規模並沒有別苑、分館那麼大，比較像是農舍或倉庫之類的。正當我不經意地想著這些的時候，那間房子的窗戶突然亮了。好像有誰在裡面，把燈打開了。

會是誰呢？不用想也知道。肯定是沼田夫婦的其中一個，應該是要去拿什麼東西吧？我離開窗戶，先緩緩地做了一次深呼吸後，才去敲２２３室的門。

不久後，在夏天制服的外面披著米白色薄毛線外套的鳴把門打開了，這身打扮讓她的臉看起來更加死白。

「請進。」鳴面無表情地說道，把我請了進去。明明今天並沒有很熱，她房間的冷氣卻開得很強。「請，隨便坐。」

第一次上去她家客廳的時候，她說的也是同一句話。我朝窗邊跟書桌一組的椅子緩緩地坐了下去，鳴則坐在其中一張床的床沿邊。

「你要問我 Misaki 的事，對吧？」她突然說道，用堅決的眼神看著我。我默默地點了點頭。她所說的 Misaki，當然不是二十六年前的「Misaki（岬）」，也不是她自己的姓，更不是「Misaki 町（御先町）」的「Misaki（御先）」。而是四月下旬，死於夕見丘市立醫院的表妹，藤岡 Misaki（藤岡未咲）。

「打從我在醫院第一次碰到妳時，就一直很好奇。為什麼妳要坐電梯到地下二樓。」我一邊搜尋自己的記憶，一邊講下去。「好像是那天，住在醫院裡的未咲死掉了。所以她的遺體就被送到了地下二樓的太平間，於是妳就幫她把那個人偶送了過去……我記得妳是這樣告訴我的。」

「你覺得很詭異嗎？」

「嗯，是啊。」

「這解釋起來有點複雜。」鳴一邊說，一邊悄悄垂下眼睛。「我不太想跟別人提起……」

「我很想知道，妳可以告訴我嗎？」

經過了若干時間，鳴終於應了聲「嗯」，卻依舊垂著眼睛。

2

「藤岡未咲跟我是表姊妹，同年的表姊妹。不過，該怎麼說呢？其實我們本來不是。」

鳴略微抬起眼睛，靜靜地說道。不出所料，一開始就很深奧難解。我完全聽不懂，只好偏著頭。她不理會我，繼續說了下去。

「未咲的母親名叫光代，我的母親霧果，本名叫幸代。她們兩人是姊妹，而且還同年。」

「同年？」我忍不住插嘴問道。

「妳是說她們是雙胞胎？」

「嗯，是異卵雙胞胎。天根是她們娘家的姓，所以天根婆婆應該一輩子都沒有結婚吧？」

原來那位出現在「夜見的黃昏……」的老婆婆——「天根婆婆」就是鳴母親那邊的親戚。

「雖然是異卵雙胞胎，但她們真的長得很像，又在同樣的環境、受同樣的教育長大……話說光代這邊先結了婚。她嫁的對象名叫藤岡，是在食品相關企業上班的小職員，年輕肯拚。

幸代這邊稍遲了點，她跟我爸見崎光太郎結了婚。我爸是很能幹的實業家，很有錢，一整年都飛來飛去。可以說，她跟光代結婚的對象是完全不同典型的人。

後來，跟藤岡先生結婚的光代先生下了小孩。」

「他們的小孩就是未咲？」我開口確認，鳴默默地點頭，接著她偷看了我一眼。

「另外，還有一個。」

「咦？」

「他們生的是雙胞胎。」說完這句話後，鳴又垂下了眼睛。「這次也是異卵雙胞胎，不過還是很像，是兩個女孩。」

藤岡未咲有雙胞胎姊妹？我又只能偏著頭苦想了。怎麼可能？那，該不會……

「另一方面，幸代也懷孕了，雖然比光代晚了一年。只可惜她的寶寶沒能平安生下來。」

「我好像聽妳說過。」

「幸代非常、非常悲傷，幾乎快要發瘋了。偏偏這個時候醫生又告訴她說，因為這次的意外，以後她再也生不出小孩了……」

「……喔。」故事說到這裡，我終於有一點頭緒了。

「得到雙胞胎的藤岡家，礙於經濟因素，很擔心自己無法同時養育兩個小孩。至於見崎家呢，則是要想辦法把幸代從失意的谷底拯救出來。當然囉，光代對幸代也是很同情的。——換句話說，這個時候，需求和供給正好取得了平衡。」

「需求和供給？」

「嗯。你聽出來了吧？」鳴用絲毫沒有變調的平靜語氣說道。「出生在藤岡家的雙胞胎，有一個被送給了見崎家當養女。」

「所以……」

「我是被送出去的那個。從藤岡鳴變成了見崎鳴，大概是在我兩歲時發生的事，所以我完全不記得了。不過，重點是為什麼被送出去的是我，而不是未咲？」

就在這時，鳴稍微停頓了一下。「我在想，應該是因為名字的關係吧？」她心一橫把答案說了出來。

「名字？」

「如果是未咲當了見崎家的養女，那她的名字不就變成了 Misaki Misaki 了嗎？因為這麼可笑的理由，他們才決定那麼做。」淡粉紅色的嘴唇漾起淺淺的笑容，隨即消失。「——就這樣，在我還不懂事的時候，就被送到了見崎家，成為幸代——霧果的獨生女，被撫養長大。我完全不知道自己是養女的事實。因此，在我的認知裡，光代一直是藤岡阿姨，而未咲則是長得和我很像的同年表姊妹。雖然生日是同一天的事我早就知道，但我的感覺不過就是：好巧喔！我們的媽媽不愧是雙胞胎，連生小孩的時間都一樣。

我知道真相，是在小學五年級的時候。天根婆婆不小心說溜了嘴，索性告訴了我，那個時候霧果——我的母親表現得非常緊張。我在想如果可以的話，她打算一輩子都瞞著我吧？」
明明揭露的是有關自己身世的重大事實，但嗚的語氣卻異常的平靜，臉上也幾乎沒什麼表情。反倒是我，不知該如何反應，只能靜靜地聽她說下去。
「對她而言，基本上我只是用來取代她未出世孩子的替代品。對我父親而言，應該也差不多吧？她對我超乎正常地疼愛。在我眼睛生病的時候，不但拚命幫我醫治，還替我做了特殊的義眼……我很感謝。但是——」
——因為我是她的人偶。
「替代品終究是替代品，她總是在我身上尋找她未出世孩子的影子。」
——雖然有血有肉，但又不是真的。
「當她關在工房裡創作那些人偶的時候，心裡肯定非常思念她的小孩吧？我忍不住會這樣想。就像我，自從知道真相之後，也只能把她當作養育我的母親，而不是真正的母親……」
嗚說到這裡突然不說了，我忍不住插嘴問道：「然後呢？妳知道真相後，打算怎麼做？」
嗚有些難以啟齒地回答說：「我變得非常想見他們。想見藤岡家的媽媽，還有爸爸。」
這個時候，我發現她的臉紅了，雖然很不明顯。
「我和末咲是一模一樣的雙胞胎，為什麼偏偏是我送給人家當養女？我並不打算埋怨他們、責怪他們。我只是想跟他們見面，好好聊聊，確定自己的親生父母是怎樣的人。
然而就在這個時候，藤岡家搬家了。在這之前，我跟末咲讀的是同一所小學，家住得很近，但隨著末咲轉學，我們要見面就沒有那麼容易了。——不過，我還是跟霧果說想見母親一面。結果，那個人一聽，馬上露出很悲傷的神情，接著又非常地生氣……」
「她之所以生氣，是因為她不希望妳跟親生母親見面吧？」

「應該是。」鳴點頭，不由得肩膀一沉。「我之前好像有跟你說過。她對我的生活、行動，原則上是採放任主義，不怎麼干涉，只有對某件事，她會特別緊張、特別神經質。」

某件事指的就是這件事，我和藤岡家母親接近的事。——我想她肯定很不安吧？對方是自己的雙胞胎姊妹耶，有必要這樣嗎？她之所以讓我隨身攜帶手機，也是一種不安的表現，這樣我們就隨時都是有所連結的了。我雖然能夠理解她的心情，卻還是……

鳴講到這裡又有點欲言又止了。「偷偷背著她跟未咲見面了。上了國中之後，我們活動的範圍變大了，更是經常見面。那時她也早就知道我們是親姊妹了。

雖然這可能是奇怪的妄想，但我真的覺得自己和她一直都有不言而喻的連結。畢竟曾在同一個母親的肚子裡相繫一起啊……我們就像是彼此的另外一半，這種說法是有點陳腔濫調，但我真的是這麼想。

啊，不過呢，我們的相處也不全然是快樂的。首先，自己有一半在那裡的詭異感受……最為強烈。剩下的就是，未咲在親生父母家長大，有親生父母的呵護，而我卻被送給人家當養女，從小還失去了一隻眼睛……也許，我的心態已經有點扭曲了吧？」

大概是風向臨時改變的關係，窗戶的玻璃格格地搖得好大聲。我感覺好像有誰正從外面往裡面看（當然不可能有這樣的事），忍不住回頭望向背後。

「卻在這個時候……也不過是去年春天的事，未咲生病了。」

鳴接著往下說。

「她的腎臟出了很嚴重的問題……醫生說，一輩子都要洗腎。如果不想洗腎的話，就必須進行器官移植。」

「器官移植……」

「嗯。於是，未咲從藤岡家的媽媽那裡得到了一枚腎臟，為了進行這項手術，她還轉去了東京那邊的大醫院。說真的，我很想把自己的腎給她。因為我們雖然是異卵，但畢竟是雙胞胎，體型也一樣，照理來說，我才是最適合的捐贈者吧？把大人的腎臟放在小孩身上，因為尺寸不同，困難度肯定會比較高……。

只可惜，法令上好像有規定，十五歲以下的小孩不能成為活體器官移植的捐贈者。所以就算我吵得再兇，還是不行。不過我在想……就算醫院那邊特別通融、說ＯＫ了，那個人——霧果知道的話，肯定也會反對到底。」

藤岡未咲在轉到市立醫院之前，「曾在別的醫院動過大手術」，指的就是這個手術吧？——我的耳畔突然響起，水野小姐打電話告訴我這件事時的聲音，讓我忍不住閉上眼睛。

「她是在過年後動的手術，結果很成功。不過還是需要觀察一陣子，所以等情況比較穩定之後，就轉來了這邊的醫院。轉院之後，她恢復的狀況還是很好，有時候我也會偷偷地跑去看她。當然都是瞞著霧果去的。

我跟未咲聊了許多，有一次她說：鳴妳家有那麼多漂亮的人偶，真好。於是我就答應她了。我答應把自己房間裡的人偶拍成照片給她看，看她喜歡哪一個，等她出院時就送給她當賀禮。它就是……」

「就是妳帶去太平間的那個人偶？」

「那是我答應她的。」鳴緩慢、悲傷地眨了眨眼睛。「我完全沒想到，她會走得這麼突然……真的沒想到。這中間什麼問題都沒有，眼看就要可以出院了。她卻一聲不響地走了……」

……對喔，水野小姐也曾說過。

臨時起了變化，連搶救的時間都沒有，藤岡未咲就去世了。那是在四月二十七日、星期一發生的事。水野小姐說：「她好像是獨生女，父母無法接受這樣的噩耗，幾乎快瘋掉了。」

長期懸在胸口的疑問終於獲得了解答，但只要想到鳴的心情我就開心不起來……為了不讓眼淚掉下來，她一定非常努力吧？然而，就在同一時間——

我發現了一件不得不正視的重大事實。

「所以妳跟她不是表姊妹，而是親姊妹？」

縱使覺得迷惘和混亂，我還是確認了這點。

「換句話說，就現實面來說，妳和未咲擁有二等親以內的血緣關係……」

「沒錯。」

「所以，那個時候妳才會——」

上學的第一天，我第一次在學校和她講話的時候。在〇號館前，黃色玫瑰盛開的那片花壇前面，她說……

——你最好小心一點。說不定已經開始了。

「說『說不定已經開始了』。是這個意思嗎？」

「你記憶力很好嘛，沒錯。」

「早就開始了。」我盯著鳴的臉，說道。「今年的『災厄』從四月就已經開始了。」

「應該吧。」

「為什麼那個時候，妳不跟我說清楚呢？」

「因為我……我……」鳴說這些時並沒有看我，而是再度強忍悲傷地眨了眨眼睛。「始終不想承認，她——未咲，是因為那樣才死掉的。那種狗屁不通的詛咒竟然害死了她，我說什麼都不願意相信。所以……

所以，當榊原你問我說妳有沒有姊妹的時候，我回答說沒有。連你跟我問未咲的事時，我也只跟你說她是我的表妹。因為我實在說不出口。」

我想起來了。

想起櫻木由佳里成為「五月死者」去世之後，我們第二次在藝廊的地下室相遇時鳴說過的話。也許在我心裡，一直是半信半疑的——那個時候她說：

——發生了那樣的事，五月榊原你又轉了過來，雖然從那時起就有人在傳了，但我始終沒有百分之百相信……

所謂「那樣的事」，指的是四月未咲的死。而「就有人在傳了」、「或許已經開始了」，則是她給我的暗示？

鳴垂下頭來，兩隻手緊揪著她身體底下的床單。我一邊試著努力體會她的心情，一邊不忘把呈現在眼前的事實整理、說出來，做進一步的確認。

「這屆三年三班的『災厄』，就像過去幾年一樣，其實從四月就開始了。在醫院去世的藤岡未咲是第一位犧牲者——『四月份的死者』。如果真是這樣的話……」

拍打著玻璃的強風，吹進我身體的最裡面，快速奪走我的體溫。這種感覺忽然湧了上來，使得我背脊發涼，全身起雞皮疙瘩。

好像在說我懂似的，鳴扭動脖子，慢慢抬起臉。

「那個，我也曾經想過。」

「所以？」

「榊原你出院、第一天來上學，是在五月初的時候。一直到那個時候，教室的桌椅才不夠，所以大家都認為今年的『災厄』會反常地從五月才開始，然而，既然未咲是『四月死者』的話，就代表大家都想錯了……」

「……確實如此。」我將兩隻手抱在胸前，點了點頭。

「換句話說，雖然課桌椅的數量是吻合的，但其實從四月開始——在我轉來夜見北之前，那個『多出來的人』就已經偷偷混在班上了……」

3

「所以，」沉默了數秒之後，我慢條斯理地開口問道，「當我說我懷疑自己正是那『多出來的人』時，妳斬釘截鐵地告訴我不是。還叫我放心，說『榊原你絕對不是死者』。」

「——我是說了。」

「那是因為妳早就知道，其實『災厄』從四月就開始了？四月我還沒轉來這個班上……所以，是這樣嗎？」

「那也是原因之一……不過，還有另外一個更重要的原因。」

不知為什麼，我早就有預感鳴會這樣回答。

「怎麼說？」我追問道。「是怎樣的原因？」

「是……」鳴話講到一半，變得有些吞吞吐吐。她偷偷挪開了視線，有半晌眼睛眨也不眨，全身僵硬得就像是一具人偶，終於——

彷彿下定決心似的，她站了起來，直接面對我。然後，把在這之前從我這個角度不會看到的左眼眼罩拿了下來。

「這隻眼睛——」填補眼窩空洞的特殊義眼。她用那「空洞的藍色眼睛」對著我，說道：「這隻『人偶的眼睛』告訴我你不是。」

一時之間當然很難明白，但我似乎早有心理準備，並不感到特別意外。

「所以呢？然後呢？」面對打破砂鍋問到底的我，鳴不再遲疑，直接回答道：「我記得以前曾跟你說過，我會看到別人看不到的東西。我的這隻眼睛會看到照理說不可能看到、不需要看到、不希望看到的東西。」

「不可能看到、不需要看到……那是什麼？」

「姑且可以叫它──」鳴抬起右手，用手掌遮住不是「人偶眼睛」的那隻眼睛，「『死亡的顏色』吧。」彷彿在唸神秘咒語似的，鳴如此回答道。

「『死』的領域中的東西所呈現的顏色、色調。」

「……」

「你懂嗎？你不懂吧。」

說老實話，我還真不知要怎麼回答她。

「我想只要是人都不會相信……不過，今天我要把它說出來，全部說出來。你要聽嗎？」

當她這麼問我的時候，我馬上用力地點頭。接著，我仔細凝視起她對著我的那隻眼睛。那隻異常漂亮卻空虛的「藍色眼睛」……

「我要聽。」我說。

4

「一開始我完全不知道是怎麼回事，非常的苦惱、困惑。」

鳴沒把眼罩戴上去，重新來到床旁邊坐下。然後，她以一貫的平穩語氣說道：「左邊的眼珠子被挖掉了，當然視力也消失了。即使拿著手電筒對著它照，也完全感受不到一點光。如果連右眼也閉上的話，就什麼都看不到了。我是在四歲時動的摘除手術，所以打我有記憶以來，就一直是這樣。在霧果幫我裝了這隻『人偶的眼睛』之後，有好一陣子也都是如此。可是……

一開始是因為什麼事呢？——我記得好像是父親那邊的親戚有誰死掉了，我被帶去參加他的葬禮。大概是小學三年級快結束或剛升上四年級的時候吧？在一片『永別』聲中，花被丟進了棺材裡……就在那個時候，我看到了往生者的臉，有了很奇怪的感覺。照理說什麼都看不到的左眼，好像感應到了什麼……那不是形體，而是很像顏色的東西。

我嚇壞了。畢竟這是第一次我左眼有了感覺，而且那感覺還非常詭異。當我遮住左眼，只用右眼去看時，就像往常一樣，看到的只有那人的臉。可一旦兩隻眼睛一起看時，就會覺得那上面透著某種奇怪的顏色……」

「奇怪的顏色，是怎樣的顏色？」我問說。

「這很難解釋。」緩緩搖頭後，鳴答道。「那是我用右眼沒看過……絕對看不到的顏色。紅、藍、黃，所有我認識的顏色都不足以形容它，也沒辦法套用在它身上……，那不是存在這世上的顏色。」

「妳的意思是，不管用顏料怎麼調都調不出來？」

「沒錯。」

「妳說它叫『死亡的顏色』？」

「其實，一開始我也是什麼都不懂……」抬頭望著天花板，鳴輕輕地嘆了口氣。「我跟大家說了，但沒有人當一回事。我也去給醫生看了，可他說什麼毛病都沒有，是我自己多心。聽他這麼說，我也這麼以為……可是，從那之後，我就經常看到類似的東西。然後——」

嗚緩緩地把視線移回到我身上，「幾年過去了，我終於明白，當我感覺到那個顏色的時候，就是『死亡』發生的時候。」

「『死亡』發生？妳是說只要看到死人的臉，妳就會有那種感覺。是這個意思嗎？」

「我曾有一次，不小心撞見交通事故的現場。車子被撞爛了，滿臉鮮血的男子被卡在駕駛座裡……已經死了。我在他的臉上看到了同樣的顏色，跟那次葬禮一樣……」

「……」

「不光是親眼看到。喏，新聞報導不是都會有影像和照片嗎？比方說事故或戰爭現場的。雖說電視或報紙上很少見，但雜誌都嘛會刊載屍體的照片。看到那種東西，我也會有感覺。」

「同樣的顏色嗎？」

「怎麼說呢？每次的程度都不一樣。」

「嗯？」

「有時我會很清楚地感覺到，有時則是隱約感覺到。應該說濃淡有所差別吧？真的死掉的時候，感覺到的顏色特別清楚。重傷快要死掉，或是臥病在床的人的顏色，相對的就比較淡。」

「所以，妳不是只有對已死的人會感覺到顏色？」

「沒錯。通常那個時候，那些人離死亡已經不遠了。可以說他們比一般人都還要接近死亡……正要被拉到『死亡』那邊去。因此，顏色是淡的。說顏色不太恰當，應該說色調才對。

我最怕去大醫院了。天根婆婆曾因為腫瘤開刀住院，能早期發現腫瘤是一件很幸運的事，但去探病的我可難受了，那實在是……太無聊、太恐怖了。只要一回過神來，就會發現整間醫院到處都是臉上透著『死亡顏色』的病人……

不過，你別誤會，這可不是什麼預知的超能力。雖然我可以在重傷、重病者的臉上看到顏色，但現在就算有一個待會兒就會出事死掉的人站在我的面前，我也什麼都看不到。所以，我在那人身上感覺到的，應該是類似『死亡』成分的東西。」

「……」

「說老實話，連去醫院探望未咲我也不太想，因為我會經常感覺到別人的顏色。不過面對未咲時，我倒是從未感覺到，所以我一直很放心，覺得她沒有問題……沒想到，突然——」

鳴難過、悔恨地輕咬住自己的下唇。停頓了一下後，她繼續開口說道。

「為什麼這隻眼睛能看到那種東西？你覺得不可思議吧？不過我能看到的『死亡顏色』，只限於人類的。對於其他動物，我什麼都感應不到……很奇怪吧？真的很玄。」

「……」

「連我自己都覺得不可思議，嚇壞了，討厭死了這種能力。——我想來想去，就是想不明白。想不明白，也逃不走。只能接受。然後，漸漸地我產生了這種想法：怪只怪人偶太空虛了。」

——人偶呢，都很空虛。

啊……我想起來了，在藝廊的地下室碰到她時，她也說過同樣的話。

——人偶是空虛的。不管身體還是心靈都很空虛……那是接近『死亡』的空虛。

「人偶呢，都很空虛。那是一種接近『死亡』的空虛……所以，我這隻跟他們一樣的左眼，才會看到人類『死亡的顏色』吧？也許這跟我動眼睛手術時的瀕死經驗有關也說不一定。」

我想偷偷解開這世界的秘密……我想起那個時候聽著她說的話，自己曾產生這樣的想法。

「到最後，我只能這麼想，只能接受……這種事，不是對任何人都能說的。就連未咲我也沒說，不能說。不過，從那個時候開始我就決定了，只要是在人前就把這隻眼睛遮起來。」

「——這樣啊。」我很捧場地點頭附和，不過，理性的那部分還是繼續在思考。到底鳴所說的話，有幾分是真實的？我該相信多少？

當然，在她面前我不會把這種想法表現出來。

「那，幽靈呢？」我一臉認真地發問。

「妳看得到嗎？比方說往生者的靈魂。」

「看不到。也不曾看到。」鳴回答得也很認真。

「所以，它們是否真如世人形容的那樣，到處晃來晃去？我完全不知道。基本上，我想幽靈是不存在的。」

「那靈異照片呢？」這個當然也是為了試探她才問的。

「一樣。」她毫不遲疑地回答。

「那些出現在電視或雜誌上的照片，怎麼看都像是假的、騙人的。不過也因為這樣——」

這個時候我發現，鳴的眼神突然變銳利了。

「我才會那麼想看，二十六年前、三年三班的那張照片。我想用這隻眼睛確認一下。」

「喔。那，那個時候……」

前天她來我家，在看我母親留下的照片時，把左眼的眼罩摘了下來。然後，她向我問說：

——顏色呢？

——你不覺得顏色怪怪的嗎？

「又是這麼回事？」我問：「妳在那張照片、那個學生——夜見山岬的身上，看到了『死亡的顏色』嗎？」

「我看到了。」她馬上回答。「那是我第一次感應到所謂的靈異照片有那種顏色。所以，我很確定……」

嗚沒有再說下去，我瞪著欲言又止的她，冷不防又想起來……

——我知道我不是「死者」。

我去她家，在三樓的客廳跟她長談時她所說的話。

我問她：妳是如何確認自己不是「死者」的？「就……」當時，她並沒有清楚回答我。

「這樣你應該明白了吧？」再一次從床上站起，嗚說道。「就算我把眼罩拿下來，也不會在你身上感應到『死亡的顏色』。所以，我知道你不是，不是『多出來的人』。」

「所以，基於同樣的理由，妳也知道自己不是？」

「是啊。」點點頭，嗚撿起摘下來的眼罩，打算把它戴回去，可她好像突然改變了主意，停下手邊的動作，

「我不得不相信，這隻『人偶的眼睛』具有特殊的功能……啊，不過，在我心底深處，難免還是有幾分半信半疑。我到現在都還會懷疑，是不是自己想太多了、是心理作用？

還有，這說不定是我想太多，但剛剛我說的『這不是什麼預知的超能力』那句話在我身上搞不好不適用。也就是說，萬一哪一天我自己遇到了『死亡』，說不定我會有感應。只要好好處理，說不定我就能逃過一『劫』……所以，你還記得嗎？每次你擔心我一個人回家不安全的時候，我都跟你說『沒問題』……」

……啊，對喔。

是有那麼回事。

「假設妳剛才說的那些，全部都是真的——」

我一邊回答，一邊也從椅子上站起。我現在已經不會背脊發涼、起雞皮疙瘩了。相反的，

室內的冷氣雖然強，脖子卻冒出了涔涔汗水。

我和鳴的距離不到一公尺。她左右兩隻眼睛都是睜開的，靜靜望著我。背後，窗戶又傳來格格的聲響。

「所以，該不會妳早就知道了吧？」

「**死者**」，**是誰？**

「只要用那『人偶的眼睛』一看，班上誰是『多出來的人』，馬上就知道了……」

結果，鳴既不搖頭也不點頭，只是曖昧地偏了一下頭。

「在學校，我從來沒把眼罩拿下來過。」她說。

「升上三年級後，我知道了傳說中的『詛咒』的嚴重性，所以從開學的第一天起，我就都戴著眼罩。然後，未咲出事了，你轉了進來……櫻木同學死了，這一切都讓我相信『災厄』已經降臨了，所以我就更不敢把眼罩拿下來……」

「那妳幹嘛在書桌上寫那個？」

「**死者**」，**是誰？**

「只要把眼罩拿下來，不就知道『多出來的人』是誰了嗎？」

「就算知道又能如何？我很清楚，根本不能怎樣。只是我還是很好奇，所以才會那樣。」

說老實話，我很懷疑鳴這個時候的說法。

沒錯，我是不曾在學校看她把眼罩拿下來過。不過，重點是，她大可選擇其他時間把它拿下來啊。「死者」是誰？只要她這麼做，問題就統統解決了。我就不相信她能忍住不用能力……

就算她真的那麼做了，那也已經是過去式了。我在這裡拆穿她的謊言、辯贏她了又有何用？重點是現在，現在比較重要。

「所以——」我說，手撫著胸口，做著深呼吸。是我太緊張嗎？還是神經過敏？怎麼覺得那討厭的感覺——肺穿孔的感覺又回來了。

「然後呢？現在怎麼樣？」

松永克巳藏起來的那卷十五年前的錄音帶，我們已經聽過了。所以，現在已經不能拿「就算知道了也不能怎樣」當藉口了，不是嗎？

「妳知道了吧？看到了吧？這次，那傢伙也有跟來嗎？」

面對我一連串的質問，鳴顯得有些退縮，深深皺起眉頭，似乎不知該怎麼回答。我還以為她要跟我一樣用手撫胸做深呼吸呢，沒想到她別開視線了，再次輕咬著自己的下唇，好像困擾到不行……終於——

她輕輕地點了一下頭。

「『多出來的人』也有跟來。」

「——果然。」

我一邊感覺汗從襯衫底下透了上來，一邊緊盯著鳴的嘴唇。

「是誰？」

「他是……」

然而，就在這個時候。

房間的門砰砰地響了起來，打斷我倆的談話。門外有人正在敲門，不，那聲音聽起來比較像是有人用身體在撞門……

「什麼事？誰？」

鳴問，同一時間，門整個被撞了開來，某人順勢滾了進來。定睛一看——

「啊！」我忘了要看時間和場合，忍不住驚呼起來。

「勅使河原?!怎麼了？」

5

勅使河原的樣子很不對勁。

他似乎是拚了命跑過來的，呼吸異常紊亂，上衣緊黏著汗濕的皮膚，頭髮、臉上全是汗水……臉卻白得像紙一樣。僵硬的表情，配上失焦渙散的眼神。

「怎麼了？發生了什麼事……」我趕緊湊上前去。

「噁！」勅使河原乾嘔了一聲，不住地搖頭。接著，他看了看我，又看了看鳴。鳴沒戴眼罩的事，他倒是沒啥反應。

「啊。不、不好意思。」他氣喘吁吁，好不容易找回了聲音。

「那、那個，雖然很冒昧，但我可以請教你們一個問題嗎？」

請教我們？——見鬼了，真是見鬼了。你沒事吧？勅使河原。你到底在演哪一齣啊？

「我想請問的是……」雖然呼吸還很紊亂，但勅使河原卻擠過我的身旁，走向窗邊。窗戶正好面對呈ㄇ字型的內側庭院，有一個往外延伸的陽台。

他一直走到窗戶前面，才轉過身來面對我們。

「你們認識風見智彥這個傢伙嗎？」他拋下了這樣的問題。

「啊？」我忍不住偏著頭，鳴的反應也差不多。

「好端端的，你怎麼——」

「回答我的問題。你認識風見嗎？他是怎樣的傢伙？」

敕使河原重複著相同的問題，聲音聽起來很認真。

「我只知道……」我心中升起很不好的預感，卻還是回答了他。「他是三年三班的班長，跟你還是從小到大的『冤家』。」

「啊啊……」敕使河原的臉皺在一起，呻吟了起來。

「見崎呢？妳認識風見嗎？」

「怎麼可能不認識。」

「啊！」敕使河原再度發出呻吟。

「是、是嗎？——是喔。」他喃喃自語，當場全身癱軟地蹲了下來。蒼白的臉這下變得更蒼白了，嘴唇還微微顫抖著。

「喂，敕使河原你怎麼了？發生了什麼事？」

我追問道，他老兄繼續蹲在地上，緩緩搖了搖頭。

「完蛋了。」

「我完蛋了……」

他用像是被踩扁的青蛙的聲音回答道。

「完蛋，什麼完蛋了？」

「我也許……弄錯了。」

「弄錯？你弄錯了什麼？」

「我……我一心以為那傢伙是『多出來的人』。所以，就在剛才……」

「誰是『那傢伙』？」是指風見嗎？

「就是風見啊。」

「——不會吧？」

「我動手了。」動手？——不會吧？他該不會把風見殺了吧？

「你是開玩笑的吧？」

「誰會開這種玩笑！」勅使河原用兩手抱住頭。

「這陣子我不斷地試探那傢伙。問他小時候的事、問他有的沒有的，看他還記不記得。結果，那傢伙……」

「啊……怎麼會？」

「那傢伙變得好奇怪唷。」勅使河原語帶哽咽地說道。

「比方說我問他，小三的時候，我們常去河邊玩耍的秘密基地，他竟然說他『忘了』。小五的暑假，我們兩個踩著腳踏車，說好要一路騎到海邊的……結果，才剛騎出市區我們就放棄了。連這件事，他也說『不記得了』。所以——」

「所以？」

「一開始我也不是很確定，不知這是不是老天給我的啟示，但我越想越覺得不對勁……那傢伙，簡直就是另外一個人嘛。本來的風見早就已經死了，現在在我身邊的這個，是今年春天混進班上的冒牌貨，是『多出來的人』……」

啊，勅使河原這誤會可大了。「多出來的人」（死者），不是那樣的存在。

聽了鳴和千曳先生的解釋，加以消化之後，如果有人問我多出來的傢伙是「真的」還是「假的」，我會回答那百分之百是「真的」。死掉的那個人（死者），就連他自己都不知道自己已經死掉了，就這樣復活了，並存在這個世界上……所以他記不記得小時候的事根本就不重要。這個並無法做為識別的線索或證據。更何況……

像剛剛勅使河原所講的，忘記小時候的經歷、印象模糊，是每個人都會有的狀況啊……

「所以，今晚，剛剛……我把他騙了出去。」偶爾結巴的勅使河原說明事情的經過。「雖然我跟他住同一間寢室，但我想要是讓隔壁房間的人聽到就不好了，得換個地方才行。在二樓那邊的角落，我發現了遊戲室，於是我把他騙了過去……

我打定主意要把事情問個清楚。我問，你不是真的風見吧？你是混在班上那個『多出來的人』吧？結果那傢伙一聽，臉色整個都變了，又氣又急。我心想：有問題，果然是這傢伙。就像那卷錄音帶所說的，只要讓他死掉，回復『死亡』的狀態，大家就得救了，所以我——」

「所以你就殺了他？」我努力克制逐漸激動的聲音。「真的嗎？」

「剛開始，該怎麼說呢？我們只是吵了起來，扭打在一起。我不是想殺死他才打他的，不是這樣的……啊，我也不知道自己當時是怎麼想的。反正，我們打啊打的，一路打到了陽台……然後，等我發現的時候，他已經從那裡……」

「摔了下去？」

「——嗯。」

「是你推他下去的？」

「——也許。」

「然後他就死了？」

「他躺在草地上，一動也不動。頭還流血了。」

「喔……」

「可是，就在這個時候，我突然覺得很害怕，全身抖個不停。」勅使河原一腳跪在地上，用兩隻手抓耙滿是汗水的頭髮。「然後，我從走廊飛奔了……過來。因為我知道你會跑來見崎的房間。我心想，先找到你們再說。」

「你怎麼不找望月？」

「那傢伙靠不住。」

「——所以呢，回到剛才的問題。你到底跑來幹嘛？」

「還不是因為那卷錄音帶。」勅使河原不再抓扯頭髮，抬起頭來看著我。充血的眼睛蓄滿淚水，眼看就要滴下來了。

「松永克巳十五年前，在宿營時把『多出來的人』殺了之後錄下的告白……你不是也聽了嗎？他說自從『多出來的人』死了之後，其他人就會當他不曾存在過。除了親自動手的松永克巳本人，班上再也沒人記得他的存在。所以……」

「所以你跑來是為了跟我們確認？確認風見是不是『多出來的人』？」

「嗯。——可是你們剛才已經說你們認識風見了。」

勅使河原的肩膀用力起伏著。然後，他以可憐兮兮的聲音向我問道：「看來是我搞錯了。怎麼辦？榊原？」

靜下心來思考這個問題的答案，只有兩種可能。

一是如勅使河原所擔心的，「多出來的人」不是風見智彥——換句話說，真的是勅使河原「搞錯了」。

二是「多出來的人」確實是風見智彥，可他還沒有死。根據剛才聽到的那些，勅使河原並沒有走到陽台的下面去察看風見是否已經斷氣。所以……

「也許他沒有死。」

「咦？」

「從二樓摔下去不一定會死吧？也許他只是昏了過去，還有呼吸。」

「喔……」敕使河原搖搖晃晃地站起身來，往窗戶那邊走去。重心不穩的他伸出手，打開窗戶，走出陽台。我連忙跟了上去。

拂在臉上的風濕濕的，從雲間灑下淡淡的月光——

胸口靠著被雨淋濕的欄杆，敕使河原伸出右手，指著斜前方。大門的左邊，二樓的角落……那裡有幾扇窗戶透著昏黃的燈光。那就是他說的遊戲室吧？

「在那邊，那附近。」敕使河原指向那個方向。

「啊，從這裡看不到喔？在那個樹叢的後面……」

我從長褲的口袋裡掏出手機，打算聯絡110和119。敕使河原察覺了，於是——

「喂，榊原。你打算出賣朋友，叫警察來抓我嗎？」

「笨蛋。」我邊應聲，邊想起某名曾經打過交道的刑警。

之前，因為水野小姐的案子，他曾經偵訊過我，還有一次我們曾在學校前面的馬路上碰到。名叫大庭的中年刑警，他說他有一個讀小學的女兒。「萬一有需要我幫忙的地方……」當時他把手機號碼抄在名片的後面給了我，而為了以防「萬一」，我還真把它輸進了手機的通訊錄裡。如果是他的話，應該就不用解釋那麼多，只要講個大概就行了吧？

我從敕使河原的身旁走開，趕緊找到那個號碼，打了過去。

我看了看螢幕，雖然只有一格，但還是有訊號的。但，電話就是不通。

不通。

「榊原。」是嗚的聲音。她並沒有走出陽台，而是站在窗戶後面看著我們。

她安靜卻有力地搖了搖頭。然後，以敕使河原聽不到的聲音告訴我：「不是風見。」

「我想也是。」

她用「人偶的眼睛」看過之後，可以確定多出來的人「不是風見」，而是別人。

「敕使河原。」我語氣堅定地喊他。

「我們得確認他是不是還活著。如果他還有氣的話，就先幫他急救。你說好不好？」

「呃、好。」有氣無力地應了聲好，敕使河原不再巴著欄杆了。面對垂頭喪氣的金髮傻小子，我以認真且嚴肅的語氣說道：「你可不要想不開，跑去自殺喔！」

「喔……」

「那好。快走吧！」

6

從223室飛奔出來後，我們三人直接往大門衝去。我們先跑過二樓的走廊，來到建物中間的樓梯，接著下了樓梯，衝向一樓的大廳……卻在半路上——

我突然有了很奇妙的感覺。是預知嗎？還是靈異第六感？不，不是那樣的。冷靜下來一想，會發現這跟超能力什麼的絕對扯不上關係。

感覺。沒錯，那只是一種感覺。感覺哪裡怪怪的。不安、有點討厭。冷靜下來一想，那肯定是我在下樓梯的時候，無意間瞥見的某樣東西造成的。

敕使河原和鳴頭也不回地朝大門跑去，只有我忍不住停下了腳步。主要燈光已經熄滅的深夜大廳，長到看不見底的幽暗走廊。就在走廊的盡頭有一扇門是開著的。雖然只有小小幾公分，但我「無意間瞥見」的就是那個。

那不是餐廳的門嗎？

裡面並沒有光線透出來，感覺比走廊還要幽暗……就在此時，我突然感覺到，門後面似乎暗藏著什麼玄機。而它就是讓我「感覺怪怪的」的理由。我也曾猶豫是否該叫住另外兩個人，但最後我還是單獨走向那扇門，握住反光的把手。

溜滑的觸感。

汗？——不，不是汗。既然不是汗的話，那……

我將手抽了回來，掌心朝上，定睛凝看。黑暗中，只能勉強看到東西。不是汗，是黑黑的什麼東西黏附在手掌上。這是……

……血？是血嗎？如果是，又是怎麼來的？

其實這時候我大可先退回去，找到其他兩個人再說，但我沒有那麼做。我只思考了幾秒，就決定把門推開，走進餐廳裡面。在伸手不見五指的情況，我一邊用手摸著牆，一邊一步、兩步地困難前進——

「哇！」我之所以尖叫，是因為有東西纏住了我的腳踝。

「哇，什……」什麼？誰？我反射性地跳開。一方面是因為眼睛已經習慣了黑暗，一方面要感謝從後窗照進來的朦朧月光，我終於看到了：有東西——有人倒臥在地板上。

「什……什麼啊？」我驚恐地出聲問道。

「誰？這到底是……」他身上穿的好像是夏季制服，下半身套著長褲，所以是男生嘍？由於身體是趴著的，看不到臉，也就認不出他是誰。右手往前伸了出去。剛剛就是這隻手抓住我的腳踝吧？因為太過突然，所以我被嚇了一跳，不過，可以感覺得出來那力量非常微弱。

「你還好吧？」我回到他的旁邊，搭住他的肩膀。

「喂，你還好吧？怎麼會躺在這種地方……」對我的叫喚起了反應，他的身體微微抽動了一下。我趕緊握住那往前伸出的右手，結果——

濕濕滑滑的，跟剛才握住門把時的觸感一樣。

「你受傷了嗎？」我問，他馬上發出痛苦的呻吟聲。

我搭住他的肩，把他的身體翻轉過來，試圖讓他坐起。

「……不行。」誠如字面所說，細如蚊蚋的聲音從他口中逸出。

「我已經……不行了。」

「不行？你怎麼不行了？」我問，這時終於發現，他身上穿的白襯衫從背後到腰際全是黑的。很顯然的，那是被血染黑的。

「你這是……該不會是被刀子刺傷的吧？」我問，同時試圖把自己的臉貼近地板。黑暗，加上他的臉也沾到了血，所以不太容易辨識，不過——

「是前島嗎？」

晚飯後，和久井的氣喘發作了，那個時候前島曾拚命幫痛苦的他拍背。個頭小、娃娃臉，其實卻是劍道社大將的前島——應該是他沒錯。

「喂，你怎麼會搞成這樣？」

我把嘴巴貼近前島的耳朵。

「是誰刺傷你的？是誰……」前島再度痛苦地發出微弱的呻吟後，終於吐出了幾個字。感覺他似乎連最後一絲力氣都擠出來了。

「我偷看，看了廚、廚房……」

「廚房？廚房怎麼了？」

「偷看了廚房……結果管、管理員……」

「管理員？」我搖晃前島的肩膀。

「你是說沼田先生嗎？他怎麼樣了？」

我心急如焚地追問，卻得不到回應。我看了看他的臉，剛剛還睜開的眼睛如今已閉上了。暈過去了嗎？還是已經死掉了？我連靜下來好好確認這件事的時間都沒有——站起身，我一邊跟突然變得很具體的恐懼對抗，一邊移動腳步。我沒有去找電燈開關，因為光靠月光，大概就可以知道廚房的門在哪裡。

——那個歐吉桑怪怪的喲。

我突然想起，幾個小時以前在餐廳裡，勅使河原偷偷告訴我的話。

——從我們來了之後，他就惡狠狠地瞪著我們。

啊……不會吧？

——說不定真有那種突然發瘋，就把自己孫子殺掉的爺爺呢！

不會有這種事吧？

——我們對他，也要防著點。

我掙扎著好不容易來到廚房的門口，可就在這時候，我又有了很奇妙的感覺。這次我得到的訊息不是來自於視覺，而是來自於聽覺，還有嗅覺……

就在那扇門的後面，好像有什麼奇怪的聲音傳了出來。

同樣在那扇門的後面，還有什麼奇怪的味道飄了出來。

可是你最好不要打開，千萬不能打開。我無視內心給我的忠告，硬是把手伸向門把。瞬間，我感到掌心一片熾熱。雖然還不至於被燙傷，但此刻門把的溫度確實高得嚇人……

也許我該在這時打消念頭。不過，我的手卻依然轉動了門把，然後斷然地一腳把門踢開。

剎那間我知道那個怪聲和怪味到底從何而來了──是火。

裡面正燃燒著熊熊烈火。

熾熱的空氣和嗆人的濃煙從門縫竄出，我忍不住往後退。伸手擋在臉的前方，屏住呼吸。就在這麼做的同時──

我看得一清二楚。

廚房裡，那個人的身體倒在火海中。

那人的頭朝向這邊。眼看衣服就要著火了，可他卻一動也不動。是已經死掉了嗎？他的頭部和頸部被深深插入了好幾根東西，這恐怕就是直接的死因吧？……如果我沒看錯的話，那個是晚餐串燒用的鐵籤。火勢越燒越烈，就算手邊有滅火器大概也滅不了了。

我逃回前島身邊，對倒臥在地的他放聲大喊。「前島！不好了！著火了……喂！再不逃就沒命了！」

7

前島還有氣息。聽到我的呼喊，他的身體動了一下。

傷得這麼重，絕對不能將他丟在這裡。「振作一點！」我不斷地鼓勵他，好不容易將他拉起來拖到走廊上。轉眼間，廚房的火已經延燒到了餐廳。

為了阻止火勢繼續蔓延，我把門關上。同一時間……

「怎麼了？榊原。」大廳傳來叫喚的聲音，是鳴。因為看不到我所以回來找我了吧？

「你在這裡做……咦？」停下朝這兒走來的腳步，「那是誰？」她露出不解的表情。

「那人怎麼了？」

「他受了重傷。」我喊聲回答。「還有，廚房著火了！」

「火……火災嗎？」

「管理員沼田先生死在裡面了，是被殺害的。我想一定是那個兇手放的火……」用打結的舌頭轉述情況的同時，我心裡低呼：「原來是這樣！」

那個時候……

晚上十點我去鳴的房間之前，曾經從走廊的窗戶向外看，那時——

我看到後院有一間好像倉庫的小平房，裡面的燈突然亮了。大概是管理員在拿什麼要用的東西吧？我當時是這麼想的，然而——

難道兇手是殺了沼田先生後，或是犯案前在找尋燈油之類的東西，打算待會兒縱火嗎？

「那不是前島同學嗎？他怎麼了？」

「他倒在餐廳裡。好像背部被刀子刺傷了。應該是同一個兇手幹的。」

「傷得嚴重嗎？」

「流了很多血。」

在鳴的幫助下，我們一左一右架起前島，往大廳的方向走去。走了幾步，終於看到敞開的玄關門。

「你一個人抬得動嗎？」鳴問。

「應該可以吧？他得趕緊接受治療才行。」

「也對。」

「敕使河原呢？風見呢？」

「風見同學沒事。地面被雨淋得軟綿綿的，風見的腳雖然嚴重扭傷，但頭部好像沒大礙。也恢復了意識……」

「太好了。」我抱住癱軟的前島，急忙往玄關的門移動。此時，鳴突然轉身往右跑去。

「啊……妳要去哪裡？」

「失火的事得通知大家才行。」

她想得很周到，可是現在跑回二樓——

太危險了。一方面當然是因為火災的關係，另一方面，手持利刃的兇手恐怕還在這棟房子裡走動……

「等一下，見崎！」我出聲制止，但她已經跑上了樓。想追上去，卻又不能撇下動彈不得的前島不管。兩難之下，我還是先將前島抱著，往外面走去。

這時我看到正朝玄關門廊走來的敕使河原。在他旁邊的風見滿身泥濘，一副很痛的樣子。臉上沒戴眼鏡，大概是摔下去時飛掉的吧？他艱難地拖著右腳，扶著敕使河原的肩膀。

「不行，不要進去！」我喝斥道，敕使河原「啊？」一聲看向我。

「那傢伙是誰呀？是前島嗎？榊原，你……」

「失火了！」我大喊。「火從廚房延燒出來，好像滅不掉了。可能有人縱火。」

「咦？你騙人吧？」

「前島被人攻擊，受了重傷。」

「真的嗎？」

「反正趕快逃離火場就對了！」

「啊，好！」

敕使河原扶風見，我扶前島，我們各自扶著傷患離開玄關門廊。搖搖晃晃、步履蹣跚地往前院的小徑走去。不一會兒，背後傳來一聲巨響。一回頭，我看見右側——餐廳所在的一樓窗戶碎掉了，火舌從裡面竄了出來。強風助長火勢，眼看火舌就要順著房子的外牆往上爬了。

就在這時，館內響起了刺耳的警報聲。

是火災自動感應裝置啟動了警鈴？不然就是有人按了警報器，是嗚吧？——不管怎麼樣，待在二樓的人應該也察覺到出事了。趁火還沒燒到二樓，大家趕快……

我很擔心嗚的安危，卻又不能不管重傷的前島。何況還有無法自己行走的風見，我不能把他們都丟給敕使河原。

無論如何，我得先把前島送到遠離火場的安全地方才行。

我催促著敕使河原，用最快的速度努力逃離這棟建築。這時有幾個察覺失火的同學從玄關或一旁的出入口跑了出來。火勢越燒越猛，每個人都驚恐不已。大家超越我們，爭先恐後地往前跑。他們身上都還穿著T恤短褲或睡衣，有人腳上甚至還套著拖鞋。

力不從心的我焦急不已，背後的濃煙和熱氣就要追上來了。伴隨著火焰的燃燒聲，窗戶玻璃的破裂聲此起彼落地響起。整棟房子嘎嘎作響。

我覺得前島的身體好像一下子變重了。

「振作！加油！」我出聲叫他，但他卻沒有反應。他好像已經無法自己使力了……

就在這時，我聽到尖叫聲。混在火災造成的各種聲響中，那聲音依舊十分清楚……某人的尖叫聲，淒厲的尖叫聲。

是從斜上方傳來的。

抬頭一看，二樓的陽台有人影。距離我們剛在的223號房，大概還要再往前兩個房間。火勢應該還沒延燒到那裡……是無法逃到走廊上，所以才在那裡求救嗎？——不對。

我馬上察覺事情並非如此，陽台上的人影有兩個。

看背影和髮型，其中一人好像是赤澤泉美，尖叫聲好像也是她發出的。而另一個人是……

「不要！」聲嘶力竭呼喊的人果然是赤澤泉美。

「怎麼了？怎麼會……」我驚慌地瞪大眼睛。陽台上的另一個人好像正要攻擊赤澤，那人猛地舉起右手。他手上握著一把刀，想必就是殺前島的那一把……

「不要！」赤澤尖叫。

「救命啊！」攻擊者與被攻擊者，兩個人的身影糾纏在一起。——然而。

就在這個時候，可怕的聲音震耳欲聾。同一時間，建物的某個角落噴出令人炫目的火柱……

氣爆？

是氣爆。可能是廚房的瓦斯。就地理條件來看，這裡用的應該是桶裝瓦斯吧？是瓦斯筒著火了嗎？為了遮擋迎面襲來的熱氣和掉落的粉塵，我不自覺地舉起雙手。失去支撐的前島滑了下去，癱在地上。我手忙腳亂地不知如何是好，這時——我還是往二樓的陽台望去了，結果就在那一瞬間看到兩個糾纏在一起的人影一起翻落了陽台。

「這是怎麼……」我暗自低語，移開視線，重新抓住前島的手臂。

「你還好吧？喂，撐住啊！」我單腳跪在地上，拚命想把他抱起來，可他卻一點反應都沒有。只要我一鬆手，前島的身體就會滑下去，彷彿洩了氣的充氣娃娃一般。

「前島……前島？」我叫了好幾聲，一邊檢查他的脈搏，也試著要檢查他的呼吸和心跳，可是……

「啊……前島……」他死了。

8

我愣在原地，與其說是因為害怕，倒不如說是因為無比灰心、絕望。我連忙用力甩頭，試圖讓自己振作，就在這時——

嗚？我內心的擔憂迅速膨脹開來。她沒事吧？我得趕快回去找她，但……啊，不行。房子的玄關已經被火封住了。嗚——

她把失火的消息告訴二樓的同學後，應該已經平安地逃出去了吧？出入口不只玄關一處。她可以從別的出入口，還是從窗戶……

她應該可以的，我拚命告訴自己。一定行的。否則，我怎樣也無法原諒當時沒有即時拉住她的自己。因為剛才的氣爆，火勢燃燒得更猛烈了，整棟屋子都燒了起來。再拖下去只會更糟。「對不起！」我向前島說了最後一聲抱歉，轉身就要往回走，卻在這時我看到——

難以置信的一幕。

氣爆後，陽台的兩人墜落在一處樹叢，此時那傢伙從那裡現身了。一身血跡、泥濘和灰塵，衣服原本是什麼顏色已經分辨不清。頭髮、暴露在外的手臂、臉部皮膚也都一樣。乍看之下幾乎認不出樣貌。扭打在一起從二樓摔落……那傢伙還活著？赤澤……死了嗎？還是被殺死了？那傢伙拖著一條腿，另一邊的肩膀垂下，身體歪歪地斜向一邊——

沙，沙沙……那傢伙還能走。站在濃煙裡，在紅色火光的照耀下，感覺好像不死怪物一樣。

那傢伙筆直地朝我走來，離我僅數公尺的距離。他的右手仍握著刀，紅黑色的髒臉，一雙炯炯有神的大眼。此時我汗濕的身體直冒雞皮疙瘩。

這一幕讀小說時經常想像過，在電影裡也曾看演員演過——可是，現實中從來沒有過，一次也沒有。像這樣……

瘋狂的眼神，完全喪失理性的人類的眼。和在教室裡割喉自殺的久保寺老師不太一樣。當時老師的眼睛是很空洞無神，至少沒有閃著令人恐懼的兇光。

那對眼睛——看到了我。

被發現了！我驚覺這點，火速逃離現場。我確定那傢伙要攻擊我，要殺了我。

我逃跑了。在此同時，我聽到背後傳來幾聲哀號。也許有同學來不及逃跑，被那傢伙攻擊了。雖然這麼想，但我並沒有停下腳步也沒有回頭。因為我實在怕得要命。就在我穿過前院，眼看大門就在前方時，胸口突然一陣悶痛。我忍不住停下腳步，用雙手按住胸口，雙膝著地。幸好只痛了一下，馬上就好了。

「真是的……別在這時找我麻煩。」我喃喃自語，重新站了起來。同時鼓起勇氣，往後面看。那傢伙——那個兇手還拖著一條腿走著。距離應該拉得夠開了，應該已經追不到了。是的，應該是的……然而——

那傢伙，又出現了。宛如剛從地獄的煉火中復活一般。

雖然距離和剛才相比已經相差許多，但他還是拖著腳步朝我走來。

我倉皇地拔腿想逃，卻被泥濘絆了一跤，醜態百出地一屁股跌坐在地上。我痛呼出聲，卻仍拚命想要站起來。可是，一時間竟然使不上力！好不容易終於站起來，再度回頭看，卻發現我和他之間的距離又縮小了，驚恐不已。同時，胸口又是一陣悶痛。啊……逃不掉了。絕望的念頭掠過我的腦海。

逃不掉了——逃不掉了嗎？再這樣下去，我會……像在廚房被殺害的管理員那樣，像前島那樣，像赤澤那樣。

「——別過來。」我勉強擠出聲音，發出微弱抗議。「別過來。別再……」

那傢伙——瘋狂殺人的怪物並沒有停下腳步，反而加快了速度。握著刀的手揮舞著。在他背後，熊熊燃燒的火焰咻咻作響，煙向上直冒。突然……

旁邊竄出了一條黑影。是什麼？是誰？我還來不及細想，那黑影已經朝兇手衝過去，將兇手手上的刀撞飛。隨後兇手的身體翻了一圈倒在地上，黑影趁勢從上面壓制住……

「啊！」我看傻了眼。「千曳先生?!」

當我叫出聲音的時候，危機已經解除了。

黑影離開了動也不動的兇手，轉身面向我。

「千曳先生！」

一身黑衣的圖書館管理員回應我的呼喚：「剛才真危險啊！我一從醫院回來，就發現這裡亂成一團。我嚇了一跳趕了過來，就看到他正拿刀對著你……」

他將弄髒的眼鏡扶正，看看兇手的臉。「我心想這人是誰呢？一看就知道不是正常人。」

「沼田管理員在廚房被殺了。」

「沼田？」

「對。——沼田先生。」

「那……」

「我想他是第一個遭殃的。然後是前島同學，然後還縱火……」

「都是這人幹的？」千曳先生說著，再次望向兇手——沼田太太的臉，「怎麼會這樣？」

他自顧自地搖了搖頭，好像在說：想了也是白想。因為這也是今年的「災厄」之一……

「不管怎樣，你快逃吧！」抬起頭，千曳先生命令我。「你最好逃到大門外去。快點！」

「啊……好。」

「你先走。我來處理這個人——沼田太太。」

「咦？」

「我只是讓她昏過去而已，不可以把她放在這裡不管。」

「可是……」

「我一個人沒問題的。你剛才不也看到了嗎？別看我這樣，我可是有底子的，到現在還經常出入道館呢！」

他剛說的「底子」指的是柔道之類的武術吧？——雖然現在不是佩服的時候，但千曳先生的確是不可貌相。

「好了，你快走吧！」

「……」

「快走！」

9

已經逃到門外的一群人之中，我最先看到的是敕使河原。他靠著石材砌成的門柱，呆呆地望著「咲谷紀念館」的大火。在另一邊門柱旁的是風見，他坐在地上，曲起單邊的膝蓋，用雙手環抱著。額頭抵著膝蓋，藉此讓身體挺直。

「嗨……榊原。」敕使河原發現了我，有氣無力地舉起一隻手。

「前島呢？」他問，然而我根本沒辦法回答他。

「──沒活下來嗎？」

「……」

「千曳先生一回來就跑進去了解狀況了。」

「──我見到他了。」我一邊回答，一邊搜尋鳴的身影。「──是他救了我。」

「反正就先待在這兒吧？等消防車和救護車來。」

這畢竟是一場大火，身在遠處也能一眼看出事情的嚴重性，所以就算沒有直接接到火場的通報，消防隊也已經出動了吧？

「逃出來的，只有這些人？」我大略看了一下，大門附近除了我之外，還有五個人。裡面並沒有鳴。

「見崎呢？」

「──嗯？啊，她不在。」敕使河原用力抓搔弄髒的金髮。

「望月那傢伙也不在……沒事的。他們一定逃到別的地方去了。」

我沒辦法那麼樂觀……不對，是放棄思考。我坐立難安，轉身背對敕使河原，快步走離大門，瞪著持續燃燒夜空的烈焰……然後。

「見崎、鳴。」我在別人看不到的地方輕聲卻用力地喊著，一邊伸手探入褲子的口袋。手機……還在，剛才跌了一跤不知有沒有摔壞。我從通話紀錄裡找到鳴的號碼，按下撥號鍵。拜託了。抱著祈求的心情，我將手機貼近耳朵。

傍晚的時候，我確實用這支手機和她的手機通過一次電話，所以再讓電話通一次吧。此時此刻，只要再一次就好了。

拜託了。哪怕只有一秒也好，讓電話通吧！手機不斷傳來「重新撥號中」的電子短音，次數

不通……

多到教人想要放棄——

我一直撥一直撥，最後終於出現嘟嘟的長音。響到第四聲後，有人接了。

「——榊原嗎？」雖然雜音很多，很難聽得清楚，但那確實是鳴的聲音。

「啊……通了。」我用手罩住嘴巴和手機發話器，盡量讓自己的聲音集中一點，「見崎嗎？妳沒事吧？」

「榊原你呢？其他人呢？」

「我們已經逃到了大門附近。可是，並沒有全部到齊。前島死掉了，千曳先生回去救了我，兇手是沼田太太……」我驚覺自己沒有重點地說個不停，連忙停了下來，「妳現在在哪？」問了最要緊的問題。

「後院。」鳴回答。

「在那棟像倉庫的小屋附近。」

在那裡啊？那……「你受傷了嗎？」

「我沒事。」聽起來不像在逞強的樣子。之後又隔了幾秒，鳴才接著說道：「不過，現在還動不了。」

「咦？」沒事，卻動不了？——我不是很懂她的意思，不過與其在這裡想破頭……

「我去找妳。」我說。「我現在馬上過去找妳。」

然而，鳴的回答卻是——「你最好別來。」

沙沙沙……討厭的雜音蓋過了鳴的聲音。

「為什麼？」

「榊原，你不要來會比較好。」

「喂，為什麼？」

「我……」

雜音開始變大了，通話的聲音變得斷斷續續。為了不漏聽一句，我用力將手機貼緊耳朵。

「我……必須阻止。」

「阻止？」——難道？

盤據在腦海中的模糊想像突然間脹大，有了具體的形狀。——難道？

「難道，見崎……」我盡量提高音量，但沙沙沙，咔咔咔……的雜音變得越來越大，我根本不確定自己的話她能聽到幾分。

「喂，妳現在和誰在一起？」

「我——」

「妳和誰在一起……見崎？」

「……或許會後悔。所以……」

……電話到這裡斷了。她的聲音好像漸漸遠去般消失不見。在仲夏時分，這個驚恐萬分的「災厄」夜裡，如奇蹟般接通的電話在這一瞬間斷了——時間剛好是午夜零時左右，日期正式轉換成八月九號。

10

我沒向任何人交代，拔腿就跑。就著建物燃燒的火光，我沿大門繞到東側後院的那條小徑拚命奔跑。原本被雨淋濕的地方又降下了火災的粉塵，路面變得濕滑無比，但我竟然一次也沒滑倒，終於，目標倉庫就在眼前了。大概還花不到五分鐘的時間吧？呼嘯的風聲和四周熊熊燃燒的火燄聲。還有，遠處隱約傳來的消防車的警笛聲。

我向倉庫跑去，搜尋著鳴的身影。

這裡離主建築估計還不到十公尺的距離，所以就算火苗順著風勢往這裡竄也不奇怪。不過所幸，這間小屋還沒事的樣子。

「見崎！」我用盡全力地大喊。「妳在哪？見崎！」

沒有回應。

我一邊喊著她的名字，一邊繞到小屋的北邊搜尋，結果，我終於發現了她。她——鳴獨自一人靠著小屋的牆壁站著。

「啊……見崎。」

她的上衣、裙子，還有頭髮、臉頰、手臂、雙腿……全被灰塵弄得髒兮兮的，不過，就像她剛才在電話裡講的，並沒有身受重傷的樣子……

「見崎？」聽見我在叫她，她只匆匆朝我瞥了一眼，立刻又把視線收了回去。

順著她的視線看過去，我發現前方大約四、五公尺的地方，除了她以外——還有另一人。

那人伏臥在地。身體比鳴還髒，下半身被壓在幾根木材的下面。因為是這樣的姿勢，所以從我的角度根本看不出他是誰，就連身形、性別也分辨不出。

「因為氣爆的衝擊，木材倒了下來。」視線依舊停留在那人身上，鳴說道。她左眼的眼罩已經拿掉了。

「然後，他就動彈不得了……」

「再不救他，他會——」我話講到一半就閉嘴了。

因為我看到鳴默默搖頭。這時，我發現她手上拿著某樣東西。那是……尖嘴鋤？她用右手握著鋤柄，塗上紅色漆料的「尖端」朝下，正好抵著地面。是碰巧被丟在這附近的工具？還是她從倉庫裡找出來的？

「不能救。」鳴並沒有轉頭看我就接著說道：「他就是『多出來的人』。所以……」

在跑來的路上我就一直在猜——難道她現在和「多出來的人」在一起？如今我的猜測獲得了證實。儘管如此，我還是忍不住驚呼出聲。

「——真的嗎？」

「顏色——因為我看到了『死亡的顏色』。」

「那個……是現在才知道的？」

「——從以前，」她的聲音聽起來有些悲傷。「我就知道了，可是我不能說。」

為什麼，她好像很難過……

「不過——不過，我親耳聽到了那卷卡帶，於是我決定了。我必須阻止這一切。只是我沒想到，今天晚上的傷亡會這麼慘重……我非阻止不可了。再不阻止，大家會……」

鳴毅然決然地抬起頭來，重新將尖嘴鋤握好。

「等一下。」我出聲制止，跳到她的前面。這是出於本能的反應。

我面向那個被鳴指為「多出來的人」的人，一步步朝他走近。這麼做是為了親眼確認他的身分。原本以為那個人已經昏過去了，這時他又突然用力扭動身體，痛苦呻吟，用手撐起身體想要從木材底下脫身，但隨即又筋疲力竭地趴在地上。

我向那人走近。走到他的身旁後我彎下腰來，屏住呼吸朝他的臉一望。

對方睜著空洞的眼睛，與我四目相接。

「啊……」她的唇微微顫動。

「……恒一。」

「這……」我幾乎要不顧一切地大喊了。「這怎麼……」

……不會吧？不會吧？這是騙人的吧？我眨了好幾次眼睛，重新望向對方的臉。然而，果然是她沒錯。

「她是『多出來的人』？」我踉蹌地站起身來，回頭看鳴。

「是她？是真的嗎？」鳴默默頷首，放低視線。

「她……怎麼會？這種事，到底……」

吱吱吱，熟悉又詭異的重低音忽然響起。

彷彿要將我的心、我的記憶、我的思考全部壓碎般地響著，這聲音一旦開始注意，就無法忽略，而夾雜其間的是：

——話說回來了，這是我第幾次造訪這座小城呢？

這是我榊原恒一的獨白。那時我剛從東京搬過來。

——讀小學的時候記得來過三、四次。升上國中後這還是第一次……不，好像——

不，好像……

——對了，恒一。

人在印度的父親曾在電話裡說道：

——你有什麼感想？隔了一年半沒見的夜見山，沒什麼改變吧？

隔了**一年半**沒見的夜見山……

——為什麼？為什麼？

對了，還有外公外婆養的那隻九官鳥。

——精神……打起、精神來。

九官鳥聒噪的怪叫聲。

——「小玲」是牠的名字。

小玲？啊，原來如此。那鳥的名字叫小玲。

——至於年齡嘛，應該是兩歲左右。聽說是前年秋天，在寵物店看到衝動買下的。

前年秋天……也就是**一年半前**，我國中一年級的時候。

——升上國中後這還是第一次……不，好像。

……隔了一年半沒見的夜見山。

一年半以前，我……

——人死之後就是葬禮了。

——我再也、再也不想參加葬禮了。

這是開始老年癡呆的外公說的。

——理津子她好可憐，好可憐喔。怜子和理津子都……

怜子和理津子都……

「原來如此。」我茫然若失，喃喃自語著。「原來是這樣。」

吱……不停作響、想要妨礙我思考的詭異重低音，總算被我趕到腦海的某個角落了。

——連老師也會有事嗎？

我想起來了。曾經有一次，千曳先生是這麼說的。

——如果是導師或副導師的話就會，因為他們也是三年三班的成員。

只要是三年三班這個班級的成員，就有可能死於「災厄」之中。既然如此的話，對啊，老師也可能復活，成為班上「多出來的人」……

可是……

「喂，這是真的嗎？」我還是必須再向鳴確認一次才行，因為這實在不是說相信就可以相信的事實。「真的，這個……三神老師——怜子阿姨就是『多出來的人』？」

11

「在學校我無論如何都是『三神老師』。懂嗎？」

到學校報到的前一天晚上，怜子阿姨告訴我「進入夜見北之前要作好的心理建設」。

「其一」和「其二」是似是而非的校園禁忌，「其三」則是「班上決定的事要絕對遵守」。

現在想起來，其三是與「多出來的人」有直接關聯的重要規則。可是，在那個時間點上，對我而言最切身相關的當然是「其四」了。

「公私有別，你一定要謹記在心。在學校裡，你不可以叫我『怜子阿姨』，就算是不小心叫錯也不可以……」她這麼告誡我，我當然也就乖乖照辦。

十五年前去世的母親名叫榊原理津子（舊姓三神）。小她十一歲的妹妹，也就是我的親阿姨三神怜子——怜子阿姨，在我即將轉入的學校裡任職，而且還是班上的副導師。這樣的巧合著實讓人安心不少。不過，這種關係如果不小心，也容易造成不必要的誤解。這個我很能體會。

所以我嚴守她說的「夜見北心理建設之四」，在學校稱她「三神老師」，在家裡稱她「怜子阿姨」，用截然不同的模式與她相處。

怜子阿姨也一樣。在學校她絕對不會喊我「恒一」，自始至終都沒忘記把我當成「轉學生榊原同學」看待……很多時候，我們還會視情況以格外疏遠的態度對待彼此。

導師久保寺老師就不用說了，班上肯定也是從一開始就知道我們的關係。比方說，六月開會討論「對策」，決定將我和鳴當成「透明人」的時候，久保寺老師對大家是這麼說的：

——希望大家好好地遵守班上的決定。雖然三神老師的立場很為難，但她剛剛也說了「會盡量配合」。

三神老師的「立場很為難」，這當然是指在學校必須把回家後同住一個屋簷下的外甥當作「透明人」看待，視而不見……

在那之前望月優矢來到古池町，在外公外婆家前面徘徊的事也是。

——那個，我有點擔心。

——我家就住在這附近，所以，那個，我……

望月碰巧被我撞上，言不及義地解釋這些，不過他「擔心」的對象並不是因為去醫院看病而沒去上課的我，他擔心的是同樣好幾天沒來的三神老師（怜子阿姨），他想要了解她的狀況，這才是他主要的目的。

怜子阿姨從東京美術大學畢業後，就回到夜見山的老家，在自己畢業的國中擔任美術老師。她一邊教書，一邊把偏間當作工作室，在裡面從事心目中的「正職」，也就是繪畫創作。

在這不到四個月的時間裡，我總是不斷地摸索與她之間的適當距離和關係。

櫻木由佳里死後，鳴一連幾天都沒來學校……我很想知道她怎麼了。在那時候，我最方便的「打聽方式」就是拜託怜子阿姨給我看班級名冊。

然而，我就是不想利用這個管道。我沒向她索取班級名冊，也沒直接向她詢問學校的種種怪象和疑問……說起來，我就是因為不想再去拿捏與她的距離，所以才會這麼躊躇和畏縮。

——我也有我的苦衷，這關係到很微妙的心理問題。

記得我曾經對望月這麼說過……

「榊原同學。」

一邊是被壓在木材底下動彈不得的三神老師——怜子阿姨，一邊是雙手舉起沉重尖嘴鋤的鳴。我擋在兩人的中間，半天說不出話來，只能呆呆站著。面對這樣的我——

「你仔細想想，榊原同學。」鳴大聲說道。

「仔細想一想。**在這個學校裡，其他班級有副導師嗎？**」

「咦？這個……呃……」

「沒有。」鳴斬釘截鐵地說。「大家都沒去注意為什麼會這樣，都理所當然地接受了。我一開始也是如此……不過，這不是很奇怪嗎？全校就只有三年三班有副導師。」

「……」

「三神老師一定是在前年擔任三班導師的時候死掉的。進入下學期後，那個叫佐久間的男同學不願扮演『透明人』，『災厄』因而開始的那時候。美術社到今年春天以前都是停社狀態，真正的理由想必是因為受聘為顧問的三神老師死掉了……」

那美術社自今年四月又開始運作，是因為復活變成『多出來的人』的怜子阿姨又出任顧問的緣故？事實經過就像那樣從大家的記憶或紀錄中消失，被替換成虛假的記憶和紀錄……嗎？

我拚命搜尋自己的腦海深處。

然而，單靠我這個「身在其中」的成員，恐怕很難從腦海深處找回被「現象」改變、調整的記憶吧。——這是必然的事。我只能盡量從可以掌握的客觀事證來推測可能的真相。

升上國中後這是我第一次來夜見山——事實上並非如此。也許一年半前，國一那年的秋天，我已經來過一次了？

那次……那次難道是因為前年秋天怜子阿姨去世，我來這裡守靈和參加告別式？

——我再也、再也不要參加葬禮了。

這下外公的感嘆也解釋得過去了。

——理津子她好可憐，好可憐喔。怜子和理津子都……

十五年前長女理津子先走一步令他傷心欲絕。也許在年老恍惚的記憶裡，他把它和前年次女怜子也早一步辭世的悲傷混在了一起，所以才會那樣……

前年秋天，怜子阿姨的驟逝讓外公外婆大受打擊，也讓他們感到悲傷寂寞，為了排解心情，他們衝動買下在寵物店看到的九官鳥。而且還用死去女兒「怜子」的小名「小玲」命名。

不久，那隻小玲學會了一句人話——「為什麼？」

這說不定是傷心的外公、外婆每天坐在簷廊後面的房間裡，對著死去女兒的牌位說的話。「為什麼？為什麼妳就這樣死了？怜子。為什麼？」小玲可能是將這些學了起來，所以才會不停地說著「為什麼？」

——精神……打起、精神來。

這一句一定也是這樣來的吧？面對無法走出傷痛，總是鬱鬱寡歡的外公，外婆每天都說這類的話來鼓勵他，小玲也把這句話學了起來……

——精神……打起、精神來。

「事實上，今年的『災厄』從四月就已經開始了，但教室裡的桌椅數目卻還是剛剛好……這就可以解釋得通了。」鳴將舉起的尖嘴鋤暫時放在腳邊，如此說道。

「桌椅數目的確從學期開始就少一張。只是少了的不是教室的桌椅，而是教職員室的。」

「啊……」

「你、你們在說什麼？」聽到這些話的三神老師——怜子阿姨驚慌失措地問道。「這不是真的吧？恒一，我怎麼可能會是……」

怜子阿姨兩肘撐地，抬起下巴看向我這邊。她滿是泥灰的髒臉（有著母親影子的臉）因為肉體的痛苦和心理的震驚嚴重扭曲著。

「榊原同學。」鳴說，又用雙手舉起尖嘴鋤往前走了一步，朝我們逼近。

「讓開！」

「見崎……」我看得出鳴的眼神，她實在是別無他法了，但又瞥見倒在身後的怜子阿姨一臉慌張的樣子，於是——

「不可以！」我說著，從鳴手中奪下尖嘴鋤。

那是支柄長約六、七十公分的中型尖嘴鋤，拿在手上挺沉的。鐵製「尖端」那像鳥嘴的兩端部分尖尖的，非常銳利。像這樣又沉又尖的鐵鋤要取人性命應該很容易。

「妳這樣不行。」

「可是榊原，如果放著不管……」

「——我懂。」我能感覺這個決定有多沉痛，但我還是點了點頭。

「我了解，我來。」

怜子阿姨發出短促的驚呼。我慢慢轉向她，雙手握著從鳴手中奪下的尖嘴鋤。

「恒、恒一。等等，你要……」她一臉錯愕，不斷搖頭，像是在說不敢置信！

「讓『死者』回歸死亡——」我忍住心頭澎湃的掙扎和痛苦對她說道：「是讓已經開始的『災厄』停止的唯一方法。十五年前怜子阿姨的同班同學松永先生是這麼告訴我們的。」

「你在說什麼？怎麼會……別做傻事。住手！」

「對不起，怜子阿姨。」我跨出腳步，用盡全身力氣舉起尖嘴鋤。只能這麼做了，只能這樣……我不斷告訴我自己。

可是——

正當我舉起尖嘴鋤，打算對準趴在地上的怜子阿姨的背心用力刺下去的時候。我突然感到害怕，還有極度的疑惑和不安。

好嗎？這樣做好嗎？這樣做真的好嗎？不會有錯嗎？

怜子阿姨是今年班上「多出來的人」，這個論點只有一個根據，就是鳴所擁有的特殊能力——看得見「死亡顏色」的「人偶眼睛」。這是唯一的積極證據，其他的種種狀況都不過是推測罷了。我並沒有夠確切的感受，無法否定記憶中有關怜子阿姨的一切。然而……

可以嗎？相信這一切，讓怜子阿姨回歸「死亡」好嗎？

真的可以嗎？真的不會有錯嗎？

要是全部都是鳴搞錯了呢？假如看見「死亡的顏色」，根本只是她的妄想和幻覺呢？結果會是我親手殺死並非「死者」的怜子阿姨。因為她，我看見、找回了只能藉由照片認識的母親理津子……她對我來說是非常重要的人，我一點都不討厭與她相處，從小就喜歡著她。

人的記憶和紀錄被竄改、被調整，而隨著時間逐漸模糊，消失……的現象在目前的夜見山是理所當然的「狀況」。在這種情況下，我該全盤接受只有見崎鳴一個人看得到並告訴我的「真相」嗎？此時此刻，我該照她說的採取行動嗎？

糾結在一起的疑惑和不安，還有掙扎——讓我好像被枷鎖綁住似的無法動彈。持續燃燒的主建築在這時發出轟然巨響。房子的骨架燒毀崩塌，屋頂終於垮了下來。濃煙伴隨著粉塵，飄落在裹足不前的我的身上。如果火勢繼續延燒下去，這裡早晚也會有危險。

所以——

我不可以再猶豫不決了。

好嗎？這樣做真的好嗎？

我一邊不停地問自己，一面轉身看向鳴。

她站在原地動也不動，靜靜凝視著我。細細瞇起的右眼和「人偶眼睛」的左眼——她的眼睛裡沒有一絲的困惑或是迷惘。只有……是的，只有滿滿的悲傷。

她的嘴唇微微動了一下。雖然我聽不到聲音，但從唇形可以讀出她說的是：「相信我」。

……我。用力閉起眼睛，深深呼吸。

我……睜開眼睛，轉向怜子阿姨。她的臉上滿是驚慌、錯愕與絕望，卻依然神似只能從照片認識的母親的形影，可是……

我……要相信鳴。要相信鳴。

我咬緊牙根，如此決定。我要相信鳴。或許不是「要相信」，而是「想相信」。就算這樣也無妨——這樣也沒有關係。

我不再猶豫，舉起尖嘴鋤。「不要！」此時怜子阿姨的慘叫聲（……怜子阿姨），我已充耳不聞了。（永別了……怜、子、阿姨。）我使盡全力將揮落的鋤嘴對準她的背心刺入（永別了……怜、子、阿姨），貫穿她的皮肉，直達心臟的位置——。

突然感覺到從沒有過的劇烈疼痛快速地貫穿整個胸部，彷彿是這一擊的所有力道都彈回來了。那一瞬間浮現在腦海的，是第三次因為穿孔而消氣變形的肺部透視圖。手一離開插入怜子阿姨背心的尖嘴鋤，我立刻撫著胸口癱軟在地。突如其來的呼吸困難讓我不停地喘氣，意識逐漸模糊的過程中，我感覺到潰堤的熱淚再也止不住。這絕不僅是因為身體疼痛和呼吸困難造成的。

Outroduction

事過境遷後，讓我把已經釐清的事實大略陳述一下吧。

一九九八年，八月九日的凌晨，趕來的消防隊並沒有救到火災，「咲谷紀念館」幾乎付之一炬。現場一共發現六具屍體。經過確認，死者的身分和發現地點如下：

沼田謙作……管理員。館內，廚房。

前島學……男學生。前院。

赤澤泉美……女學生。前院。

米村茂樹……男學生。前院。

杉浦多佳子……女學生。館內東側，可能位置是 221 號房（與赤澤同房）。

中尾順太……男學生。館內東側，可能位置是二樓走廊。

根據驗屍解剖的結果發現，這些死者沒有一個是被火燒死的。

管理員沼田先生頸部和身體多處被料理用的鐵籤刺傷，導致死亡，之後才遭火焚身。其他五名學生中，前島、米村、杉浦和中尾四人皆因身體多處被利刃刺傷，失血過多死亡。赤澤則是從二樓陽台墜落時，因頸椎骨折而死。根據種種狀況以及目擊證人的說法，殺害這六人的兇手確定是與沼田謙作一同管理「咲谷紀念館」的沼田峯子。殺害沼田先生後在廚房裡潑燈油縱火，也是峯子所為。——不過，她被千曳先生制伏，在移送法辦之前就已經死亡。她咬舌自盡，而且自殺成功。

那一夜，為什麼沼田峯子會犯下一連串兇殘無比的兇案呢？可以確定的是，她當時的精神狀態十分異常，但動機迄今未明。

*

八月八日晚餐時氣喘發作的和久井，因為被千曳先生送往醫院即時獲得處置，已經平安無事。至於為何那天沒有事先確認吸入藥劑的存量，他本人也覺得匪夷所思。

因為童年死黨沒來由的誤解而慘遭橫禍的風見除了右腳挫傷之外，並沒有其他嚴重的外傷，雖然頭部因墜落時的衝擊有些微出血，但檢查後並無大礙，平安劃下句點。他和勅使河原之間後來是怎麼和好的？我還沒聽說。不過，這兩個人應該吵不了多久。

*

造成我榊原恒一胸口突然劇痛的原因，不出所料，果然是由左肺的自發性氣胸所引起，而且這次還比過去兩次嚴重。雖然沒有當場停止呼吸，但在抵達醫院接受治療前的持續疼痛和呼吸困難，已經令我神智不清，所以後來發生了什麼事，還有自己是怎麼獲救的，老實說，這些我全不記得了。

總之——

當症狀得到紓解，病情比較穩定時，我已經身在夕見丘那家熟悉的市立醫院，住進幾個月前住過的同一棟大樓的病房裡了。與趕來醫院的外婆一起和主治醫生討論的結果，我們決定乾脆趁這次機會接受外科手術的治療，這也是防止病情再度復發的最佳選擇。於是，醫院立刻和人在印度什麼都不知道的父親聯絡，取得他的同意，安排在兩天後進行手術。

和以往不同，現在這種肺部手術是以胸腔內視鏡手術為主。先在身體的幾個地方開幾個直徑約一公分的小洞，從這些小洞插入內視鏡和其他專門的器具，在外面操作，完成必要的處置。比起開胸手術，這種方法對患者造成的負擔要小得多，而且術後的恢復也比較快。

結果手術順利地完成了。也確實恢復得很快，醫生預計大約一個禮拜就能出院。

*

鳴和望月兩人來醫院看我的那天，是離我出院日還有三天的八月十五日。雖然他們可能沒有注意，但這天正好是第二次大戰日本宣布投降的日子。

「——話說回來。」望月說道。

「沼田太太為什麼會突然變得那樣喪心病狂呢？晚餐的時候，她看起來還很正常啊……」

那一夜的事件理所當然成了聊天的話題。望月當時一得知火災後，就立刻從建物西側的緊急出口逃了出去。後來我去找鳴，他剛好逃到大門附近。我們兩人因此錯開。

「因為本人死了，所以已無從查證。警方是這麼說的。」

前幾天我接受了夜見山警署大庭警官的偵訊。也是在那時候，我才詳細了解事情的始末。

「聽說她是咬舌自盡的。」望月害怕地皺著眉說道。

「其實，那種死法很痛苦欸。」

「有時候被咬斷的舌根還會堵住氣管，導致窒息呢！沼田太太好像就是這樣死的。」

「唔……」

「『八月的死者』結果是七個人啊。」鳴突然說道。

「七個人？」我不解地問。

「沼田夫婦也算在內？」

「這是千曳先生調查後才發現的，沼田夫婦是高林同學的爺爺和奶奶。是母親那邊的。」

「咦？高林……」

六月時心臟病發死掉的高林郁夫……

「因為是外公和外婆，所以算是有血緣關係的二等親。他們其實也是被含括在現象影響範圍內的相關人員。順道一提，沼田夫婦好像是十年前才開始擔任那個地方的管理員的。十五年前的那次宿營，是其他人在管理。」

我突然覺得鬱悶，大大吐了一口氣，隔著睡衣輕輕摸著還留有手術傷痕的側腹。

「當然，這只是巧合。」鳴說，也跟著吐一口氣。

「認為有什麼看不到的力量介入是不對的——」

「這是千曳先生說的嗎？」

「千曳先生？他才不會這麼說呢。」

「——不過，」望月又說道。「榊原你能夠平安康復真是太好了。我一聽說你要動手術，就擔心得不得了。」

「只是個小手術。」我儘可能裝出一副不在乎的樣子，不過，望月卻好像快哭出來了。

「可是，我一想到今年的『災厄』，就覺得手術可能失敗，就會想到種種倒楣的事嘛！」

「你還真是多愁善感啊，年輕人。不過沒事的。因為『災厄』已經停止了。」

「真的？」望月狐疑地看看我又看看鳴。「見崎同學也這麼說，可是……」

「我想『多出來的人』已經死在那夜的大火裡了。」

「見崎同學也這麼說——可是，真的是這樣嗎？」

望月眨著泛紅的眼眶，板起臉孔雙手抱胸。

「是那夜死掉的五名學生裡的某個人嗎？——可是不對呀，因為根據錄音帶裡松永先生的說法，一旦『多出來的人』死掉了，從那一刻起那個人就變得不存在了。所以……」

「可能有某個人，我們已經想不起來的『多出來的人』，直到那夜為止一直都在。」我強忍住悲傷如此說道，試著換了個語氣：「這次參加宿營的有幾個人？」

「呃……十四個人。連千曳先生在內共十五個。」

「原本應該有十六個人吧？只不過有人已經從我們的記憶中消失了。」

誰都不記得了……是的，除了與她的「死」有關的我和鳴之外。

望月、敕使河原，還有千曳先生……大家都已經不記得了。沒人記得從今年四月開始擔任三年三班的副導師，名叫三神怜子的美術老師。久保寺老師去世後，是成為「代導師」的她臨時想起十五年前的親身經歷，著手策劃這場自掘墳墓的宿營，而且那一夜她還是以帶隊老師的身分出現在那裡。這些都沒人記得了。

我是和鳴通電話時知道這些的。手術前一天，我拖著身體勉強走出病房，用大樓的公共電話打電話到她家裡去。我的病房裡有手機，不過手機沒電無法使用……

「大家都不記得三神老師了。」

和之前一樣，一開始是霧果小姐接的電話，等到鳴來聽時她也不問我病況，直接就說道：

「三神老師前年秋天就已經死了。」

「前年秋天……」

「是的。暑假結束後那個名叫佐久間的同學不願再當『透明人』，結果十月一開始就死了一個學生……接著就是三神老師，她是在夜見山川溺斃的。榊原同學還想不起來嗎？」

「在夜見山川……」

「十月底下了一場大雨，河水暴漲的隔天在下游發現了老師的屍體。是投河自盡還是意外被沖走的？這點好像不是很清楚……」

「……」

「我也還沒想起來，不過事實就是這樣。所以前年死於『災厄』的相關人員不是七人而是八人。——大家的記憶都回復成這樣了，所有的紀錄和資料大概也都復原了吧？我看了班級名冊，『副導師／三神怜子』的記載也都消失了。」

「這麼說，她果然是……」

「多出來的人」就是怜子阿姨，而這些可以說是最有力的證明。

「久保寺先生死後的三班代導師變成是千曳先生。他同時也兼任第二圖書室的管理員，這算是特例啦。這次宿營的企劃人和領隊，也都變成是千曳先生一個人……」

「那美術社呢？」突然想到這點，我問：「從四月開始復社的美術社又如何解釋？」

「三神老師死後，共同擔任顧問的老師在隔年調職，現在的事實變成是這樣。新到任的美術老師不願擔任顧問，所以美術社暫時休社。不過那位老師在今年開春後接受了顧問一職……」

「喔。」

有關怜子阿姨存在與否的種種跡象，也可以從外婆趕到醫院後的言談舉止中窺知一二。以帶隊老師身分和我一起參加宿營的女兒是否平安，她連問都沒問，「這種時候要是怜子在就好了。」她拭著眼角這樣說道。

「那孩子老是覺得恒一就好像是自己的孩子一樣呢！」

「她還曾說如果陽介是個壞爸爸，她就要收養恒一，自己把恒一帶大什麼的。你小的時候才偶爾見過幾次而已……」

怜子阿姨工作兼睡覺的那個偏間現在不知道怎麼樣了？

在這短短四個月的時間裡，她這個「活著的死者」一直在這個城市、這個家裡生活。一些生活的痕跡已經消失了吧？或者在大家的記憶中它們又被付予其他解釋，又有另外不同的認知？

「雖然盂蘭盆節已經過了，不過等你出院後，要不要去怜子的墓祭拜一下呢？」聽到這些話，我用力別過臉去，想要避開外婆天真無邪的目光。

「如果恒一可以一起去的話，那孩子一定會很高興的。」

……

不管是望月還是敕使河原，甚至是千曳先生都一樣，就算告訴他們事情的真相，他們大概也不會認真以對吧？先不說千曳先生，我想就算我再怎麼向望月和敕使河原說明，他們恐怕也不覺得這是真的，只會愣在原地。

*

是不想當電燈泡嗎？望月沒待多久就留下鳴回去了。要走的時候他低呼「啊！對了！」從口袋裡拿出一件東西來——

「這個，我帶來要給你的。見崎同學，妳的我之後也會加洗給妳。」望月邊說邊向我遞過來，是八月八號傍晚抵達「咲谷紀念館」時，大家在門口拍的「紀念照」。

「喂，見崎，妳是什麼時候知道的？」待望月走出去後，我向鳴問了這個住院期間一直想問的問題。

「三神老師——怜子阿姨是『多出來的人』。妳是什麼時候知道的？」

「什麼時候嘛，」鳴故弄玄虛地用手抵著額頭，「——我忘了。」

「為什麼當下不告訴我呢？」我認真地再問一次。

「因為我當時認為說了也不能怎樣……在還沒聽到那卷錄音帶之前，我是這麼認為的。而且——」鳴將原本抵著額頭的手放到左眼的眼罩上，接著說道：「我怎麼也無法告訴榊原同學，說不出口。三神老師長得那麼像你去世的母親。我看過以前的畢業照，又在榊原同學家裡看了那幾張照片……我想，對榊原同學來說，三神老師——怜子阿姨肯定是很特別的人吧？」

「嗯……不過——」

「不過？是的，我們發現那卷錄音帶，得知能讓『災厄』停止的方法只有……所以——」

所以……是的，她一定很煩惱吧？

只要讓「多出來的人」回歸「死亡」的狀態，「災厄」就會停止。那個「多出來的人」是誰呢？自己已經看出來了。——那麼，要怎麼做才好呢？到底該怎麼做呢？

為了確認、堅定自己的想法，她才想親耳聽到松永克巳的錄音帶內容。而且在此之前，她還用她的眼睛看了二十六年前三年三班的那張合照，確認照片中夜見山岬的「死亡顏色」。她這麼做，難道是想自己想辦法，靠自己一個人來結束這一切嗎？

「之前我從醫院打電話給妳時，」我稍稍改變了話題。「我一開始是打妳手機的，可是一直打不通。」

「啊，那個呀。事後我把它丟在河裡面了。」鳴滿不在乎地說道。「我跟霧果……我媽說在火災時弄丟了。」

「丟了？為什麼？」

「雖然很方便，但還是個討厭的機器。人沒有必要像這樣一天到晚被束縛著，對吧？」淺淺笑著回答的 Misaki・Mei，就和我四月底在這棟大樓電梯裡第一次遇到她時一樣——

「不過呢，她很快就會買新的給我吧？」

「如果妳有了新的手機，我可以偶爾打給妳嗎？」

「如果是偶爾的話就可以啦。」鳴答道，又淺淺地笑了。

我們改天一起去東京的美術館逛逛吧？——本想說出口，卻又吞了回去。

改天……那是離現在多遠的未來？此刻的我已經不會像以前那樣，對未來抱著莫名其妙的不安了。所以，總有一天……總有一天我一定會再遇見鳴。就算明年春天我離開了這裡，就算我不在這裡和她相約，就算現在感覺到的這份牽絆斷了，也……也一定會再遇到她的，總有一天。

＊

後來，我們一起看了望月帶來的照片。

照片有兩張。一張是望月拍的，另一張是敕使河原拍的。照片的右下角列著表示拍攝日期的數字——

不管哪一張，入鏡的人數都是五人。

寫有「咲谷紀念館」的門柱立在照片的正中央，第一張從右到左依序是我和鳴，風見和敕使河原，還有三神老師——怜子阿姨。第二張照片裡敕使河原換成了望月，他依照敕使河原的指示，緊緊地靠在「愛慕的三神老師」身旁……

「怜子阿姨，有照進去耶。」我看著這兩張照片向鳴確認。

「望月好像沒看出來呢！」

「嗯。」她點點頭。

「顏色呢？」我試著問她。

「怜子阿姨的顏色看起來是怎樣的？」

聽我這麼問，鳴拿下左眼的眼罩，重新看照片。她平靜地回答：「是『死亡的顏色』。」

「——這樣啊。」我慢慢從病床上站起，將病房的窗戶打開一些些。外面是耀眼的豔陽天，可是吹進來的風不知為何卻出乎意外地涼爽。

「我們今後也會漸漸淡忘吧？」我轉身向鳴，對她說道。

「這次宿營的夜裡發生的種種就不用說了，還有四月開始到那夜為止和三神怜子有關的種種，這些全部都會忘記，像望月他們一樣……」

……連我親手讓她回歸「死亡」的事也是。

「就算我們學十五年前的松永先生，把現在還記得的事錄音起來，或是用筆記下來，關鍵的部分也會像那卷卡帶一樣消失不見……」

「或許吧！」鳴一邊將眼罩重新戴好，一邊沉默地點頭。然後她反問道：「你這麼不想忘記嗎？你想一直記在心裡？」

「——該怎麼說呢？」

還是忘了得好，我也這麼覺得。如果能將至今還留在心裡深處的、不是肺病帶來的那一種痛楚忘得一乾二淨的話……應該，也不錯。我慢慢轉向窗戶，手上依舊握著照片。我又看了照片一眼……一邊自顧自地想著。

不知道是幾天後，幾個月後，或者是幾年之後。總有一天，與今年「多出來的人」相關的訊息都會從我的記憶消失不見——

到那個時候，我在這張照片出現的空白處會看到什麼呢？會有什麼樣的感覺呢？

又有一陣風吹進來，吹亂了我的頭髮。超乎想像的清涼。

仲夏最後的一陣風——突然，我的腦海閃過了這樣的句子。同時，我十五歲的夏天也跟著結束了。

——完

後記

本書的執筆始於二〇〇六的春天。從同年《野性時代》的七月號開始連載算起，總共耗時三年的時間才完成。

近來，或許是年紀大了的緣故，總覺得不管於公或於私，都沒有特別值得高興的地方，人事浮沉，讓我動不動就陷入消極、沮喪的情緒中。即使如此，面對發生在夜見山這個虛擬城市裡的故事，我仍然戰戰兢兢地努力創作不輟。——也因為如此，一想到要跟恆一、鳴等住在這城市的小友們分別，心中難免寂寞了起來。

連載結束後，隔了一段時間，從今年的七月下旬到八月中旬為止，我開始著手於全文的修飾和潤色。此時劇中人物正好在放暑假，是劇情最高潮的時候，所以我也就在《Another》的陪伴下，度過了一個難忘的夏天。

說到《Another》這個書名的由來，主要是從我一直以來深愛的兩部經典電影得來的靈感：其一是改編自湯姆・特萊恩（Tom Tryon）的小說，由羅伯・穆利根（Robert Mulligan）執導的《魔鬼怪童》（原名"The Other"，一九七二年）；一是亞歷山卓・亞曼納巴執導的《神鬼第六感》（原名"The Others"，二〇〇一年）。乍看之下，它們之間相同的地方很少，不過，在我心中，肯定早就有了想要創作跟《The Other》或《The Others》同系列作品的想法。

"The Other"和"The Others"被視為同一類作品，同樣的，《Another》也將被歸入「恐怖小說」的範疇。不過，誠如我在"The Other"或"The Others"身上所看到的，我覺得《Another》

其實也算是一部充滿謎題的「推理小說」。

以下是給還沒看的讀者的一些提示：這本推理小說略分為第一部和第二部，請注意目次中分別標示的問題，尤其是第四個的「Who?」這個問題的答案將在最後揭曉，我想所有讀者將會大大感到意外。請特別注意——

這部小說最後成了用掉千張稿紙的長篇大作，就各方面而言，它的完成度比我一開始執筆時所想像的來得好。我衷心期望有更多的讀者能接觸到它，即使多一個都好。

長期連載期間，支持我的角川書店的諸位編輯也多有異動。

《野性時代》就經歷了好幾任責編：金子亞規子小姐、青山真優小姐、足立雄一先生。決定出單行本後，剛才提到的首任責編金子小姐，還有連載開始時的《野性時代》的總編輯堀內大示先生也都全力給了我支援。謝謝大家。

還有，十幾年來負責與我接洽，這次《Another》的出版也鼎力相助的三浦玲香小姐，在此也要獻上我無盡的感謝。——謝謝您。

二〇〇九年　初秋

綾辻行人

國家圖書館出版品預行編目資料

Another / 綾辻行人作；婁美蓮譯. -- 初版. --
臺北市：皇冠, 2012.01 面；公分. --(皇冠叢書;
第4180種)（奇・怪；13）
譯自：Another

ISBN 978-957-33-2865-0 (平裝)

861.57　　100024872

皇冠叢書第4180種
奇・怪 13

Another

作　　者—綾辻行人
譯　　者—婁美蓮
發 行 人—平雲
出版發行—皇冠文化出版有限公司
台北市敦化北路120巷50號
電話◎02-27168888
郵撥帳號◎15261516號
皇冠出版社(香港)有限公司
香港銅鑼灣道180號百樂商業中心
19字樓1903室
電話◎2529-1778　傳真◎2527-0904
總 編 輯—許婷婷
美術設計—程郁婷
著作完成日期—2009年
初版一刷日期—2012年1月
初版十八刷日期—2023年3月
法律顧問—王惠光律師

讀者服務傳真專線◎02-27150507
電腦編號◎512013
ISBN◎978-957-33-2865-0
Printed in Taiwan
本書特價◎新台幣399元/港幣133元